新编新译
世界文学
经典文库

新编新译
世界文学
经典文库

新编新译
世界文学
经典文库

A U S G E W Ä H L T E

霍夫曼中短篇小说选

E. T. A. Hoffmann

E R Z Ä H L U N G E N

[德]E.T.A. 霍夫曼 著
徐畅 译

作家出版社

新编新译
世界文学
经典文库

代序

经典，作为文明互鉴的心弦

陈众议

2020年11月27日于北京

“只有浪子才谈得上回头。”此话出自诗人帕斯。它至少包含两层意义：一是人需要了解别人（后现代主义所谓的“他者”），而后才能更好地了解自己，恰似《旧唐书》所云：“夫以铜为镜，可以正衣冠；以古为镜，可以知兴替；以人为镜，可以明得失”；二是人不仅要读万卷书，还要行万里路。读万卷书难免产生“影响的焦虑”（布鲁姆语），但行万里路恰可稀释这种焦虑，使人更好地归去来兮，回归原点、回到现实。

由此推演，“民族的就是世界的”（据称典出周氏兄弟）同样可以包含两层意思：一是合乎逻辑，即民族本就是世界的组成部分；二是事实并不尽然，譬如白马非马。后者构成了一个悖论，即民族的并不一定是世界的。拿《红楼梦》为例，当“百日维新”之滥觞终于形成百余年滚滚之潮流，她却远未进入“世界文学”的经典谱系。除极少数汉学家外，《红楼梦》在西方可以说鲜为人知。反之，之前之后的法、英等西方国家文学，尤其是20世纪的美国文学早已在中国文坛开枝散叶，多少文人读者对其顶礼膜拜、如数家珍！究其原因，还不是它们背后的国家硬实力、话语权？福柯说“话语即权力”，我说权力即话语。如果没有“冷战”以及美苏双方为了争夺的推重，拉美文学难以“爆炸”；即或“爆炸”，也难以响彻世界。这非常历史，也非常现实。

同时，文学作为人类文明的重要组成部分，是人类进步不可或缺的标志性成果。孔子固然务实，却为我们编纂了吃不得、穿不了的“无用”《诗经》，可谓功莫大焉。同样，马克思主义的经典作家向来重视文学，尤其是经典作家在反映和揭示社会本质方面的作用。马克思在分析英国社会时就曾指出，英国现实主义作家

“向世界揭示的政治和社会真理，比一切职业政客、政论家和道学家加在一起所揭示的还要多”。恩格斯也说，他从巴尔扎克那里学到的东西，要比从“当时所有职业的历史学家、经济学家和统计学家那里学到的全部东西还要多”。列宁则干脆地称托尔斯泰是俄国革命的一面镜子。这并不是说只有文学才能揭示真理，而是说伟大作家所描绘的生活、所表现的情感、所刻画的人物往往不同于一般的抽象概括、冰冷的数据统计。文学更加具象、更加逼真，因而也更加感人、更加传神。其潜移默化、润物无声的载道与传道功能、审美与审丑功用非其他所能企及，这其中语言文字举足轻重。因之，文学不仅可以使我们自觉，而且还能让我们他觉。站在新世纪、新时代的高度和民族立场上重新审视外国文学，梳理其经典，将不仅有助于我们把握世界文明的律动和了解不同民族的个性，而且有利于深化中外文化交流、文明互鉴，进而为我们吸收世界优秀文明成果、为中国文学及文化的发展提供有益的“他山之石”。同样，立足现实、面向未来，需要全人类的伟大传统，需要“洋为中用”“古为今用”，否则我们将没有中气、丧失底气，成为文化侏儒。

众所周知，洞识人心不能停留在切身体验和抽象理念上，何况时运交移，更何况人不能事事躬亲、处处躬亲。文学作为人文精神和狭义文化的重要基础，既是人类文明的重要见证，同时也是一时一地人心、民心的最深刻，也最具体、最有温度、最具色彩的呈现，而外国文学则是建立在各民族无数作家基础上的不同时代、不同民族的认识观、价值观和审美观的形象体现。因此，外国文学，尤其是外国文学经典为我们接近和了解世界提供了鲜活的历史画面与现实情境；走进这些经典永远是了解此时此地、彼时彼地人心民心的最佳途径。这就是说，文学指向各民族变化着的活的灵魂，而其中的经典（包括其经典化或非经典化过程）恰恰是这些变化着的活的灵魂。亲近她，也即沾溉了从远古走来、向未来奔去的人类心流。

此外，文学经典恰似“好雨知时节”，“润物细无声”，又毋庸置疑是各民族集体无意识和作家、读者个人无意识的重要来源。她悠悠地潜入人们的心灵和脑海，进而左右人们下意识的价值判断和审美取向。还是那个例子，我们五服之内的先人还不会喜欢金发碧眼，现如今却是不同。这是“西学东渐”以来我们的审美观，乃至价值观的一次重大改变。其中文学（当然还有广义的艺术）无疑是主要介质。这是因为文学艺术可以自立逻辑，营造相对独立的气韵，故而它们也是艺术化的生命哲学；其核心内容不仅有自觉，而且还有他觉。没有他觉，人就无法客观地了解自己。这也是我们有选择地拥抱外国文学艺术，尤其是外国文艺经典的理由。没有参照，人就没有自知之明，何谈情商智商？倘若还能潜入外国作家的内心，或者假借他们以感悟世界、反观自身，我们便有了第三只眼、第四只眼、第N只眼。何乐而不为？！

且说中华民族及其认同感曾牢固地建立在乡土乡情之上。这显然与几千年来中华民族的文化发展方式有关。从最基本的经济基础看，中华文明首先是农业文明，故而历来崇尚“男耕女织”“自力更生”。由此，相对稳定、自足的“桃花源”式的小农经济和自足自给被绝大多数人当作理想境界。正因为如此，世界上没有其他民族像中华民族这么依恋故乡和土地（柏杨语）。同时，因为依恋乡土，我们的祖先也就相对追求安定、不尚冒险。由此形成的安稳、和平性格使中华民族大抵有别于西方民族。反观我们的文学，最撩人心弦、动人心魄的莫过于思乡之作。如是，从《诗经》开始，乡思乡愁连绵数千年而不绝，其精美程度无与伦比。“昔我往矣，杨柳依依；今我来思，雨雪霏霏”（《诗经》）；“露从今夜白，月是故乡明”（杜甫）；“举头望明月，低头思故乡”（李白）；“春风又绿江南岸，明月何时照我还？”（王安石）。如此等等，不一而足。当然，我们的传统不尽于此，重要的经史子集和儒释道，仁义礼智信和温良恭俭让，以及少数民族文化等皆是中华传统文化的组成部分。而且，这里既有六经注我，也有我注六经；既有入乎其内，也有出乎其外，三言两语断不能涵括。诚然，四十多年，改革开放、西风浩荡，这是出于了解的诉求、追赶的需要。其代价则是价值观和审美感悦令人绝望的全球趋同。与此同时，文化取向也从重道轻器转向了重器轻道。四海为家、全球一村正在逼近；城市一体化、乡村空心化不可逆转。传统定义上的民族意识正在淡出。作为文学表象，那便是山寨产品充斥、三俗作品泛滥。与此同时，或轻浮或狂躁，致使伪命题及去心化现象比比皆是；文学语言简单化（却美其名曰“生活化”）、卡通化（却美其名曰“图文化”）、杂交化（却美其名曰“国际化”）、低俗化（却美其名曰“大众化”）等等，以及工具化、娱乐化等去审美化、去传统化趋势在网络文化的裹挟下势不可挡。

正所谓“彼亦一是非，此亦一是非”，如何在全球化这把双刃剑中取利去弊，业已成为当务之急。“不忘本来，吸收外来，面向未来”无疑是全球化过程中守正、开放、创新的不二法门。因此，如何平衡三者的关系，使其浑然一致，在于怎样让读者走出去，并且回得来、思得远。这有赖于同仁努力；有赖于既兼收并包，又有魂有灵，从而在人类命运共同体的旗帜下复兴中华，并不遗余力地建构同心圆式经典谱系。毫无疑问，唯有经典才能在“熏、浸、刺、提”“陶、熔、诱、掖”中将民族意识与博爱精神和谐统一。让《红楼梦》《三国演义》《水浒传》《西游记》等中国文学经典的真善美成为全世界共同的精神财富吧！让世界文学的所有美好与丰饶滋润心灵吧！这正是作家出版社与中国社会科学院外国文学研究所精心遴选，联袂推出这套世界文学经典丛书的初衷所在。我等翘首盼之，跂予望之。

作为结语，我不妨援引老朋友奥兹，即经典作家是好奇心十足的孩子，他用手指去触碰“请勿触碰”之处；同时，经典作家也可能带你善意地走进别人的卧室……作家卡尔维诺也曾列数经典的诸多好处；但是说一千、道一万，只有读了你才知道其中的奥妙。当然，前提是要读真正的经典。朋友，你懂的！

目 录

胡桃夹子和老鼠国王

圣诞夜

十二月二十四号这天，医务参事施塔鲍姆家的孩子们一整天都不被允许进入中厅，更不准进挨着中厅的那间贵宾室。在后面小房间的一个角落里，弗里茨和玛丽缩着身子蹲在一起，夜色已深，但家里却没有像平日这个时候那样亮起灯，这让他俩感到很害怕。弗里茨悄悄地对年幼的妹妹（她最近才刚满七岁）耳语说，从一大早起，他就听见那两间房门紧闭的屋子里有窸窸窣窣、敲敲打打的声音。刚刚不久前，还有一个穿深色衣服的矮个子男人胳膊下夹着一只大盒子从走廊上偷偷溜了过去，不过他可清楚得很，那不是别人，那是德罗瑟迈耶教父。玛丽听了高兴地拍着小手喊道："啊，德罗瑟迈耶教父会给咱们做个什么漂亮的东西呢？"

高级法院参事德罗瑟迈耶长得一点都不好看，他又矮又瘦，脸上有很多褶子；他没有右眼，所以用一个大黑眼罩代替，他也没有头发，所以戴一顶漂亮的白色假发套，那假发套是玻璃做的，是一件精巧的手工制品。说到底，这位教父本人也是个心灵手巧的人呐，他甚至知道如何摆弄钟表，还能自己制作钟表。因此，每当施塔鲍姆家那些漂亮的钟表出了毛病，不能唱歌了，德罗瑟迈耶教父就会来了；他摘下玻璃假发，脱掉黄色的小外套，系上一条蓝围裙，拿几件尖尖的小工具在钟表里戳来戳去，这让小玛丽觉得好疼啊，可实际上钟表们并没有因此而受到任何伤害，相反，它们重新活了过来，马上又开始欢快地嗡嗡嘤嘤，开始敲响和唱歌了，于是所有人都非常开心。每回他来，兜里总会揣点给孩子们的漂亮玩意儿，有时候是个小人儿，眼珠会转，还会样子很滑稽地鞠躬；有时候是个小盒子，里面能钻出小鸟儿；有时候是别的什么。而每逢圣诞节，他总会完成一件耗费大量精力制作的漂亮玩意儿，因此拿来以后，总会被父母小心翼翼地收藏保管起来。

“啊，德罗瑟迈耶教父会给咱们做个什么漂亮的东西呢？”玛丽喊道。弗里茨认为，这次准保会是一座城堡，城堡里有很多帅气的士兵来来回回地行军和操练，然后还会有另一队士兵想要攻进城堡里，但城堡里的士兵们英勇地向外发射大炮，炮声轰隆隆震天响。“不对，不对，”玛丽打断了弗里茨，“德罗瑟迈耶教父跟我讲过一座漂亮的花园，花园里有一大片湖，湖里有非常美丽的天鹅戴着金色项圈游来游去，唱着最最动听的歌。然后从花园里走出一个小姑娘，她走到湖畔，把天鹅引到身边，喂它们甜杏仁饼吃。”“天鹅不吃杏仁饼，”弗里茨有点粗暴地打断她说，“而且德罗瑟迈耶教父也不能把一整座花园都做出来。其实咱们没几件他做的玩具啊，所有东西刚到咱们手里就马上又被收走了；所以我还是更喜欢爸爸妈妈送的东西，可以好好留着，想怎么玩就怎么玩。”于是两个孩子开始猜这次会有什么东西。玛丽说，她觉得小特鲁特小姐（她那个很大的娃娃）变了很多，她比以往任何时候都笨拙，随时会倒在地板上，所以她的脸上不免留下了脏兮兮的痕迹，更不用想她的裙子能干干净净了。无论怎样严厉斥责都无济于事。而且上回，当她表示她很喜欢小格雷特那把小阳伞时，妈妈露出了微笑。弗里茨则很有把握地说，他的宫廷马厩缺少一匹精良的栗色骏马，他的部队也根本没有骑兵，爸爸对此是一清二楚的。于是两个孩子十分确信，爸爸妈妈一定已经给他们买了他们现在罗列出来的各种漂亮礼物，而且他们还同样十分肯定，亲爱的圣基督一定用他那特别友好虔诚的儿童目光[1]给那些礼物开了光，使得每件圣诞礼物都像被一只充满祝福的手触摸过一样，能带来别的礼物无法带来的巨大快乐。两个孩子就这样不断窃窃私语着，期盼着礼物，这时姐姐路易丝提醒他们说，其实一直以来都是圣基督在借助他们亲爱的父母之手给他们赠送那些带来真正喜悦和快乐的礼物，圣基督比孩子们自己更知道他们想要什么，所以他们根本不用这样又是许愿又是期盼的，只需要安静地、虔诚地等待他们将要获得的礼物就好了。小玛丽闻言若有所思，弗里茨却小声嘟哝道："我想要一匹栗色骏马和一队骑兵。"

天完全黑下来了。弗里茨和玛丽紧紧地挨在一起，一句话都不敢再说，他们觉得，似乎有温柔的翅膀在他们身边轻轻扇动，似乎还有一阵非常遥远但非常美妙的音乐声传来。这时墙壁上晃过一道明亮的光，于是孩子们知道，基督童子现在驾着七彩祥云继续朝其他幸福的孩子们飞去了。同一瞬间，银铃铛的声音响起：丁零，丁零——所有房门砰然敞开，一道光芒从大房间里照射而出，惹得孩子们一边"噢！噢！"地大声欢呼着，一边僵立在门槛前动都不会动了。于是爸爸妈妈走进门来，拉起孩子们的手说道："来吧，来呀，亲爱的孩子们，看看圣基督给你们送来了什么。"

礼物

如果你愿意的话，亲爱的读者或听众，弗里茨、提奥多、恩斯特……不管你平时叫什么吧，我请你生动地回想一下你上一回用五颜六色的礼物点缀得满满的圣诞桌，让它仿佛近在眼前，那样的话你就一定可以想象，孩子们是怎样两眼放光地突然静了下来，一动不动地站在那里。过了好一会儿，玛丽才深吸一口气喊道："啊，好漂亮；啊，好漂亮！"弗里茨则高兴得跳了起来，跳得别提多高了。看起来，孩子们在过去一年里一定是特别乖巧特别虔诚，因为以前他们从来没有得到过像这回这么多的漂亮美妙的礼物。房屋中央的高大圣诞树上挂满了金银苹果、糖杏仁、彩色糖果和其他各色甜食，像花蕾和花朵一样在所有枝条上绽放。不过这棵神奇之树最美、最值得称道的地方还在于，它那些黑黝黝的枝条间有上百只小灯像小星星一样在闪烁，这让树本身从里到外发着光，仿佛在亲切地邀请孩子们去采摘它的花朵和果实。整棵树上的一切都闪闪发光，绚丽多彩——怎么会有这么多漂亮东西呀，啊，简直难以形容！

玛丽看到了无比精致的娃娃，各种整洁的成套小器皿，尤其赏心悦目的是一件漂亮的丝绸小裙子，装饰着精美的彩色丝带；裙子挂在一个衣架上，让玛丽可以从各个角度欣赏它，她确实这样做了，同时嘴里还不停地嚷着："啊，太漂亮了！啊，可爱的、可爱的小裙子；我会穿上它，千真万确，我会穿上它！"弗里茨呢，他果然在桌上发现了一匹未戴辔头的栗色骏马，并且此时他已经驾着这匹新得的良驹绕着桌子嗒嗒地小跑三四圈了。再次下马后，他评价道，这真是一只桀骜不驯的野兽，不过没关系，他会搞定它的；然后他便盯着自己的新骑兵部队细细察看起来，那些骑兵身着红金相间的华丽制服，佩戴着银光闪闪的武器，他们身下的坐骑白得耀眼，让人差点以为它们也是用纯银制成的。

等到稍微平静些了，孩子们便打算看看那些画册，它们敞开着放在那里，可以看到里面画着各种各样漂亮的花卉和五颜六色的人，还有特别可爱的正在玩耍的小孩，画得那么自然，那么栩栩如生，仿佛他们真的在说话一样。正在这时，没错，正当他们打算看一看这些漂亮的画册时，铃声又一次响了起来。他们知道，这回是德罗瑟迈耶教父要发礼物了，于是赶紧跑到靠墙放的那张桌子跟前。那张桌子此前一直被罩子盖着，现在罩子被一下子掀开。孩子们看见了什么！在一片开满鲜花的绿色草坪上，矗立着一座壮丽的城堡，有许多镜窗和金色的塔尖。一阵钟乐声响起，门窗打开了，他们看见一些非常小但非常精致的绅士和淑女，戴着翎羽帽，穿着曳地长裙，在各个大厅里来回踱步。中央大厅灯火通明，银色枝状吊灯上燃烧着许许多多小灯，孩子们穿着短上衣和小裙子，在钟乐声中跳着舞。一位身穿翠绿色大衣的先生时不时地从窗口往外看一眼，朝外面挥挥手，然后又消失而去；而德罗瑟迈耶教父本人呢——他还没有爸爸的拇指那么高，会时不时地到下面的城堡门口站一会儿，然后再重新回到里面。

弗里茨双手撑在桌面上注视着这座美丽的城堡以及这些正在跳舞和散步的小人儿，然后他说：“德罗瑟迈耶教父！让我也进到你的城堡里去吧！”高级法院参事表示，这可完全不行。他说得没错，因为这座城堡连塔尖都算上还不及弗里茨本人高呢，弗里茨想要进到它里面去可太荒唐了。弗里茨也明白了这一点。过了一会儿，由于绅士和淑女们老是这样来来回回地走，孩子们老是一样地跳着舞，穿翠绿色大衣的男人老是从同一个窗口往外望，德罗瑟迈耶教父老是往城堡门口走，弗里茨终于不耐烦地嚷道："德罗瑟迈耶教父，这回你从那边的另外那扇门出来吧。"

"那不行，亲爱的小弗里茨。"

"好吧，"弗里茨继续说，"那你让那个老往外看的绿衣服男人和其他人一起散步吧。"

"这也不行。"高级法院参事再次回答。

"那就让孩子们下楼，"弗里茨嚷道，"我想仔细看看他们。"

"哎呀，这些都不行，"高级法院参事有些不悦了，"这个装置就是这么做的，它只能一直如此。"

"这样啊？"弗里茨拉长了声调说道，"这些都不行么？要我说呀，德罗瑟迈耶教父，如果你城堡里的这些打扮得漂漂亮亮的小人儿永远都只能做同样的事情，那他们就没什么用，我也不是特别想要他们。对，我觉得还是我的骑兵好，他们必须照我的意思行动，说前进就前进，说撤退就撤退，而且他们还不用被关在屋子里。”

说完他就一跃而起跑到圣诞桌那边，开始随心所欲地指挥起他那支骑着银色骏马的骑兵部队，让他们一会儿来回小跑、前后转身，一会儿英勇厮杀、开炮射击。玛丽也悄悄溜走了，因为她也很快就对那些在城堡里来回走动和跳舞的小人儿感到厌烦了，但是她很乖巧善良，不想像她的哥哥那样引人注意。高级法院参事德罗瑟迈耶十分生气，他对他们的父母说道：“什么都不懂的孩子不适合这样精巧的艺术作品，我现在只想把我的城堡重新包起来。”但这时孩子们的母亲走到桌前，请他给她展示一番城堡的内部构造以及那些促使小人儿动起来的十分奇妙、无比精巧的齿轮。于是参事先生把整座城堡全部拆开，再重新组装起来。忙活这些的时候，他又重新变得十分快活了，还给孩子们赠送了几个漂亮的男女棕色小人儿，小人儿的脸、手和腿都是金色的。他们都来自托伦[2]，闻起来像姜饼一样又香又甜，弗里茨和玛丽都很喜欢。应母亲的要求，姐姐路易丝穿上了她新得到的那条好看的裙子，看上去非常漂亮；不过当母亲要求小玛丽也穿上她的新裙子时，小玛丽却表示，她还想再这么多欣赏一会儿那条裙子。这当然没问题啦。

其实，玛丽之所以不想离开圣诞桌，是因为她刚刚发现了一件之前没注意到的事。弗里茨的骑兵部队本来紧挨着树干排成一列，现在，随着他们开拔离开，一个非常漂亮的男性小人儿出现了，他安静而谦逊地站在那里，仿佛在静静地等待着别人注意到他的这一刻。他的身材颇可诟病，上半身又长又宽，与两条短短的小细腿不成比例，而且他的头也显得太大。不过他衣着整洁得体，让人猜测他应该是个有品位有教养的人。他穿的是一件非常漂亮的紫色亮光骑兵制服，上面有很多白色的绳结和纽扣，下身穿同样颜色的裤子，脚上是一双特别漂亮的、通常只有大学生甚至军官才会穿的那种小靴子。靴子是紧贴着那双秀气的细腿浇铸的，像画上去的一样。滑稽的是，他在这身衣服外头披了一件笨笨的细窄斗篷，像是木头做的，还戴了一顶矿工帽。不过这让玛丽想到了德罗瑟迈耶教父，他也穿一件糟糕的斗篷，戴一顶十分难看的帽子，但却是一位非常可亲可爱的教父。可是玛丽又想，德罗瑟迈耶教父就算穿得跟这个小人儿一样精致，也不会这么英俊好看啊。

玛丽就这样盯着这个她一眼就喜欢上的可爱小人儿仔细看着，并且越来越注意到他脸上的表情是多么善良温和。那双有点过大的、凸出来的浅绿色眼睛里诉说的只有友好和善意。下巴上留着一撮修剪得很整齐的用白棉花做的胡子，这倒很适合这个男人，因为这样一来，人们就更能注意到他红色嘴巴上露出的甜甜微笑。“啊！”玛丽到底还是喊了出来，“啊，亲爱的父亲，树底下那个可爱得不得了的小人儿是给谁的呀？”“这个啊，”父亲答道，“亲爱的孩子，他是要为你们所有人努力干活的，要替你们咬开坚果，他既属于路易丝，也属于你和弗里茨。”说着，父亲小心翼翼地把那小人儿从桌子上拿起来，将他的木制斗篷朝上提起，于是小人儿的嘴巴就大大地张开了，露出两排又白又尖的牙齿。在父亲的指挥下，玛丽把一颗坚果塞了进去，咔嚓——小人儿把坚果咬碎了，果壳脱落，玛丽手里只留下了香甜的果仁。

现在包括玛丽在内的所有人都明白了，原来这个精致的小人儿来自胡桃夹子家族，从事着祖祖辈辈传下来的职业。玛丽高兴地欢呼起来，这时父亲说道：“亲爱的玛丽，既然你如此喜爱这位胡桃夹子朋友，那你就应该特别照顾他，保护他，虽然我刚刚也说了，路易丝和弗里茨也同样拥有使用他的权利！”玛丽立刻把小人儿搂在怀里，让他嗑坚果，不过她找的全都是小颗的，这样他的嘴巴就不用张得太大了，那个样子总归是不太好看呢。路易丝也来凑热闹，于是这位胡桃夹子朋友也要为她效劳，看样子他好像很乐意，因为他始终都在友好地微笑。这时候，弗里茨操练了半天骑兵感到有些厌倦了，他听到坚果欢快的咔嚓咔嚓声，便立刻跑到姐妹们身边，看到这个滑稽的小人儿，他开心地笑个不停。然后弗里茨也想吃坚果了，于是小人儿现在被从这只手到那只手地传来传去，咔吧咔吧地咬个不停。弗里茨每次都挑最大最硬的坚果塞进去，但是突然——咔嚓，咔嚓，三颗牙齿从胡桃夹子的嘴里掉落出来，然后他的整个下巴变得松松垮垮的，快掉下来了。

“哎呀，我可怜的、亲爱的胡桃夹子！”玛丽惊呼，把小人儿从弗里茨手里夺了过去。“他可真是个头脑简单的蠢家伙，”弗里茨说，“他想当胡桃夹子，却没有一套好用的牙齿——可能也根本不懂手艺。把他给我，玛丽！他得给我嗑坚果，就算他剩下的牙齿也掉了，包括上边的整个嘴巴都掉了，那也是因为他太废物。”“不，不行，”玛丽哭着说道，“我不会给你的，我亲爱的胡桃夹子，你看，他那么悲伤地看着我，他在让我看他受伤的嘴巴！你是个铁石心肠的人，你打过你的马，还让人枪毙过一个士兵。”“那是必须的，你不懂，”弗里茨喊道，“但是这个胡桃夹子既属于你同样也属于我，把他给我。”玛丽开始哭得更厉害，并迅速地用小手帕把受伤的胡桃夹子包了起来。

父亲、母亲与德罗瑟迈耶教父一起走过来。让玛丽难过的是，德罗瑟迈耶教父竟然站在弗里茨一边。不过父亲说：“我已经明确说过，这个胡桃夹子交给玛丽来保护，既然他现在需要保护了，那么玛丽就完全有权利这么做，别人不能干预。另外，我对弗里茨感到惊讶，他竟然要求因公受伤者继续操练。作为一名优秀的军官，他想必知道，伤员是从不参加列队训练的，不是吗？”弗里茨十分羞愧，他不再纠缠坚果和胡桃夹子的事，悄悄溜去了桌子的另一边，在那里，他的骑兵们在布置好适当的岗哨后已经进驻了夜间营地。

玛丽把胡桃夹子掉了的几颗小齿搜集到一起，又从自己的小裙子上解下一根漂亮的白丝带，将他受伤的下巴包扎起来，再把面色苍白、似乎受到惊吓的可怜小人儿更加仔细地裹进手帕里。然后她像抱婴儿一样把他抱在怀里摇晃着，一边看着新画册中的那些美丽的图片，这是今天的众多礼物之一。德罗瑟迈耶教父笑得厉害，不住地问她是如何做到把一个这么丑的小家伙搞得这么漂亮的，玛丽因此非常生气，这在她是十分罕见的。第一眼看到小人儿时把他同德罗瑟迈耶教父所作的奇怪比较又回到了她的脑海中，于是她十分严肃地说道："谁知道呢，亲爱的教父，要是你也像我亲爱的胡桃夹子这样好好打扮一番，要是你也穿上这样一双亮闪闪的漂亮靴子，谁知道你看上去会不会也像他一样英俊呢！"玛丽不明白她的父母为什么突然开始放声大笑，也不明白高级法院参事先生的脸为什么红到了耳根，而且也没像平时那样跟着别人一起响亮地大笑。可能他有他的特殊原因吧。

奇异的事

医务参事家的客厅进门处，紧挨着左侧那面宽墙，立着一个很高的玻璃柜子，柜子里存放着孩子们每年作为礼物得到的各种漂亮玩意儿。早在路易丝还很小的时候，父亲就请一位手艺娴熟的木匠师傅制作了这个柜子，师傅给它装上了特别明亮的玻璃，把整个柜子制作得十分巧妙，使得那些东西放进去后，比拿在手上时更显有光泽、更加漂亮。在玛丽和弗里茨够不到的最上面一层，摆放着德罗瑟迈耶教父制作的艺术作品，紧挨着的下面一层放着各种画册，最下面两层可以由玛丽和弗里茨随意摆放东西，不过玛丽总是把最底下那层布置成她的娃娃们的房间，而弗里茨则总是把紧挨着的上面一层当成他的军队的驻扎营地。今天也是如此，弗里茨把他的骑兵放在上面那层，玛丽则在下面那层把小特鲁特小姐挪到一旁，把打扮得漂漂亮亮的新娃娃放进布置得很好的房间，然后又邀请自己去她家里做客吃甜点。我说房间布置得很好，是真的很好，因为，聚精会神的小听众玛丽啊，我不知道你是否也像施塔鲍姆一样（你已经知道了，她的名字也叫玛丽），我是说，我不知道你是否也像她一样拥有一个小巧漂亮的花沙发，几把十分可爱的小椅子，一张秀气的茶几，尤其是一张特别讨人喜欢的、可以让漂亮娃娃们躺在上面休息的亮闪闪的小床呢？所有这些东西都立在柜子的一角，那里的墙面甚至还贴了彩色图画做墙纸，你想想，在这样的房间里，那个新来的娃娃——玛丽今晚刚刚得知她的名字叫小克拉拉小姐—— 一定住得舒适极了。

夜深了，时间已近午夜，德罗瑟迈耶教父早已离开，两个孩子却仍然不肯离开玻璃柜子，母亲一再催促他们上床睡觉也无济于事。“确实，”最后弗里茨说道，“这些可怜的家伙（指的是他那些骑兵）也想休息了，但只要我还待在这儿，就没有人敢打瞌睡，我很清楚这一点。”说完他就走了。但玛丽却还是恳求道：“再待一小会儿，就让我再待最后一小会儿吧，亲爱的妈妈，我还有些事得做，做完了我马上就去睡！”玛丽一向都是个乖巧懂事的孩子，因此善良的母亲可以放心地留下她一个人独自玩那些玩具。但是，因为担心玛丽会太沉迷于那个新娃娃和其他各种漂亮玩意儿而忘记熄灯，母亲把围绕着壁柜四周的一圈灯都熄灭了，只留下房间中央的那盏灯从天花板上垂下来，继续散发着柔和淡雅的光。“早点进来哟，亲爱的玛丽！不然明天你就不能按时起床了。”母亲说完便进了卧室。

等到只剩下玛丽一个人时，她马上开始做她心里一直惦记着的事，这件事她不想让母亲发现，连她自己也不知道为什么。她怀里一直还抱着受伤的胡桃夹子，用手帕包着。现在她小心翼翼地把他放在桌子上，轻轻地、轻轻地打开手帕，察看伤员的情况。胡桃夹子面色十分苍白，但他还是忧伤而友好地微笑着，这让玛丽非常心疼。“唉，小胡桃夹子啊，”她很小声地说道，“你别生气，我的哥哥弗里茨把你弄疼了，但是他没有多大恶意，他只是因为那些粗野的士兵操练变得有点硬心肠了，但除此之外他是个挺好的男孩子，我可以向你保证。不过现在我会一直好好地照顾你，直到你完全康复，重新快活起来。给你把牙齿重新装上、给你的肩膀复位这些事要等德罗瑟迈耶教父来做，他对这些事很在行。”

但是玛丽的话没能说完，因为当她念出德罗瑟迈耶这个名字时，那位胡桃夹子朋友的嘴巴非常难看地撇了撇，眼里掠过一道尖刺一样的绿幽幽的光。不过，还没等玛丽感到吃惊，她眼前看到的就重新变成老实的胡桃夹子那张忧伤微笑的脸了，于是她认为，一定是穿堂风让房间吊灯的火苗猛蹿了一下，把胡桃夹子的脸照得变了形。“我岂不是个傻丫头吗，这么容易受到惊吓，我竟然以为木头玩偶会对我做鬼脸！但是我太喜欢胡桃夹子了，他是那么有趣又是那么和善，所以他必须得到应有的照料！”说着她把胡桃夹子朋友抱在怀里，走到玻璃柜子跟前蹲下，对那个新来的娃娃说道，“我衷心地请求你，小克拉拉小姐，请把你的小床让给生病受伤的胡桃夹子，你自己先在沙发上将就一下。要知道你的身体是很好的，非常健康，否则你的脸蛋就不会这样红扑扑的了，就算是最漂亮的娃娃，也没有几个人拥有这么柔软的沙发呢！”

小克拉拉小姐身上穿着亮闪闪的圣诞盛装，看起来十分高贵而不悦，哼都没哼一声。“我真是多此一问啊。”玛丽说着取出小床，将胡桃夹子很轻很轻地放上去，又用平时戴在身上的一条很漂亮的丝带把他受伤的肩膀包扎起来，给他把被子一直盖到鼻子底下。“但是他不能待在光线这么差劲的地方。”她继续说着，把整个小床连同躺在床上的胡桃夹子一同取出来，放在了上面的一层，紧挨着弗里茨的骑兵扎营的那个美丽村庄。然后她关上柜门，正想朝卧室走，这时——注意听，孩子们！——这时四周突然到处传来一阵喊喊喳喳、窃窃私语的声音和窸窸窣窣声，炉子后头、椅子后边和柜子后头都有。墙上的钟发出越来越大的嗡嗡声，但却怎么都敲不响。玛丽抬眼看去，发现停在钟上面的那只镀金大猫头鹰垂下翅膀，把整个钟覆盖住了，还把它那长着弯钩尖喙的丑陋猫头使劲儿向前伸着。它嘴里发出更大的嗡嗡声，而且还可以听出清楚的句子：“钟啊，钟，钟，所有钟们，你们轻点嗡嗡，轻点嗡嗡。老鼠国王的耳朵可灵啦，噗噗，嗵嗵，唱歌吧，给他唱一首古老的小曲，噗噗，嗵嗵，敲响吧，小钟钟，敲响吧，他很快就会完蛋！”然后，钟嗵、嗵、嗵地发出了沉闷而嘶哑的十二声响！

玛丽觉得害怕极了，她惊恐地想要逃走，却忽然发现钟上面坐着的不是猫头鹰，而是德罗瑟迈耶教父，他上衣两侧的黄色燕尾像两只翅膀一样低垂着，可她还是鼓起勇气，带着哭腔大声喊道：“德罗瑟迈耶教父，德罗瑟迈耶教父，你在那上边做什么？快下来，到我这里来，别这样吓我啊，你这可恶的德罗瑟迈耶教父！”但是紧接着，四周响起一阵疯狂的窃笑声和吱吱声，墙后面似乎有千万只小脚在跑来跑去，千万盏小灯透过楼板缝隙向外照射着。等等，那不是小灯，不是！那是千万只闪烁发光的眼睛，玛丽明白了，到处都有老鼠在往外窥视，在努力钻出来。很快，房间里踢踢踏踏的脚步声响成一片，越来越多的老鼠成群结队地迅速跑来跑去，最终站成一行行一排排，就像弗里茨在他的士兵们出征前将他们摆成的那样。这在玛丽看来十分滑稽，而且她不像别的有些孩子那样天生厌恶老鼠，所以她渐渐地快要忘记心里的恐惧了，但就在此时，一阵可怕而尖利的吱吱声突然响起，吓得她后背一阵发凉！哎呀，现在她看到了什么！说真的，亲爱的读者弗里茨，我知道你也像聪明勇敢的弗里茨·施塔鲍姆将军一样英勇无畏，但是假如你看见了玛丽现在所看到的场面，说真的，你一定拔腿就跑，我甚至相信，你会立马跳上床，把被子一直拉过耳朵，拉到老高。唉！但是可怜的玛丽无法这样做，因为，注意听，孩子们！在紧挨着她双脚的地面，像是被一股来自地底下的力量推动着，一堆砂石灰砾和碎砖块翻拱起来，七颗老鼠脑袋顶着七枚闪光耀眼的皇冠，一边令人毛骨悚然地嘶嘶吱吱叫着，一边从地底下钻了出来。很快，这只脖子上长着七颗脑袋的老鼠将整个身子也挤出来了，于是全部老鼠队伍便对着这只硕大的、头戴七颗冠冕的老鼠齐声欢呼，吱吱尖叫着连喊三声，随后便迈开步伐开始前进，嗵嗵、锵锵，哎呀，它们直直地朝着柜子，朝玛丽这边走过来了，后者正紧贴柜子的玻璃门站着。玛丽的心因为恐惧害怕而猛跳，她甚至觉得它马上就要从胸口跳出来了，那样她就会死掉的；其实她感觉她血管里的血现在似乎已经静止了。她几近昏厥地向后倒去，胳膊肘撞到了柜子的玻璃门上，“哗啦”一声，玻璃碎落一地。在那一瞬间，她清楚地感觉到左臂传来一阵刺痛，但与此同时她的心也一下子放松了许多，她再也听不见任何吱吱声和嘶嘶声了，周围一下子变得非常安静，不用看她也知道，老鼠们被玻璃打碎的声音吓得又溜回洞里去了。

可是，现在又是怎么回事？就在玛丽身后紧挨着的柜子里，出现了一阵奇怪的嘈杂声，然后一个非常细小的声音喊道：“起床了，起床了！上战场了，就今晚！起床了，上战场了！”与此同时，一阵和谐悦耳、非常好听的小铃铛声响了起来！“啊，这是我的小乐钟呀！”玛丽高兴地喊道，然后迅速跳到一边。她看见柜子里灯火通明，一派繁忙景象。好几个玩偶正在跑来跑去，挥舞着细小的胳膊四处战斗。就在此时，胡桃夹子突然猛地坐起，一把掀开身上的被子扔得老远，双腿同时一跳下了床，嘴里喊着："咔嚓，咔嚓，咔嚓，老鼠蠢贼，愚蠢地胡闹，老鼠蠢贼，咔嚓咔嚓，老鼠蠢贼，咔嚓咔嚓，全是胡闹。"说着他抽出自己的小宝剑，在空中挥舞着，喊道："我亲爱的臣子们、朋友们和兄弟们，你们愿意在这场艰苦的战斗中支持我吗？"立刻便有三个斯卡拉穆恰[3]、一个潘塔隆[4]、四个烟囱工、两个齐特琴师和一个鼓手激动地高喊："是的，大人，我们坚定不移地追随您！我们与您同生共死，并肩战斗，共同胜利！"说完便跟在兴奋的胡桃夹子后面惊险地从柜子的上面一层往下跳。不错！这些人安然无恙地跳下来了，因为他们不仅身穿厚厚的绫罗绸缎，而且他们的身体里面填充的大抵也都是些棉花和碎糠之类的东西，因此他们跳下来时就像是一个个小棉花口袋在往下掉。但是可怜的胡桃夹子绝对会摔断胳膊腿，因为，你们想啊，从他所站的高处那一层到地面有近两英尺高，而他的身体又那么脆硬易断，简直像是用椴木雕刻出来的似的。没错，胡桃夹子是绝对会摔断胳膊腿的，幸好在他起跳的瞬间，小克拉拉小姐也迅速地从沙发上跳起来，用她柔软的双臂把这位宝剑出鞘的英雄拦住了。

"哦，亲爱的善良的小克拉拉！"玛丽哽咽着说，"我真是误会你了，刚才你一定很愿意把你的小床让给胡桃夹子朋友！"这时，小克拉拉小姐温柔地把年轻的英雄紧紧地搂在自己的丝绸胸前，说道："大人，您受了伤，现在身体虚弱，您可以不去参加危险的战斗吗？您看，您那些勇敢的封臣已经集结起来了，他们英勇好战，有必胜的把握。斯卡拉穆恰、潘塔隆、烟囱工、齐特琴师和鼓手已经在下面，而我这层柜子里的那些瓷人也明显地骚动起来了！哦，大人，您就待在我怀里休息，或者从我的羽毛帽上俯瞰您的胜利，好吗？”虽然小克拉拉这样说，可胡桃夹子非常倔强，他的两只脚使劲儿乱蹬，使得小克拉拉只好立刻把他放到地上。但在落地的一瞬间，他就彬彬有礼地单膝跪下，轻声说道：“啊，小姐！我会在战斗和搏杀中始终牢记您给我的仁慈和恩宠！”小克拉拉深深地弯下腰，托着他的小胳膊温柔地把他扶了起来，然后她迅速解下自己身上那条装饰着很多亮片的腰带，想给小家伙披上，但后者退后两步，将手放在胸前，很郑重地说道：“哦，小姐，请别在我身上浪费您的宠爱，因为——”他顿了顿，然后深吸一口气，迅速地把玛丽系在他身上的丝带从肩膀上扯下来，在唇边贴了贴，把它像臂章一样绑在胳膊上，然后勇敢地挥舞着亮晃晃的小宝剑，身轻如燕地越过柜子边沿跳到了地面上。

最最友好、最最优秀的听众们啊，你们一定已经发现了，胡桃夹子在很早以前，在他还没有真正活过来之前，就已经清楚地感觉到了玛丽对他的喜爱和善意，正因为他也同样喜爱玛丽，所以他连小克拉拉小姐的一条带子都不想接受和佩戴，虽然那带子看起来亮闪闪的漂亮极了。忠诚善良的胡桃夹子宁愿用玛丽那条朴素的小带子来打扮自己。不过，接下来会怎么样呢？胡桃夹子刚一跳下来，那些吱吱吱、嘶嘶嘶的声音就重新出现了。哎呀，瞧那张大桌子底下，数不清的老鼠聚集成可怕的一大群，其中最突出的就是那只令人厌恶的、长着七个脑袋的老鼠！那么，后事将会如何？！

战役

“敲响进军鼓，忠诚的鼓手封臣！”胡桃夹子高声喊道，于是鼓手马上开始发出极富技巧的咚咚声，震得连玻璃柜的窗子都随之颤抖和嗡鸣。紧接着，里面传出东西裂开的吱吱嘎嘎声，玛丽看到，作为弗里茨的部队扎营地的那些盒子，盒盖全被强行掀开了，士兵们纷纷跳出来，再跳到最底下一层，在那里成群结队地集结起来。胡桃夹子走来走去，对着部队慷慨激昂地训话。“小号手谁都不许动。”他愤怒地吼道，然后迅速地转身看向潘塔隆，后者此时面色有些苍白，尖尖的下巴颤颤巍巍地抖动着。胡桃夹子郑重其事地说道：“将军，我清楚您的勇气和经验，现在正是需要总揽全局、随机应变的时刻，我委托您担任全部骑兵部队和炮兵部队的总指挥。马您就不需要了，您的腿太长，骑马疾驰时会很难受。现在，履行您的使命吧。”于是潘塔隆立即将纤细瘦长的手指按在嘴边，发出极富穿透力的呼哨，声音听起来像是有上百支嘹亮的小号在欢快地吹响。柜子里随即传来嘶鸣声和踢踏声，看，弗里茨的胸甲骑兵和龙骑兵，最重要的是他那批新来的亮闪闪的骠骑兵全都出动了，他们很快就来到地面并停了下来。紧接着，一个接一个的军团旗帜飘飘、鼓乐齐鸣地从胡桃夹子面前走过，排着宽阔的队列横穿整个房间。队列最前面是几架由炮兵护卫着的、哐当哐当行驶着的大炮，很快，大炮发出嘭、嘭、嘭的声音，玛丽看见一颗颗糖豌豆落入黑压压的老鼠群中，因此很多老鼠身上被覆满了白糖粉，个个面露羞愧。有一支炮兵小分队冲上了妈妈的脚凳，从那里嘭、嘭、嘭地把一枚接一枚的姜汁圆饼发射到下面的老鼠群里，使它们纷纷倒地，给了它们尤其沉重的打击。

但老鼠们还是越来越近了，甚至攻占了几门大炮，随后传来几声噗噗的声音，隔着硝烟和炮火，玛丽看不太清具体发生了什么。但可以肯定的是，每个军团都在倾尽全力艰苦作战，战况十分胶着，一时难分胜负。老鼠群的数量逐渐变得越来越多，它们熟练地抛掷出许多银色小丸，有些已经飞进了玻璃柜子。小克拉拉和小特鲁特绝望地跑来跑去，手都扭伤了。“难道我要在最好的青春年华死去吗？我可是所有娃娃里最漂亮的啊！”小克拉拉喊。“我把自己保养得这么好，难道是为了死在这四堵墙中间吗？”小特鲁特叫。然后两人抱头痛哭，哭声大得在轰隆隆的炮火声中都听得见。因为啊，此刻发生的混乱场面是你们无法想象的，亲爱的听众们。只听见噗——噗、噼里啪啦——噼里啪啦、呜哩哇啦——呜哩哇啦、嘭——啪、嘭——啪的声音响作一团，中间还夹杂着老鼠国王和老鼠们的吱吱声和喊叫声。接着，大家再度听见胡桃夹子强有力的声音在发布有用的命令，看见他昂首阔步的身影行走在硝烟弥漫的大部队中。

潘塔隆指挥的几次骑兵进攻完成得非常出色，赢得了交口称赞，但弗里茨的骠骑兵们被老鼠炮兵投掷了讨厌而恶臭的炮弹，衣服上留下非常可怕的污痕，搞得他们有点不想前进了。潘塔隆让他们向左掉头，在发号施令的兴奋中，他自己、他的胸甲骑兵和龙骑兵也同样照做了，这就意味着，他们所有人都向左掉头，回家了。这样一来，设在脚凳上的炮台陷入了危险，没过多久就来了一大群极其丑陋的老鼠，它们冲得特别猛，把整个脚凳连同上面的炮兵和大炮全都撞翻了。胡桃夹子看上去十分震惊，他命令右翼向后撤退。唉，极富战斗经验的听众弗里茨啊，你很清楚，这样的撤退几乎和逃跑是一回事，所以，现在就和我一起为玛丽所心爱的小胡桃夹子率领的部队即将面临的不幸而悲痛吧！

不过，咱们暂时还是先把目光从眼前的灾难上移开，看一看胡桃夹子所率部队的左翼，那里的情况还是非常不错的，能给元帅和部队带来不少希望。在激烈的交战中，一群群老鼠骑兵悄无声息地从五斗橱底下冲了出来，它们可怕地吱哇乱叫着，疯狂地扑向胡桃夹子部队的左翼，但是遭到了顽强的抵抗！在两位中国皇帝的率领下，瓷人军团缓慢地移动出来（因为地形险恶，他们必须越过柜子的边沿），排成了一个方阵。这支勇敢、色彩斑斓、气势磅礴的部队由很多园丁、蒂罗尔人、通古斯人、理发师、丑角、丘比特、狮子、老虎、长尾猴和猴子组成，他们在战斗中沉着冷静，勇敢而坚韧。凭着这种斯巴达式的英勇，这支精锐部队差点从敌人手中夺取了胜利，可惜有一个鲁莽的敌方骑兵中尉不要命地冲过来，咬掉了其中一位中国皇帝的头，致使后者在倒下的过程中还砸死了两个通古斯人和一只长尾猴。这样就形成了一个空当，被敌人冲了进来，整个队伍很快就被撕开得四分五裂。不过敌人也没从它们的恶行中捞到什么好处。一只嗜杀成性的老鼠骑兵刚把一个勇敢的对手咬死，它的脖子就被一张印着字的卡片划过，一转眼就死翘翘了。

然而这对胡桃夹子的队伍并无多大帮助，他们一退再退，损失的人数越来越多，等到了玻璃柜子旁边时，不幸的胡桃夹子身边已经只剩下一小拨人了。“后备军该上了！潘塔隆、斯卡拉穆恰、鼓手，你们在哪儿？”胡桃夹子大声喊着，期待能有新的队伍从玻璃柜子里涌现出来。确实有几个黄色面孔、头戴帽子和头盔的来自托伦的棕色男女赶了过来，但是他们只会笨拙地四处乱打，非但一个敌人都没打着，还差一点把他们的统帅胡桃夹子的帽子从脑袋上掀下去。而且敌方猎手很快咬断了他们的腿，使得他们摔倒在地，同时还砸死了胡桃夹子的几个兄弟。现在，胡桃夹子被敌人团团包围，处境凶险，陷入了极度恐惧。他想越过柜子边沿跳进柜子里去，但他的腿太短了，而小克拉拉和小特鲁特都在昏迷中，无法帮他。骠骑兵和龙骑兵们轻快地从他身边掠过，跳进了柜子。在极度绝望中，他大喊：“来一匹马，来一匹马，我愿意用一个王国来交换一匹马！”就在此时，两个敌方士兵抓住了胡桃夹子的木斗篷，然后，伴随着从七个喉咙里同时唱出来的吱吱吱的凯旋之歌，老鼠国王冲了过来。玛丽再也控制不住自己，“哦，可怜的胡桃夹子！可怜的胡桃夹子！”她哽咽着，在没意识到自己做什么之前，她的手已经脱下了左脚的鞋子，用力地朝老鼠群最密集的地方，朝它们的国王砸去。刹那间，一切似乎烟消云散，但是玛丽感到左臂传来一阵剧烈的刺痛，随后便人事不省地晕倒在地上了。

生病

玛丽从死一般的沉睡中醒来时，正躺在自己的床上，明亮耀眼的阳光从结满冰霜的窗户照进房间里。她旁边坐着一个陌生人，她很快就认出那是外科医生温德尔斯特恩。后者轻声说道："她醒了！"然后母亲走了过来，用一种很担忧的目光审视地看着她。"啊，亲爱的妈妈，"小玛丽声音虚弱地说，"那些讨厌的老鼠都跑了吗，善良的胡桃夹子得救了吗？"

"别说这种傻话，亲爱的玛丽，"母亲回答说，"老鼠和胡桃夹子有什么关系？倒是你这个顽皮的孩子，可把我们大家都吓得不轻。孩子一意孤行，不听父母的话，就会出这种事。你昨天跟你的玩偶们一直玩到深夜。后来你犯困了，可能正好有一只老鼠（虽然这里平时并没有老鼠）跳出来吓到了你；总之，你的胳膊撞上了柜子的玻璃门，手臂伤得不轻，温德尔斯特恩医生刚刚才帮你把伤口的碎玻璃取出来，他说要是玻璃割破了血管的话，你的一条胳膊很可能就会残废，甚至你也可能会流血而死。谢天谢地，幸好我半夜醒来，发现你没在床上，就起身去客厅看了一眼。你当时人事不省地躺在玻璃柜旁边的地上，流了很多血。那场面吓得我几乎也要晕倒了。你躺在那儿，我看见你身边散落着很多弗里茨的铅兵、几个玩偶、摔碎了的瓷人、姜饼小人；胡桃夹子躺在你流血的手臂上，不远处是你的左脚鞋子。"

"啊，妈妈，妈妈，"玛丽打断她的话，"您瞧，那就是玩偶和老鼠之间那场大战留下的痕迹呀，我之所以受到惊吓，是因为当时老鼠们想要把指挥玩偶军队的可怜的胡桃夹子抓走。于是我就把我的鞋子掷进了老鼠群，然后我就不知道后面发生的事情了。”

外科医生温德尔斯特恩朝母亲使了个眼色，于是母亲非常温柔地对玛丽说：“别管那些了，亲爱的孩子！放心吧，老鼠全都跑了，小胡桃夹子安然无恙地待在玻璃柜里呢。”

此时，医务参事走进房间，他与外科医生温德尔斯特恩谈了很久；随后他给玛丽把了把脉，玛丽清楚地听见他们说到了伤口引起的发烧。一连好几天，她不得不卧床服药，但除了手臂上有些疼痛之外，她并没有感觉自己生病或不舒服。她知道小胡桃夹子安然无恙地从战场上获救了，有时候，仿佛在做梦一般，她听见他用悲伤忧郁的声音非常清晰地对她说：“玛丽，最尊贵的小姐啊，我非常感谢您，但还有不少事是您可以为我做的！”玛丽徒劳地思索那应该是些什么事，但却一件都想不出来。

由于手臂受伤，玛丽现在无法正常地玩耍了，而当她想要读读书或者翻翻画册的时候，又总是莫名其妙地眼冒金星，于是她只得作罢。这样一来她的时间变得十分漫长，她总是迫不及待地盼望着黄昏的来临，因为那时候母亲会坐在她的床边，给她读或讲很多美丽的故事。这一回，母亲刚刚读完法赫鲁丁王子的精彩故事，门开了，德罗瑟迈耶教父走了进来，他一边走一边说道：“现在我必须亲眼看看生病受伤的玛丽情况怎样了。”

玛丽一瞥见德罗瑟迈耶教父和他的黄色小外套，胡桃夹子大战老鼠并惨遭失败那夜的画面就生动地浮现在眼前，她情不自禁地对高级法院参事大声嚷道：“啊，德罗瑟迈耶教父，你当时真是太讨厌了，我清楚地看见你坐在钟上面，用翅膀把它盖住，让它不能敲响，否则老鼠们就会被吓跑了。我还清楚地听见你呼唤老鼠国王！你为什么不帮胡桃夹子，为什么不帮我，你这个讨厌的德罗瑟迈耶教父，我受伤生病，不得不躺在床上，难道不是都怪你吗？”

母亲吓了一跳，说：“你在说什么呀，亲爱的玛丽？”

然而德罗瑟迈耶教父却做出一些奇怪的表情，并用一种咯嗒咯嗒的单调声音说道：“钟摆必须嗡嗡嗡，钟摆必须嘀嘀嗒，钟摆不想再顺从，钟啊，钟，钟摆必须嗡嗡嗡，轻声地嗡嗡嗡，钟铃敲响声音大，丁零，当啷，当啷，玩偶女孩，你别慌！小铃铛敲啊敲，敲响了，要赶走老鼠国王，猫头鹰嗖嗖飞得快，噼噼啪，噼噼啪，小铃铛叮叮当，钟啊，嗡嗡，嗡嗡，钟摆必须嗡嗡嗡，嘀嘀嗒，不想再顺从，嘤嘤嗡嗡，咕噜咕噜！”

玛丽目瞪口呆地看着德罗瑟迈耶教父，因为他看起来跟平时完全不一样了，而且比平时更丑，他的右胳膊摆来摆去，像是一个被铁丝拉着的提线木偶。要不是母亲就在旁边，玛丽一定会被吓坏的，幸好这时不知什么时候溜进来的弗里茨大声笑起来，打断了德罗瑟迈耶教父。“哈哈，德罗瑟迈耶教父，”弗里茨嚷道，“你今天怎么又变得这么滑稽好笑了，你的动作真像那个早就被我扔进炉子里的提线木偶。”

然而母亲的神情非常严肃，她说：“亲爱的高级法院参事，这真是个很特别的玩笑，您究竟是什么意思呢？”

“我的天哪，”德罗瑟迈耶哈哈大笑着说，“您不记得我这首可爱的钟表匠小调了吗？我以前总是给像玛丽这样的小病号唱这首歌啊。”说完他迅速地在玛丽的床边坐下，对她说道：“不要因为我没有立刻把老鼠国王的十四只眼睛全挖出来而生气啦，那是不可能的，不过我倒是给你准备了一个真正的惊喜。”高级法院参事一边说着，一边把手伸进兜里，然后他轻轻地、轻轻地掏出一个东西，那竟然是——胡桃夹子，而且他已经巧妙地替他把掉了的牙齿重新牢牢地装好，把脱落的下巴也重新复了位。

玛丽开心得高声欢呼起来，而母亲笑着说："现在你知道德罗瑟迈耶教父对你的胡桃夹子有多好了吧？"

"但是你得承认，玛丽，"高级法院参事打断医务参事夫人的话，"胡桃夹子的身材并不很好，他的脸也谈不上英俊。他的家族怎么会形成这样的丑陋外表并遗传给他呢？你要是愿意听的话，我可以好好给你讲讲。还是你已经听过皮里帕特公主、鼠尾女巫和巧手钟表匠的故事了？"

"哎，"弗里茨突然插嘴说道，"德罗瑟迈耶教父，你把胡桃夹子的牙齿都装好了，下巴也不像原来那样松动摇晃了，但他为什么没有了他的剑，你为什么不给他佩戴一把剑呢？"

“哎呀，”高级法院参事很不高兴地说，“你怎么什么都要挑毛病呢，年轻人！胡桃夹子的剑关我什么事，我已经治好了他的身体，他要是愿意的话，现在自己去搞一把剑来好了。”

“这倒是，”弗里茨说，“如果他是个能干的家伙，就应该知道怎样搞到武器！”

“那么，玛丽，”高级法院参事继续说道，“告诉我，你究竟听没听过皮里帕特公主的故事呢？”

“啊，没听过，”玛丽答，“讲讲吧，德罗瑟迈耶教父，讲讲吧！”

“但愿，”医务参事夫人开口说道，“亲爱的高级法院参事，但愿您的故事不会像您通常所讲的那些故事那样吓人吧？”

“绝对不会，亲爱的医务参事夫人，”德罗瑟迈耶答道，“相反，我现在有幸要讲的这个故事逗趣极了。”

“快讲吧，哦，快讲吧亲爱的教父。”孩子们喊了起来，于是高级法院参事开始讲了起来。

“皮里帕特的母亲是一位国王的妻子，也就是一位王后，所以皮里帕特从出生的那一刻起就是一位天生的公主。国王看着躺在摇篮里的漂亮小女儿高兴得不得了，他大声欢呼，又唱又跳，单腿转圈圈儿，一声接一声地喊：‘哈，哈！有谁见过比我的小皮里帕特更美丽的事物吗？’而所有大臣、将军、宰相和军官都跳起来，像君王那样单腿蹦来蹦去，大声喊着：‘不，没有！’事实上，确实不能否认，自从这个世界存在以来，就从未出生过比皮里帕特公主更漂亮的孩子。她的小脸蛋像是用百合色和玫瑰色的柔软真丝织成的，她的眼睛就像生动明亮的蓝天，她的小发卷儿仿佛是用闪闪发光的金线卷曲而成，漂亮极了。除此以外，小皮里帕特还天生拥有两排小巧的贝齿，并且在出生两小时后，她就用它们咬住了想仔细检查她面部轮廓的帝国首相的手指，致使后者大叫了一声：‘哦，天哪！’不过另一些人断言他当时喊的是：‘哦，疼啊！’对此，各方观点至今还存在分歧。总之，小皮里帕特真的咬了帝国首相的手指，于是欣喜若狂的整个国家都知道了，皮里帕特那天使般美丽的小身体里也寓居着精神、情感和智力。

“就这样，全国上下都欢天喜地，唯有王后却忧心忡忡，十分不安，没有人知道为什么。尤其特别的是，她让人非常仔细地看守皮里帕特的摇篮，除了房门有卫兵把守之外，还有两位女佣紧贴在摇篮边上看护着，此外还有另外六名女佣必须每天夜里坐成一圈守在房间里。而且，听起来很傻并且没人能理解的是，这六名女佣必须每人抱着一只猫，并要整晚抚摸它们，让它们不停地发出呼噜呼噜的声音。亲爱的孩子们，你们一定猜不到，皮里帕特的母亲为什么要做出这些安排，但是我知道，并且马上就会告诉你们。

“曾经有一次，皮里帕特父亲的宫廷里聚集了许多国家的优秀国王和可爱的王子，因此这里热闹非凡，举办了很多骑士比赛，演出了很多喜剧，也举行了很多宫廷舞会。国王为了显示自己根本不缺金子和银子，决定从国库中拿出一大笔财宝，用它们办点像样的事情。因此，当他私下里从宫廷厨师长那儿得知，宫廷天文官已经预告了宰牲的时间，便安排了一场豪华的香肠盛宴，然后他跳上马车，亲自邀请所有国王和王子，请他们每个人都来尝尝，体会一下享受美味的惊喜。回到家后，他非常亲切地对王后说：‘亲爱的，我有多喜欢香肠，你是知道的！’王后已经明白了他想说什么，他的意思无非就是，她应该像以前那样，承担起制作香肠这份有益的工作。

“于是宫廷大司库受命立刻给厨房送来了金子做的大香肠锅和银子做的平底锅，檀香木的灶火也旺旺地烧起来了，王后系上她的锦缎围裙，很快，锅里便飘出香肠汤甜丝丝的香味。这股好闻的气味一直飘到了议事厅，国王嗅到后心中狂喜，根本无法控制自己。‘失陪一下，先生们！’他喊道，然后飞快地奔向厨房，拥抱了一下王后，用黄金权杖在锅里搅动几下，才又平静地回到议事厅。现在到了非常重要的一步，要把肥肉切成小方块儿，放在银制的箅子上烤。侍女们都退下了，因为王后出于对她的王室夫君的忠诚之心和敬畏之情，想要独自完成这项工作。可是，肥肉刚开始烤起来，就听见一个非常细小的声音低低地耳语道：‘烤肉也给我一点，姐姐！我也想品尝美味，我也是王后，给我一点烤肉！’

“王后很清楚，说这话的是鼠尾夫人。鼠尾夫人很多年前起就住在国王的城堡里了。据她说，她与王室家族是亲戚，而她自己则是鼠尾王国的王后，因此她在炉灶底下也有一个很大的宫廷。王后是一个慈悲为怀的女人，虽然她平时不愿意承认鼠尾夫人是一位王后，还是她的妹妹，但在这样喜庆的日子里，她不介意让她好好吃一顿，于是她喊道：‘那就出来吧，鼠尾夫人，至少我这份肥肉您是可以享用的。’于是鼠尾夫人迅速而欢快地跳出来，跳上灶台，用纤细的小爪子抓起一块又一块王后递给她的肥肉。可是这下子，鼠尾夫人的亲戚朋友、七姑八舅的全都跳出来了，就连她的七个儿子，七个很没教养的调皮鬼，也扑到了肥肉上面，王后吓坏了，根本无法阻止它们。幸好这时宫廷厨师长走过来，赶走了这些纠缠不休的客人，这才剩下了一些肥肉。按照被叫过来的宫廷数学家的指示，这些肥肉被很有技巧地分配给了每根香肠。

“现在，外面锣鼓喧天，受邀的国王和王子们穿着闪亮的节日盛装，有的骑着白马，有的坐着水晶马车，全都来参加香肠盛宴了。国王亲切友好地接待了他们，然后，作为一国之主的他便头戴王冠、手持权杖坐在了桌子的最顶端。在上肝肠的时候，大家就看见国王的脸色变得越来越苍白，他抬眼望天，从胸中吐出一口轻轻的叹息，内心似乎承受着极大的痛苦！等到了上血肠的时候，他大声抽泣叹息着跌坐在自己的宝座上，双手捂住脸，发出痛苦的呻吟。所有人都从桌边跳起来，御医徒劳地试图给这位沮丧的国王把脉，但似乎有一种深深的、莫名的悲痛撕裂了他。最后，经过声声呼唤，在使用了烤鹅毛之类强效疗法之后，国王似乎缓过来了一些，他结结巴巴地吐出了一句几乎听不清的话：'肥肉太少了！'

"王后黯然扑倒在他脚边，啜泣着说道：'啊，我可怜的、不幸的夫君！哦，您在忍受怎样的痛苦啊！但是请看一看您脚边的这个罪人吧，请您惩罚她，严厉地惩罚她吧！唉，是鼠尾夫人和她的七个儿子、她的亲戚朋友和七姑八舅吃掉了肥肉，而且——'说到这里，王后倒在地上昏了过去。国王满腔怒火地跳了起来，大声喊道：'女总管，这是怎么回事？'宫廷女总管就把她了解的情况讲了一遍，于是国王决定，要向那位从他的香肠里抢走肥肉的鼠尾夫人和她的家族复仇。

"一个枢密委员会成立了，决定对鼠尾夫人进行审判，没收她的全部财产；但是，由于国王认为，她在此期间可能会继续吃掉更多的肥肉，所以整件事被移交给一位宫廷钟表匠兼奥术师[5]来处理。此人与我同名同姓，也叫克里斯蒂安·埃利阿斯·德罗瑟迈耶，他承诺，要用一种特别的政治计谋把鼠尾夫人及其家族永远驱逐出城堡。为此，他发明了一些非常巧妙的小装置，装置里有一根线拴着一块烤肥肉，他把它们在那位肥肉饕餮者女士的住处周围摆放了一圈。鼠尾夫人太聪明了，不可能看不穿德罗瑟迈耶的诡计，然而，不管她如何再三告诫，也无论她怎样介绍讲解，在烤肥肉的香味诱惑下，她的七个儿子和她的许许多多亲戚朋友、七姑八舅都踏进了德罗瑟迈耶的装置，它们刚想把肥肉叼走，就被一个突然落下的笼子捕住，并且在厨房里被屈辱地就地处决了。

“鼠尾夫人带着残余的一小撮人离开了这个恐怖之地。悲伤、绝望和复仇之心充溢着她的胸腔。整个宫廷喜气洋洋，但王后却非常担忧，因为她了解鼠尾夫人的脾气，她很清楚，后者是不会不替自己儿子和亲戚的死亡报仇而就这么算了的。事实的确如此。有一天，当王后为她的王室夫君制作他非常爱吃的猪肺酱时，鼠尾夫人出现了，她说：‘我的儿子、我的亲戚朋友和七姑八舅都被打死了，你可要当心，王后，别让老鼠王后把你的小公主咬成两半，走着瞧。’说完她就消失得无影无踪，但是王后吓坏了，失手把猪肺酱掉进了火里，于是鼠尾夫人第二次毁了国王最爱的食物，这让他大为恼火。——不过，今天晚上讲得够多了，剩下的以后再讲吧。”

玛丽对这个故事有她自己的想法，但是，不管她怎样再三恳求德罗瑟迈耶继续讲下去，他都不为所动，而是猛地站了起来，说道：“一次讲太多不利于健康，剩下的明天讲。”高级法院参事刚想往门外走，弗里茨问道：“可是，德罗瑟迈耶教父，你真的发明了捕鼠器吗？”“怎么会问这么傻的问题？”母亲说道。但是高级法院参事却露出了奇怪的笑容，他轻声说道：“难道我不是一个心灵手巧的钟表匠么，难道我连个捕鼠器都发明不了么？”

硬胡桃的童话（续）

“现在你们知道了，孩子们，”第二天晚上，高级法院参事德罗瑟迈耶继续讲道，“现在你们知道了，为什么王后要让人如此小心地看守美丽的小公主皮里帕特。她怎么可能不担心鼠尾夫人兑现她的威胁，回来把小公主咬死呢？德罗瑟迈耶的装置在对付聪明机智的鼠尾夫人时毫无用处，宫廷天文官（他同时也是首席枢密预言师和占星师）希望公猫呼噜儿一家能够做好准备，时刻提防鼠尾夫人靠近摇篮；正因为如此，看守的侍女们才会每人怀里都抱着一只公猫家的儿子，并尝试通过有技巧的轻挠来使他们辛苦的公务活动变得轻松一些，顺便说一下，这些猫平时在宫里都是担任枢密公使参赞的。

“有一天深夜，坐在摇篮边的两位枢密女看护中的一个，突然从沉睡中惊醒。周遭的一切都笼罩在睡眠中，没有呼噜声，房间里一片死寂，甚至能听见蠹虫啃噬木头的声音！但是，枢密女看护是何等惊慌啊，她看到眼前有一只巨大而丑陋的老鼠，用两条后腿直立着，正在把她可怕的头靠在公主的脸上。女看护惊恐地尖叫一声，跳了起来，所有人都醒了，但在同一瞬间，鼠尾夫人——皮里帕特摇篮边上的这只大老鼠不是别人，正是她！——已经迅速地窜到了房间的角落。几位公使参赞向她扑去，但是已经太迟——她钻进房间地板的一条缝隙里，消失了。

“小皮里帕特被这阵嘈杂声吵醒，不高兴地啼哭起来。‘谢天谢地，’女看护们喊道，‘她活着！’但是，当她们看向小皮里帕特，发现那个美丽柔弱的小孩变成了什么样子时，她们简直吓坏了。那个长着一张白里透红的脸蛋、顶着一头金色发卷儿的天使小脑瓜，现在变成了一颗畸形而肥大的头，长在一个非常小的、蜷缩着的身子上，天空般蔚蓝的双眼变成了一对向外突起的、呆滞的绿眼睛，嘴巴则从左耳朵一直咧到右耳朵。

“王后悲痛欲绝，而国王的书房不得不用夹棉裱糊纸贴得严严实实，因为他一次又一次地拿头撞墙，嘴里还悲恸地喊着：‘哦，我是个多么不幸的君王啊！’他现在本该明白了，要是他当时吃了那些没有肥肉的香肠，让鼠尾夫人和她的一大家子在灶台底下安稳地待着，一切都会好得多，但是皮里帕特的这位父王并没有往这方面想，相反，他把全部责任都推给了纽伦堡来的宫廷钟表匠和奥术师克里斯蒂安·埃利阿斯·德罗瑟迈耶。因此，他下了一个贤明的命令，要求德罗瑟迈耶在四个星期之内让皮里帕特公主恢复原来的样子，或者至少提供一个万无一失的办法来做到这一点，否则他就等着屈辱地被刽子手砍头而死吧。

“德罗瑟迈耶被吓得不轻，但他很快就重拾对自己的手艺和运气的信心，立刻开始了他认为最有用的操作。他手法娴熟地把小公主皮里帕特拆开，拧下她的小胳膊和小腿，检查她的内部结构，但他遗憾地发现，公主越长大就会变得越丑，对此他一筹莫展，毫无办法。他小心翼翼地把公主重新组装起来，靠在摇篮边上陷入忧愁，因为他是不被允许离开她的摇篮的。到了第四个星期，而且已经是星期三的时候，国王盯着他两眼冒火，手里的权杖威胁地指着他，喊道：‘克里斯蒂安·埃利阿斯·德罗瑟迈耶，快治好公主，否则你死定了！’德罗瑟迈耶开始放声大哭起来，然而小公主皮里帕特却开开心心地嗑着胡桃。奥术师这才注意到皮里帕特非同寻常地爱吃胡桃，而且一出生就有牙齿。事实上，在发生变形之后，她一直哭了很长时间，直到碰巧发现一颗胡桃，她立刻就嗑开了它，吃掉胡桃仁，然后便安静下来。自那以后，女看护们就不断地带胡桃给她吃。

“‘噢，大自然神圣的本能，万物永远神秘莫测的同情，’克里斯蒂安·埃利阿斯·德罗瑟迈耶喊道，‘告诉我通往奥秘的大门在何处，我将去敲响它们，而它们将会敞开！’他立刻请求与宫廷天文官谈谈，于是在卫兵的层层看守之下被带了过去。两位先生见面后热泪盈眶地拥抱了彼此，因为他们曾经是感情深厚的好朋友，然后两人便一同钻进一间密室，查阅了大量关于本能、同情、反感以及其他各种神秘事物的书籍。夜幕降临后，天文学家仰望星空，在同样擅长此道的德罗瑟迈耶的帮助下绘制了皮里帕特公主的星盘。这件事很不容易，因为线条变得越来越混乱，不过到最后——真让人高兴！——到最后他们终于理清了，皮里帕特公主要想摆脱那个令她变丑的魔法，要想重新变得和从前一样美丽，除了享用克拉卡图克胡桃的香甜果仁外别无他法。

“克拉卡图克胡桃的外壳特别坚硬，四十八磅的大炮从它身上驶过都无法碾碎它。但这样硬的胡桃，却必须由一个从未刮过胡子、从没穿过靴子的男子在公主面前咬开，然后闭着眼睛把胡桃仁递给她。然后这位年轻人还得向后倒退七步，并且不能跌倒，才能重新睁开眼睛。德罗瑟迈耶和天文学家昼夜不停地工作了三天三夜。星期六中午，国王刚刚在餐桌边上坐下，原本在星期天一大早就要被砍头的德罗瑟迈耶兴高采烈地冲了进来，宣布了能够让皮里帕特公主恢复从前美貌的方法。国王热烈地拥抱了他，许诺要赠给他一把钻石宝剑、四枚勋章和两件新的礼拜服。‘吃完饭马上开始，’他又亲切地补充道，‘亲爱的奥术师，请确保那位没刮过胡子、穿着便鞋的年轻人带着克拉卡图克胡桃做好应有的准备，请您让他事前不要喝酒，这样他像螃蟹一样往后退七步的时候就不会跌倒，事后他可以开怀畅欣！’德罗瑟迈耶听了这些话之后非常惶恐，他战战兢兢、吞吞吐吐地说，办法虽然找到了，但这两样东西——克拉卡图克胡桃和嗑开这颗胡桃的年轻人——需要现在去找，而且是否真能找到还是个疑问。

“国王听了勃然大怒，他把权杖举得老高，在戴着王冠的脑袋上方挥舞，用雄狮般的声音说道：‘那还是砍头吧。’德罗瑟迈耶陷入了恐惧和绝望，不过幸运的是，国王恰好觉得这天的午餐味道非常好，这让他心情不错，愿意听取一些理性的意见，而宽宏大量的王后对德罗瑟迈耶的命运十分同情，确实提了一些这样的意见。最后，德罗瑟迈耶鼓起勇气，对国王表示：在找到一个能够治好公主的办法这点上，他其实已经完成了任务，因此不应该被砍头。国王称这是愚蠢的借口和纯粹的狡辩，不过在喝了一小杯烧酒之后，他最终还是决定，派钟表匠和天文官两人出发去寻找克拉卡图克胡桃，直到把它揣在兜里带回来为止。至于嗑开这个胡桃的男子，王后则让人在本国和外国的报纸和情报书上多次刊登告示来征求。”

讲到这里，高级法院参事再次停下，他承诺第三天晚上继续讲余下的内容。

硬胡桃的童话（结束）

第三天晚上，刚到掌灯时分，德罗瑟迈耶教父果然又来了，他开始继续讲这个故事。

“德罗瑟迈耶和宫廷天文官已经在外面寻找了十五年，却连克拉卡图克胡桃的影子都没见到。至于他们曾经走过哪些地方，见过哪些稀奇古怪的东西，孩子们，我简直可以给你们讲上四个星期，不过我不打算这么做，相反，我想现在马上就讲的是，德罗瑟迈耶由于内心充满了深深的烦恼，最后竟对自己的家乡纽伦堡产生了一种强烈的思念。当时他正和他的朋友在亚洲的一片大森林里抽着烟斗，思念之情突然就出现在他心里。‘哦，美丽的，美丽的纽伦堡我的家乡，美丽的城市——谁若未曾见到你，哪怕游遍伦敦、巴黎、彼得罗瓦拉丁[6]，他的心也不会豁然开朗，他还会心心念念想见你——想见你，哦，纽伦堡，美丽的城市，有许许多多带窗户的漂亮房子。’

“德罗瑟迈耶伤心不已的长吁短叹，让天文官也心有戚戚，他开始悲痛地号啕大哭起来，哭声响亮得在辽阔的亚洲到处都能听见。不过他很快又冷静下来，擦去眼角的泪水，说道：‘可是，亲爱的同事，我们为什么要坐在这里哭呢？我们为什么不去纽伦堡呢？我们只要找到那该死的克拉卡图克胡桃就行，至于在哪里找、怎样找，不是完全无所谓吗？’‘这倒也是啊。’德罗瑟迈耶深感安慰地答道。于是两个人立刻站起来，把烟斗里的烟草磕倒干净，从亚洲中部的森林里走出来，直奔纽伦堡而去。

“他们刚刚抵达纽伦堡，德罗瑟迈耶就立刻去找他的堂兄——木偶制作师、油漆匠和镀金工克里斯托弗·扎哈里亚斯·德罗瑟迈耶，两人已经很多年没有见过面了。钟表匠把皮里帕特公主、鼠尾夫人和克拉卡图克胡桃的故事完完整整地讲给了堂兄，后者听得连连扶额，十分震惊地说：‘天哪，堂弟，这真是无奇不有啊！’然后德罗瑟迈耶又讲了他在长途旅行中的冒险经历，讲他如何在大枣国王身边度过了两年时间，如何遭到扁桃仁亲王的轻蔑和冷遇，如何在松鼠国的自然研究协会多方打听却毫无结果，总之，讲他如何四处碰壁，最后却连克拉卡图克胡桃的蛛丝马迹都没找到。

"在他讲这段话的时候，克里斯托弗·扎哈里亚斯打了好几次响指，单脚转了好几圈，嘴巴里啧啧有声，然后喊道：‘呃……哎呀……嗨，这可真是见鬼了！’最后，他猛地扯掉帽子和假发抛到空中，一把搂住堂弟的脖子，高声说：‘堂弟啊堂弟！你有救了，我说你有救了！因为，要是我没搞错的话，我本人就拥有那个克拉卡图克胡桃。’说完他马上拿来一个盒子，从里面取出一颗中等大小的镀金胡桃。‘瞧，’他说着把胡桃给堂弟看，‘瞧，这颗胡桃的来历是这样的：多年前的一个圣诞节，有个外地人扛着满满一麻袋胡桃来咱们这里兜售。恰好就在我的木偶售卖亭前面，他跟人打了一架，对方是一个本地的胡桃贩子，不情愿让外地人在这里卖胡桃，因此对他动了手，外地人为了抵挡他的袭击，就把麻袋放到了地上。恰在此时，一辆装载得满满的货车从麻袋上轧了过去，所有的胡桃都被轧碎了，只剩下唯一的一颗，外地人当时露出了很奇怪的笑容，要把那颗胡桃卖给我，价格是一枚1720年铸造的二十芬尼硬币。我觉得这事很神奇，便从口袋里找到一枚那人想要的二十芬尼硬币，买下了这颗胡桃，还给它镀了金，连我自己都不明白，我为什么要为这颗胡桃付这么多钱，还如此珍视它。’不过，堂兄这枚胡桃是否真的就是他们寻找的克拉卡图克胡桃呢？当宫廷天文官被请过来，刮掉镀金涂层，看到胡桃外皮上用汉字刻着‘克拉卡图克’这个词的时候，任何怀疑都不存在了。两位旅行者欣喜若狂，而堂兄也成了天底下最开心的人，因为德罗瑟迈耶向他保证，他的幸福已经到手，除了一笔可观的养老金外，他还可以免费获得镀金要用的金子。

“当晚，当奥术师和天文官已经戴上睡帽，准备上床睡觉时，后者，也就是天文官，忽然说道：‘我亲爱的同事，好事从来都是成双出现的，请您相信，咱们不仅找到了克拉卡图克胡桃，而且还找到了那个能嗑开它，并把它的美丽胡桃仁递交给公主的年轻人！我指的不是别人，就是您堂兄的儿子！不，我不想睡觉。’他兴奋地继续说道：‘我今天晚上就要给这个年轻人制作星盘！’说完他一把扯掉头上的睡帽，立刻开始观测星象。堂兄的儿子确实是一位从没刮过胡子、也从未穿过靴子的年轻人，而且他心地善良，长相英俊。虽然他小时候曾经作为一个提线木偶度过了好几个圣诞节，但是人们压根没有发现这一点，他的行为举止在父亲的努力下被培训得很好。圣诞节那几天，他总是身穿镶金边的红色外套，佩戴一把宝剑，帽子夹在腋下，并且梳一个戴发带的特别帅气的发型。他就这样耀眼地站在他父亲的售货亭里，出于天生的殷勤礼貌帮年轻女孩们把胡桃嗑开，因此她们总是叫他小胡桃夹子。

“第二天早上，天文官欣喜若狂地搂着奥术师的脖子喊道：

‘就是他，我们找到他了，他被找到了！不过，亲爱的同事，有两件事我们必须要注意。第一，您必须给您优秀的侄子编一条结实的木辫，要与下颌连在一起，这样就可以用力地拉动下颌；其次，等回到王宫以后，我们必须小心地隐瞒我们已经把嗑开克拉卡图克胡桃的年轻人带回来这件事，他必须在我们之后很久才出场。因为我从星盘中读到，届时将会有几个人咬碎自己的牙齿，却不能取得成功，因此国王将会承诺，谁能嗑开胡桃，为公主找回失去的美貌，他就把公主本人和王国的继承权奖赏给谁。’木偶师堂兄非常礼貌地同意他的小儿子与皮里帕特公主结婚，成为王子甚至国王，他把这件事完全交给国王的这两位使者来办理。而德罗瑟迈耶给他的充满希望的年轻侄子制作的辫子也非常好用，后者用它在最坚硬的桃核上做了几次极为出色的尝试。

“由于德罗瑟迈耶和天文官在找到克拉卡图克胡桃后立刻就给王宫发信汇报了，王宫也当即发出了必要的公告，所以，当两位旅行者带着这件变美神器回到宫里时，已经有很多英俊的年轻人等候在那里，其中甚至还有一些王子，他们都对自己的好牙口充满信心，跃跃欲试地想为公主解除魔法。当两位使者再次见到公主时，他们吓了一大跳。她那细胳膊细腿的瘦小身体已经快要支撑不住她畸形的大脑袋了；还有一层厚厚的白色棉花胡须覆盖在她的嘴巴和下巴上，使她的脸变得更加丑陋。一切都和宫廷天文官从星盘里读到的一模一样：一个又一个穿着便鞋的毛头小伙因为咬克拉卡图克胡桃而伤了自己的牙齿和下颌，却对公主没有丝毫帮助，而当他们近乎昏迷地被专门负责此事的牙医抬走时，嘴里总会唉声叹气地说一声：‘那可真是一颗硬胡桃！’于是，出于深深的担忧，国王许诺，谁能成功地解除魔法，他就把女儿和王国交给谁。这时候，礼貌温柔的的年轻人德罗瑟迈耶便走上前去，请求国王让他试一试。

“没有谁能比小德罗瑟迈耶更讨皮里帕特公主喜欢了，她把两只小手放在心口，衷心地叹息道：‘啊，但愿他就是那个真正咬开胡桃，成为我丈夫的人。’小德罗瑟迈耶先是彬彬有礼地问候了国王和王后，又问候了皮里帕特公主，这才从宫廷首席礼官手中接过克拉卡图克胡桃，二话不说塞进两排牙齿中间，然后他使劲拉动辫子，就听见咔啦咔啦，胡桃皮碎成了许多块。他熟练地把胡桃仁上挂着的细丝摘干净，恭恭敬敬地屈膝递给公主，随后闭上眼睛开始后退。公主立刻把胡桃仁咽了下去，啊，奇迹出现了！畸形人消失了，取而代之的是一个天使般美丽的少女站在那里，她的脸蛋像是用百合色和玫瑰色的真丝织成的，她的眼睛就像生动明亮的蓝天，她的满头卷发仿佛是用金线卷曲而成。

“锣鼓声混杂着人们的欢呼声响彻云霄。国王和他的整个宫廷像皮里帕特刚出生那天一样单腿撑地翩翩起舞，人们不得不给王后服下一些古龙水，因为她在巨大的狂喜中晕了过去。这些喧闹声吵得需要后退七步的小德罗瑟迈耶有些心神不宁，不过他还是镇定下来，伸出右脚准备迈出第七步，就在这时，随着一阵讨厌的吱吱嘶嘶声，鼠尾夫人从地板下面猛地钻了出来，导致小德罗瑟迈耶正在落下的右脚踩到她，踉跄了一下，差一点摔倒。啊，糟糕！年轻人转眼间就变成了一个畸形人，就像皮里帕特公主之前一样。他的身体缩得很小，几乎撑不住他那形状奇怪的大脑袋，脑袋上还长着两只向外突出的大眼睛和一张可怕的裂开的大嘴。他的辫子变成了一条细长的木制斗篷披在身后，他现在只能用它来控制下颌。

“钟表匠和天文官大惊失色，随即他们看到鼠尾夫人流着血在地板上滚动。她的恶毒换来了应得的报应，因为小德罗瑟迈耶那尖尖的鞋跟深深地刺进了她的脖子，她已经难逃一死了。但在垂死挣扎中，鼠尾夫人用非常凄厉的声音吱吱嘶嘶地叫着：‘哦，克拉卡图克，坚硬的胡桃，我现在要因它而死了，呜呼！好你个小胡桃夹子，你也离死不远了！头戴七顶王冠的小儿子会来找胡桃夹子算账，他会为母亲向你复仇，你这个小胡桃夹子！哦生命啊，如此新鲜火红，我要与你分开了，哦死亡的痛苦啊！吱——’随着这声尖叫，鼠尾夫人死了，王室司炉工抬走了她的尸体。

“没有人关心年轻的德罗瑟迈耶，只有公主提醒国王不要忘记他的承诺，于是国王马上命人把年轻的英雄带过来。然而，当这个不幸的人以他那畸形的样子一露面，公主就立刻用双手捂住脸，叫喊道：‘走开，让这个丑陋的胡桃夹子走开！’内廷总监立刻抓住胡桃夹子的细小胳膊，把他从大门扔了出去。国王觉得，有人竟想让一个胡桃夹子给他当女婿，这使他非常愤怒，他认为这一切都是钟表匠和天文官的错，于是把两个人永远地驱逐出了王宫。天文官在纽伦堡制作的星盘上并没有显示这件事，但他并不气馁，重新开始观测起来，他从星象中预见到，小德罗瑟迈耶将会在他的新位置上表现出色，因此，尽管他身材畸形，却仍然能够当上王子以及国王。不过，他的畸形若想消失，必须要等鼠尾夫人的儿子（他是鼠尾夫人在她的七个儿子死掉之后与一个七头怪生的，如今已经成为老鼠国王）战死在他手下，还要有一位少女哪怕他样子畸形也会爱上他。据说在纽伦堡，人们在圣诞节时真的在他父亲的售货亭看见过小德罗瑟迈耶，他虽然是个胡桃夹子，但同时也是一位王子！

“孩子们，这就是硬胡桃的童话，现在你们知道了，为什么人们总喜欢说：‘那可真是一颗硬胡桃！’也明白了，为什么胡桃夹子总是很丑。”

高级法院参事就这样结束了他的故事。玛丽认为皮里帕特公主是个讨厌的、忘恩负义的人；弗里茨则坚信，如果胡桃夹子一向都是个勇敢的家伙，那么他与老鼠国王之间不会缠斗太久，他很快就会恢复自己从前的英俊模样。

最最尊敬的读者和听众们，如果你们有谁曾经不幸被玻璃割伤过，他就会知道那有多疼，而且伤口愈合得很慢这一点也非常讨厌。玛丽不得不在床上躺了几乎整整一个星期，因为她一起床就会感觉头晕目眩。不过到最后她终于彻底痊愈了，又可以像以前一样在屋子里快乐地蹦蹦跳跳。玻璃柜子里的一切看起来是那么美妙，树木、鲜花、房子和亮闪闪的漂亮玩偶都是崭新的，散发着光泽。最重要的是，玛丽重新见到了她亲爱的胡桃夹子，他站在柜子第二层，露出一口完整健康的牙齿朝她微笑着。她心满意足地看着自己的宝贝，突然很害怕地想到，德罗瑟迈耶所讲的一切，其实就是胡桃夹子的故事啊，是他与鼠尾夫人及其儿子之间发生纷争的故事。现在她知道了，她的胡桃夹子不是别人，正是纽伦堡的小德罗瑟迈耶，是德罗瑟迈耶教父的那个讨人喜欢的、可惜却被鼠尾夫人施了魔法的侄子。因为，皮里帕特父亲的王宫里那位心灵手巧的钟表匠不是别人，就是高级法院参事德罗瑟迈耶本人，这一点玛丽在听故事的时候一刻都没有怀疑过。

“可是你的叔叔为什么不帮你，为什么他不帮你呢？”玛丽不满地说道，她心里已经越来越清楚，她之前目睹的那场战役，事关胡桃夹子的王国和王位。所有别的玩偶不是都臣服于他吗？宫廷天文官的预言已经成真，小德罗瑟迈耶已经成为玩偶国的国王，这不是很明显吗？聪明的玛丽满脑子琢磨着这些，她觉得，如果她相信胡桃夹子及其封臣们是有生命的、会动的，那么在那一刻，他们就一定是真的有生命的、会动的。然而事实并非如此，柜子里的一切都僵滞而静止不动，但玛丽丝毫没有放弃内心的信念，她认为这是由于鼠尾夫人和她的七头怪儿子的魔法还在继续发挥作用。

“不过，”她大声对胡桃夹子说，“就算您不能动，一句话都不能跟我说，亲爱的德罗瑟迈耶先生，我也知道您听懂了我的话，您知道我对您的一番好意。在您有需要的时候，请记得找我帮忙。至少我会请求您的叔叔，让他在必要的时候用他的灵敏技巧来帮助您。”胡桃夹子依然安静无声，但玛丽觉得，玻璃柜子里似乎有人吐出一丝轻微的叹息，导致玻璃发出一种几不可闻但非常美妙的声音，似乎有一个细小的铃铛声在唱：“小玛丽啊，我的保护天使，我是你的，我的玛丽。”玛丽感到一阵寒冷的战栗传遍全身，同时又感到一种奇异的快乐。

夜幕降临了，医务参事和德罗瑟迈耶教父一同走进起居室，没过多久，路易丝就布置好了茶桌，于是全家人团团围坐在一起，聊起各种好玩的事情。玛丽一声不响地搬来她的小靠背椅，在德罗瑟迈耶教父的脚边坐下。就在大家都安静下来时，玛丽抬起她那双蓝色的大眼睛，盯着高级法院参事的脸说道：“现在我知道了，亲爱的德罗瑟迈耶，我的胡桃夹子是你的侄子，纽伦堡来的小德罗瑟迈耶。他已经成为王子，或者更确切地说成了国王，正如你的同伴，那位天文官预言的那样。但是你明明知道他在与鼠尾夫人的儿子，那个可恶的老鼠国王交战，为什么你却不帮他？”接着，玛丽又把她目睹的整个战斗过程讲了一遍，中间却一次次地被母亲和路易丝的哈哈大笑打断。只有弗里茨和德罗瑟迈耶教父仍然很认真。

“这孩子脑袋里哪来这么多奇怪的东西啊？”医务参事说。

“唉，”母亲说，“她的想象力太丰富，其实只是高烧引起的梦境罢了。”

“这些全都不是真的，”弗里茨说，“我的红衣骑兵才不是那样的胆小鬼，天哪，不然我怎么会跟他们并肩战斗。”

但是德罗瑟迈耶教父却露出了奇怪的笑容，他把小玛丽抱到自己腿上，用比以往任何时候都柔和的声音说道：“啊，亲爱的玛丽，老天对你的青睐远超对我和其他人；你就像皮里帕特一样，是个天生的公主，因为你统治着一个美丽而明亮的王国。但是，如果你想支持可怜的、变了形的胡桃夹子，就要承受很多痛苦，因为无论他走到哪里，老鼠国王都会追着他不放。不过能救他的并不是我，而是你，只有你一个人能救他，你要坚定而忠诚。”无论是玛丽还是其他人都不明白德罗瑟迈耶这番话的意思，医务参事觉得他非常奇怪，甚至抬手去给他把脉，并说：“亲爱的朋友，您的头部充血严重，我给您开些药吧。”只有医务参事夫人若有所思地摇了摇头，轻声说道：“我大概能明白高级法院参事的意思，但无法用语言清楚地表达出来。”

胜利

没过多久，在一个月色明亮的夜晚，玛丽被一阵奇怪的扑腾声吵醒，那声音是从房间的一个角落里传出来的。听上去就像是有很多小石子被扔来扔去、滚来滚去，中间还夹杂着一些很难听的嘶嘶声和吱吱声。“啊，是老鼠，是那些老鼠回来了。”玛丽惊恐地叫了一声，想把母亲喊醒，但是，当她看到老鼠国王从一个墙洞里钻出来，头戴王冠、两眼放光地穿过房间，然后猛地一下子跳上玛丽床边的小桌时，她已经发不出任何声音，甚至连四肢都无法动弹了。“嘿嘿嘿，把你的糖豌豆、你的杏仁糖给我，小东西，否则我就咬烂你的胡桃夹子，你的胡桃夹子！”老鼠国王一边吱吱吱地说着，一边令人讨厌地磨着牙齿，然后就飞快地跳下去，钻进老鼠洞里跑掉了。

玛丽被这件恐怖的事吓坏了，第二天早上，她整个人都很苍白，激动得几乎说不出话来。她几百次想把发生的事情告诉母亲或路易丝，至少是告诉弗里茨，但是她又想：“会有人相信我吗？我会不会因此受到大肆嘲笑？”但是有一点她很清楚，那就是，要想救胡桃夹子，她就必须交出糖豌豆和杏仁糖。于是第二天晚上，她把自己拥有的糖豌豆和杏仁糖都放在了柜子边上。

早上，医务参事夫人说：“不知道咱们的客厅突然从哪里来了些老鼠，你瞧，可怜的玛丽！它们把你的糖果都吃光了。”果然是这样。老鼠国王显然觉得夹心杏仁糖不合口味，但它用尖利的牙齿咬了它们，所以它们也只能被扔掉了。不过玛丽一点也不在意糖果，反倒心里有些高兴，因为她觉得自己救了胡桃夹子。

然而，当天夜里，当她再次听到耳边响起吱吱嘶嘶声时，她是多么惊恐啊！啊，老鼠国王又来了，而且它的眼睛比上一次还要闪闪发光，它齿间发出的嘶嘶声比上一次还要令人厌恶。“把你的糖人玩偶给我，小东西，否则就咬烂你的胡桃夹子，你的胡桃夹子！”说完，这个恐怖的老鼠国王又跳下去跑掉了。

玛丽非常难过，第二天早上，她来到柜子前，用悲伤的目光注视着自己的糖人玩偶。她是有理由感到痛苦的，因为，聚精会神的听众玛丽啊，你根本无法想象玛丽·施塔鲍姆的那些用糖做成的小人儿是多么可爱。一个十分帅气的牧羊人和他的牧羊女一起赶着一大群乳白色的小羊在放牧，一只活泼的小狗在他身边跑来跑去；紧接着是两个邮差，手里拿着信；还有四对非常漂亮的小人儿，衣着帅气的少年与打扮得非常美丽的少女在一架俄罗斯秋千上玩耍；在几个跳舞的小人儿后面，站着百里香农夫和奥尔良的姑娘[7]，玛丽对他俩不太感兴趣；但在一个不起眼的角落里还站着一个脸蛋红扑扑的小孩子，那是玛丽最爱的宝贝啊，玛丽的泪水夺眶而出。“唉，”她转头对胡桃夹子说道，“亲爱的德罗瑟迈耶先生，只要能救您，我什么都愿意做；可是这真的好难啊！”

胡桃夹子看上去好像要哭了，玛丽仿佛看见老鼠国王张开了七张血盆大口，要把这个可怜的年轻人吞掉，于是她决定牺牲所有的一切。因此，当天晚上，她把糖人玩偶们全都放在了柜子边上，就像之前的糖果一样。她吻了吻牧羊人、牧羊女、小羊，最后又把她的宝贝，那个夹心糖做的红脸蛋小孩从角落里拿出来，放在了最后面一排。百里香农夫和奥尔良的姑娘就必须放在第一排了。

“哎呀，太过分了，”第二天早上，医务参事夫人喊道，“玻璃柜里肯定藏着一只可恶的大老鼠，可怜的玛丽，她那些漂亮的糖人玩偶全都被咬烂了。”玛丽忍不住流下了泪水，不过她很快又露出微笑，因为她心里想着：“没关系，毕竟胡桃夹子得救了。”

晚上，参事夫人把孩子们的玻璃柜里有一只老鼠作恶的事情告诉了医务参事，医务参事说：“真可恶啊，我们竟然无法驱除这样一只在玻璃柜里横行霸道，吃光玛丽糖果的讨厌老鼠。”

“嘿，”弗里茨兴致勃勃地插嘴说，“楼下的面包师傅家有一只非常出色的灰色公使参赞，我可以去把它抱上来。它很快就能给这事做个了断，把那只老鼠的脑袋咬下来，管它是鼠尾夫人本人，还是她的儿子老鼠国王呢。”

“而且，”医务参事夫人笑着说道，“它还会在椅子上和桌子上跳来跳去，把玻璃杯和瓷杯打翻在地，造成其他一千种破坏。”

“才不会呢，”弗里茨反驳道，“面包师傅家的公使参赞是个身手敏捷的男子汉，我真希望我能像它一样灵活地飞檐走壁。”

“夜里不要有猫吧。”路易丝请求，她一点都不喜欢猫。

“其实，”医务参事说道，“其实弗里茨说得对，不过我们也可以先放一个捕鼠器，家里没有捕鼠器吗？”

“德罗瑟迈耶教父最擅长做这个了，毕竟这是他发明的。”弗里茨喊道。

众人哈哈大笑。医务参事夫人非常肯定，家里并没有捕鼠器，于是高级法院参事宣布说他有好几个，并且立刻命人去他家里取来了一个非常棒的捕鼠器。

现在，德罗瑟迈耶教父讲的硬胡桃童话在弗里茨和玛丽心里越来越像真的一样了。厨娘烤肥肉的时候，玛丽瑟瑟发抖，满脑子都是那个童话里的各种奇异事物，她对旧娃娃多莉说：“啊，王后殿下，请您一定要提防鼠尾夫人和她的一家啊。”而弗里茨则抽出了自己的佩剑，说：“好吧，让它们来吧，我要把它们全部消灭光！”然而灶台上面和底下都一派安静。高级法院参事把一块肥肉系在一根细细的线上，然后轻手轻脚地把捕鼠器放进玻璃柜里，这时弗里茨喊道：“你要小心啊，钟表匠教父，别让老鼠国王捉弄你。”

唉，当天夜里，可怜的玛丽别提多惨了！有冰冷的东西在她胳膊上跳来跳去，粗鲁而恶心地爬到她脸侧，对着她的耳朵吱吱乱叫。可恶的老鼠国王蹲在她的肩膀上，七张血盆大口同时流着口水，牙齿咯吱咯吱地摩擦着，用嘶嘶作响的声音对吓得不能动弹的玛丽说：“哎哟瞧瞧，哎哟瞧瞧，我就不进屋，就不碰佳肴，你们抓不着我，哎哟瞧瞧，拿来吧，把你的画册都给我，还有你的小裙子，否则就别想消停，否则你会失去小胡桃夹子，他会被咬烂，嘿嘿嘿，呸呸呸，吱吱吱！”

现在玛丽的内心充满绝望和悲痛，第二天早上，当母亲告诉她说老鼠没有抓到时，她看上去脸色苍白、心慌意乱。母亲以为玛丽是在惋惜自己的糖果，可能还有对老鼠的恐惧，于是便补充说：“但是别担心，亲爱的孩子，我们会除掉那只坏老鼠的。如果捕鼠器不管用，就让弗里茨把那只灰色的公使参赞抱过来。”

母亲一离开客厅，玛丽就立刻来到玻璃柜前，抽泣着对胡桃夹子说：“啊，亲爱的、善良的德罗瑟迈耶先生，我这个可怜而不幸的小姑娘能为您做什么呢？就算我把我的全部画册，甚至把圣基督送我的那件漂亮的新裙子都拿给可恶的老鼠国王去咬，难道它不会贪得无厌，越要越多吗？等到最后我再没有东西可给的时候，它会不会想要用我来替代您，想要把我咬烂？唉，我真是个可怜的孩子，现在我该怎么办，现在我该怎么办啊？”

就在小玛丽悲伤苦恼、唉声叹气的时候，她注意到胡桃夹子的脖子上有一大块血渍，是那天夜里留下的。自从玛丽知道胡桃夹子就是小德罗瑟迈耶，是高级法院参事的侄子，她就不再把他抱在怀里，也不再拥抱他、亲吻他了，出于某种害羞，她甚至都不怎么碰他了；不过现在她小心翼翼地把他从柜子里取出来，开始用手帕为他擦拭脖子上的血渍。可是突然间，她感觉她手上的胡桃夹子开始有了温度，并且还动了一下，这时候她是多么惊讶啊！她飞快地把他重新放回柜子里，这时胡桃夹子的嘴巴开始一上一下地翕动起来，他吃力地低声说道：“哦，最尊贵的施塔鲍姆小姐，我卓越的朋友，我该怎么感谢您！不，不要为我牺牲您的画册和您的圣诞小裙子，您只要弄来一把剑就好，其余的就交给我，如果它——”说到这里，胡桃夹子的话音消失了，他那双刚刚还表达着内心悲伤之情的眼睛重新变得僵硬而了无生气。

可是玛丽丝毫不觉得害怕，反而高兴得跳了起来，因为现在她知道了一种新办法，无需做出更多痛苦的牺牲就可以救胡桃夹子了。但是到哪里去给小家伙找一把剑来呢？玛丽决定去和弗里茨商量。晚上，父母出去后，当他们两个单独待在客厅的玻璃柜子旁边时，她把自己遭遇到的与胡桃夹子和老鼠国王有关的一切都告诉了弗里茨，并说，现在最重要的是要救胡桃夹子。听完玛丽的讲述，最令弗里茨陷入沉思的事情莫过于，他的骑兵在战役中竟然表现得那么差。他非常严肃地又问了一遍，情况是否真是那样，得到玛丽肯定的回答后，弗里茨立刻跑到玻璃柜旁，给他的骑兵们做了一次激情的训话，然后，作为对他们的自私和怯懦的惩罚，他挨个儿把他们帽子上的部队徽标剪了下来，并表示一年之内禁止他们吹奏精锐骑兵进行曲。做完这些处罚工作后，他重新转向玛丽，说："至于佩剑，我可以帮助胡桃夹子，因为昨天我的胸甲骑兵里有一位老上校退役了，他以后不需要他那把漂亮而锋利的佩剑了。"他所说的那位上校现在正在柜子第三层最后边的一个角落里安度他的退役生活，弗里茨把他拿出来，取下那把确实相当漂亮的银色佩剑，给胡桃夹子佩戴上了。

当天夜里，玛丽紧张害怕得无法入睡，大约午夜时分，她似乎听到客厅里传来一阵不寻常的丁零当啷和窸窸窣窣的声响。突然，一道"吱吱"声响起——"老鼠国王！是老鼠国王！"玛丽喊着，惊恐地跳下床。一切都很安静，但很快，门被轻轻地、轻轻地敲响了，她听见一个细小的声音说道：“最善良的施塔鲍姆小姐，请您放心开门，是喜讯！”玛丽听出那是小德罗瑟迈耶的声音，于是赶紧披上外套，飞快地跑过去开门。小胡桃夹子站在门外，右手握着染了血的宝剑，左手举着一支蜡烛。一看见玛丽，他立刻单膝跪下，说道：“哦，尊贵的小姐，是您磨练了我的骑士之勇气，是您赋予我的手臂以力量，去对抗那胆敢嘲讽您的狂妄之徒。奸诈的老鼠国王已被打败，它倒在了血泊之中！哦，尊贵的小姐，但愿您不会拒绝从誓死为您效忠的骑士手中接过这项胜利的标志！”说着，小胡桃夹子灵活地摘下挂在他左臂上的老鼠国王的七顶金王冠，把它们递给玛丽，玛丽高兴地接受了。然后胡桃夹子站起身，继续说道：“哦对了，最善良的施塔鲍姆小姐，在我终于战胜敌人的这个时刻，如果您愿意屈尊随我移步，只要几小步，那么我想带您去看一些美妙的东西！恳请您，恳请您了，最善良的小姐！”

孩子们，我相信，如果是你们，你们一定会毫不犹豫地跟着诚实、善良的胡桃夹子走，因为他永远不会有任何邪恶的想法。玛丽就更是如此了，她很清楚，她有资格得到胡桃夹子的感谢，而且她也完全相信他会说话算数，给她展示很多美妙的东西。所以她说：“我跟您去，德罗瑟迈耶先生，但是不能太远，时间不能太长，因为我还根本没睡够呢。”

“所以我选了最近的路，”胡桃夹子答道，“虽然稍微有些难走。”他走在前面，玛丽紧随其后，直到他在走廊里的一个古老的大衣柜前停下脚步。玛丽惊讶地发现，这个平时一直锁着的衣柜现在柜门敞开着，她可以清楚地看见父亲那件狐狸毛皮旅行外套，就挂在最前面。胡桃夹子非常灵活地沿着衣柜的边框和雕花图案爬了上去，然后抓住一簇很大的流苏，那流苏用一根粗绳固定着，悬挂在毛皮外套的后背上。然后胡桃夹子用力一拽这簇流苏，一道极为精巧的雪松木小楼梯就从那件毛皮外套的袖管里迅速地降了下来。

“请上楼梯吧，最尊贵的小姐。”胡桃夹子说道。玛丽照做了。当她刚刚走完袖管部分，正要从衣领处钻出来时，有一片耀眼的光迎面照射过来，转眼间，她竟站在了一片美丽芬芳的草地上，草地上摇曳着成千上万簇亮晶晶的光点，像无数宝石在闪闪发光。“我们现在是在冰糖草坪上，”胡桃夹子说，“但马上就要从那扇大门里穿过去。”玛丽抬眼望去，这才注意到草地上几步远的地方有一道漂亮的大门。这道门似乎完全是用带白色、褐色和葡萄干色斑纹的大理石建造的，但是走近一看，玛丽才发现，整个大门其实是用烤制糖杏仁和葡萄干制成的，这也是为什么胡桃夹子告诉她，他们即将穿过的这道门的名字叫作杏仁葡萄干门。而一般老百姓则不太得体地称之为大学生饲料门。大门上方有个楼厅，楼厅里有六只显然是用麦芽糖做的小猴子，它们身穿红色短上衣，正在演奏一段全世界最好听的土耳其音乐，玛丽听得入迷，甚至都没注意到他们已经在一段彩色大理石路面上走了很长一段路，实际上这些大理石是一些经过细致加工的水果硬糖。过了一会儿，阵阵甜美的香气萦绕在他们周围，这香气是从他们两侧展开的一片美妙的小树林里飘出来的。幽暗的树叶之间有一些明亮地闪烁着的星星点点，可以清楚地看出那是一些金色和银色的果实悬挂在彩色的茎上，而树干和树枝上则装饰着丝带和花束，仿佛喜气洋洋的新郎新娘和欢乐的婚礼来宾。金橘的芬芳犹如阵阵和风飘过，树枝和树叶婆娑摇动，金箔起皱沙沙作响，一切听起来有如一段欢快的音乐，而那些闪烁的小灯就随着这音乐跳动起舞。

“啊，这里太美了！”玛丽无比陶醉地喊道。

“我们现在是在圣诞树林里，亲爱的小姐。”胡桃夹子说。

“啊，”玛丽继续说道，“我可以在这里停留片刻吗？这里实在是太美了。”

胡桃夹子拍了拍小手，立刻走过来几位男女牧羊人和猎人，他们全身又软又白，让人觉得他们一定是纯糖做的，虽然他们早就已经在树林里四处转悠了，不过玛丽之前并没有注意到他们。他们搬来一把特别可爱的金色靠背椅，放上一个白色的甘草坐垫，然后非常有礼貌地邀请玛丽坐下。玛丽刚一坐下，几位牧羊人就开始跳起一支非常优美的芭蕾舞，而猎人们则优雅地吹奏起伴奏音乐，但随后他们就全都消失在灌木丛中了。

“请原谅，”胡桃夹子说，“最尊贵的施塔鲍姆小姐，请原谅这支舞跳得如此糟糕，但他们都是牵线芭蕾舞者，只会永远重复同样的动作；而猎人们的伴奏吹得倦怠懒散也是有原因的。糖果篮虽然就挂在他们鼻子上方的圣诞树上，可是挂得太高了！——不过咱们还是继续往前走一走？”

“哦，不会呀，一切都很棒，我非常喜欢！”玛丽说着站起来，跟随胡桃夹子继续往前走。

他们沿着一条潺潺流动的芬芳小溪继续前进，弥漫在整个树林里的所有馥郁美好的香味似乎都是从这条小溪中散发出来的。“这是橘子溪，”胡桃夹子对向他提问的玛丽说，“不过，除了好闻的香味以外，它的大小和美丽都无法与柠檬河相比，后者和它一样，也是流入杏仁奶湖的。”果然，没过多久，玛丽就听到一阵更强劲的水流声，然后她看见宽阔的柠檬河翻滚着壮观的黄褐色波浪，在绿宝石一样晶莹闪光的草丛间向前流淌着。河水散发出一种格外清新的、沁人心脾的清凉。离它不远处还有另外一条缓缓流动的深黄色河流，散发着一种异常香甜的气味，岸边坐着各种漂亮可爱的小孩子，他们正在钓一些胖胖的小鱼，而且一钓上来就会立刻吃掉。走近以后，玛丽才发现，那些小鱼看起来很像是榛子仁。在这条河下游稍远一些的地方，坐落着一个非常可爱的小村庄，房屋、教堂、牧师住宅和谷仓都是深棕色的，但装饰着金色的屋顶，还有很多墙壁上绘制着五彩的图案，仿佛贴上了许多柠檬蜜饯和杏仁一般。“这是姜饼屋，”胡桃夹子说，“坐落在蜂蜜河岸边，里边住着的人都非常漂亮，但大多数时候他们都心情烦躁，因为他们备受牙痛折磨，所以我们还是不要进去了。”

就在这时，玛丽注意到一座小城，它完全由彩色透明房屋组成，看起来非常漂亮。胡桃夹子径直朝那里走去，随即，玛丽听到一阵喧闹欢快的声音，看见成百上千个可爱的小人儿，他们聚集在市场上几辆载满货物的货车周围，正准备分装货物。而他们取出的东西看上去像是彩纸和巧克力板。“我们现在在糖果之家，”胡桃夹子说，“有一批纸国和巧克力国王发来的货物刚刚抵达。糖果之家的可怜人们最近刚刚受到蚊子上将所率军队的严重威胁，因此他们现在要用纸国赠送的礼物盖住他们的房屋，并用巧克力国王赠送的坚固材料构筑一些堡垒。不过，亲爱的施塔鲍姆小姐，我们无法参观这片土地上的每一座小城和村庄，我们现在要去首都，首都！”说完胡桃夹子急匆匆朝前面走去，玛丽则充满好奇地跟在后头。

没过多久，一阵芬芳的玫瑰香气袭来，周围的一切似乎都染上了柔和的玫瑰色。玛丽发现，这种色彩是由一条闪耀着玫瑰色光泽的河水映照出来的，那条河翻滚着玫瑰银色的细小波浪在他们眼前奔腾流淌着，哗啦啦的声音仿佛在演奏一曲美妙动听的旋律。这条优美的河越往前越宽阔，逐渐扩展成一个大湖，湖上有一些极其优美的银白色天鹅游来游去，它们的颈上系着金色项圈，正在竞相鸣唱着最美的歌曲，而玫瑰湖水中的许多钻石色小鱼在歌声中上下翻跃，仿佛在跳着欢乐的舞蹈。

“啊，”玛丽激动地喊道，“这是德罗瑟迈耶教父说过要为我做的那片湖呀，没错，而我就是那个给可爱天鹅喂食的小姑娘。”

胡桃夹子露出一丝嘲讽的微笑，玛丽还从来没在他脸上看到过这样的笑容，然后他说：“这样的东西我叔叔大概是永远做不出来的；您自己倒还更有可能一些，亲爱的施塔鲍姆小姐，不过我们别琢磨这个了，还是乘船驶过玫瑰湖前往首都吧。”

胡桃夹子再次拍了拍小手，于是玫瑰湖的涛声变得更加响亮，浪花翻涌得更高，玛丽看到一辆用各种五彩缤纷、明亮耀眼的宝石制成的贝壳车，由两只金鳞海豚驮着，正从远处逐渐靠近。十二个极其可爱的小摩尔人跳上岸来，他们穿戴着亮闪闪的蜂鸟羽毛织成的小帽子和小围裙，先是把玛丽，然后又把胡桃夹子轻柔地抬过波浪，放到车里，然后贝壳车很快就继续航行起来。玛丽坐在贝壳车里向前驶去，玫瑰香气环绕在身边，玫瑰波浪推动着她，啊，这一切是如此美好！两只金鳞海豚抬起头，从鼻孔里向天空中喷射出水晶般透明的高高水柱，水柱跌落时形成两道晶莹剔透的闪亮弧线，同时，似乎有两道温柔甜美的银铃般细小的声音唱起了歌："是谁在玫瑰湖畅游？——是仙女！是飞虫！咻咻，是小鱼儿，忽忽，是天鹅！唰唰，是金鸟！哗哗，是浪花！摇荡吧，发出声响，歌唱吧，一派盎然，看吧！小仙女啊，小仙女，翩翩而来；玫瑰波浪啊，翻滚吧，清凉一片，涤荡吧，涤荡！"

不过，那十二个小摩尔人却似乎很不喜欢这些水柱的歌唱，他们跳到贝壳车的车尾，使劲儿摇晃着他们的用枣椰叶子做成的太阳伞，晃得那些叶子噗啦啦作响，然后他们自己用一种奇怪的节奏跺着脚，唱道："噼里啪啦，噼里啪啦，上上下下——摩尔人不能不说话；游动吧，鱼儿，游动吧，天鹅！隆隆响吧，贝壳车，隆隆响！噼里啪啦，噼里啪啦，上上下下！"

"摩尔人是一群很快乐的人，"胡桃夹子有点尴尬地说，"但是他们把整个湖都扇动起来了。"果然，湖面上和天空中很快就回荡起各种令人陶醉的美妙声音，然而玛丽却置若罔闻，因为她正注视着那些芬芳的玫瑰浪花，每一朵浪花里都有一张妩媚的少女面庞在朝她微笑。“哎呀，”她一边拍手一边高兴地喊道，“您瞧，亲爱的德罗瑟迈耶先生！那下面是皮里帕特公主啊，她朝我笑得多么亲切！啊，您瞧呀，亲爱的德罗瑟迈耶先生！”然而胡桃夹子有些无奈地叹了一口气，说：“哦，善良的施塔鲍姆小姐，那不是皮里帕特公主，那是您自己啊，在每一朵玫瑰浪花里可爱地微笑着的，全都只是您自己的亲切面庞。”

听到这话，玛丽飞快地把头缩了回去，闭上双眼，羞窘极了。与此同时，她被十二个摩尔人从贝壳车里抬了出去，放到了岸上。于是玛丽就站在了一小片比圣诞树林还要漂亮的矮树林中，这里的一切都是晶莹剔透闪闪发光的，尤其令人赞叹的是每棵树上都挂着各种奇异果实，它们不仅色彩奇异，而且还散发出美妙的异香。“我们现在是在果酱树林里，”胡桃夹子说，“不过那边就是首都了。”

现在玛丽看到的是怎样的景象啊！孩子们，我该怎样给你们描述这座城市的美丽和壮观呢？它坐落在一大片丰茂的鲜花草场上，雄伟壮阔地在玛丽眼前展开。这里不仅城墙和塔楼的色彩鲜艳夺目，而且建筑的外形也别具一格，与世界上其他地方的建筑完全不同。因为这里的每一座房屋都戴着一顶编织精美的王冠，用来替代屋顶，每一座塔楼上都戴着用树叶编织的世上所见最精美最多彩的花环。当他们穿过看起来像是完全用马卡龙和水果蜜饯建造的城门时，一些银色士兵向他们亮出武器致意，一个身穿锦缎睡袍的小个子男人冲过来搂住胡桃夹子的脖子，说道：“欢迎您，亲爱的王子，欢迎来到甜食城堡！”

看到小德罗瑟迈耶被这样一位高贵的男人当作王子来欢迎，玛丽不禁有些惊讶。不过这时候她听到许许多多细小的声音熙攘嘈杂，听到各种欢声笑语和音乐歌声，这让她来不及思考别的，只顾着马上问胡桃夹子，这一切是怎么回事。“哦，善良的施塔鲍姆小姐，”胡桃夹子说，“没什么特别的，甜食城堡是一个人口稠密的、欢乐的城市，每天都是这样，但我们不妨还是继续往前走吧。”

走了没几步，他们就来到一个大集市广场，广场上的景象颇为壮观。周围的所有房屋都是镂空的糖制品，楼厅层层叠叠，正中央矗立着一个高高的塔形浇糖蛋糕作为方尖碑，方尖碑周围有四个非常精美的喷泉在向空中喷着奥沙德、柠檬汽水等各种好喝的甜味饮料；喷泉池子里则盛满了奶油，似乎随时可以用勺子舀出来。不过比所有这些都更漂亮的是那些极其可爱的小人儿，有几千人之多，他们摩肩接踵，欢声笑语，开着玩笑、唱着歌，玛丽从远处听到的喧闹声，就是他们发出来的。他们中有衣着亮丽的先生女士，有亚美尼亚人和希腊人，有犹太人和蒂罗尔人，有军官、士兵和汉斯小丑，总之，世界上的一切人在这里应有尽有。突然，广场的一角出现了比别处更大的骚动，人群纷纷四散避开，原来是一位大莫卧尔被一辆轿子抬了过去，轿子周围还有王国的九十三位大人物和七百个奴隶陪同。与此同时，广场的另一角正在举行渔民行会的庆祝游行，参加者有五百人之多，而糟糕的是，土耳其苏丹偏偏也突发奇想，正率领三千禁卫军骑马穿过广场，此外还有一支庞大的队伍从《中断的祭祀节》[8]赶来，他们一边敲敲打打奏着乐，唱着“起来，感谢伟大的太阳！”，一边径直向塔形蛋糕涌去。总之，这里现在是熙熙攘攘、推推搡搡、吵吵闹闹、热闹非凡！突然，人群中又发出一声哀号，因为一个渔夫在熙攘拥挤间把一个婆罗门的头撞掉了，而大莫卧尔也差点儿被一个汉斯小丑撞倒。喧闹声越来越大，人们开始互相冲撞和撕打，这时，之前在城门口把胡桃夹子当作王子来欢迎的那个穿锦缎睡袍的男人爬到了塔形蛋糕上，他把一个声音非常清脆的铃铛摇响了三遍，然后连喊三声：“糖果贩！糖果贩！糖果贩！”于是骚动立刻平息下来，每个人都开始竭尽所能地互相帮助，当混乱的队伍重新组织起来以后，大莫卧尔弄脏了的衣服被刷洗干净，婆罗门的头也被重新安上，之前那种快快乐乐的热闹场面重新开始了。

“‘糖果贩’是什么意思，亲爱的德罗瑟迈耶先生？”玛丽问。

“哦，亲爱的施塔鲍姆小姐，”胡桃夹子回答道，“‘糖果贩’在本地是对一种未知但非常可怕的强大力量的称呼，人们认为它能随心所欲地想把人怎样就怎样；它是一种灾难，支配着这群快乐的人民，他们怕它怕得不行，只要听到它的名字，再大的骚乱也能平息下来，正如市长先生刚才所展示的那样。一到这种时候，每个人都不再想世俗的事情，不再想什么捅腰子、砸脑袋之类的，而是开始沉入内心，开始思考：‘人是什么，人能成为什么？’”

转眼间，玛丽已经站在了一座散发着玫瑰色光泽的城堡前，城堡有上百个通风塔楼，玛丽忍不住赞叹地甚至是极度惊讶地叫出了声。城堡外墙上的一些地方错落分布着紫堇、水仙、郁金香和紫罗兰，它们那幽深的色彩衬得墙面更加白里透粉。中央建筑的大圆顶和众多塔楼那些金字塔形状的塔顶上镶嵌着成千上万颗金色和银色的小星星。“我们现在是在杏仁糖城堡前。”胡桃夹子说。玛丽第一眼看到这座魔法般的城堡就被完全迷住了，但尽管如此她还是注意到，有一个很大的塔楼根本没有塔顶，一群男子小人儿站在桂皮棒搭成的脚手架上，看起来好像在忙着修复它。没等她开口询问，胡桃夹子就继续说道：“不久前，这座美丽的城堡遭受了一次严重的破坏，差点彻底毁掉。巨人甜大嘴途经此地，一口咬掉了这座塔楼的塔顶，马上又准备要去咬大圆顶，幸亏甜食城的市民们给了他一整个城区和分量可观的一部分果酱树林作为贡品，让他吃得心满意足，然后才继续上路了。”

正在这时，一阵轻柔悦耳的音乐声响起，城堡的大门打开了，十二个小侍者像举着火把似的手持点燃的丁香花茎走了出来。他们每个人的头都是一颗珍珠做的，身体是红宝石和绿宝石做的，两只小脚则用漂亮的纯金制成。紧随着他们身后出来的是四位少女，她们的大小和玛丽的小克拉拉差不多，但是衣着格外华丽光鲜，所以玛丽绝不会看不出她们都是天生的公主。她们极其亲切地拥抱了胡桃夹子，悲喜交加地说道：“啊，我的王子！我最好的王子！我的兄弟！”

胡桃夹子看起来十分感动，他擦掉眼里不断流出的泪水，然后抓起玛丽的手，激动地说：“这是玛丽·施塔鲍姆小姐，一位德高望重的医务参事的女儿，也是我的救命恩人！如果不是她及时把拖鞋扔过去，如果不是她帮我拿到退役上校的佩剑，我肯定已经被该死的老鼠国王咬成碎片，躺在坟墓里了。啊，尽管皮里帕特是位天生的公主，但若论起美丽、善良和美德，你们觉得她比得上这位施塔鲍姆小姐吗？不，我要说，比不上！”于是少女们全都齐声说道：“比不上！”她们扑上来拥抱玛丽，哽咽着说：“哦，您是我们亲爱的王子兄弟最尊贵的救命恩人，优秀的施塔鲍姆小姐！”

随后，几位少女陪着玛丽和胡桃夹子走进城堡内部的一个大厅，大厅的墙壁全是用彩色发光的水晶做的。但最让玛丽喜欢的是摆放在周围的那些极其可爱的小椅子、小桌子、抽屉柜和写字柜之类的，它们全是雪松或巴西木制成的，上面装饰着金色的花朵图案。公主们让玛丽和胡桃夹子坐下，说要立刻亲自做饭给他们吃。然后她们拿来一些用上好日本陶瓷制成的小碟小碗以及用金子和银子制成的勺子、小刀、叉子、擦菜板、锅等厨房用具。接着又拿来一些玛丽从未见过的非常漂亮的水果和糖果，开始用她们雪白的小手非常秀气地挤压水果、研磨香料、捣碎糖杏仁，总之，她们料理各种东西的样子，让玛丽很容易看出，公主们对厨房里的活儿是颇为在行的，等着她的将是一顿美味的大餐。她心里跃跃欲试，觉得自己同样也很擅长这些事，于是暗暗希望能和公主们一起忙碌。

仿佛猜到了她的隐秘心愿似的，胡桃夹子的姐妹中最漂亮的那个递给她一个研钵，说道："哦，亲爱的朋友，我哥哥的救命恩人，请把这些糖研磨一下！"于是玛丽心情愉快地捣杵起来，研钵随之发出悦耳好听的声音，仿佛一首可爱的小曲；与此同时，胡桃夹子开始详细地讲述他与老鼠国王之间那场可怕战役的具体经过，讲他如何由于所率部队的胆小怯懦而遭到沉重打击，可恶的老鼠国王又是如何试图把他咬得粉碎，导致玛丽不得不几次三番献出自己属下的臣民等等。在他讲述的过程中，玛丽觉得他的声音越来越遥远，甚至连她自己捣杵研钵的声音也渐渐地听不见了，很快，她看到面前升起一层银色薄纱，仿佛一团薄雾般，公主们、侍者们、胡桃夹子连同她自己都被笼罩其中，能听见一种奇异的歌唱声和嘤嘤嗡嗡声逐渐消失在远方；接着玛丽开始像一道上升的波浪似的不断升高，越来越高，越来越高……

结尾

呼——扑通！玛丽从无限高的高空掉落下来。她猛地一动！然后她睁开了眼睛，发现自己正躺在自己的小床上，天色已经大亮，母亲正站在她床前，对她说道：“怎么可以睡这么久呢，早饭已经准备好了！”

在座各位尊敬的听众，你们一定已经明白，玛丽被她看到的各种奇异事物搞得迷迷糊糊，最后在杏仁糖城堡的大厅里睡着了，是那些摩尔人或者侍者们，甚至有可能是公主们把她抬回了家，放在了床上。“哦，妈妈，亲爱的妈妈，你肯定猜不到昨天夜里小德罗瑟迈耶先生带我去了哪里，让我看到了多少美丽的东西！”然后她就把所有事情都讲述了一遍，讲得跟我刚才讲的一样详细，而母亲非常惊讶地看着她。

玛丽讲完以后，母亲说：“你做了一个很长、很美的梦，亲爱的玛丽，但是把这一切从你脑海中赶出去吧。”玛丽固执地表示，那并不是做梦，她真的亲眼见到了那一切，于是母亲把她带到玻璃柜旁，把和平时一样待在柜子第三层的胡桃夹子拿出来，说：“你这个傻孩子啊，怎么会相信这个纽伦堡木偶是有生命、会动的呢？”“但是，亲爱的妈妈，”玛丽抢着说道，“我知道得很清楚，小胡桃夹子是纽伦堡来的小德罗瑟迈耶先生，是德罗瑟迈耶教父的侄子。”听了这话，医务参事和参事夫人同时放声大笑起来。

“哎呀，”玛丽急得要哭了，她继续说道，“你不可以嘲笑我的胡桃夹子，亲爱的爸爸，他可给你说了不少好话，在我们刚刚抵达杏仁糖城堡，他向他的姐妹们介绍我的时候，他说，你是一位德高望重的医务参事！”笑声更响了，路易丝也加入了进来，就连弗里茨也在跟着一起笑。于是玛丽跑进另一间屋子，飞快地从她的小盒子里取来老鼠国王的七顶王冠，一边递给母亲一边说：“你瞧，亲爱的妈妈，这是老鼠国王的七顶王冠，是小德罗瑟迈耶先生前天晚上送给我的，作为他取得胜利的标志。”

医务参事夫人万分惊讶地端详这些小小的王冠，它们是用一种非常陌生但闪闪发光的金属制成的，做工非常精致，简直不像是人类的手能够做出来的一般。医务参事也盯着这些小王冠挪不开眼。然后这父母二人非常严肃地一同逼问玛丽，要她说出这些小王冠是从哪里来的。但除了与先前一样的话，玛丽说不出别的内容。当父亲开始变得严厉起来，甚至斥责她是个小骗子时，玛丽哇哇大哭起来，她哭着说：“啊我真是个可怜的孩子，真是个可怜的孩子！你们究竟要我说什么呢！”

正在这时，门开了。高级法院参事走了进来，他惊呼道：“怎么回事，怎么回事？我的小教女为什么哭得这样伤心？怎么回事？”医务参事把发生的一切都告诉了他，并把那些小王冠递给他看。但是高级法院参事刚看了它们一眼就大笑起来，嘴里喊着：“说什么胡话，说什么胡话呢，这些小王冠是我多年前戴在我的表链上的，小玛丽两岁生日的时候我把它们送给了她。难道你们不记得了吗？”

医务参事和参事夫人都记不起来这回事了，但是玛丽察觉到她父母的脸色重新变得亲切起来，于是她跑到德罗瑟迈耶教父身边，说：“噢，所有的事情你都是知道的，德罗瑟迈耶教父，你自己也说一下呀，我的胡桃夹子是你的侄子，是纽伦堡来的小德罗瑟迈耶先生，是他送给我这些小王冠的，不是吗？”

然而高级法院参事却沉下脸色，喃喃自语地说道：“真是一派胡言。”听了这话，医务参事把小玛丽拉到自己面前，非常严肃地说：“听着，玛丽，现在把那些胡思乱想都忘掉吧，如果你再说一次那个傻乎乎的畸形的胡桃夹子是高级法院参事的侄子，我不光要把胡桃夹子扔到窗外去，还要把你的其余玩偶也都扔出去，连克拉拉小姐也不例外。”

这下可怜的玛丽当然再也不能说那些事了，可是她仍然满脑子都想着它们，因为你们想啊，谁要是经历过玛丽所遇到的那些神奇美妙的事，谁就根本不可能忘掉它们。可是，每当玛丽想要讲一讲那个让她如此快乐的奇异王国时，尊敬的读者和听众弗里茨啊，就连你的那位同名者弗里茨 · 施塔鲍姆也会立刻转身，只留给她一个后背。据说有几次他还咬牙切齿地说：“傻瓜！”不过从他平时一贯的好性格来看，我不信他会这么说。但可以确定的是，由于他现在已经不相信玛丽对他讲的事，所以他确实在一次公开阅兵中为骑兵们所受到的不公正处罚而正式向他们道了歉。为了补偿他们已经丧失的部队徽标，他给他们插上一支支等级更高、更加漂亮的翎羽毛，还允许他们重新开始演奏精锐骑兵进行曲。然而我们都知道，只有当红色制服上留下丑陋炮弹的污痕时，我们才最能看清一个骑兵的勇气究竟如何！

玛丽现在不能再谈起她的历险经历了，但那个奇异的仙女王国里的各种画面仍然萦绕在她脑海中，还伴随着各种甜美悦耳的嘤嘤嗡嗡和各种可爱悦耳的声响；只要集中意念，她就能再次看到那一切。于是她现在不再像以前那样玩耍了，而是呆呆地、安静地坐着，完全陷入沉思，因此所有人都责骂她是个小梦游神。

有一次，高级法院参事正在医务参事家里修一只表，玛丽坐在玻璃柜子旁，完全沉浸在了自己的白日梦中，她看着胡桃夹子，忽然不由自主地开口说道：“啊，亲爱的德罗瑟迈耶先生，要是您真是活的，我肯定不会像皮里帕特公主那么做，绝不会因为您不再是位年轻英俊的先生就瞧不起您，毕竟您是为我才那样的！”于是高级法院参事喊道：“哎，哎，说什么胡话呢！”但就在这时，忽听“扑通”一声响，玛丽昏迷着从椅子上摔了下来。当她再次醒来时，身边的母亲正在照顾她，并说：“你怎么会从椅子上摔下来呢，你已经是这么大的姑娘了！这位是高级法院参事的侄子，他刚从纽伦堡来到这里。你要有礼貌！”

她抬眼看去，高级法院参事再次戴上了他的玻璃假发，穿上了他的黄色小外套，他的脸上带着满意的微笑，手里领着一个虽然很小但是长得非常好的青年。青年的小脸蛋白里透红，穿着华丽的镶着金边的小红外套，白色真丝长袜和鞋子，胸前别着一束极其可爱的小花，梳着精致的发型，还扑了粉，背后则垂着一条特别漂亮的辫子。他身侧那把小小的佩剑像是完全用珠宝制作的一般闪闪发光，腋下夹着的小帽子则是用真丝织成的。而且很快就可以看出，这位青年是多么的教养良好，讨人喜欢，因为他给玛丽带来很多漂亮的玩具，尤其是带来了最好的杏仁糖以及一些和之前那些被老鼠国王咬坏的一模一样的玩偶，并且他给弗里茨也带了一把特别漂亮的佩剑。

餐桌上，这位文雅的青年为所有人嗑开胡桃，哪怕是最坚硬的胡桃也无法抵抗他，他用右手把它们放进嘴里，用左手一拉辫子——咔嚓，胡桃碎了！玛丽第一眼看见这位年轻文雅的先生时，脸就红透了，而在用餐结束后，当这位小德罗瑟迈耶邀请她一起去客厅的玻璃柜子时，她的脸就更红了。“你们好好玩吧，孩子们，既然现在我的表走得很准，那么我对此一点意见都没有。”高级法院参事说。

小德罗瑟迈耶才一单独和玛丽待在一起，就立刻单膝跪下，说：“哦，最最卓越的施塔鲍姆小姐，请看一看您脚边这位幸福的德罗瑟迈耶，就在这里，您曾经救过他的命！不久前您说，如果我是为了您才变丑的，那么您绝不会像可恶的皮里帕特公主那样瞧不起我，这是多么善良仁慈的话！您的话一出口，我立刻就不再是一个可怜的胡桃夹子，立刻恢复了以前那种不令人讨厌的形象。哦，卓越的小姐，请用您尊贵的手赐给我幸福，请与我分享王国与王冠，请与我一起统治杏仁糖城堡，因为现在我是那里的国王！”

玛丽把青年扶起来，轻声说道：“亲爱的德罗瑟迈耶先生！您是个温柔善良的好人，而且还统治着一个优美的国家和一群漂亮而快乐的人民，所以我接受您做我的未婚夫！”

就这样，玛丽马上成为了德罗瑟迈耶的未婚妻。一年后，听说他用一辆银马拉的金车接走了她。婚礼上，两万两千个光彩夺目、镶满珠宝的小人儿同时翩翩起舞，据说玛丽也立刻成为这个国家的王后，而这个国家处处都能见到亮晶晶的圣诞树、透明的杏仁糖城堡，总之能见到各种最美好、最奇异的事物，只要你有一双能看见它们的眼睛。

这就是胡桃夹子和老鼠国王的童话。

1 自宗教改革时代起，在德国某些地区流行的传说中，平安夜给小孩们送来礼物的是一个按照基督圣婴的形象想象出来的儿童形象的基督，被称为“基督童子”（Christkind），也叫“圣基督”（der Heilige Christ），后来基督童子在某些地区又演变为一个金发天使的形象。

2 托伦（Thorn）：波兰城市，当地出产的姜饼非常有名。

3 斯卡拉穆恰：17世纪开始出现在意大利即兴喜剧中的一个滑稽角色，通常身穿黑衣，爱冒险、爱吹牛。

4 潘塔隆：意大利即兴喜剧中的经典丑角，通常是一个很会做生意、吝啬、虚荣而可笑的老头儿。

5 奥术师（Arkanist）是指18、19世纪在瓷器制造和金属熔铸等方面的化学家。

6 塞尔维亚地名，因彼得罗瓦拉丁古城堡而闻名。

7 百里香农夫是德国作家科策布（1761—1819）所写的一部狂欢节滑稽剧的主人公；奥尔良的姑娘指法国女英雄圣女贞德，德国作家席勒（1759—1805）曾以其为题材写过一部悲剧。

8 《中断的祭祀节》是1796年在维也纳首演的一部喜剧歌剧。

国 王 的 未 婚 妻

（一篇仿照自然构思的童话）

第一章

本章用令人愉快的方式介绍各种不同人物以及他们之间的关系，为后面几章中将会出现的令人惊讶和极为奇妙的事件做准备。

这是受恩赐的一年。田野里，谷子、小麦、大麦、燕麦有的绿油油的，有的开着花；农家男孩们钻进豌豆田，可爱的牲畜走进苜蓿地；树上的樱桃挂得满满登登，成群的麻雀虽然拼命想把它们啄食一空，还是不得不剩下一半留给日后享用。一切生灵都在尽享大自然餐桌的开放盛宴。不过达普苏尔·冯·扎贝尔陶先生家菜园子里的蔬菜尤其漂亮得过分，所以安娜小姐会高兴得忘乎所以，是一点都不奇怪的。

说到这儿，我们有必要马上介绍一下，达普苏尔·冯·扎贝尔陶先生和安娜小姐这两个人是谁。

亲爱的读者，也许在哪次旅行中，你会来到一片被宜人的美因河灌溉着的美丽土地。和煦的晨风裹挟着芬芳的气息吹过田野，田野在初升朝阳的金色光芒中熠熠生辉。你再也受不了待在狭窄的马车车厢里，下了车，漫步走进一片小树林，并朝树林后的一片山谷走去，这时你会看见一座小村庄。但就在此时，树林里突然有一位身材瘦高的男子迎面向你走来，他奇怪的装束吸引了你的注意。他头戴一顶灰色小毡帽，盖在漆黑的假发上，衣服、外套、马甲和裤子是灰色的，长袜和鞋子是灰色的，就连手里那根长长的手杖也漆成了灰色。就这样，这个男人大步向你走来，他深邃的大眼睛盯着你，但又似乎根本没有注意到你。“早晨好，先生！”当他几乎要撞到你身上时，你对他喊道。他吓了一跳，像是突然从一个深沉的梦中被唤醒似的，然后他摘下小帽子，用一种低沉的、像要哭了似的声音说道：“早晨好？哦，先生！我们有一个好早晨，这是多么令人高兴的事！可怜的圣克鲁斯居民们，刚刚经历了两次地震，现在又遭了倾盆大雨！”亲爱的读者，你实在不知道该如何回答他，但正当你还在考虑时，他已经一边说着“请原谅，先生！”一边轻轻地碰了碰你的额头，然后仔细瞧了瞧你的手掌。“老天保佑，先生，您有一个很好的星盘。”他说道，声音还像之前一样低沉，像要哭了似的，然后他就迈着大步走远了。

这个奇怪的男人不是别人，正是达普苏尔·冯·扎贝尔陶先生，他继承的唯一一份微薄的财产是小村庄达普苏尔海姆，它就位于你眼前那片无比优美、一派欢乐的地区，而眼下你已经走进了这座村庄。你想吃点早餐，但小酒馆里看起来没什么东西可吃。教堂落成纪念集市上的所有食物也都被吃光了。你不想仅靠牛奶充饥，于是有人指点你去地主家的农庄，在那里，仁慈的安娜小姐会拿出所有储备，热情好客地招待你。于是你毫不犹豫，欣然前往。

关于这座农庄，最值得一说的是，它真的拥有昔日威斯特法伦的通德尔彤彤男爵宫殿那样的窗子和门。只不过，房门上方引人注目地悬挂着用新西兰技艺雕刻在木头里的扎贝尔陶家族徽章。但这座房子在外观上的真正奇特之处在于，它的北面倚靠着一座废弃古堡的环形城墙，因此它的后门就是旧日的城堡入口，穿过这扇门可以直接进入城堡的庭院，而在庭院中央，高高的圆形瞭望塔楼仍然完好无损地矗立着。现在，从那扇刻有家族徽章的房门里，有一位红脸颊的年轻姑娘迎面向你走来，她有一双清澈的蓝眼睛和一头金发，可以说相当漂亮，尽管可能会有人认为她的身材有点过于丰满。她热情地邀请你进屋，简直就是热情本身的化身；一经了解你的需求，她立马为你端来最好的牛奶、一大块美味的黄油面包、一碟感觉像是巴约纳产的生火腿以及一小杯甜菜根酿制的烧酒。与此同时，这位姑娘——她不是别人，正是安娜·冯·扎贝尔陶小姐——还开朗活泼地与你畅谈起农庄上的一切，方方面面的事情没有她不知道的。

但是突然，一道响亮而可怕的声音仿佛从天而降：“安娜——安娜！安娜！”你吓了一跳，可安娜小姐却语气愉快地说道：“是爸爸散步回来了，他在他的书房里喊我给他送早餐。”“从他的……书房里喊你？”你十分惊讶地问。“是的，”安娜小姐（或者像人们称呼她的那样，小安娜小姐）说，“爸爸的书房在塔楼上，他用一个话筒喊我！”于是，亲爱的读者！你就看到小安娜打开塔楼的那道狭窄的小门，带着一份与你刚刚享用过的完全一样的早餐，也就是一大份火腿和面包搭配一份甜菜根精魂，噌噌几下子攀了上去。但是一转眼她已经迅速地又回到了你身边，开始陪着你参观美丽的菜园子，一边还跟你大谈特谈什么彩色羽衣、夜来香、英国芜菁、小绿头、大莫卧儿、黄色王子头等等，让你没法不感到极其惊讶，尤其是如果你不知道那些高贵的名字其实只是各种卷心菜和生菜的话。

我认为，亲爱的读者，在达普苏尔海姆做的这样一次小小的拜访，已经足够让你对这家人的情况有所了解，而我打算向你讲述的各种稀奇古怪、匪夷所思的事情，就是关于他们家的。达普苏尔·冯·扎贝尔陶先生的父母拥有大笔财富，在他年轻时，他很少离开父母的城堡。他的宫廷教师是一位古怪的老先生，喜欢用外语，尤其是东方语言为他授课，除此之外，他还培养了他对神秘主义，或者更准确地说，对玄虚秘术的爱好。后来宫廷教师去世了，给年轻的达普苏尔留下大量玄学秘籍，他便整日埋首其中。再后来他的父母也去世了，年轻的达普苏尔便踏上了长途旅程，按照宫廷教师在他心灵中埋下的念头，他去了埃及和印度。多年以后，当他终于回来时，一位堂兄已经怀着巨大的热情掌管了他的财产，留给他的除了达普苏尔海姆这座小村庄外再无其他。达普苏尔·冯·扎贝尔陶先生太过于热心追求更高世界里那一抹诞生太阳的金黄，对世俗事务反正也不太擅长，因此他反倒十分感动，感谢他的堂兄把宜人的达普苏尔海姆连同那座漂亮的瞭望高塔留给了他，那高塔简直就是为了占星术而建，于是达普苏尔·冯·扎贝尔陶先生立刻就在塔顶最高处布置起了自己的书房。随后，操碎了心的堂兄又指出，达普苏尔·冯·扎贝尔陶先生得结婚才行。达普苏尔认识到这件事的必要性，立刻与堂兄为他选择的小姐结了婚。那位女士迅速地进了家门，又同样迅速地离开了他。在给他生了个女儿之后，她去世了。婚礼、洗礼、葬礼都是堂兄操办的，待在塔楼上的达普苏尔对这一切都不甚关心，再加上这段时间以来，一直有一颗奇怪的彗星停在天空，一向忧郁、总觉得会有灾祸发生的达普苏尔坚信自己也卷入了它的影响之中。

他的小女儿是由一位年迈的姑祖母养大的，让后者感到欣慰的是，小姑娘对农庄事务有着浓厚的兴趣。用人们常讲的话说，安娜小姐得“从头开始”学做事。要先做牧鹅丫头，然后做女帮佣、女佣、女管家，一直做到女当家的，这样才能通过有益的实践把种种理论弄通弄懂并牢记在心。她非常喜欢那些鸡、鸭、鹅、鸽子和牛羊，就连体形匀称的小猪也会很温柔地饲养，绝无一丝懈怠，不过她倒是没有像从前某国家的一位小姐那样，给一头白色小猪仔系上丝带和铃铛，当成宠物来养。然而比起所有这些，她最爱的还是菜园子，甚至远超对果树种植的喜爱。姑祖母在农庄事务方面学识渊博，因此，有兴趣的读者只要与安娜小姐聊一聊就会知道，她在种菜这方面确实获得了极为丰富的理论知识，在挖地松土、播种、栽种植株时，安娜小姐不仅能主持工作大局，而且她本人也能身体力行地提供帮助。安娜小姐使得一手好铁锹，这一点就连最嫉妒她的人也得承认。当达普苏尔·冯·扎贝尔陶先生全神贯注于他的占星观察和其他神秘事物时，安娜小姐则在姑祖母去世后把农庄管理得井井有条；达普苏尔孜孜不倦地追求着天上的事物，而小安娜则勤奋熟练地打理着地上的事务。

正如前面所说，小安娜看到今年菜园子里的繁荣景象，高兴得几乎忘乎所以，是一点都不奇怪的。不过，若论起茂盛丰美，有一片胡萝卜地可以说是冠绝群雄，那片地里的胡萝卜产出量估计也非同寻常。

“啊，我的漂亮可爱的胡萝卜们！”安娜小姐一遍遍地叫着，拍着手欢呼雀跃，转着圈跳舞，样子就像一个刚从圣基督手里得到一大堆礼物的小孩。而地里的胡萝卜宝宝们似乎也真的在陪着小安娜一块高兴，因为可以听见一阵细碎的笑声，明显是从胡萝卜地里传来的。不过小安娜没太注意这个情况，而是向一个仆人跑去，那个仆人手中举着一封信，喊着：“给您的，安娜小姐，是戈特利布从城里带回来的。”小安娜一眼就从信封上的笔迹认出，写信的不是别人，正是年轻的阿曼杜斯·冯·内贝尔斯特恩先生，邻村地主家的独子，现在正在城里上大学。阿曼杜斯待在他父亲的村庄里时，每天都往达普苏尔海姆这边跑，他坚信，除了安娜小姐，他这辈子不会爱上任何别人。同样，安娜小姐也非常确定，除了长着一头棕色卷发的阿曼杜斯，她绝不可能喜欢任何别的人。于是安娜和阿曼杜斯一致同意两人越早结婚越好，要做全世界最幸福的一对夫妻。

阿曼杜斯原本是个开朗自然的青年，但在大学却不知着了什么人的道，那人不仅让他自以为是个绝无仅有的诗歌天才，还诱使他沉迷于激昂狂热的情绪。他也成功地做到了在很短时间里就抛弃了一切被凡夫俗子们称为理智和理性的东西——后者竟然错误地宣称这两样东西可以与活跃的想象并行不悖。现在，安娜小姐兴高采烈地打开了这封来自年轻的阿曼杜斯·冯·内贝尔斯特恩先生的信，开始读道：

天国的少女啊！

你可曾看见，可曾发现，可曾感觉到你的阿曼杜斯，他在芬芳夜晚的橙花气息里，与盛开的鲜花一道躺在草地上，仰望天空的双目满含虔诚爱意和渴望思念？他把百里香和薰衣草、玫瑰和康乃馨，还有黄蕊水仙和害羞的紫罗兰编织成花环。花是爱的想念，而想念的是你，哦，安娜！可是平庸的散文怎能配得上热情的双唇？你听啊，哦，你听，我的爱只能是十四行诗式的，我只能这般诉说我的爱。

爱的渴念在万千个太阳里熊熊燃烧，
甘愿求索心中一次又一次的喜悦。
星光从黑暗的天空照射下来，
光影在爱情之泪的泉眼中轻掠。

狂喜，啊！被巨大的幸福碾碎，
最苦涩的核才能长出最甜美的果，
思念正从紫罗兰色的远方招手，
我的心在爱的痛苦中零落。

火的波浪中怒涛汹涌，
勇敢的游泳者却毫无惧色，
猛然一跃栽入险峻的巨波。

风信子总在岸边开放；
忠诚的心要流血才会发芽

而心之血就是那最美的根茎！

哦，安娜！当你阅读这首十四行诗中的十四行诗时，愿所有天堂般的狂喜传遍你全身，当我写下它，随后又怀着神圣的热情向那些与我志同道合、意识到生命之最高境界的人们朗读它时，我的全部存在就已经消融在了那种狂喜里。想着我吧，哦，想着我，甜美的少女，想着你忠诚而欣喜若狂的阿曼杜斯·冯·内贝尔斯特恩吧。

又及：哦，高贵的少女，你给我回信时，别忘了随信寄来几磅你自己种的弗吉尼亚烟草。它们燃烧得好，而且味道也比这里的小伙子们去酒馆时抽的波多黎各烟草好得多。

安娜小姐把信贴在唇边，说："啊，多么可爱，多么美！这些诗句真的太可爱了，全都巧妙地押着韵哩。唉，要是我聪明一些，就能读懂这些诗了，但这只有大学生才能做到。那么最美的根茎究竟是什么意思呢？噢，他指的一定是又长又红的英格兰胡萝卜，或者没准儿也可能是莴苣呢，真是个可爱的人呐！"

就在当天，安娜小姐已经认真地装好了烟草包裹，然后她又给小学校长拿去十二根漂亮的鹅毛，请他仔细地把它们切成鹅毛笔。安娜小姐想要当天就坐下来开始回复那封美妙的信。顺带一提，当她从菜园子跑出去时，她的身后再次传来清晰可闻的笑声，她那时只要稍加留意，就一定会听见细碎的声音，那些声音在喊："拉我出来，拉我出来，我成熟了，成熟了，成熟了！"然而如前所说，她没注意到。

第二章

本章讲述了第一个神奇事件以及其他某些值得一读的事情，如果没有这些事情，说好的童话就不存在了。

达普苏尔·冯·扎贝尔陶先生通常会在中午从他的占星塔楼上下来，和女儿一起共进一道简单的午餐，午餐时间非常短，进行得也十分安静，因为达普苏尔先生根本不喜欢讲话。而安娜也不会多话打扰他，尤其是因为她知道，爸爸一旦真的开口，就会说出各种莫名其妙的话来，让她脑袋发晕。然而，今天，她的整个心思都因为菜园里的繁荣景象和心爱的阿曼杜斯的来信而激动不已，以至于她一刻不停地谈论着这两件事。最后，达普苏尔·冯·扎贝尔陶先生终于放下刀叉，捂住自己的耳朵喊道："啊，空洞混乱的喋喋不休！"安娜小姐吓了一跳，然而，等她不再吭声了，达普苏尔先生却用他特有的那种慢吞吞的、带着哭腔的声音说道："至于蔬菜嘛，我亲爱的女儿，我早就知道今年星体之间的相互影响对于这些收成特别有利，土地上的人们将会享用白菜、萝卜和生菜，这样土地物质才能繁衍，地球才能像个陶土锅一样经受住世界精神的火焰炙烤。格诺姆一定能经受住沙罗曼[1]的攻击，而我很期待吃到你做得非常拿手的蒲芹萝卜。至于年轻的阿曼杜斯·冯·内贝尔斯特恩先生，我一点也不反对等他从大学回来后你就嫁给他。你和新郎举行婚礼的时候，让戈特利布上去告诉我一声，这样我就可以陪你们去教堂了。”

说完达普苏尔先生沉默了片刻，然后，他并不去看满脸洋溢着喜悦的安娜，只是微笑着用叉子敲了敲玻璃杯（这两件事他都很少做，但只要做就总是同时做），继续说道：“你的阿曼杜斯是一个应当且必须出现的人，我的意思是说，他是个‘命中注定’[2]，不瞒你说，亲爱的小安娜！我很早就给这个‘命中注定’绘制了星盘。总的来说，他星盘的各个方面都还比较吉利。木星落在了他的上升交点，金星与其呈六分相。问题是天狼星的轨迹横穿了星盘，恰好在交叉点上存在着巨大的危险，他需要把他的未婚妻从这个危险中解救出来。该危险本身是深不可测的，因为有一个似乎违背全部占星科学的奇怪生物插足其中了。此外，可以肯定的是，只有陷入那种被人们习惯性地称为愚蠢或疯狂的特殊心理状态之中，阿曼杜斯才有可能完成这次解救。哦，我的女儿。”说到这里，达普苏尔先生又恢复了他通常的那种哭一样的语调：“没有什么可怕的力量能够恶意地瞒过我的先知之眼，突然地出现在你的道路上，而那位年轻的阿曼杜斯·冯·内贝尔斯特恩先生除了把你从变成老处女的危险中解救出来外，也没有什么别的危险需要面对！”说到这里，达普苏尔先生接连唉声叹气了几声，然后又继续说道：“但是天狼星的路径会在这次危险之后突然中断，之前分开的金星和木星会和解并重新聚在一起。”

达普苏尔·冯·扎贝尔陶先生已经有很多年没说过今天这么多的话了。他精疲力尽地站起来，重新登上了他的塔楼。

第二天一大早，小安娜就给内贝尔斯特恩先生写完了回信。信是这样写的：

我最亲爱的阿曼杜斯！

你无法相信你的来信再次给我带来了多大的快乐。我把这件事告诉了爸爸，他答应会陪我们去教堂举行婚礼。你要尽快从大学回来哦。唉！真希望我能彻底弄懂你那些可爱的诗句啊，它们押韵押得可真好！当我大声朗读它们时，它们听起来美妙极了，那一刻我觉得我确实是懂它们的。但很快一切又消失了，死掉了，烟消云散，我觉得自己读到的好像是很多完全不属于彼此的文字。校长说，诗就得这么写，这是一种新的高雅语言。但是，唉！我可真是个头脑简单的笨蛋！请告诉我，在不荒废家务的情况下，我有没有可能做一段时间的大学生呢？但这好像行不通，是吧？好吧，等我们成了夫妻，也许我可以从你的渊博学识里学到一些东西，还可以学点这种新的高雅语言。弗吉尼亚烟草我会给你寄去的，亲爱的阿曼杜斯。我把它们装满了我的草帽盒子，能放多少放多少，然后我把我的新草帽戴在卡尔大帝的头上啦——他立在我们的客房里，尽管他没有脚，因为你知道的，他只是个半身像嘛。另外，请不要笑话我，亲爱的阿曼杜斯，我自己也写了一些诗，押韵押得还不错哩。你说说，这是怎么回事呀，我都没有学过，却很清楚怎样押韵呢。现在来听一听吧：

我爱你，无论天涯还是咫尺，
我愿意很快成为你的妻子。

明亮的天空那样地蓝，

夜晚的金色星星闪呀闪。

所以你必须始终爱我，

永远不要让我伤心难过。

我寄给你弗吉尼亚烟草，

希望你能享受它的好味道！

你先好心将就一下吧，等我学会了高雅语言，我准能写得更好。今年的黄包菜不是一般的漂亮呐，法国豆角也长得特别好。不过我的小腊肠犬费德曼昨天被大公鹅狠狠地在腿上啄了一口。好吧，世上的事不可能样样如意。心里吻你一百次，最最亲爱的阿曼杜斯，你忠诚的未婚妻安娜·冯·扎贝尔陶。

又及：我写得太匆忙了，所以有的字有些歪歪扭扭。

再及：但是你绝不可以怪罪我，虽然我的字写得歪歪扭扭，但我的心很正直，而且永远是你的忠诚的安娜。

再再及：天哪！我差点忘了一件事，我这个健忘的家伙。爸爸向你致以最诚挚的问候，他还让我告诉你，你是一个应当且必须出现的人，将来你会把我从一场巨大的危险中解救出来。这可真让我期待呢，再一次地——你的最爱你的、最忠诚的安娜·冯·扎贝尔陶。

写完这封信，安娜小姐感到如释重负，因为这事让她感到相当吃力。不过在折好信封，滴好火漆蜡——并且既没有烧坏纸张也没有烫伤手指——之后，她重新变得轻松和快乐起来。她把信和烟草盒子放在一起（她在盒子外面清楚地写上了自己名字的缩写），一同交给戈特利布，让他把两样东西拿去城里邮寄。妥善照顾了院子里的家禽之后，安娜小姐飞快地跑到她最喜爱的地方——菜园子。她一边朝胡萝卜地里走，一边心想，现在显然已经是时候考虑考虑城里的馋猫们了，该把第一批胡萝卜拔出来了。女仆也被叫过来帮忙干活儿。安娜小姐小心翼翼地走进菜地中央，抓住一大把茁壮的萝卜缨子。可是她刚拔了一下，就听到一个奇怪的声音。那声音不会让人想到曼德拉草，也不会让人想到被从土里拽出来时那种撕心裂肺的哭泣哀号。不，那个似乎是从土壤底下传来的声音，更像是细碎、开心的笑声。但安娜小姐还是放开了萝卜缨子，有些受惊地问道："咦！是谁在那儿笑我？"但是四周安静无声，于是她重新抓住萝卜缨子（这棵萝卜缨子长得比所有别的萝卜缨子都更高、更茁壮），不再理会再次传来的笑声，把那棵最漂亮、最鲜嫩的胡萝卜从地里拔了出来。

然而，定睛一瞧这棵胡萝卜，安娜小姐立刻发出又惊又喜的高呼，惹得女仆赶紧跑了过来，在看到眼前的奇迹后，她也像安娜小姐一样大声尖叫起来。因为有一枚漂亮的戒指牢牢地套在胡萝卜上，戒指上还镶嵌着一颗闪亮的黄宝石。"诶，"女仆叫道，"那是给您的！安娜小姐，那是您的结婚戒指啊，您得赶紧戴上！""你在说什么蠢话，"安娜小姐说，"我的结婚戒指必须从阿曼杜斯·冯·内贝尔斯特恩先生手里得到，而不是从一根胡萝卜这儿得到啊。"

不过，安娜小姐越看这枚戒指越是喜欢。它的工艺真的太精巧了，似乎超越了人类技术所能生产的任何东西。它的指环部分有成百上千个特别小的小人儿形象，以各种各样的组合缠绕在一起，肉眼乍一看几乎无法看清，但如果长时间仔细地观察它们，它们似乎会长大，变得栩栩如生，而且仿佛正排着优雅的队列在跳舞。那颗宝石的成色也极为特别，即使是在著名的德累斯顿绿穹珍宝馆的藏品中都很难找到一块这样的。“天晓得，”女仆说，“天晓得这个漂亮的戒指已经在地下埋多久了，它一定是不知怎么被铲出来，然后胡萝卜就长进去了。”安娜小姐从胡萝卜上取下戒指，奇怪的是，胡萝卜突然从她的手指间滑落，消失在了地下。但安娜小姐和女仆都没太注意这件事，只顾着欣赏那枚漂亮的戒指，安娜小姐没有多想，已经把它戴在了右手的小指上。当她这样做的时候，她的手指从指根到指尖都感到一阵刺痛，但这阵疼痛来得快去得也快，刚一感觉到，就又消失了。

很自然地，安娜小姐在中午时把她在胡萝卜地里碰到的怪事告诉了达普苏尔·冯·扎贝尔陶先生，还给他看了那枚本来套在胡萝卜上的漂亮戒指。她想把它从手上摘下来，好让爸爸仔细看看。可这时她却感到一阵刺痛，和她戴上戒指时一样，而且只要她拉动戒指，这种疼痛就会一直持续，直到她痛得受不了，最后她只得放弃。达普苏尔先生焦急而专注地盯着安娜手指上的戒指，让她伸出手指朝各个不同方向画各种各样的圆圈，然后他陷入沉思，一言不发地上了塔楼。安娜小姐听到，爸爸在爬上楼梯时发出一阵沉重的叹息。

第二天早上，安娜小姐正在院子里追赶一只大公鸡，因为那只鸡到处惹祸，尤其还跟鸽子们过不去，这时候，突然从话筒里传来达普苏尔·冯·扎贝尔陶先生十分吓人的哭声，小安娜非常担心，她把双手拢成喇叭状，朝上面喊道：“您为什么哭得这么凶啊，亲爱的爸爸，家禽都受惊了！”达普苏尔先生通过话筒朝下喊道：“安娜，我的女儿安娜啊，你立刻上来，到我这里来。”这个命令让安娜小姐惊讶极了，因为爸爸不仅从来没有叫她到塔楼上去过，而且平时还总是小心翼翼地关着上面的门。因此，当她沿着螺旋状的楼梯爬上去，推开塔楼上唯一那个房间的沉重房门时，她的心头掠过一丝不安。达普苏尔 · 冯 · 扎贝尔陶先生坐在一张造型奇异的大扶手椅上，四周摆满了各种奇特的仪器和落满灰尘的书籍。在他面前是一个架子，上面放着一张裱在画框里的纸，纸上画着各种不同的线条。达普苏尔先生头戴一顶尖尖的灰色高帽，身披一件灰色斜纹宽斗篷，下巴上挂着长长的白胡子，看上去真的很像一位魔法师。就是因为这把假胡子，安娜一开始根本没认出他，所以还不安地四下张望，想看看她的爸爸是不是藏在房间的某个角落里；但是当她意识到那个挂着胡子的男人真是她的爸爸时，她开心地笑起来，问他说，难道圣诞节已经到了吗，他是要扮演仆人鲁普雷希特[3]吗？

然而达普苏尔 · 冯 · 扎贝尔陶先生并不理会小安娜的话，只是用手中的一小块马蹄铁碰了碰小安娜的额头，然后又沿着她的右臂从肩膀到小指尖轻抚了几遍。接着，他起身离开扶手椅，让她坐在上面，把她戴着戒指的手指放到那张裱在画框里的纸上，使那颗黄宝石正好碰到所有线条交会的那个中心点。顿时，一道黄光从黄宝石中迸射而出，四下散开，直至将整张纸染成深黄色。然后纸上那些线条开始发出噼噼啪啪的声响，仿佛是戒指上的小人儿们在纸上欢快地跳来跳去。达普苏尔先生目不转睛地盯住那张纸，同时拿起一块薄薄的金属板，用双手高高举起，准备把它压在纸上；但就在此时，他脚底在光滑的石头地板上滑了一下，一屁股重重地跌坐在地，而那块金属板也哐啷啷地落在了地上——为了尽量避免摔倒以保全尾骨，他本能地扔掉了它。伴随着轻轻的一声“啊”，安娜小姐从她刚才陷入的奇怪的梦幻状态中醒了过来。达普苏尔先生艰难地站起来，重新戴上那顶掉落了的灰色高帽，整理好假胡须，在小安娜对面堆着的一摞大开本书上坐下。“我的女儿，”他说，“我的女儿安娜，你刚才感觉如何？你想到了什么，感觉到了什么？你用你内心的神魂之眼看到了哪些形象？”

“哦，”安娜小姐答道，“我刚才感觉好极了，从来没有那样好过。然后我想到了阿曼杜斯·冯·内贝尔斯特恩先生。我清清楚楚地看到他在我眼前，但他比平时还要帅得多，他抽着一支烟斗，里面装的是我送他的弗吉尼亚烟丝，因为他特别喜欢那个味道。然后我突然特别想吃小胡萝卜配烤肠，当这道菜摆在我面前时我高兴坏了。我正准备动手开吃，一阵突然的剧痛就让我从梦中醒了过来。”

“阿曼杜斯·冯·内贝尔斯特恩……弗吉尼亚烟草……胡萝卜……烤肠！”达普苏尔·冯·扎贝尔陶先生若有所思地念叨着，他发现女儿想要离开，便示意她留下别走。

“无忧无虑的幸福孩子啊，”他用一种比平时还要浓重得多的哭腔开口说道，“你不了解宇宙的深奥秘密，不知道围绕着你的险恶威胁。你对神圣卡巴拉的超自然科学一无所知。虽然你因此无缘体会智者们的无上喜悦——因为他们已臻至境，无需吃喝，只求喜悦，没有任何人类的需求；但你也因此而不必像你不幸的父亲一样承受登上那个高度的恐惧，他时常还会感受到普通人的眩晕，而他所钻研的东西只会令他畏惧和惊恐，并且他始终无法摆脱纯粹世俗的需求，吃、喝，以及一切人性所需。

“你要知道，我可爱的、因无知而有福的孩子啊，土地深处、空气、水和火中都充溢着一些比人类更高但更受限的自然所携带的灵性元素。我的小傻瓜，可能我没有必要给你解释格诺姆、沙罗曼、西尔芙和温蒂娜[4]各自的特殊性质，估计你也理解不了。要让你稍微明白一些你可能正在卷入的危险，只需要告诉你一点，那就是这些精灵总在试图与人类结合，而且他们很清楚人类一般都惧怕这种结合，所以他们会使用各种巧妙狡猾的手段来迷惑他们所偏爱的人类。有时是一根树枝、一朵花、一杯水、一个点火器，或者其他看似不起眼的东西，他们会把这些东西用作实现他们目标的手段。诚然，这种结合常常有很大的益处，正如米兰多拉侯爵讲过的，过去曾经有两位神职人员与这种精灵幸福地度过了四十年婚姻生活。诚然，那些最伟大的智者都是通过人类与元素精灵的结合而诞生的。比如琐罗亚斯德就是火精灵奥罗玛西斯的儿子，伟大的阿波罗尼乌斯、智者梅林、勇敢的克利夫伯爵、伟大的卡巴拉修炼者便·西拉，都是这种婚姻的美妙果实，按照帕拉塞尔苏斯的说法，就连美丽的美露莘[5]其实也是一种空气精灵。然而与此同时，这种结合的危险又太大，因为元素精灵不仅会要求他们所青睐的人要被最深奥智慧、最明亮的光所照耀，而且他们还非常敏感，受到任何冒犯都会狠狠地复仇。从前曾经有一个空气精灵与哲学家结合了，有一次这位哲学家与朋友们谈论起另一个漂亮女子，可能他谈得太激动了，于是这个空气精灵立刻让自己雪白美丽的腿在空中显现出来，仿佛在向那些朋友证明自己的美貌，然后她当场杀死了那个哲学家。

“不过，唉，我干吗要说别人的事呢，干吗不说说我自己？我知道，从十二年前开始，有个空气精灵一直爱着我，但她比较胆怯和害羞，所以，一想到我要用神秘的卡巴拉方法来留住她，我就备感折磨，因为我仍然非常依赖世俗的需求，因此也缺乏必要的智慧。每天早上我都下决心要禁食，而且也成功地免掉了早餐，但是当中午到来时，哦！安娜，我的女儿安娜，你很清楚，我吃得非常多！”

说到最后这几个字的时候，达普苏尔·冯·扎贝尔陶先生几乎在号啕大哭了，同时苦涩的泪水从他瘦削而凹陷的脸颊上滚落下来；然后他稍微平静了一下，继续说道：“但我努力以最优雅的举止、最特别的殷勤态度来对待那位与我友善的元素精灵。我从不敢在没有采取适当的卡巴拉预防措施的情况下抽烟斗，因为我不知道我那个纤弱的空气精灵是否喜欢那个品种，她的元素会不会因为受到污染而导致过敏，你看那些抽‘狩猎’牌或‘萨克森之花’牌烟草的人不就是因为这个原因而永远不聪明，永远无法赢得精灵的爱么。同样，当我想要削一根榛木拐杖，想要摘花、吃水果或者点火时，我也会采取预防措施，因为我所有的努力都是为了避免冒犯任何元素精灵。然而，你也看到了不是吗？我刚才踩到了那个坚果壳，整个人摔倒在地上，搞砸了整个实验，而这个实验本来是可以让我揭开戒指的奥秘的。在我的记忆中，我从未在这个完全奉献给科学的房间里吃过任何坚果（现在你知道我为什么要在楼梯上吃早餐了），那么这就很明显了，一定有个小格诺姆藏在那枚坚果壳里，也许他是想来我这里学点东西、听一听我的实验。因为元素精灵很喜欢人类的科学，尤其是那些被外行庸众们要么说成是愚蠢和迷信，要么说是超出人类能力因此很危险的科学。这就是为什么他们经常出现在神圣的磁力催眠操作现场的原因。尤其是格诺姆们，最是喜欢搞恶作剧，在磁力催眠师（他尚未抵达我刚才所描述的智慧阶段、依然非常依赖世俗需求）以为自己马上就要怀着纯洁的欲望拥抱一个空气精灵的一瞬间，他们往他脚底下偷偷塞了一个土地之子；而当我踩到这位小小学生的脑袋瓜时，他生气了，把我掀翻了。但这个格诺姆也可能有他的深层原因，那就是阻止我揭开戒指的秘密。

“安娜，我的女儿安娜啊！你听我说，我已经确定有一个格诺姆很青睐你，从戒指的情况判断，他一定是个富有而气派的男子，而且还受过良好的教育。但是，亲爱的安娜，我最最心爱的小傻瓜，如果你与这样一个元素精灵有了任何形式的结合，你认为你有可能避免那些可怕的危险吗？如果你读过卡西奥多罗斯·雷穆斯的书，你可能会回答我说，根据书中的真实记载，著名的玛格达莱娜·德·拉·克罗瓦，西班牙科尔多瓦修道院的女院长，与一个格诺姆一起度过了幸福美满的三十年婚姻生活；类似的事情也发生在一位空气精灵与年轻的格特鲁德身上，后者是科隆附近拿撒勒修道院的一位修女。但是，想想那两位教会女士的博学追求和你自己的追求吧，天差地别啊！她们把时间花在读书上，而你的时间大多花在鸡、鸭、鹅和其他一些让每位卡巴拉修炼者都感到烦扰的动物身上；她们常观察天空和星体的轨迹，而你常在地里挖土；她们在精巧细致的星盘图中研究未来的轨迹，而你在为了那点可怜的冬季需求把牛奶捣成奶油再放些酸菜进去——尽管我本人并不愿意错过这样的食物。你说说！一个心思敏感、爱好哲学的元素精灵有可能长期喜欢这一切吗？

“因为，安娜啊！达普苏尔海姆村要靠你繁衍下去，这是你无可推卸的世俗使命。然而，尽管这枚戒指带给你强烈的疼痛，你却兴高采烈、不加思考地为它而高兴！为了你的幸福，我本来想通过刚才的操作打破戒指的魔力，让你彻底摆脱追求你的那个格诺姆。可惜却因为坚果壳里那位学生耍的诡计而失败了。但是，我还是感受到一种前所未有的勇气，想要与这个元素精灵斗下去！你是我的孩子，而且我不是跟一个空气精灵、一个火精灵或者别的什么元素精灵生下了你，而是跟一位可怜的农村姑娘，她来自最好的人家，但那些被上帝遗忘的邻居却嘲弄地给她起了个诨名叫‘山羊姑娘’，只是因为她热爱田园的性格让她每天亲自赶着一小群雪白漂亮的山羊在翠绿的山坡上放牧，而我那时就像个恋爱的傻子似的，在塔楼上为她吹笛伴奏。是的，你永远都是我的孩子，我的骨肉！我要救你，瞧，这把神秘的锉刀可以把你从这个害人的戒指中解放出来。”

说着，达普苏尔·冯·扎贝尔陶先生拿起一把小锉刀，开始在戒指上锉起来。但他刚来回锉了几下，小安娜就痛得大叫。“爸爸，爸爸，你要把我的手指锉掉了！”她喊着，而戒指下面果然流出很多浓稠的黑血。达普苏尔先生见状扔掉锉刀，近乎昏厥地倒在扶手椅中，绝望地喊着：“啊，啊，啊！我完蛋了！也许愤怒的格诺姆下一刻就会来咬断我的喉咙，除非空气精灵来救我！哦，安娜，安娜！离开这儿，快跑！”

早在爸爸说出那番稀奇古怪的话时，安娜小姐就已经想跑得远远的了，于是她像一阵风似的飞奔下了楼。

本章讲述一个奇特的男人来到达普苏尔海姆，以及随后发生的事情。

达普苏尔·冯·扎贝尔陶先生泪流满面地拥抱了自己的女儿，便准备爬上塔楼，他担心愤怒的格诺姆随时可能来访。正在此时，外面传来一阵响亮而欢快的号角声，一个相貌古怪又好笑的矮个子骑手冲进了院子。他骑的黄色骏马个头不高，体形也纤巧秀气，所以虽然矮个子骑手有颗形状奇怪的大脑袋，但却一点也没有侏儒的感觉，反而高高端坐在马上。但这也要归功于他的躯干特别长，而他的从马鞍上垂下来的腿和脚的部分短小得几乎可以忽略不计。顺便一提，这位矮个子家伙穿了一件非常漂亮的金黄色缎子礼服，戴了一顶同样颜色的高帽，帽子上插着一大把草绿色的羽毛装饰，脚上还穿着一双擦得铮亮的桃花心木色马靴。随着一声响亮的“吁——！”，这位骑手在扎贝尔陶先生面前停了下来。他似乎想要翻身下马，但却突然闪电般倏地一下从马腹下摆荡过去，然后连续两次、三次向空中荡起十二肘[6]高，每升高一肘的过程中做六次空翻，直到最后大头朝下落在马鞍上。然后他就这样倒立着策马疾驰，同时一双小脚还按照长短、长短短、短短的节奏朝前后和两侧做着各种奇特的弯曲动作。当这位身材纤巧的体操师兼骑术大师最后终于站定，并礼貌地向他们问候时，他们看到院子的地面上出现如下字样：“向您和令千金致以最诚挚的问候，最最尊敬的达普苏尔·冯·扎贝尔陶先生！”这些字是他用马蹄子在院子的地面上踩出来的，全是漂亮的大写罗马字母。随后这位小个子骑手翻身下马，又做了三个侧手翻，然后说道，他要向达普苏尔·冯·扎贝尔陶先生转达一份美好的致意，来自他尊贵的主人，即珀菲里奥·冯·奥克罗达斯特思男爵，人称科尔多瓦施皮茨；并说，如果达普苏尔·冯·扎贝尔陶先生不反对的话，男爵先生想在几天后前来拜访，因为他希望将来能与他做隔壁邻居。

达普苏尔·冯·扎贝尔陶先生此刻看起来更像是个死人而不是活的，他脸色苍白，身体僵硬，靠在女儿身上。他那颤抖的嘴唇刚刚艰难地吐出一句：“我……非常……欢迎。”话音未落，小个子骑手已经做着与他来时相同的仪式，以闪电般的速度离开了。

“啊，我的女儿啊，”达普苏尔·冯·扎贝尔陶先生哭泣哀号，“我可怜的不幸的女儿啊，毫无疑问，这个格诺姆[7]就是来拐走你并且扭断我脖子的！但是，我们要鼓起我们仅剩的全部勇气！被激怒的元素精灵没准儿是可以安抚的，只要我们知道如何在力所能及的范围内正确巧妙地对待它。现在，亲爱的孩子，我现在要立刻给你读一读拉克坦西[8]或托马斯·阿奎那书中关于如何对待元素精灵的几章，这样你就不会犯下严重的错误——”然而，还没等达普苏尔·冯·扎贝尔陶先生把拉克坦西、托马斯·阿奎那或者别的哪本行为准则手册拿来，他们就听到一阵音乐声在离他们很近的地方响起，听起来很像受过一些音乐训练的儿童在圣诞节时通常表演的那种曲子。一支漂亮的长队伍从街上走来。打头的是六七十个骑在黄色小马上的小个子骑手，全都像之前那位使者一样身穿黄色礼服，头戴高尖帽，脚蹬精光锃亮的红棕色马靴。紧随其后的是一辆由八匹黄马拉着的纯水晶马车，后面还有大约四十辆不那么豪华的马车，有六匹马的，也有四匹马的。此外还有众多侍者、跑腿的和其他随从穿着亮闪闪的衣服围在左右，使得整个场面看起来又欢乐又稀奇。

达普苏尔·冯·扎贝尔陶先生又是惊讶又是发愁，没有说话。安娜小姐从没想过世界上竟会有像这些小马和小人儿这般秀气漂亮的东西，她欣喜若狂，忘记了一切，甚至忘记合上因欢呼而张得大大的嘴巴。

那辆八驾马车在达普苏尔·冯·扎贝尔陶先生面前停下。骑手们下了马，侍者和仆人赶紧上前打开车门，在仆人的搀扶下从马车里出来的不是别人，正是珀菲里奥·冯·奥克罗达斯特思男爵先生，人称科尔多瓦施皮茨。就身材而言，这位男爵先生根本无法与百费德勒的阿波罗[9]相提并论，甚至不能与“垂死的战士”[10]相比。因为除了身高不足三英尺以外，他短小的身体有三分之一是由他那显然过大过宽的头构成的，顺便说一句，一个长长的鹰钩鼻和一双圆溜溜的凸眼睛倒是给这个头增添了几分光彩。由于他的躯干也有些长，所以给他的脚只留下大约四英寸的地方了。不过这点小小的地方被利用得很好，因为男爵的这双小脚简直是有史以来所能见到的最最秀气精致的一双脚。当然，它们看上去似乎太虚弱了些，撑不住他那颗威严的头；男爵走得摇摇摆摆，两只脚时不时地崴一下，但马上又像个不倒翁似的立起来，乃至他这一瘸一拐的步伐倒更像是一种花样舞蹈似的。

这位男爵身上穿的是一件用亮闪闪的金色织物制成的贴身礼服，头戴一顶堪比王冠的帽子，帽子上插着一大把草绿色的茂密羽毛。他双脚一着地，就急忙冲到达普苏尔·冯·扎贝尔陶先生面前，抓住他的双手，一跃而起搂住他的脖子，把自己吊在他身上，用一种很难相信会从他那矮小的身体里发出来的洪亮声音喊道："哦，我的达普苏尔·冯·扎贝尔陶，我敬爱的、最最亲爱的父亲！"然后他干脆利落地从达普苏尔先生的脖子上荡下来，跳到，或者更确切地说，把自己甩到安娜小姐面前，握住她那只戴了戒指的手，吧唧吧唧不停地亲吻着，并用和先前一样洪亮的声音说道："哦，我最最美丽的安娜·冯·扎贝尔陶小姐，我最亲爱的未婚妻！"然后他拍了拍手，尖锐嘈杂的儿童音乐声立刻响了起来，一百多位小绅士下了车和马，像先前那位使者一样，按照长短、长长、短长、短短、短短短、短长长、长长短、长短短长、长短短的节奏跳起舞来，时而大头朝下，时而又翻身立起，整个场面相当欢乐。

就在这一派欢乐中，安娜小姐从小个子男爵刚才那番话所引起的巨大震惊中恢复过来，陷入了种种有根有据的家务考虑中。"呃，"她想，"这些小人儿在我家这座小房子里怎么可能住得下呢？如果我出于迫不得已，至少把仆人们安排到大谷仓里住的话，那里的地方够他们住吗？可是那些坐马车来的贵客怎么办呢，他们肯定习惯了在漂亮房间里的柔软床上睡觉呀！如果我把那两匹犁地的马赶出马厩，或者我再狠心一点，把那匹瘸了腿的栗色老马也赶到草地上去，那么丑男爵带来的小马们就有足够的地方了吗？啊，还有那四十一辆马车！但这还不是最糟糕的！哦，我的老天，家里一年的粮食储备够所有这些小家伙吃两天的吗？”

最后这点显然是最最糟糕的。安娜小姐仿佛已经看到所有东西都被吃光，所有新鲜蔬菜，所有羊、鸡、鸭、鹅，所有腌咸肉，甚至连甜菜根烧酒都一滴不剩，她的眼里流出两行晶莹的泪水。她似乎看见科尔多瓦施皮茨男爵对她做了一个厚颜无耻、幸灾乐祸的鬼脸，这给了她勇气，趁他的那些人跳舞跳得正兴高采烈，她简明扼要地向他宣布，虽然她的父亲可能很欢迎他的来访，但若要在达普苏尔海姆逗留超过两个小时，他想都不要想，因为这里根本没有足够的地方，也没有所有其他必要的东西来妥善地招待他这样一位高雅富贵的先生及其众多随从。她话音刚落，科尔多瓦施皮茨突然一下子变得像个杏仁小面包一样又甜又软，他闭上眼睛，把安娜小姐那有点粗糙、不太白的手按在他的嘴唇上，向她保证说，他绝不会给亲爱的爸爸和他最美丽的女儿增添任何一点点不便。厨房和地窖所需的一切，他自己都随身携带了，至于住的地方嘛，他需要的仅仅只是一小块土地和那上面的开阔天空而已，这样他的手下就可以建造一座平常的行宫，他和他的随从以及他们带来的马匹们都住在那里面。

珀菲里奥·冯·奥克罗达斯特思男爵的这番话让安娜小姐十分高兴，为了表明她并不是吝啬她的美食，她准备拿出上礼拜日做的油炸甜面包来款待这位小个子男爵，再配上一杯甜菜根精魂，除非他更喜欢女仆从城里带回来的那种据说可以强健脾胃的双倍苦酒。可就在此时，科尔多瓦施皮茨又补充道，他选择菜园作为建造宫殿的地址，于是小安娜的快乐瞬间烟消云散！为了庆祝他们的家主来到达普苏尔海姆，男爵的随从们仍在继续他们的奥林匹克大会，他们时而用胖胖的大脑袋去撞彼此尖尖的肚子，把对方撞倒，时而腾空跃起，时而玩起保龄球游戏，球瓶、球和球手全由他们自己扮演。与此同时，小个子男爵珀菲里奥·冯·奥克罗达斯特思与达普苏尔·冯·扎贝尔陶先生进行了一场深入的交谈，谈话内容似乎越来越重要，直到最后二人携手离开，一起登上了观星塔楼。

安娜小姐满怀惊恐，急忙赶到菜园里，想要拯救一切可以拯救的东西。女仆已经在地里了，她张着嘴巴呆呆地凝视着前方，一动不动，仿佛是变成了盐柱的罗得之妻。她身边的安娜小姐也呆住了，和她一模一样。最后，两人终于大喊大叫起来，声音在空中传得老远：“啊，我的天哪，真是遭了殃啦！”她们看到，整个美丽的菜园变成了一片荒野，地里没有一棵绿草，一丛灌木，似乎已经成了荒芜的不毛之地。“不，”女仆非常生气地喊道，“不会是别人，这一定是刚才那帮该死的小东西干的！他们是坐马车来的是吗？是想假装高贵么？哈！哈！肯定是土地佬，相信我，安娜小姐，他们无非是一些异教的妖精罢了，要是我现在手里有一个小十字架，你就可以见证奇迹了。不过，他们尽管来好了，这群小畜生，我要用这把铁锹打死他们！”说着，女仆把她那件可怕的武器挥舞得老高，而安娜小姐则只顾着放声大哭。

这时，有四位随同科尔多瓦施皮茨一起来的先生走了过来，他们带着极为恭敬讨好的表情，彬彬有礼地鞠了个躬。他们的样子看起来太稀奇了，乃至女仆并没有如自己所说的那样立刻去打他们，而是缓缓放下了铁锹，安娜小姐也停止了哭泣。

这几位先生宣称自己是珀菲里奥·冯·奥克罗达斯特思男爵先生——人称科尔多瓦施皮茨——最亲密的四位朋友，来自四个不同的国家（正如他们的衣服至少象征性地表明的那样），名字分别是：来自波兰的圆白菜先生、来自波美拉尼亚的黑萝卜先生、来自意大利的西蓝花先生和来自法国的紫蒜头先生。此外，他们还用非常悦耳的腔调说，建筑工们马上就会过来，美丽的安娜小姐将会亲眼目睹他们在极短的时间内建成一座漂亮的丝绸宫殿。

“丝绸宫殿对我有什么用？”安娜小姐大声哭着说，沉浸在深深的悲伤中，“你们的科尔多瓦施皮茨男爵关我什么事，你们毁掉了我的全部漂亮蔬菜，你们这些坏人，我所有的快乐都没有了。”然而那几个礼貌的家伙好言安慰她，并向她保证说，菜园变成荒地根本不是他们的错，而且这里很快还会重新变得绿意盎然、一派繁荣的，它会变成无论是安娜小姐还是世界上任何其他人都从来没有见过的模样。

小建筑工们果然很快就来了，开始在田地里乱哄哄地忙来忙去，安娜小姐和女仆吓得赶紧跑开，躲进一片灌木丛的角落，想待在那里看看接下来的进展。

然而，不过几分钟的工夫，还没等她们弄明白究竟是怎么回事，一座宏伟壮丽的帐篷已经出现在她们眼前，帐篷是用金黄色材料制成的，装饰着五颜六色的花环和羽毛；它占据了整个巨大菜园的全部空间，以至于固定帐篷的绳子延伸到了村子外面，一直被拉到村边的树林里，绑在那里粗壮的树干上。

帐篷刚刚搭好，珀菲里奥·冯·奥克罗达斯特思男爵就在达普苏尔·冯·扎贝尔陶先生的陪同下从观星塔楼上下来了，一番热烈的拥抱过后，他重新登上他的八驾马车，按照他们进入达普苏尔海姆时的同样顺序，他和他的随从进入了丝绸宫殿，当最后一个人进去以后，宫殿的门立刻关闭了。

安娜小姐从来没有见过这样的爸爸。平时总挂在他脸上的忧愁烦恼，现在消失得一干二净，他几乎好像在微笑了，而且他的目光中也确实有了某种因突然降临的巨大幸福而焕发的神采。达普苏尔·冯·扎贝尔陶先生一言不发地拉起安娜小姐的手，将她领进屋里，连续拥抱了她三下，最后终于开口说道："幸福的安娜，无比幸运的孩子！幸福的爸爸！哦，女儿啊，所有烦恼，所有忧伤，所有心痛现在都过去了！一种凡人难以企及的命运眷顾了你！你要知道，这位人称科尔多瓦施皮茨的珀菲里奥·冯·奥克罗达斯特思男爵，他绝非一个坏格诺姆；尽管他也是一位元素精灵的后裔，但那位元素精灵通过火精灵奥罗玛西斯的教导成功地净化了他的高等本性。不过，从净化过的火中产生了对一个凡人女子的爱，他与这个女子结合，成为一个卓越家族的先祖，该家族的名字曾经装饰过一本羊皮古卷。我记得我之前跟你说过，亲爱的女儿安娜，伟大的火精灵奥罗玛西斯的学生，高贵的土精灵奇尔梅内克——这是一个迦勒底姓氏，它的德文意思差不多相当于'糨糊脑'——爱上了西班牙科尔多瓦一座修道院的女院长，著名的玛格达莱娜·德·拉·克罗瓦，并与她度过了近三十年的幸福婚姻。这场婚姻为这个天性高贵的崇高家族繁衍出的后代之一，就是亲爱的珀菲里奥·冯·奥克罗达斯特思男爵，他取了‘科尔多瓦施皮茨’这个别号，是为了表明他的家族起源于西班牙的科尔多瓦，同时也是想借此来与家族中的一个别称‘萨菲安’的支系区分开，那个支系颇为傲慢、但其实并不怎么尊贵。至于‘科尔多瓦’后面还加上个‘施皮茨’，一定有其元素方面和占星方面的缘由，对此我还没有仔细琢磨。当初土精灵奇尔梅内克是在玛格达莱娜·德·拉·克罗瓦十二岁那年爱上她的，而杰出的奥克罗达斯特思男爵效仿他的这位伟大先祖，也在你十二岁那年把他的爱献给了你。他曾经有幸从你那里得到过一枚小小的金色指环，现在你也戴上了他的戒指，所以你已经不可反悔地成为他的未婚妻了。”

“什么？”安娜小姐无比震惊又恐慌地喊道，“他的未婚妻？我要和那个讨厌的小矮个儿土地佬结婚？我不是早就成为阿曼杜斯·冯·内贝尔斯特恩先生的未婚妻了么？不，我绝不接受那个丑八怪巫师做我的丈夫，谁管他是来自科尔多瓦还是来自萨菲安！”

“喂，”达普苏尔·冯·扎贝尔陶先生的表情变得严肃起来，“我非常遗憾地发现，天国的智慧似乎不太能渗透进你顽固的世俗头脑中！你竟然说高贵的元素精灵珀菲里奥·冯·奥克罗达斯特思‘丑陋’‘讨厌’，难道就因为他只有三英尺高，除了头以外，身体、胳膊、腿和其他次要地方都没有什么可观之处，不是如你想象的那些世俗花花公子一样，为了穿上燕尾服，腿多长都嫌不够吗？哦，我的女儿，你真是大错特错！一切美皆在于智慧，一切智慧皆在于思想，而思想的身体标志就是头！头越大，就越美、越有智慧，要是人可以把他身上的其余肢体都当成有害的奢侈品、当成弊端抛弃掉，那人就能变成最高的理想形态！如果不是因为这些可恶的累赘肢体，哪来的一切病痛和不适，一切分歧与争吵，简言之，哪来的一切世俗腐坏呢？啊，如果人类可以没有躯干、臀部、胳膊和腿，如果我们全都是半身像，世界将会多么和平、多么安宁、多么幸福！所以，艺术家们把伟大的政治家和伟大的学者们都做成半身像真是个不错的主意，那是为了表明他们因其职位或著述而具有更高等的天性！所以！我的女儿安娜，不许再说优秀的珀菲里奥 · 冯 · 奥克罗达斯特思丑陋、讨厌了，不许再给这位最高贵的精灵挑毛病，你是他的未婚妻，也只能是他的未婚妻！你要知道，通过他，你的父亲不久之后就可以攀登上幸福的最高阶梯，那是他长久以来一直求而不得的。珀菲里奥 · 冯 · 奥克罗达斯特思得知空气精灵尼哈西拉——这名字是叙利亚语，差不多是'尖鼻子'的意思——爱上了我，便决定竭尽全力帮助我，以使我能够配得上她那更高的精神天性。亲爱的孩子，你会对你未来的继母满意的。但愿命运作美，让我们俩能在同一个幸福的时刻举行婚礼！”说完达普苏尔 · 冯 · 扎贝尔陶先生意味深长地看了女儿一眼，庄重地离开了房间。

安娜小姐想起来了，很久以前，在她还是个孩子的时候，的确曾经有一枚戴在她手指上的小小金指环莫名其妙地失踪了，这让她心情十分沉重，因为现在她可以肯定，那丑陋的小个子巫师确实是有意将她引入了圈套，使她无法挣脱，她因此而悲痛极了。她必须给压抑的心情透口气，而这只能通过一支鹅毛笔来实现，于是她抓起笔，飞快地给阿曼杜斯·冯·内贝尔斯特恩写了如下一封信：

我最亲爱的阿曼杜斯：

一切都彻底完了，我现在是全世界最不幸的人，我因为悲痛而放声大哭，哭得连亲爱的家畜们都同情和怜悯我，若是你听到的话一定更加动容；实际上，你和我一样，也是这个不幸事件的受害者，你肯定也要为自己而悲痛！你知道，我们彼此真心相爱，不亚于任何一对恋人，我是你的未婚妻，爸爸本来是要陪我们去教堂的，对吧？可是！家里突然来了一个讨厌的黄乎乎的小个子家伙，坐着八驾马车，由众多随从和仆人陪同，他宣称，我已经和他交换过戒指，所以我们是未婚夫妇了！想想吧，这有多可怕！爸爸也说，我必须跟那个小个子坏蛋结婚，因为他来自一个非常高贵的家族。这可能是真的，从随行人员和他们穿的亮闪闪的衣服就能看出来；但是这个人的名字太可怕了，光凭这一点我就永远不想做他的妻子。我甚至不想复述组成他名字的那些异教词汇。不过他还有个名字叫作科尔多瓦施皮茨，这是他的家族姓氏。请写信告诉我，科尔多瓦施皮茨真的是个高贵显赫的姓氏吗？这些事城里的人们肯定知道。我真是无法理解爸爸人到晚年在想些什么，他现在想要再婚，而那个丑陋的科尔多瓦施皮茨会帮助他与一个飘浮在空气中的女人结合。上帝保佑我们！女仆听说这事以后直耸肩，她说她对这类飘在空气里或浮在水面上的仁慈女士们不抱什么好感，她会立马辞去职务，还说，为了我的缘故，她祝愿这位继母第一次去瓦尔普吉斯寻欢作乐就扭断脖子。这真是些让人开心的话！但是我的全部希望寄托在你身上！我知道，你是那个应该和必须出现的人，你会把我从巨大的危险中解救出来。现在危险已经出现了，你赶紧来吧，来解救

你的悲痛欲绝但仍然

忠诚于你的未婚妻

安娜·冯·扎贝尔陶

又及：你能不能挑战一下那个黄乎乎的小个子科尔多瓦施皮茨？你肯定能赢，因为他的腿很瘦弱。

再及：我再次请求你，马上穿好衣服，立刻赶到你最不幸的、但如前所述最忠诚的未婚妻安娜·冯·扎贝尔陶身边。

第四章

本章描写了一个强有力的国王对其官廷的管理，随后报道了一场流血决斗以及另外一些稀罕事。

安娜小姐因巨大的悲痛而四肢瘫软。她双臂交叉抱胸坐在窗前，目光直直地盯着外面，完全不理会家禽们发出的各种咯咯咯、喔喔喔、咪咪咪、叽叽叽的叫声，现在天色已晚，它们想要像往常一样被她赶回窝里休息。她甚至完全冷漠地任由女仆去做这件事，任由后者狠狠地抽了那只大公鸡一鞭子——因为它不服从安排，还企图反抗女仆的代理权。自身爱情的痛苦撕裂了她的胸膛，夺去了她对这位昔日快乐时光中最心爱学员如今所遭受痛苦的一切感受，她过去把那些快乐时光全都献给了对它们的教育，虽然她既没有读过查斯特菲尔德家书[11]，也没有读过科尼格行为守则[12]，甚至没有寻求过根里斯夫人[13]或其他善识人心的高贵女士们的建议，她们知晓关于如何塑造年轻心灵的一切知识。在这一点上，她确实会因为轻率而遭人诟病。

科尔多瓦施皮茨一整天都没有露面，一直和达普苏尔·冯·扎贝尔陶先生待在塔楼上，很可能是在那里进行了一些重要的操作。但是现在，安娜小姐注意到，这位小个子此刻正在夕阳的余晖中摇摇摆摆地走过院子。她觉得他那套黄灿灿的制服比先前更丑陋了，而他那一摇一摆，每一秒钟都像要跌倒，但又重新颠起来的步态，若是别人看见了可能会笑死，她看了却只觉得愈发悲哀。最后她甚至用双手捂住了脸，再也不想多看那个恶心的怪物一眼。这时，她忽然感觉有人扯住了她的围裙。“别闹，费德曼！”她喊了一声，以为扯住她围裙的是家里的狗。但那并不是狗，相反，当她把手从眼前移开时，她看到的是男爵珀菲里奥·冯·奥克罗达斯特思先生，他已经以无与伦比的敏捷跳到她腿上，用双臂抱住了她。安娜小姐吃惊又厌恶地大叫一声，猛地从椅子上跳了起来。然而科尔多瓦施皮茨依然搂着她的脖子，并且突然变得奇重无比，仿佛至少有一千斤重，坠得可怜的安娜小姐一下子重新坐回椅子上。不过这回科尔多瓦施皮茨倒是立刻从安娜腿上滑了下来，在有些缺少平衡的情况下，他竭尽全力，尽可能优雅得体地用细小的右腿单膝跪下，然后用一种清晰的、有些特别但并不惹人反感的声音说道：“我的意中人安娜·冯·扎贝尔陶小姐啊，最优秀的女士，我千挑万选的未婚妻，请别生气，我恳求您！千万别生气，别生气！我知道，您认为我的手下为了给我建造宫殿而毁了您美丽的菜园，对吗？苍天在上！但愿您能透视我这具卑微的身体，看到这里面那颗因纯粹的爱和高尚情怀而跳动的心！但愿您能在这身黄缎子底下发现我的胸膛中聚集的所有基本美德！哦，我怎么可能做出您揣测我做的那些可耻残忍的事情！一位宽容的君主怎么可能对他自己的臣……停！停！多说无益，全是空话！您得亲眼看看，我的未婚妻！您亲眼去看看等待着您的那些欣欣向荣吧！您得随我来，马上随我来，让我带您去我的宫殿，在那里，一群快乐的人民正等待着他们的君主所爱慕的意中人！”

可以想见，科尔多瓦施皮茨的无理要求让安娜小姐感到多么惊慌，她极力抗拒跟着这个咄咄逼人的怪物走哪怕一步。但科尔多瓦施皮茨并没有放弃，继续用恳切的言辞向她描述菜园（其实是他的宫殿）的非凡美丽和无尽财富，致使她最终还是决定，至少去帐篷里瞧一眼，反正她也没有什么损失。小个子男爵喜出望外，高兴得立刻做了至少十二个连续侧手翻，然后颇为优雅地牵起安娜小姐的手，领着她穿过菜园来到了他的丝绸宫殿。

随着帐篷入口处的帘子卷起，安娜小姐发出一声响亮的“啊！”，脚底生根般立在了原地，展现在她眼前的，是一座一望无际的菜园，那种欣欣向荣的景象，即使是在关于繁茂蔬菜的最美的梦里也不曾有人见过。只见叶绿菜青，一派繁荣，管它什么白菜、卷心菜、萝卜、生菜、豌豆、豆角，全都油亮发光，说不出的漂亮。笛子、鼓和钹的音乐声越来越响，安娜小姐之前认识的那四位优雅的先生，即黑萝卜先生、紫蒜头先生、西蓝花先生和圆白菜先生，仪态庄重地鞠着躬向他们走来。

“这是我的侍从官们。”珀菲里奥·冯·奥克罗达斯特思微笑着说，然后在那几位侍从官的引领下，他带着安娜小姐从英国胡萝卜卫兵组成的双排队列中间穿行过去，来到田地正中央，那里耸立着一座高大而华丽的王座。王国的大人物们都聚集在王座周围，以生菜王子和豆角公主们、黄瓜公爵和甜瓜侯爵们为首，卷心菜大臣、洋葱和萝卜将军以及羽衣甘蓝女士们，全都穿着符合他们身份地位的亮闪闪的华丽衣服。还有差不多上百个极其可爱的薰衣草和茴香侍者在他们中间来回穿梭，散布着甜美的气味。奥克罗达斯特思带着安娜小姐登上王座，首席内廷大臣芜菁挥了挥长长的手杖，音乐立刻安静下来，在场所有人都敬畏地屏息聆听。然后奥克罗达斯特思提高嗓门，非常郑重地说道："我忠诚而亲爱的臣民们！看看我身边这位高贵的安娜·冯·扎贝尔陶小姐，我选择她做我的妻子。她美丽而富于美德，并且长久以来就用母亲般慈爱的眼睛注视着你们，她为你们铺好柔软肥沃的苗床，为你们搭好篱笆，精心照料你们。她将会是并且永远都是你们忠诚的、值得信赖的国母。现在，请对我即将带给你们的这项福祉报以恭敬的掌声和热烈的欢呼！"

随着首席内廷大臣芜菁发出第二个手势信号，千百个声音齐声欢呼起来，大洋葱炮兵发射出炮弹，胡萝卜卫队的乐手们演奏起著名的庆典歌曲：生菜生菜和绿欧芹！

这是一个庄严伟大的时刻，王国的大人物们，尤其是羽衣甘蓝女士们，全都流下了幸福的泪水。当安娜小姐看到小个子男爵头上戴着一顶镶满钻石的王冠，手里拿着一根金色的权杖时，她也差点失去了镇静。"啊，"她十分惊讶地拍了拍手，"我的天哪！您可不像您表面看起来那么简单啊，亲爱的科尔多瓦施皮茨先生？""我爱慕的安娜，"奥克罗达斯特思非常温柔地回答道，"星座迫使我用借来的名字出现在您父亲面前。您要知道，亲爱的孩子，我是最强大的国王之一，我统治着一个寻不到边界的王国，因为人们忘记在地图上标出这个王国了。最可爱的安娜啊，现在是蔬菜国王达乌库斯·卡洛塔一世在向您伸出他的手，献上他的王冠。所有蔬菜领主都是我的附庸，按照古老的传统，只有豆角国王每年会统治仅仅一天。”“所以，”安娜小姐兴高采烈地大声说道，“所以我会成为王后，拥有这座美丽壮观的菜园？”达乌库斯·卡洛塔国王再次向她保证说，确实如此，并补充道，凡是从地里发芽生长的所有蔬菜，全都要服从他和她的统治。

啊，这真是安娜小姐想都没想过的事，而且，自从小个子男爵科尔多瓦施皮茨变成了达乌库斯·卡洛塔国王，她就觉得他再也不像从前那么丑了，王冠、权杖以及王袍在他身上说不出地般配。如果再加上他温文尔雅的举止以及这次结合将会带给她的财富，安娜小姐不得不认为，这里再没有哪位农妇是比转眼就将变成国王未婚妻的她更好的结婚对象了。安娜小姐因此高兴极了，她问这位国王未婚夫，她是不是马上就可以住在这座美丽的宫殿里，是不是翌日就可以举行婚礼。然而达乌库斯国王回答说，虽然心爱的未婚妻的渴望令他欣喜若狂，但出于某些星座方面的原因，他不得不推迟他的幸福。因为现在绝不可以让达普苏尔·冯·扎贝尔陶先生知道他的女婿是一位国王，否则那些促成他与空气精灵尼哈西拉结合的操作就会受到干扰。而且他还向达普苏尔·冯·扎贝尔陶先生许诺过，两场婚礼会在同一天举行。安娜小姐只得郑重发誓，对于她遇到的这一切，她绝不会向达普苏尔·冯·扎贝尔陶先生透露半个字，然后，在因她的美貌和她那和蔼亲切、平易近人的举止而深感陶醉幸福的人民所发出的震耳欲聋的欢呼声中，她离开了丝绸宫殿。

在梦里，她再次见到了最亲爱的达乌库斯·卡洛塔国王治下的王国，她因此徜徉在纯粹的幸福之中。

而她写给阿曼杜斯·冯·内贝尔斯特恩先生的信，给这位可怜的年轻人造成了可怕的影响。没过多久，安娜小姐就收到了如下答复：

我心中的偶像，天上的安娜：

你信中的话如同匕首，如同尖尖的、闪着寒光、带着剧毒的杀人匕首，刺穿了我的胸膛。哦安娜！你会被人从我身边抢走吗？这念头太可怕了！我现在还是理解不了我为什么没有当场发疯，做出一些可怕的、残忍的事情！但是我带着对于自己可怕命运的愤怒逃离了人群，晚饭后没有像往常一样去打台球，而是立刻跑了出去，跑进树林里，在那里我绞着双手，千百次地呼唤你的名字！后来天上下起了大雨，而我刚戴上一顶带金色流苏的全新的红色天鹅绒帽。人们都说，从来没有哪顶帽子比这顶更衬我的脸。雨水完全破坏了这顶帽子的高雅和精致，但是，爱情的绝望哪会管什么帽子，哪会管什么天鹅绒和金线！我不停地走来走去，直到浑身湿透，四体冰凉，胃里感到一阵阵可怕的疼痛。这驱使我去了附近的小酒馆，在那里让人煮了极好的甜红葡萄酒，还抽了你寄来的天堂般的弗吉尼亚烟草。很快我就被一种神圣的热情所鼓舞，我掏出信夹，一口气飞快写下十几首美妙的诗歌，哦，这诗艺的美妙馈赠啊！爱情的绝望和胃里的疼痛，两者都不见了。我只想和你分享这些诗中的最后一首，让你——给所有少女增光添彩的你，也能变得像我一样，充满快乐的希望！

我卷入痛苦之中，
爱情的烛火

已在心中熄灭,
从此再无嬉笑!
然而精神却因此临近,
词语和韵脚喷薄而出,
写下一首首小诗。
我立刻重新变得快乐,
心中得到安慰,
爱情之烛熊熊燃烧,
一切痛苦消失不见,
我又能友好地嬉笑。

是的,我可爱的安娜!我很快就会赶来,作为守卫你的骑士,把你从想夺走你的恶人手中夺回来!为了让你在那之前不要绝望,我要从我奇妙的大师宝箱中摘抄几句神圣的、充满安慰的关键格言给你,它们会让你的精神为之一振的。

胸膛变得宽广,是精神长出翅膀?
做有心之人,有情之人,但又充满诙谐!
爱情会仇恨爱情,
时间也可能错过时间。
爱是花香,是永不停歇的存在,
哦年轻人,清洗皮毛,但不要把它弄湿!
你说冬天会有冷风吹?
但是大衣还会像它现在一样暖和!

多么神圣、崇高、热情奔放的格言！多么简单、平易而又质感的表达！再说一遍，我最甜蜜的少女！尽管安心，像往常一样把我放在你的心上。我来了，我来救你，我来把你拥进我因爱的风暴而起伏的胸膛！

你最忠实的

阿曼杜斯·冯·内贝尔斯特恩

又及：我绝不可能挑战科尔多瓦施皮茨先生。因为，哦，安娜！当你的阿曼杜斯受到鲁莽对手的攻击时，从他的身体里流出的每一滴血，都是美妙的诗人之血，是众神的灵液，是绝不可以喷洒出来的。这个世界不无道理地要求，一个像我这样的灵魂人物，应该为了它而保护自己，应该尽一切可能保存自身。诗人的剑是词语，是歌。我要用提尔泰奥斯[14]的战歌在肉体上碾压我的竞争对手，用锐利的警句击倒他，用充满爱情怒火的狂热颂歌砍伐他——这些才是一个真正诗人的武器，它们总是能确保诗人战胜任何一次攻击，而我就将这样全副武装地出现，并为牵起你的手而战，哦安娜！

保重，再次把你拥到我胸前！希望我的爱，尤其是我毫无任何畏惧的英雄气概能够解救你，让你摆脱那个显然是恶魔怪物将你引诱进去的无耻之网！

接到这封信的时候，安娜小姐正在菜园后面的草地上和她的国王未婚夫达乌库斯·卡洛塔一世玩捉猫猫游戏，当她用最快的速度飞快地逃开，让小个子国王扑个空时，她觉得好玩极了。和往常不同，这次她连读都没读就把恋人的来信直接塞进了口袋，而我们很快就会看到，这封信来得确实太迟了。

达普苏尔·冯·扎贝尔陶先生完全不明白，为什么安娜小姐会突然改变主意，喜欢上了她曾经如此厌恶的珀菲里奥·冯·奥克罗达斯特思先生。为此他占问了星象，由于星象也没有给出令人满意的回答，他只能得出结论，人心真是比宇宙的所有秘密都更加高深莫测，连用星座都无法搞懂。因为，要说这位未婚夫是用他更高等的本性俘获了安娜的爱，那他是无法相信的，毕竟这位小个子完全不具备身体上的美。即使达普苏尔·冯·扎贝尔陶先生所理解的美的概念（如专心的读者们所知的那样）与年轻姑娘们所持有的美的概念天差地别，但他至少拥有足够的世俗经验，知道那些姑娘都认为，才智、风趣、精神、性情固然是一座漂亮房子里的好房客，但是一个男人如果穿不好一件时髦的燕尾服，那么就算他在别的方面是一位莎士比亚、一位歌德、一位蒂克或者一位弗里德里希·里希特[15]，但只要他一想讨好接近某位年轻姑娘，就会面临着被任何一位身材颀长、身穿制服的骑兵少尉扫荡出局的危险。而现在安娜小姐的情况完全不同，它既不是美貌问题，也不是才智问题，而且确实也很少发生一位可怜的乡下姑娘突然摇身一变成为王后这种事，所以个中缘由达普苏尔·冯·扎贝尔陶先生真是猜也猜不到，更何况在这个问题上连星象都抛弃了他。

可以想见，珀菲里奥·冯·奥克罗达斯特思先生、达普苏尔·冯·扎贝尔陶先生和安娜小姐这三个人现在是信念一致、同心同德。情况甚至发展到，达普苏尔·冯·扎贝尔陶先生比以往任何时候都更加频繁地走下塔楼，与这位他十分赏识的女婿开怀畅谈各种有趣的事情，而且他现在习惯了每次都在楼下的屋子里吃早饭。每到这个钟点，珀菲里奥·冯·奥克罗达斯特思先生也会从他的丝绸宫殿里走出来，让安娜小姐给他弄黄油面包吃。"哈哈，"安娜小姐经常哧哧笑着对他耳语说，"要是爸爸知道您其实是一位国王会怎样呢，亲爱的科尔多瓦施皮茨。""稳住，亲爱的，"达乌库斯·卡洛塔一世回答说，"稳住，不要被幸福冲昏了头。快了，你的大喜之日就快到了！"

碰巧的是，校长从他的菜园里采摘了几把极好的水萝卜给安娜小姐送了过来。对安娜小姐来说，这实在是再好不过了，因为达普苏尔·冯·扎贝尔陶先生非常喜欢吃水萝卜，而安娜又不能从自家那已经建了宫殿的菜园里采摘。而且，直到这时她才想起来，她在那座宫殿里虽然看见了各种各样的蔬菜和根茎，却唯独没有见过水萝卜。

安娜小姐麻利地把水萝卜洗干净，端去给父亲当早餐吃。当科尔多瓦施皮茨走进来时，达普苏尔·冯·扎贝尔陶先生已经无情地切掉了几颗水萝卜的叶冠，把它们在盐罐里蘸了蘸，愉快地吃掉了。"哦，我的奥克罗达斯特思，您来尝尝水萝卜！"达普苏尔·冯·扎贝尔陶先生对前者喊道。盘子里还有一颗很大的、特别漂亮的水萝卜。然而，一看到这颗水萝卜，科尔多瓦施皮茨立刻怒目圆睁，用可怕的低沉声音喝道："好哇，你这卑鄙的公爵，竟然还敢出现在我面前，甚至还厚颜无耻地溜进一座受我的力量保护的房子？我不是已经把你这个妄图与我争夺合法王位的家伙永久驱逐出境了吗？滚，快滚，你这个叛臣贼子！”

这时，就见那颗水萝卜圆乎乎的头下面突然长出两条小细腿，然后他飞快地从盘子里跳出来，站到科尔多瓦施皮茨面前，说道：“残忍的达乌库斯·卡洛塔一世，你想毁我全族，那是白费力气！你们那一族中，有谁能像我和我的亲戚们一样拥有这么大的头？才智、智慧、敏锐、礼貌，所有这些天赋我们全都天生拥有。你们只知道在厨房和马厩里转来转去，只能在正当青春时派上点用场，因此你们全靠青春恶魔的馈赠才能获得一点转瞬即逝的幸运，而我们呢，我们喜欢与上等人物打交道，只要我们抬起绿莹莹的头，就会迎来欢呼声一片！但是如果你像你的同类们一样，只是甘当一个蠢笨的捣蛋鬼，那么我会鄙视你，达乌库斯·卡洛塔！来吧，让我们看看到底谁才是最强者！”说完水萝卜公爵舞动一根长鞭，毫不犹豫地向卡洛塔国王身上挥去。但后者迅速拔出他的小剑，以最勇敢的方式迎击自卫。两个小个子就这样在房间里闪转腾挪，激烈地缠斗起来，最后达乌库斯·卡洛塔把水萝卜公爵逼到绝境，使他迫不得已猛地纵身一跃，从敞开的窗子跳了出去。但是达乌库斯·卡洛塔国王——诸位认真的读者已经知道他的身手有多么敏捷了——立刻纵身跟上，尾随着水萝卜公爵一直追到了农田里。达普苏尔·冯·扎贝尔陶先生目瞪口呆地旁观了这场可怕的决斗。此刻，他爆发式地号叫起来：“啊，我的女儿安娜！我可怜的、不幸的女儿！完了，我和你，我们两个都完了，完了。”说完他跑出房间，以最快的速度爬上了占星塔楼。

安娜小姐真是百思不得其解，不明白她的父亲究竟为什么突然陷入了如此无边的悲痛之中。刚才的整场表演给她带来了莫大的愉悦，看到她的未婚夫不仅拥有地位和财富，还非常勇敢，这让她打心眼儿里高兴，因为对世界上任何一位姑娘来说，要爱上一个胆小鬼都不是件容易的事。就在她已经能够确信达乌库斯·卡洛塔一世十分勇敢的这一刻，她才突然敏感地意识到，阿曼杜斯·冯·内贝尔斯特恩先生并不想与前者决斗。如果说她之前还曾经犹豫，是否该为了达乌库斯一世而牺牲阿曼杜斯先生，那么在这一刻，她已经下定决心这样做了，因为这个新的未婚妻身份会有多么美好是显而易见的。于是她迅速坐下，写了如下一封信：

我亲爱的阿曼杜斯：

校长先生说过："世间一切都会改变，一切都会过去。"他说得非常对。而你，我亲爱的阿曼杜斯，你作为一位如此聪明、如此有学问的大学生，定然不会不赞成校长先生的看法，如果我告诉你说，就连我的思想和内心也出现了一点小小的变化，那么你绝不会为此感到丝毫惊讶的。请你相信，我还是很喜欢你，我完全可以想象，你戴着那顶有金线的红色天鹅绒帽子时，样子一定非常帅气，但是就婚姻而言——你瞧，亲爱的阿曼杜斯，不管你多么聪明，多么会写漂亮的诗句，可无论是现在还是将来，你永远都不会成为一位国王；但是——你别吃惊哦，最亲爱的——小个子科尔多瓦施皮茨先生其实并不是什么科尔多瓦施皮茨先生，而是一位强大的国王，名叫达乌库斯·卡洛塔一世，他统治着整个庞大的蔬菜王国，而他选了我做他的王后！自从我亲爱的小个子国王放弃了隐姓埋名的状态以后，他的人也变得帅气了很多，直到现在我才明白爸爸的话是对的，他说头是给男人增光添彩的部分，多大都不嫌大。而且达乌库斯·卡洛塔一世——你瞧，我能清楚地记住并写下这个好听的名字，因为它让我觉得非常熟悉[16]——是的，我想说的是，我的小个子国王未婚夫举止优雅有礼，让人感到说不出的舒服。还有，这个男人拥有何等的胆量，怎样的勇敢呀！我亲眼看见他把水萝卜公爵打得落荒而逃，那家伙看起来是个很没教养的反叛者，嘿！他跟在他后面纵身跃出窗子的样子真帅！你真应该看看！而且我相信我的达乌库斯·卡洛塔也不会在意你的武器，他看起来是个很坚定的人，不管是写得多么巧妙多么犀利的诗句，都不能对他造成太大伤害。所以现在，亲爱的阿曼杜斯，像一个虔诚的人那样服从你的命运吧，不要因为我不当你的妻子而去当一个王后而生气。不过请放心，我将永远是你的情深义厚的好朋友，如果将来你想加入胡萝卜卫队，或者因为喜欢科学胜于喜欢武器而想加入防风草学院或南瓜部，你只要说一声，就能如愿以偿。保重，别生气，你的

过去的未婚妻，

现在的好朋友，

以及未来的王后

安娜·冯·扎贝尔陶（不过很快就将不带扎贝尔陶，只叫安娜了。）

又及：至于上好的弗吉尼亚烟草，你还会继续得到的，对此你尽可以放宽心。我几乎可以断定，我的宫廷里不会有人抽烟，但我会在离王座不远的地方种几畦弗吉尼亚烟草，由我来精心照管。这将会促进文化和道德，而我的小达乌库斯将会为此制定专门的法律。

第五章

本章报道了一场可怕的灾难，以及事情的后续发展。

安娜小姐刚把写给阿曼杜斯·冯·内贝尔斯特恩先生的信让人拿去寄走，达普苏尔·冯·扎贝尔陶先生就走了进来，他用极为沉痛的哭腔说道：“哦，我的女儿安娜！我们两个都被人用可耻的方式欺骗了！这个卑鄙的家伙不但把你引入了圈套，还欺骗了我，让我相信他是珀菲里奥·冯·奥克罗达斯特思男爵，人称科尔多瓦施皮茨，是无比杰出的土精灵奇尔梅内克与高贵的科尔多瓦修道院女院长相结合而创立的那支显贵家族的后裔，这个卑鄙的家伙——你要知道了准会晕倒在地人事不省！——这个卑鄙的家伙本身也是个土精灵，但属于一个最低等的族群，是负责制备蔬菜的！而那位土精灵奇尔梅内克却来自最高贵的族群，被委以制备钻石的重任。仅次于他的是在金属国王的领地里制备金属的族群，然后是制备鲜花的族群，后者之所以不算特别高贵，是因为他们还依赖于空气精灵。最差劲最卑贱的就是蔬菜格诺姆了，而这个狡猾的骗子科尔多瓦施皮茨不但是一个蔬菜格诺姆，还是这个族群的国王，名字还叫达乌库斯·卡洛塔！”

然而安娜小姐压根没有晕倒在地，也丝毫没有受到惊吓，反而带着微笑十分友好地看着悲叹连连的爸爸。认真的读者们已经知道这是为什么了。但是，由于达普苏尔·冯·扎贝尔陶先生对此感到十分奇怪，而且还愈发急切地敦促安娜小姐尽快看清自己的可怕命运并为此感到悲痛，所以安娜小姐认为，她不能再继续保守那个秘密了。她告诉达普苏尔·冯·扎贝尔陶先生，所谓的科尔多瓦施皮茨先生早就向她坦白了自己的真实身份，从那时候起，她就觉得他如此可爱，以至于她再也不想要任何别人当丈夫了。然后她又讲述了达乌库斯·卡洛塔一世带她去的那个蔬菜王国里的种种奇妙景象，还不忘适时地赞美一番这个巨大王国里那些多姿多彩的居民所表现出的罕见优雅。

达普苏尔·冯·扎贝尔陶先生一次又一次地双手扶额，为这位格诺姆国王的阴险恶毒而痛哭不已，因为后者用最狡猾的、对他来说甚至是最危险的手段把不幸的安娜拖进了他那黑暗的恶魔王国。

然后达普苏尔·冯·扎贝尔陶先生向仔细聆听的女儿解释道，元素精灵与一个人类的结合可以是多么美妙，多么富于成果，土精灵奇尔梅内克与玛格达莱娜·德·拉·克罗瓦的婚姻已经给出了一个极好的例子，这也是为什么奸诈的达乌库斯·卡洛塔要号称自己是该部族的后裔，虽然他的言行举止与灵族世界的其他国王和侯爵们非常不同。如果说火精灵国王们只是脾气暴躁，空气精灵国王们只是盛气凌人，水精灵国王们只是过于多情善妒，那么土精灵国王们就是极其狡诈、恶毒和残忍；仅仅是为了报复所有那些被封臣们诱拐走的土地之子，他们就会千方百计地诱惑某一个土地之子，让后者完全摒弃自己的人性，变成和格诺姆一样的丑陋形象，并且必须下到土地下面，永远不再露面。

然而，对于达普苏尔·冯·扎贝尔陶先生所指控的她亲爱的达乌库斯所具有的一切缺点，安娜小姐似乎全都不愿意相信，相反，她再次开始谈论起美丽的蔬菜王国里的种种奇迹，并且想要很快就能统治这个王国。

“盲目！”达普苏尔·冯·扎贝尔陶先生怒气冲冲地叫道，“盲目而愚蠢的孩子！难道你不相信自己的父亲掌握着足够的卡巴拉智慧，你不相信他知道，卑鄙的达乌库斯·卡洛塔对你耍的一切把戏都是谎言和欺骗？就算你不相信我，为了拯救你，我唯一的孩子，我也必须说服你，我要用最绝望的手段来让你相信。跟我来！”

于是，安娜小姐不得不第二次和爸爸一起登上了占星塔楼。达普苏尔·冯·扎贝尔陶先生从一个大盒子里取出许多黄、红、白、绿色的绸带，按照一些奇怪的仪式，用它们把安娜小姐从头到脚包裹起来。他对自己也如法炮制。然后安娜小姐和达普苏尔先生小心翼翼地靠近了达乌库斯·卡洛塔一世的丝绸宫殿。在爸爸的命令下，安娜小姐不得不用随身带来的一把锋利剪刀给帐篷剪开了一条缝隙，然后从那个口子朝里面窥视。

救命啊，老天！她看到了什么？没有什么美丽的菜园，没有胡萝卜卫兵、羽衣甘蓝女士、薰衣草侍从、生菜王子以及所有那些曾经让她觉得无比美妙的东西。她只看到一个很深的污水塘，里面充满了无色的、令人作呕的泥浆。各种各样从土地怀抱中钻出来的丑陋族群就在这些泥浆中来往活动着。粗大的蚯蚓缓慢地缠绕在一起，甲壳虫状的动物伸展着短小的腿笨拙地爬行。它们的背上驮着大洋葱，但那些洋葱却长着丑陋的人脸，狞笑着，用浑浊的黄眼睛彼此斜目而视，并试图用长在耳朵边上的小爪子抓住对方弯曲的长鼻子，把对方拉进泥浆里；与此同时，无壳的长条蛞蝓迟缓而令人作呕地翻滚着，从身体深处伸出长长的触角。安娜小姐几乎快被这令人恶心的景象吓昏过去了。她双手捂脸，飞快地逃走了。

“现在你看到了吧，”达普苏尔·冯·扎贝尔陶先生随后对她说道，“你看到可恶的达乌库斯·卡洛塔是如何无耻地欺骗了你吧？他给你展示的美妙事物只能持续很短时间！他让他的臣子们穿上节日的盛装，让卫兵穿上制服，好用耀眼的华丽来诱惑你！但是现在，你已经看到了你将统治的这个王国的真实面目，一旦成为可怕的达乌库斯·卡洛塔的妻子，你就必须永远留在地下王国，永远无法回到地面上！而且……啊呀，啊呀，我看到了什么啊，我真是天底下最不幸的父亲！”

达普苏尔·冯·扎贝尔陶先生突然变得如此激动，安娜小姐完全可以猜到，这一刻肯定是发生了什么新的不幸。她害怕地问她的爸爸为何如此悲痛欲绝，但后者因为抽泣得太厉害而几乎说不出话来：“哦……女……儿……你……的……样……子！”安娜小姐赶紧跑进房间里去照镜子，等再回来时，她已经吓得几乎要死了。

她如此害怕是有原因的：刚才，达普苏尔·冯·扎贝尔陶先生正在试图说服这位达乌库斯·卡洛塔国王的未婚妻睁开眼睛看看自己所陷入的危险，那就是她将会逐渐失去她原来的模样和身材，慢慢变成一个真正的土精灵王后的样子，但就在这时，他发现，恐怖的事情已经发生了。安娜的头变得又肥又大，皮肤变成了藏红花般的黄色，这让她现在看起来相当丑陋。虽然安娜小姐并不是特别虚荣，但她终究还是个女孩，这足以让她明白变丑是一个人所能遭遇的最大最可怕的不幸。她曾经多少次想过，未来的礼拜天，身为王后的她头戴王冠，身穿绫罗绸缎，佩戴着钻石、金项链和金指环，坐在她的国王丈夫身边，乘坐着豪华的八驾马车驶往教堂，所有女人都会惊叹不已，就连校长的妻子也不例外，甚至连村子里那位傲慢的地主（达普苏尔海姆就隶属于该村教区）也会对她肃然起敬。是的，她曾经多少次徜徉在这样那样漫无边际的梦中啊！安娜小姐泪流满面！

“安娜，我的女儿，马上到我这儿来！”达普苏尔·冯·扎贝尔陶先生通过话筒对她喊道。

安娜小姐发现爸爸穿上了一种矿工服装。他沉重冷静地说：“危难最严重的时刻，往往也是转机即将到来之时。我刚刚已经算出，今天，甚至可能一直到明天中午，达乌库斯·卡洛塔都不会离开他的宫殿。他召集了宫中的亲王、大臣们和王国的大人物们为将来的冬季白菜出谋划策。这次会议很重要，也许会持续很长时间，乃至我们今年有可能根本吃不到冬季白菜。利用这段时间，趁达乌库斯·卡洛塔忙于政务而注意不到我和我的工作，我要准备一件武器，或许我可以用它来对抗并战胜这个卑鄙的土精灵，让他不得不离开这里并放你自由。我在这儿工作时，你要不间断地通过这个管子监视那个帐篷，一旦发现有人朝外张望甚至走出来，你要立刻向我报告。”安娜小姐照他的吩咐做了，但帐篷的大门始终紧闭着；只不过，尽管达普苏尔·冯·扎贝尔陶先生就在她身后几步远的地方重重地捶打着铁板，她还是能听到帐篷里似乎时常传来狂野而混乱的叫喊声，然后是响亮的拍击声，听起来很像是在打耳光。她跟达普苏尔·冯·扎贝尔陶先生说了这个情况，他听了很高兴，并说，他们在里面争吵得越厉害，就越不可能发现外面有人正在锻造摧毁他们的武器。

当看到爸爸打造了几口特别可爱的煮锅和平底炖锅时，安娜小姐不禁有些惊讶。作为这方面的行家，她可以确定，这些锅的锡镀得特别好，爸爸一定是很好地遵守了法律给铜匠做出的规定，她问爸爸，她能否把这些精美的锅具拿到厨房里使用？可是达普苏尔·冯·扎贝尔陶先生神秘地笑了笑，只说了一句："时候未到，时候未到，我的女儿安娜，现在你下去吧，我亲爱的孩子！安静地等着，看咱们家里明天将会发生什么吧。"

达普苏尔先生的微笑给不幸的安娜带来了一丝希望和信心。

第二天，将近中午的时候，达普苏尔·冯·扎贝尔陶先生带着他那些煮锅和平底炖锅从塔楼上下来了，他走进厨房，吩咐安娜小姐和女仆都出去，因为今天他要自己一个人准备午饭。他特别叮嘱安娜小姐，科尔多瓦施皮茨很快就会过来，她对他的态度一定要尽可能地乖巧和亲切。

科尔多瓦施皮茨，或者更准确地说，国王达乌库斯·卡洛塔一世真的很快就来了。如果说他之前就已经表现出深陷热恋的样子，那么今天他似乎显得格外高兴和幸福。安娜小姐惊恐地发现自己的个子已经变得很矮，以至于达乌库斯毫不费力就能跳到她的腿上拥抱和亲吻她，尽管不幸的安娜对这个可怕的矮个子怪物深感厌恶，但她也只能默默忍受。

最后，达普苏尔·冯·扎贝尔陶先生终于走进房间，说道："哦，我的最优秀的珀菲里奥·冯·奥克罗达斯特思，您不想与我和我的女儿一起到厨房去，看看您未来的妻子把一切安排得多么漂亮而经济实用吗？"

安娜小姐还从来没有在爸爸脸上见到过如此阴险的、幸灾乐祸的神情，他拉着小个子达乌库斯的胳膊，几乎是强行把他拽出房间，拖进了厨房。在父亲的眼神示意下，安娜小姐也跟了过去。

当安娜小姐看到欢快地噼啪跳动的火苗、烧得通红的煤块和灶台上整洁漂亮的铜质煮锅和平底炖锅时，她的心里暗暗激动起来。达普苏尔·冯·扎贝尔陶先生刚把科尔多瓦施皮茨拉到灶台跟前，煮锅和平底锅里就开始嘶嘶作响，沸腾翻滚起来，嘶嘶声和沸腾声越来越大，直至变成可怕的呜咽声和呻吟声。其中的一口煮锅里传出一声哭号："哦，达乌库斯·卡洛塔！哦，我的国王，救救你忠诚的封臣吧，救救我们这些可怜的胡萝卜！我们被切碎了扔进很少的一点水里，给我们喂黄油和盐来折磨我们，我们在无尽的苦难中饱受煎熬，高贵的欧芹也和我们一起受罪！"而平底炖锅里也传来哭诉："哦，达乌库斯·卡洛塔！哦，我的国王，救救你忠诚的封臣吧，救救我们这些可怜的胡萝卜！我们在地狱里炙烤，他们只给我们一丁点水，以至于我们渴得只能喝自己心脏的血。"这时另一口煮锅里再次传来呜咽声："哦，达乌库斯·卡洛塔！哦，我的国王，救救你忠诚的封臣吧，救救我们这些可怜的胡萝卜！那个残忍的厨子把我们掏空，切碎我们的内脏，然后把各种奇怪的鸡蛋、奶油和黄油塞进去，让我们所有人都变得信念混乱、神志不清，自己都不知道我们在想什么！”话音刚落，所有煮锅和平底炖锅里同时传来号叫哭喊声，各种声音乱作一团：“哦，达乌库斯·卡洛塔，伟大的国王，救救你忠诚的封臣吧，救救我们这些可怜的胡萝卜！”

这时科尔多瓦施皮茨大叫一声：“该死的、愚蠢的蠢人把戏！”然后他凭着他一贯的敏捷猛地跳上灶台，朝其中一口煮锅里张望，并且突然一下子掉了进去。达普苏尔·冯·扎贝尔陶先生连忙跳起来，试图盖紧锅盖，同时嘴里欢呼着：“抓住了！”然而科尔多瓦施皮茨又以弹簧般的速度从锅里蹦了出来，他打了达普苏尔·冯·扎贝尔陶先生几个响亮的耳光，嘴里喊道：“头脑简单、自以为是的卡巴拉学者，你要为此付出代价！出来，你们这些年轻人，全都出来！”

于是，从所有的煮锅、浅锅和平底炖锅里呼啦啦地涌出成百上千个只有手指头那么长的丑陋的小东西，像支混乱的部队一样，他们爬到达普苏尔·冯·扎贝尔陶先生身上，牢牢地挂满了他全身，然后把他往后推倒，抛进一个巨大的碗里，再从所有锅碗瓢盆里取出汤汁浇在他身上，撒上鸡蛋碎、肉豆蔻花和面包碎屑，把他当作一道菜一样制备了。然后达乌库斯·卡洛塔从窗子跳了出去，他的封臣们也以同样的方式离开了。

安娜小姐惊恐万状地瘫倒在碗边，碗里躺着她可怜的爸爸；她觉得他死了，因为他全无一丝生命迹象。她开始大声哭诉："啊，我可怜的爸爸，啊，现在你死了，再也没有人能把我从恶魔般的达乌库斯手里救出来！"这时，达普苏尔·冯·扎贝尔陶先生突然睁开了眼睛，精神抖擞地从碗里跳了出来，他用一种安娜小姐从来没听他用过的可怕声音叫喊道："哈！无耻的达乌库斯·卡洛塔，我的力气还没有用尽！你马上就能见识到头脑简单、自以为是的卡巴拉学者的能力了！"安娜小姐连忙用厨房扫帚把他身上的鸡蛋碎、肉豆蔻花和面包碎屑扫掉，然后他抓起一口铜煮锅，把它像头盔一样扣在头上，左手拿着一口平底炖锅，右手握着一把巨大的铁勺子，就这样全副武装地冲了出去。安娜小姐看到达普苏尔·冯·扎贝尔陶先生在拼命朝着科尔多瓦施皮茨的帐篷跑，但却始终无法离开原地。她的感官失灵了。

等她恢复过来时，达普苏尔·冯·扎贝尔陶先生已经不见了，当天晚上，当天夜里，甚至直到第二天早晨，他都没有回来，这让她陷入了极度的焦虑和恐惧中。她不得不猜测，这次新的冒险可能带来了更糟糕的结果。

第六章

全书最后一章，同时也是最令人振奋的一章。

正当安娜小姐独孤地坐在她的房间里，沉浸在深深的悲伤中时，门被推开了，进来的不是阿曼杜斯·冯·内贝尔斯特恩先生又是谁呢？安娜小姐满怀悔恨和羞愧，泪流满面，用最可怜的语气恳求道："哦，我亲爱的阿曼杜斯，请原谅我失去理智时给你写的那封信！但我是中了邪了，可能现在仍未解除。救救我，救救我，我的阿曼杜斯！我的脸是黄色的，我看起来很丑，愿上帝怜悯我，但我的心仍是忠诚的，我不想当国王的未婚妻！"

"我不明白，"阿曼杜斯·冯·内贝尔斯特恩答道，"我不明白您为什么要诉苦，我亲爱的小姐，您已经得到了最美妙的命运啊。""哦，请不要嘲讽我，"安娜小姐喊道，"我已经为我想当王后的幼稚骄傲得到了足够严厉的惩罚！"

"我是说真的，"阿曼杜斯·冯·内贝尔斯特恩先生说，"我不明白您的意思，我亲爱的小姐。老实说，我必须承认我对您的上一封信感到愤怒和绝望。我气得先是打了仆人，然后又打了校役，还砸碎了几个玻璃杯——您知道，一位怒火中烧的大学生可不是开玩笑的！但是发泄完情绪以后，我决定还是尽快赶到这里来，亲眼看看我是如何、为什么以及因为谁而失去了我心爱的未婚妻。爱情不分高低贵贱，我想当面和达乌库斯·卡洛塔国王聊聊，想问问他，他和我的未婚妻结婚，是想挑战我吗？但现在情况已经发生了变化。刚才我从外面搭建的帐篷旁边经过时，正赶上达乌库斯·卡洛塔国王从帐篷里走出来，我很快就意识到，我面对的很可能是世界上最和蔼可亲的王侯，虽然我以前其实也不认识别的什么王侯。您想想看，我的小姐，他马上就发觉我内心里住着一位崇高的诗人，他对我的诗赞不绝口（虽然他还没有读过它们），并提议让我担任他的宫廷诗人。这样一份工作正是我长久以来热切渴望的美丽目标啊，所以我欣喜若狂地接受了他的提议。哦，我亲爱的小姐，我该以何等的热情歌颂你！一个诗人是可以爱上王后或者王侯夫人的，或者更准确地说，把这样一位高贵的人儿选作自己的心上人是诗人的职责之一，如果他为此而陷入几分癫狂的话，就正好会产生那种神圣的谵妄，而没有那种谵妄就不会有任何诗存在；所以谁都不应为诗人的或许有些古怪的举止感到惊异，应该想想伟大的塔索，据说他的神经也有点不正常，因为他爱上了莱奥诺拉·德·埃斯特公主[17]。是的，我亲爱的小姐，即使您马上就会成为王后，您也仍是我最心爱的女士，我要用最崇高、最神圣的诗句赞美您，称您是天上最高远的星！”

“怎么，你已经见过那个阴险的妖怪了，而且他还——”安娜小姐万分惊讶地开口说道，但就在此时，小个子格诺姆国王走了进来，他用最温柔的语气说：“哦，我甜蜜可爱的未婚妻，我心中的偶像，不要担心我会因为达普苏尔·冯·扎贝尔陶先生犯下的小小过错而生气。不会的！因为他恰好还促进了我的幸福呢，我完全没想到，明天我就要与您举行庄严的婚礼了，最可爱的人儿！您会很乐意看到，我选了阿曼杜斯·冯·内贝尔斯特恩先生来做我们的宫廷诗人，我希望他能够立刻展露才华，为我们演唱一首。不过还是让我们到亭子里去吧，我喜欢户外的大自然，我会坐在您的腿上，而您，我最亲爱的未婚妻，可以在他演唱期间轻轻挠我的头，我最喜欢在这种场合这么做了！”

安娜小姐已经吓呆了，只能对一切听之任之。到了户外的亭子里，达乌库斯·卡洛塔坐到了她的腿上，她挠着他的头，而阿曼杜斯·冯·内贝尔斯特恩先生在吉他的伴奏下，开始演唱他自己作词谱曲并抄写在一本大厚册子里的十二首歌曲中的第一首。

遗憾的是，达普苏尔海姆村的编年史（本故事就来自那本编年史）并没有把这些歌曲记载下来，只是谈到路过的农民们都停下脚步并好奇地打听，究竟是怎样一个人正在达普苏尔·冯·扎贝尔陶先生的亭子里备受悲惨折磨，以至于不得不发出如此可怕的痛苦声音。

达乌库斯·卡洛塔在安娜小姐的腿上扭来扭去，发出越来越悲惨的呻吟和呜咽，好像肚子痛得特别厉害似的。而且安娜小姐还十分惊讶地注意到，在整个演唱期间，科尔多瓦施皮茨的个子变得越来越小。最后，阿曼杜斯·冯·内贝尔斯特恩先生演唱了下面这些崇高的诗句（这也是编年史真正记载下来的唯一一首）：

“哈！歌手在放声欢唱！
花朵的芬芳，明亮的梦，
穿过玫瑰色的天空，

极乐，在天国的某处！
啊，你这金色的某处，
飘浮在可爱的彩虹里，
寓居在那里的花海中
是如此孩子般的某处！
明亮的性情，这般的心
只能去爱，只能去相信，
只能与鸽子嬉戏呢喃，
而这就是歌手所欢唱的。
心灵中遥远的某处，
牵引他穿过金色的空间，
甜蜜的梦环绕着他
他变作了一个永恒！
那渴望的某处向他展开
爱的火焰很快将熊熊燃烧，
问候和亲吻，亲密无间
还有鲜花、芬芳、梦，
生命、爱和希望的萌芽
并且——”

这时，达乌库斯·卡洛塔突然大叫一声，缩成一根特别特别小的胡萝卜，从安娜小姐的腿上掉下来，落进土里，转眼间便消失得无影无踪。然后，那颗一夜之间紧挨着草地长椅长出来的灰色蘑菇突然站了起来，这颗蘑菇不是别的，正是达普苏尔·冯·扎贝尔陶先生那顶灰色的毡帽，他本人则被困在毡帽下面；现在他猛地扑到阿曼杜斯·冯·内贝尔斯特恩先生面前，抱住他，欣喜若狂地喊道：“哦，我最宝贵、最好、最亲爱的阿曼杜斯·冯·内贝尔斯特恩先生！您用您强大的咒语诗把我所有的卡巴拉智慧都打倒在地了。最深奥的魔法艺术，绝望的哲学家用最铤而走险的尝试都无法做到的事，您的诗歌却做到了，您的诗句如同最烈性的毒药，侵入了奸诈的达乌库斯·卡洛塔的身体，要是他不迅速逃回自己的王国，那么即使他有土精的天性，也定然会肚子痛到一命呜呼！我的女儿安娜获救了，我自己也被解除了可怕的魔法，那种魔法把我变得看起来像一颗可怜的蘑菇，而且随时冒着被自己的女儿亲手屠杀的风险！因为我这位好女儿会用尖利的铲子无情地铲除菜园里和田地里的所有蘑菇，只要它们没有立刻表现出食用菇的高贵性质。谢谢，请接受我最真挚的感谢，还有，在我女儿的事情上，咱们一切照旧，不是吗，最最尊敬的阿曼杜斯·冯·内贝尔斯特恩先生？虽然老天不开眼，让她被那个可恶的格诺姆骗走了美丽的容貌，但既然您都是一位哲学家了……”

“哦，爸爸，亲爱的爸爸，”安娜小姐突然欢呼起来，“您快看那边，快看那边，丝绸宫殿不见了。他消失了，那个丑陋的怪物连同他所有的随从，生菜王子、南瓜大臣以及天晓得还有别的什么东西，他们全都消失了！”说完，安娜小姐跳起来跑进菜园。达普苏尔·冯·扎贝尔陶先生用他能达到的最快速度跟在女儿后边，而阿曼杜斯·冯·内贝尔斯特恩先生则紧随其后，同时他的胡子还一动一动的，嘴里嘟哝着：“我压根儿不明白我对这一切该做何感想，但是我敢肯定，那只丑陋的矮胡萝卜肯定是个无耻的、只懂散文的平庸之辈，绝非一个懂诗意的国王，否则他就不会在我最崇高的歌声中闹肚子痛，还逃到地底下去了。”

当安娜小姐站在全无一丝绿色痕迹的菜园里时，她感到她那只戴着不祥戒指的手指上传来一阵剧烈的疼痛。与此同时，随着一声撕心裂肺的哀号从地底深处传来，一只胡萝卜的顶端露出地面。仿佛早有预感一般，安娜小姐非常轻松地迅速摘下了原本无法从手指上取下来的戒指，把它套在了那根胡萝卜上，然后胡萝卜就消失了，哀号声也没有了。但是，哦，奇迹发生了！安娜小姐随即变得和从前一样漂亮而身材匀称，皮肤也很白，是一个经常操持农务的农村姑娘所能达到的最白的程度。安娜小姐和达普苏尔·冯·扎贝尔陶先生都欢呼雀跃起来，而阿曼杜斯·冯·内贝尔斯特恩先生则一脸茫然地站在那里，直到此刻仍然不知道他对这一切该做何感想。

女仆也跑了过来，安娜小姐从她手里接过铁锹，一边欢呼着“现在开始干活！”一边把铁锹朝空中挥舞，但就是这么不走运，她一下子重重地打到了阿曼杜斯·冯·内贝尔斯特恩先生的头(恰恰就是神志器官所在之处)，后者立刻像死了一样倒在地上。安娜小姐将凶器扔得远远的，扑倒在恋人身边，发出绝望痛苦的哭号；与此同时，女仆拎来一大喷壶水浇在他身上，达普苏尔·冯·扎贝尔陶先生则迅速登上占星塔楼，想紧急问问星象，阿曼杜斯·冯·内贝尔斯特恩先生是否真的死了。但没过多久，阿曼杜斯·冯·内贝尔斯特恩先生再次睁开眼睛并跳了起来，他浑身湿透，把安娜小姐抱进怀里，满怀爱的狂喜喊道：“哦，我最亲爱、最宝贵的小安娜！现在我们又在一起了！”

这件事对于这对恋人产生的非常奇怪、难以置信的影响很快就显现出来了。两个人的思想都以奇特的方式发生了变化。安娜小姐对于使用铁锹产生了极大的厌恶，而且她还像一位真正的女王一样统治起蔬菜王国，因为，虽然她总是满怀爱意地确保她的臣民们能得到适当的养护和照料，但她自己却不再亲力亲为，而是把事情交给她忠实的女仆去做。而在阿曼杜斯·冯·内贝尔斯特恩先生看来，他所写的一切，他的全部诗歌创作的努力，都显得极其愚蠢和荒唐，于是他开始埋头研读古往今来那些真正伟大的诗人的作品，他的内心完完全全被一种有益的热情充溢着，让他再也没有余暇老去想着他自己。他开始相信，一首诗绝对不可能是某种清醒的谵妄所引发的混乱的词语拼凑，那些以往令他沾沾自喜、自我陶醉的诗作，全被他付之一炬，从此以后他又变成了从前那个心智沉稳、头脑清明的青年。

一天早上，达普苏尔·冯·扎贝尔陶先生真的从他的占星塔楼上走下来，陪安娜小姐和阿曼杜斯·冯·内贝尔斯特恩先生前往教堂举行了婚礼。从此以后他们一直过着幸福快乐的婚姻生活。至于达普苏尔先生与空气精灵尼哈西拉结婚的事情后来究竟怎样了，达普苏尔海姆村的编年史上并没有记载。

1 德国中世纪炼金术士帕拉塞尔苏斯在其关于炼金术的著作中提出的概念，是主管世界四种基本元素的精灵，此处提到的格诺姆（Gnome）是土精灵、沙罗曼（Salamander）是火精灵，此外还有后面将会提到的空气精灵和水精灵。

2 原文Gerundium，是一个拉丁语语法概念，意为“动名词”，源自拉丁文动词gero的动词状形容词，意为“（这是）要完成的”。

3 德国民间传说中圣尼古拉的随从，也被称为黑色圣诞老人，用来与红色圣诞老人作对比。

4 帕拉塞尔苏斯提出的主管世界四种基本元素的精灵，西尔芙（Sylphe）是空气精灵，温蒂娜（Undine）是水精灵。

5 欧洲中世纪传说中的女水妖，常出没于河流或圣泉中。

6 肘：德国旧长度单位，大约等同一个成年人前臂的长度。

7 “格诺姆”一词既是指土元素精灵，同时也意为侏儒。

8 拉克坦西（Lactantius，德语常作Laktanz，约250—约320），古罗马基督教作家。

9 指收藏在梵蒂冈博物馆里的阿波罗雕像。

10 此处指的应该是大理石雕像《垂死的高卢人》。

11 查斯特菲尔德勋爵四世（4th Earl of Chesterfield，1694—1773），英国政治家、外交家及文学家，尤其因其写给儿子的教育书信闻名。

12 阿道夫·科尼格男爵（Freiherr Adolph Franz Friedrich Ludwig Knigge，1752—1796），18世纪德国作家。他1788年出版的《论人际交往》是一本非常著名的书，详细地总结了各种人际交往形式，逐渐变成人际交往的准则，“科尼格”一词后来也成为社交行为准则的代名词。

13 根里斯夫人（Frau von Genlis，1746—1830），法国宫廷贵妇、作家，奥尔良公爵路易-菲利普二世子女的教育者。

14 提尔泰奥斯，约活动于公元前7世纪前后。古希腊挽歌体诗人之一。在第二次美塞尼亚战争期间，他住在斯巴达，用战争歌曲鼓励斯巴达人，用哀歌体诗句激励迈塞内。

15 即德国作家让·保尔（1763—1825）。

16 达乌库斯·卡洛塔（Daucus Carota）是“胡萝卜”的拉丁语名称。

17 莱奥诺拉·德·埃斯特（Leonore d'Este，1515—1575），存在于15—16世纪的费拉拉公国（在今意大利境内）的贵族。

福　米　卡　先　生

著名画家萨尔瓦多·罗萨[1]来到罗马，生了一场重病。他在患病期间遇到的一些事。

一般来说，名人背后总有很多流言蜚语，无论是否有真凭实据。勇敢的画家萨尔瓦多·罗萨也不例外，而他那些生动的画作，亲爱的读者，我想你若是看了也很难不由衷地产生兴趣。

当萨尔瓦多的名声传遍那不勒斯、罗马、托斯卡纳，甚至传遍整个意大利，当别的画家们为了讨人喜欢而不得不努力模仿他的奇特画风，就是在那段时间里，一些阴险的嫉妒者散播了各种各样的恶毒谣言，试图给他光辉卓越的艺术家声誉抹上难看的污点。他们说，萨尔瓦多早年曾加入过一个强盗团伙，他画作里所有那些桀骜不驯、衣着奇特的人物形象，都要归功于他与这个团伙的无耻交往，而他充作藏身之处的那些阴暗恐怖的荒野之地，用但丁的话说，那些“荒山野林”[2]，同样也在他的风景画里得到了忠实的反映。最可恶的是，他们竟然干脆说他参与了臭名昭著的马萨尼罗[3]在那不勒斯发动的那场邪恶血腥的叛乱。他们还讲述了事情发生的经过，连最微小的细枝末节都讲到了。

萨尔瓦多最好的老师之一是被人们称作“军营画家”的阿涅罗·法尔科[4]，他有一个亲戚被西班牙士兵在一次混战中杀死了，法尔科怒火中烧，决心进行血腥的复仇。他纠集了一群胆子很大的年轻人，大部分是画家，给他们发了武器，称他们为“死亡连”。如同这个可怕的名字所宣告的那样，这伙人确实是四处传播惊慌和恐惧。那些年轻人整日里成群结队地在那不勒斯街头游荡，遇到任何一个西班牙人都毫不留情地杀掉。更有甚者，他们还闯进神圣的避难所，无情地杀死那些在死亡恐惧的驱使下逃到这里避难的不幸对手。夜里，他们则聚集到他们的首领，嗜血的疯子马萨尼罗身边，在燃烧的火把照明下为他画像，因此，在很短的时间里，就有几百张这种画像在那不勒斯和周围地区流传开来。

据说萨尔瓦多·罗萨就曾是这个凶残团伙中的一员，曾经白天疯狂地杀人，夜里疯狂地画画。关于我们这位大师，有一位著名的艺术评论家（我记得是泰拉森[5]）说得很对。他的作品在构思和创作上有一种极度的骄傲和一种奇特的能量。他看到的大自然不是优美怡人的绿色草地，鲜花盛开的田野，气味清新的小树林，潺潺流动的泉水，而是令人战栗的巍峨险峻的岩石或海滩，无人居住的蛮荒森林；他听到的声音不是晚风的呢喃，树叶的沙沙声响，而是狂风的呼啸和湍流的轰鸣。看着他所画的荒野风景和那些时而孤身一人，时而成群游荡的外表怪异野蛮的男人，人们会自动产生一些可怕的想法：也许这里曾经发生过恐怖的谋杀，也许那边的悬崖上曾经有血淋淋的尸体被抛下去过，等等。

就算这些都是事实，就算泰拉森说得对，说什么萨尔瓦多的柏拉图，甚至说他的圣约翰（后者在荒野中宣告了救世主的诞生）看上去有点像拦路强盗；就算这些都是真的，我也认为，用作品来揣测大师本人，看他生动逼真地描绘了野蛮和恐怖的事物，就臆想他本人一定也是个野蛮恐怖的人，这样是不对的。经常谈论剑的人，用起剑来其实常常很笨拙；心里总是深深感到血腥暴行的可怕，以至于要用调色板、画笔、羽毛笔把它们画出来的人，反而最没能力实践这种暴行！——够了！对于所有那些责骂大胆的萨尔瓦多是无耻的强盗和杀人犯的恶毒谣言，我连一个字都不信，并且希望你，亲爱的读者，也能和我意见一致。否则，我将不得不担心，你可能会对我所讲述的大师故事抱有怀疑，因为我的设想是，我所讲述的萨尔瓦多在你眼里应该呈现为一个激情燃烧的，但却具有极忠诚、极美好性情的人，常常懂得运用最苦涩的反讽，这种反讽是从对生活的清晰直观中产生出来的，思想深刻的人莫不如此。此外，众所周知的是，萨尔瓦多除了是位画家，还是一位同样优秀的诗人和音乐家。他内在的天赋如美妙的光芒难以遮盖。——再说一遍，我不相信萨尔瓦多参与了马萨尼罗的血腥暴行，相反，我认为，正是那段可怕时期里的种种恐怖事件，导致他从那不勒斯逃到了罗马，只不过这位可怜的贫穷逃亡者抵达罗马的时间，刚好是马萨尼罗败亡的时刻罢了。

他在夜幕降临时悄悄溜进了城门，他的衣着很不起眼，口袋里揣着瘪瘪的钱包，里面只有可怜巴巴的几块钱。不知怎地，他就走到了纳沃纳广场。过去，在他的好日子里，他曾经住在这儿的一座漂亮房子里，紧邻着帕姆菲利宫。他闷闷不乐地抬头看着月光照耀下闪闪发光的大玻璃窗。“唉，”他烦闷地自语道，“要画掉多少张五颜六色的画布，才能重新在那上面开一个自己的工作室啊！”但这时，他突然觉得自己仿佛四肢瘫痪了似的，浑身虚弱无力，这是他以前从未有过的。“可是我，”他咬着牙嘟哝着，同时在那座房子门前的石阶上坐下来，“可是我真的能按照那些傻瓜的愿望画出足够多的油画吗？唉！我真希望这一切能有个尽头！”

一阵刺骨的寒风刮过夜晚的街道。萨尔瓦多感到了寻找一个安身之所的必要。他艰难地站起来，摇摇晃晃走上科尔索大道，然后拐进贝格诺雷街。最后他在一所只有两扇窗的小房子前停下来，这里住着一位贫穷的寡妇和她的两个女儿。他第一次来罗马的时候，默默无闻，没人瞧得起他，而她只收很少的钱就收留了他，现在他想再次在这位寡妇这里找个住处，以他目前的悲惨处境来说，这是最合适的。

他很有把握地敲着门，对里面大声报了几次自己的名字。后来他终于听见那个老太太很不情愿地从睡梦中醒来。她趿拉着拖鞋走到窗前，生气地斥骂着，问是哪个流氓深更半夜打扰她，说她家不是酒馆云云。接着，在她辨认出这位老房客的声音之前，他们又费了好一番口舌；直到听见萨尔瓦多诉苦，说自己怎样从那不勒斯逃出来，却在罗马找不到安身之所时，她才叫起来："啊，看在救世主和所有圣徒的分上！您是萨尔瓦多先生？——太好了！您在楼上那间对着后院的小房间还空着呐，那棵老无花果树的树枝和叶子现在全都伸进窗户里来了，这样您坐在屋里工作的时候，就能像坐在美丽凉爽的凉亭里一样！——啊，您又回来了，我的女儿们该多高兴啊，萨尔瓦多先生。——不过您知道吗，玛格丽塔已经长大了，变漂亮了。她不会再爬到您的膝盖上玩耍了！——您的小猫，您还记得它吗？它三个月前卡到鱼刺死掉了。唉，我们每个人早晚都得进坟墓。不过您知道吗，那位胖邻居，那位您经常笑她，经常给她画一些好笑的画的女邻居；您知道吗，她最后还是跟那个年轻人，那位路易吉先生结婚了。瞧！姻缘和法官天注定！要我说呀，婚姻都是在天堂里缔结的。"

"可是，"萨尔瓦多打断老太太的话，"可是卡特琳娜夫人，看在所有圣徒的分上，请您让我先进去，然后再给我讲您的无花果树、您的女儿、小猫和胖邻居吧！我快要累死和冻死了！”

“啧，瞧这没耐性的哟，”老太太喊道，“不紧不慢寿命长，急急忙忙死得快——要我说呀，欲速则不达！不过既然你现在又累又冷，那我马上去拿钥匙，马上去拿钥匙！”

可是接下来老太太还非要先叫醒女儿们，然后又慢慢吞吞、慢慢吞吞地点起油灯，最后她终于给可怜的萨尔瓦多开了门；然而，萨尔瓦多已经被疲劳和疾病击溃，刚一踏进门厅，他就像死了似的一头扑倒在地上。幸运的是，寡妇的儿子平时都住在提沃利，今天却碰巧回了母亲家。他现在被叫下床，并且欣然同意把床让给这位生病的家中老友住。

这位老太太非常喜欢萨尔瓦多，就艺术来说，她认为他比世界上任何画家都强，并且对他着手的任何创作都发自内心地感到期待。因此，看到他这样的惨状，她非常激动，想要立刻跑到附近的修道院去把自己的忏悔神父接来，让他带些圣蜡烛来，或者带一个特别灵的护身符，好对抗那股邪恶的力量。但是她的儿子认为，还是去找个特别灵的医生更好一些，因此他马上跳起来跑去了西班牙广场，因为他知道著名的医生斯宾蒂亚诺·阿科兰博尼住在那里。医生一得知画家萨尔瓦多·罗萨在贝格诺雷街病倒了，就立刻着手准备去看望病人。

萨尔瓦多在高烧中昏迷不醒。老太太把几张圣徒像挂在床头，殷切地祈祷着。两个女儿眼泪汪汪，时不时地给病人喂几滴准备好的降温柠檬水，而老人的儿子坐在床头，给他擦去额头的冷汗。直到清晨时分，随着房门吱呀一声被推开，著名医生斯宾蒂亚诺·阿科兰博尼走了进来。

要不是萨尔瓦多病得快要死了，让两个女孩沉浸在极度的悲伤中，我想她们一定会像平时那样，任性而欢快地对着这位医生那令人诧异的外表大笑起来，而不是像现在这样深受惊吓，怯生生地缩在角落里。这位在清晨时分出现在贝格诺雷街卡特琳娜夫人家的小个子男人，他的外表确实值得我们费心说一说。尽管有着最卓越的成长天资，但斯宾蒂亚诺·阿科兰博尼医生却未能完全长到四英尺的美观身高。他年轻时身材十分秀气，在他那本来就有些畸形的脑袋由于肥胖的脸颊和厚嘟嘟的双下巴而变得过大之前，在他的鼻子因为吸食过多西班牙鼻烟而变得宽阔肥硕之前，在他的小肚子因为吃太多通心粉而尖尖地鼓起来之前，他穿着那套他当时常穿的修道院衣服，是相当讨人喜欢的。那时的他完全称得上是一位漂亮的小男士，所以罗马的女士们也的确喜欢叫他“卡罗卡帕泽托”[6]——她们的亲爱的小娃娃。

现在这些当然已经成为过去。在一次目睹斯宾蒂亚诺医生从西班牙广场上走过之后，有一位德国画家不无道理地说，这个男人的样子看起来就好像：有一个身材魁梧的六英尺高的家伙，他的身子从脑袋下面跑掉了，于是脑袋掉落在了一个矮小的普钦奈拉[7]木偶的身子上，于是这个身子只好像扛着自己的脑袋一样扛着它到处跑。这个又矮又怪的形象把自己藏进超大一坨织有大花图案的威尼斯大马士革锦缎里，锦缎被裁剪成睡袍形状；他的腰间高高地束着一条很宽的皮带，皮带上挂着一把三肘长的佩剑，雪白的假发上戴着一顶尖尖的帽子，与彼得广场上的方尖碑没什么两样。由于那顶假发像乱糟糟的布匹一样又厚又宽，鼓囊囊地覆盖在他的整个后背上，所以人们完全可以把它看成一个蚕蛹，里头仿佛随时可能会爬出一只漂亮的蚕。

威严的斯宾蒂亚诺 · 阿科兰博尼先是透过他那副亮闪闪的大眼镜死死地凝视病中的萨尔瓦多，然后又盯住卡特琳娜夫人，把她叫到一边。“就在这儿，”他用压低的声音硬邦邦地说道，“厉害的画家萨尔瓦多·罗萨躺在您的家里病得半死，卡特琳娜夫人，如果我的技术救不了他，他就完了！——告诉我，他是什么时候到您家的？——他有没有带来很多漂亮的大画？”

“哦，亲爱的医生先生，”卡特琳娜夫人答道，“这可怜的孩子是今天夜里才到我家的，至于画嘛，我还不知道；但是楼下有个大箱子，萨尔瓦多在像您如今看到的这样昏迷过去之前，曾拜托我要好好地仔细保管。那里面很可能装着一幅他在那不勒斯画的漂亮油画。”

卡特琳娜夫人其实撒了个谎，但我们很快就会知道，她有何正当的理由这样诓骗医生。

“哦这样啊。”医生说着，抚着胡子微微一笑，然后极尽威严地走向病人，尽管他那把过长的佩剑老是不停地挂住桌子和椅子。他握住病人的手给他号脉，同时还发出哼哼唧唧的声音和呼哧呼哧的粗喘声；在大家死一般的肃穆安静中，那声音听起来真是挺奇怪的。然后他用拉丁语和希腊语报出了一百二十种疾病的名字，都是萨尔瓦多没得的，接着又报了差不多同样多的病，是他有可能得的；最后他总结说，尽管他一时半会儿没法说出萨尔瓦多究竟得的是什么病，但他会在很短时间内为他的病找到一个恰当的名字，同时也会找到相应的治疗方法。然后他就一派威严地走了，正如他一派威严地来，把每个人都留在了恐惧和担忧之中。

到了楼下，医生要求看一看萨尔瓦多的箱子。卡特琳娜夫人真的指给他看了一个箱子，那里面装的应该是她已故丈夫的几件旧外套，还有几双破破烂烂的鞋袜。医生微笑着在箱子上来回拍了几下，满意地说道："让我们拭目以待，拭目以待！"——几个小时后，医生回来了，给萨尔瓦多的病带来了一个非常漂亮的名字和几大瓶气味难闻的药水，指示他们不停地给病人灌下去。这相当费劲，因为病人对那些仿佛是从阿刻戎河[8]里直接舀上来的药水表现出极大的抗拒，甚至是极度的厌恶。

可能是由于萨尔瓦多的病现在有了一个名字，真能想象出点内容了，所以就病得更凶了，也可能是由于斯宾蒂亚诺的药水在他内脏里翻腾不休，总之，可怜的萨尔瓦多每一天，甚至每一个小时都在变得更加虚弱。因此，尽管斯宾蒂亚诺·阿科兰博尼医生保证说，在生命进程完全静止之后，他会给机器一个新的推动，就像推一下钟摆让它重新摆动起来一样，但所有人都对萨尔瓦多的康复深感怀疑，他们认为，医生推动钟摆的这一下子可能是用力过猛了，以至于它彻底停摆了。

有一天，本来已经几乎完全不能动弹的萨尔瓦多忽然在高烧中爆发出一阵激动，他使劲儿从床上蹦起来，抓起那些装得满满的药水瓶，愤怒地把它们扔出了窗外。而斯宾蒂亚诺·阿科兰博尼医生此时恰好在往屋里走，于是便有几个瓶子落在他的脑袋上砸碎了，棕色的药汁一股股地淌下来，淌得他脸上、假发上和脖领上全是。医生立刻冲进屋里，发了疯似的叫道："萨尔瓦多先生疯了，发狂了，没有什么技术能救得了他，他十分钟后就要死了。把画拿来，卡特琳娜夫人，把画拿来，那是我的，是我的辛苦换得的微薄报酬！——我说，把画拿来！”

等卡特琳娜夫人打开箱子，斯宾蒂亚诺医生看见那些旧外套和破破烂烂的鞋袜，眼珠子立刻转得像安在脑袋上的两个小火轮，他咬牙切齿地跺着脚，诅咒可怜的萨尔瓦多、寡妇和整座房子全都去地狱里见魔鬼，然后像一支箭一样飞快地冲出房子，简直像从大炮的炮口射出去的一般。

经过这阵激烈的狂暴发作之后，萨尔瓦多再次倒下，陷入死一般的状态。卡特琳娜夫人绝对相信，萨尔瓦多的末日真的到了；于是她赶紧跑到修道院，把博尼法修神父请了过来，想让他为临终之人行圣礼。见到病人之后，博尼法修神父表示，他非常了解死神在想要把人抓走时会在人的面容上勾画出怎样的特殊表情，但这位昏迷的萨尔瓦多目前并无这方面的迹象；赶紧治疗的话他还有救，不过那位斯宾蒂亚诺·阿科兰博尼医生连同他那些希腊语名字和地狱药水是绝不可以再跨进门槛了。善良的神父立刻动身，我们将会看到，他果然信守承诺，把答应的救助请来了。

萨尔瓦多从昏迷中醒了过来，那一刻，他以为自己躺在一座美丽而芬芳的凉亭里，因为他的上方蔓生缠绕着绿色的枝叶。他感觉有一股令人舒适的温暖流遍全身，只是他的左臂似乎被捆扎起来了。“我在哪里？”他用虚弱的声音呼唤道；一个模样俊俏的年轻人猛地跪了下来——他刚才就站在他床边，只是萨尔瓦多现在才注意到他而已——他抓起他的右手亲吻，并用泪水濡湿了这只手，同时一声接一声地喊着：“哦，亲爱的先生！尊贵的大师！现在一切都好了，您得救了，您要康复了！”

“但是请告诉我……”萨尔瓦多说，然而他刚一开口，那年轻人就请求他，让他在身体如此虚弱的情况下不要说话，以免累着自己，他愿意把发生的一切讲给他听。“您瞧，”年轻人说道，“亲爱的、尊贵的大师，您瞧，您从那不勒斯来到这里的时候已经病得很重了；但那时您的情况并没有坏到快要死去的危险程度，要不是卡洛好心办坏事，马上去请附近的医生，结果落入那位扫把星似的金字塔医生之手的话，其实只要稍加治疗，您强健的体质很快就会让您恢复健康的——那家伙简直是用尽各种手段想要把您送进坟墓啊。”

“什么，”萨尔瓦多叫道，尽管非常虚弱，他却真心笑了起来，“您说什么？——金字塔医生？——对，对，虽然我当时病着，但我看得很清楚，那个穿着大马士革锦缎的矮个家伙，逼着我喝那些恶心得令人作呕的地狱泔水的家伙，他把彼得广场的方尖碑戴在头上了，所以您叫他金字塔医生[9]！”

“哦，神圣的上帝啊，”年轻人也哈哈大笑起来，说道，“斯宾蒂亚诺·阿科兰博尼医生的确是戴着他那顶不祥的尖睡帽来看您的，他戴着那顶帽子时就像一颗带来灾难的流星，每天早晨都从西班牙广场上的窗口向外照耀。但他并不是因为那顶帽子才被叫作金字塔医生的，而是还有另一个原因。——斯宾蒂亚诺医生是一位狂热的油画爱好者，也确实拥有一批非常出色的油画藏品，那都是他用一种特殊的办法得到的。他一直狡猾而孜孜不倦地追踪着画家们和他们的生病情况。他尤其喜欢编织圈套诱捕外国画家们，只要他们哪一餐多吃了几口通心粉，或者超出有益分量地多喝了一杯锡拉库萨酒，他就一会儿说他们得了这种病，一会儿说他们得了那种病，给那些病编造一个可怕的名字，然后立即开始治疗。他让他们答应用一幅画作为治疗的报酬，并且通常会从那些可怜的外国画家的遗物中得到这幅画——因为只有特别顽强的体质才能禁得起他那些猛药的治疗——然后他就会把那些画家抬到塞斯提乌斯金字塔[10]旁埋掉。不用说，斯宾蒂亚诺先生总是从画家已完成的作品中挑选出最好的一幅，然后还叫人给他捎带上一些别的画。塞斯提乌斯金字塔旁边的墓地，就是斯宾蒂亚诺·阿科兰博尼医生勤奋耕耘的田地，这也是他被叫作金字塔医生的原因。卡特琳娜夫人诓骗医生——当然是出于好意——让他以为您带来了一幅漂亮的画，所以您完全可以想象，他是多么起劲儿地给您熬制了汤药。幸好您在高烧的发作中把药水瓶砸在了他的脑袋上，幸好他一怒之下弃您而去，幸好卡特琳娜夫人在您危在旦夕之际请了她信任的博尼法修神父来给您行临终圣礼。博尼法修神父懂一些医术，他非常正确地判断了您的病情，于是把我请来了。”

“那您也是医生喽？”萨尔瓦多用虚弱的哭腔问道。

“不，”年轻人答道，脸腾地一下红了，“不，亲爱的、尊贵的大师，我不是斯宾蒂亚诺·阿科兰博尼那样的医生，而是一个外科医生。当博尼法修神父告诉我，萨尔瓦多·罗萨在贝格诺雷街病得奄奄一息，急需我的救助时，我又惊又喜，整个人匍匐在地。我连忙赶了过来，给您左臂的静脉放了血；您得救了！然后我们把您搬到了您以前住过的这间凉爽通风的屋子里。您看看，那儿是您留下的画架，那儿还有几幅素描，被卡特琳娜夫人像圣物一样保存着。您的病已经治好了；只要再吃点博尼法修神父为您准备的简单药物，配合良好的护理，您的体力很快就能完全恢复。——现在，请允许我再次亲吻这只手，这只富有创造力的手，它为大自然深藏着的秘密赋予了鲜活的生命！——请允许可怜的安东尼奥·斯卡恰蒂倾诉他心中满怀的狂喜和热烈感激，是上天给他机会，让他救了高贵杰出的大师萨尔瓦多·罗萨的性命。”——说着他重新跪下来，抓起萨尔瓦多的手亲吻，并用泪水濡湿了这只手，和之前一样。

“我不知道，”萨尔瓦多吃力地抬高自己的身体，“我不知道，亲爱的安东尼奥，是什么特殊的精神促使您对我表现出如此强烈的崇拜。如您所说，您是一位外科医生，这个行业一般来说跟艺术不太搭边吧？”

“等到您，”年轻人垂下眼睛答道，“亲爱的大师，等到您体力再恢复一些，我会告诉您一些事，一些现在沉甸甸地压在我心上的事。”

“请务必如此，”萨尔瓦多说，“请完全地信任我。您可以如此。因为还没有哪个人能像您这样，让我在一见之下就产生一种忠诚之感。我越看您，就越觉得您的容貌与那位非凡的年轻人有几分相像——我指的是圣齐奥[11]！”安东尼奥的眼睛一下子亮了，闪着热烈的光——他似乎不知道该说什么才好。

这时候，卡特琳娜夫人和博尼法修神父一同走了进来，后者给萨尔瓦多带来一瓶他精心配制的药水，药水的味道更容易让病人接受，也更易于消化吸收，比金字塔医生斯宾蒂亚诺·阿科兰博尼的阿刻戎药水强多了。

* * *

安东尼奥·斯卡恰蒂由于萨尔瓦多·罗萨的介绍而获得了极高的声誉。他向萨尔瓦多吐露了长期令他苦恼的原因，萨尔瓦多安慰他，并答应帮助他。

情况完全如同安东尼奥所预言的那样。博尼法修神父的简单有效的药，善良的卡特琳娜夫人及其女儿们的悉心照料，逐渐转暖的温和天气，再加上萨尔瓦多天生强健的体质，这一切使得他很快便感觉自己身强体健，可以考虑开始工作了，于是他便起草了一些很棒的素描，想留待以后进一步完成。

安东尼奥几乎寸步不离萨尔瓦多的房间，萨尔瓦多起草素描的时候，他总是目不转睛地看着，而他对一些问题的判断表明，他一定是个知晓艺术之奥义的人。

“听着，”有一天，萨尔瓦多对他说，“听着安东尼奥，您非常懂得艺术，这让我觉得，您不仅怀着正确的理解观赏了很多作品，而且很可能自己也画过画。”

“您还记得吗，”安东尼奥答道，“亲爱的大师，在您从昏迷中苏醒过来的那天，我曾对您说过，有些事沉重地压在我心上。也许现在就是我向您彻底敞开心扉的时候了！您瞧，虽然我是一名外科医生，是给您切开静脉放血的安东尼奥·斯卡恰蒂，但我却是全心全意属于艺术的，而且我现在打算彻底投身于艺术，把那种讨厌的手艺抛到一边！”

“哎呀，”萨尔瓦多喊道，“哎呀安东尼奥，三思而行啊。您是一位熟练的外科医生，但却很可能成为并且始终只是一位蹩脚的画家；因为，恕我直言，尽管您还很年轻，但对于现在拿起炭笔来说年龄却已经太大了。一个人穷尽一生都不足以获得对真实的认识——遑论获得表现真实的实际能力！” 150

“唉，”安东尼奥温和地微笑着说，“亲爱的大师，如果我不是从小就抓住一切机会接近艺术，如果不是老天有意，在我头脑古板的父亲使我远离一切艺术的情况下，还让我接触到一些著名的大师，我又怎么会产生现在开始投身艰难的绘画艺术这个疯狂的念头呢？您知道吗，伟大的安尼巴尔[12]也对我这个被命运抛弃的男孩感兴趣呢；您知道吗，我其实还可以自称是圭多·雷尼[13]的学生呢。”

“好吧，”萨尔瓦多有些尖刻地说（他偶尔会采取这种说话方式），“好吧，能干的安东尼奥，您有很厉害的老师，所以在不损害您的外科治疗术的前提下，您也一定能成为一个很厉害的学生呢。——只是我不明白，作为画风柔和秀美的圭多的忠实信徒，并且您自己的画在秀美程度上也许还更甚于他——毕竟学生们总是热衷于这样做，您如何能在我的画里找到乐趣，如何能真的把我视为艺术大师呢？”

听了萨尔瓦多的这些话，年轻人满面通红，这些话听起来确实有点像是讥笑和嘲讽。

“现在，”他说，“让我把所有平时封住我嘴巴的羞怯抛到一边，自由地说出心里的话吧。您瞧，萨尔瓦多，我还从来没有像崇拜您一样从心灵最深处崇拜过哪位大师。您的作品中令我惊叹不已的，常常是那些超人般的伟大思想。您抓住了大自然最深藏的奥秘，您看到了它的岩石、树木和瀑布中那些美妙的象形文字，您听到了它神圣的声音，您理解它的语言，而且有能力把它对您说的话写下来。是的，我想把您的大胆的、别具一格的绘画称为‘写下来’。仅有人类及其活动在您看来是不够的，您总是在大自然的范畴中看待人类，就此而言，人类最深层的本质是由大自然的现象决定的；因此，萨尔瓦多，您也只有在您那些奇妙的风景画中才真正伟大。历史画给您设置了边界，阻碍了您的飞翔，让您无法尽情表现。”

“这些话，”萨尔瓦多打断年轻人，“您是跟那些心怀嫉妒的历史画画家学的吧，他们把风景画扔给我，就像扔一大口吃食给我嚼着，这样他们就能护住自己嘴边的肉了！实际上我究竟懂不懂人物形象和与之相关的一切呢？但这些毫无意义的人云亦云——”

“别生气，”安东尼奥继续说道，“别生气，亲爱的大师，我并不是在盲目地学舌，而且我们罗马这里的大师们所做的判断也是最不可靠的！谁能不高度赞叹您所画人物那大胆的线条、美妙的表情，尤其是他们栩栩如生的动作呢！看得出来，您不是照着僵硬死板的模特，更不是照着死气沉沉的人体木偶画的；看得出来，您自己就是自己的鲜活生动的模特，您在素描或绘画的时候，是站在一面大镜子前去描绘您脑子里想要画到画布上的人物的！”

“天哪！安东尼奥，”萨尔瓦多笑着喊道，“我想您一定在我不知道的情况下往我的工作室里窥视过很多次，因为您对里面的情形真是了如指掌！”

“还能是别的情形吗？”安东尼奥答道，“但是请让我继续说下去！我一点都不想像那些学究大师一样，小心翼翼地把那些注入了您强大精神的画归入到某个类别里去。事实上，人们通常所说的风景画，并不适合用来分类您的画，我更愿意把您的画称为深层意义上的‘历史描绘’。如果说，常常会有这块或那块石头、这棵或那棵树看上去仿佛一个个巨人，在用严肃的目光凝视着我们，那么也常常会有这群或那群衣着怪异的人像极了一块块神奇的、有生命的岩石；整个大自然通过其和谐一致的活动，将您心中熠熠闪光的高贵思想说了出来。我就是这样看您的作品的，因此，我对艺术的深入理解完全要归功于您，高超美妙的大师。所以请不要认为，我会沉迷于幼稚的模仿。无论我多么向往您那自由和大胆的笔触，我还是要坦言，我自己眼里的大自然的色彩与我在您画中看到的并不一样。我认为，虽然说为了方法技巧的缘故而模仿这位或那位大师的风格对学生而言是有用的，但是，一旦他多多少少站稳了脚跟，就必须努力去表现他自己眼中所见的大自然！只有这种真正的观看，这种与自身的统一，才能产生出个性和真实。圭多也是这种观点，还有那位脾气急躁的普雷蒂[14]——您知道的，他们管他叫‘卡拉布里亚骑士’——，这位画家对自己的艺术无疑做了比别人都深入的反思，他也告诫我远离一切模仿！现在您知道了，萨尔瓦多，为什么我如此崇拜您，但却并非您的模仿者。”

年轻人说话的时候，萨尔瓦多一直盯着他的眼睛，现在，他一把扯过他并用力地拥抱住他。

“安东尼奥，”他说道，“您刚刚所说的话是睿智而深刻的。

您虽然年纪轻轻，但在对艺术的真正理解上，却远远超过了我们这些年老的、备受赞誉的大师中的某些人，那些人对自己的画总是胡言乱语夸夸其谈，却压根儿说不到点子上。真的！当您谈论我的画时，我好像才真的了解了我自己。您并不模仿我的风格，不像有些人那样，只知道把黑色颜料罐拿在手里，给画面涂上刺眼的高光，甚至画几个面貌可憎、满身脏污和尘垢的残废人物，再让他们的目光盯着画面外的观者，以为这样就是完成了一幅萨尔瓦多风格的画：正因为如此，我特别欣赏您——这样的您，让我愿意做您最忠实的朋友！——我全心全意地信赖您！”

对于大师如此亲切地向他展示的好感，安东尼奥简直欣喜若狂。萨尔瓦多还表达了想看一看安东尼奥的画的强烈愿望。于是安东尼奥立刻带他去了自己的工作间。

萨尔瓦多对这个年轻人寄望甚高，因为他对艺术有如此睿智的见解，身上似乎显露出了某种特别的精神；而安东尼奥丰富的画作也确实让这位大师极为惊喜。他在那些画里处处看到大胆的想法、准确的勾勒和清新的色调，那宽大褶皱显示出的极高品位、肢体的无比精致以及头部的高贵优雅都表明，这是一个配得上伟大的雷尼的优秀学生，尽管安东尼奥也有不同于那位大师的惯常做法之处，那就是他不愿为了美而牺牲表现力，并且这种努力有时表现得过于明显。看得出，安东尼奥在追求安尼巴尔的力量感，只是目前还未能达到。

萨尔瓦多神情严肃、沉默不语地把安东尼奥的每一幅画都仔仔细细地看了很久，然后他说道：“听着安东尼奥，现在看来毫无疑问了，您根本就是为了高贵的绘画艺术而生的。因为大自然不仅给了您富于创造性的精神，让您能够源源不断地产生大量美妙的思想，而且还赋予了您罕见的才能，让您能够在短时间内克服技巧上的困难。——如果我说您现在已经达到了您的老师们的水平，已经有了圭多的美妙优雅，有了安尼巴尔的遒劲有力，那么我是在虚假地奉承您；但毫无疑问，您已经远远超过了我们那些在圣路加学院[15]里自鸣得意的大师，超过了蒂亚里尼[16]、格西[17]、塞门塔[18]和任何其他人，就连兰弗朗哥[19]也不例外，因为他只懂壁画。但是安东尼奥！如果我是您，我还是会好好考虑一下，是否真的要彻底扔掉柳叶刀，从此手里只握画笔！——我接下来的话也许听起来很奇怪，但请听我说！现在艺术进入了一个很坏的时代，或者不如说，魔鬼似乎在我们的大师们中间忙得很，他缠着他们不放！如果您不能做好准备去经受各种屈辱——在艺术中攀登得越高，越承受更多的嘲讽和蔑视，在您的声誉所到之处不断碰到各种阴险的恶棍，他们神情友好地凑到您身边，只是为了更有把握地毁掉您——我想说，如果您对这一切不能做好准备，那就别碰绘画！想想您的老师，伟大的安尼巴尔的命运，一伙流氓似的艺术同行在那不勒斯阴险地盯住他不放，致使他得不到任何重要作品的委托，反而到处被鄙视和拒绝，这导致了他的英年早逝！想想我们的多米尼基诺[20]在绘制圣亚努里乌斯教堂穹顶时遇到的事。那些恶棍画家——我不想提任何一个人的名字，甚至连流氓贝利萨里奥[21]和里贝拉[22]也不想提！——不就贿赂了多米尼基诺的仆人，让他往石灰里撒灰土吗？这样一来石灰涂上去难以附着在墙面上，画就无法牢固。想想这一切，看看自己的性格是否足够坚强，是否能够忍受这样的事情，因为否则您的力量就会被折断，您会失去坚定的创作勇气，同时也失去创作能力！”

“啊，萨尔瓦多，”安东尼奥答道，“如果我彻底投身于绘画，我要忍受的嘲讽和蔑视不太可能比我现在当外科医生所忍受的更多。您喜欢我的画，是的，您喜欢它们，而且您发自内心地相信，我能创作出比路加学院的某些人更好的画；但恰恰是这些人，对我辛勤创作出的任何东西都嗤之以鼻，他们轻蔑地说：‘瞧瞧，外科医生还想画画呢！’——正因为如此，我下定决心要摆脱这个让我日益遭人憎恶的行业！现在，尊敬的大师，我把全部的希望都寄托在您身上了！您的话很有分量，如果您为我说话，就可以一举击败那些嫉妒我、不放过我的人，您能把我送到我应该属于的位置上去！”

“您对我充满信任，”萨尔瓦多回答道，“在我们已经对艺术达成彻底的相互理解，在我看过您的作品之后，我真的不知道，若不是为您，我还会愿意为谁而倾尽全力战斗！”

萨尔瓦多又看了一遍安东尼奥的画，最后停在一幅描绘“救世主脚边的抹大拉”的画跟前，他对这幅画赞赏有加。

“您描绘这位抹大拉的方式，”他说，“与常见的有所不同。您画的抹大拉不是一位端庄严肃的少女，而是一个无拘无束的迷人的孩子，是那种只有圭多才能画得出来的极美好的孩子。这个可爱的人物身上有一种特殊的魔力；您是带着热情画她的，如果我没猜错的话，这个抹大拉一定有活的原型，而且就生活在罗马——承认吧安东尼奥！您恋爱了！”安东尼奥垂下目光盯着地面，羞涩地低声说道：“什么都逃不过您锐利的眼睛，亲爱的大师，可能真如您所说吧；但请不要因此责怪我。这幅画是我最珍惜的，我一直把它当作神圣的秘密一样藏着，不让任何人看见。”

“您说什么，”萨尔瓦多打断年轻人，“那些画家都没看过您这幅画？”

“是的。”安东尼奥答。

“好吧，”萨尔瓦多继续说道，眼睛里闪着愉快的光，“好吧安东尼奥，放心吧，我会把您那些嫉妒而傲慢的迫害者击倒在地，会给您应得的荣誉的。把这幅画放心地交给我吧，夜里悄悄地把它送到我的住处，剩下的事就交给我——您愿意吗？”

“十二万分的愿意，”安东尼奥答道，“唉，我现在真想马上再跟您说说我在爱情上的烦恼；但我觉得我今天不应该这样做，因为我们刚刚在艺术的问题上相互敞开了心扉。将来我会恳求您，在我的爱情问题上也给予我一些建议和行动上的帮助。”

“这两件事，”萨尔瓦多说，“我都乐意为您效劳，无论何时何地，只要您需要！”离开前，萨尔瓦多再次转过身，微笑着说道：“听着安东尼奥，当您向我坦白您是位画家时，我的心情很沉重，我很后悔说您长得有点像圣齐奥。我当时以为，您会像我们的某些年轻人那样，只要容貌跟哪位大师有些微的相似之处，就立刻开始留起和那位大师一样的胡子或发型，而且还开始把模仿那位大师的艺术风格当成自己的职业，哪怕这样完全违背他们自己的天性！我们俩都没有提起拉斐尔的名字，但请相信我，在您的画中，我看到有清晰的迹象表明，这位整个时代最伟大的画家在其作品中所展现的超凡脱俗的思想天空已经向您开启！——您懂拉斐尔，不久前我曾问委拉斯凯兹[23]他对圣齐奥的看法如何，如果是您，您会给我一个不同的回答。提香，当时他回答我说提香是最伟大的画家，他说拉斐尔根本不会画肉色。——这个西班牙人心里想的是肉，而不是言；但圣路加学院的那些人却把他捧上了天，就因为他曾经画过一幅惹得麻雀来啄食的樱桃！”

几天之后，圣路加学院的院士们聚集在他们的教堂里，对报名申请加入学院的画家们的作品进行评审。萨尔瓦多让人把斯卡恰蒂最美的那幅画也摆了出来。画家们不由自主地被这幅画的力量和优雅所吸引，当萨尔瓦多保证说这幅画是他从那不勒斯带来的，是一位早已去世的年轻画家的遗作时，所有人纷纷发出最夸张的赞美。

没过多久，全罗马的人都纷纷涌来欣赏这位默默无闻的已故年轻画家的作品；人们一致认为，自圭多·雷尼时代以来就再也不曾有人创作出过这么好的画，在理直气壮的狂热中，他们甚至认为，这幅可爱迷人的抹大拉应该排在圭多的同类作品之前。有一天，在总是聚集在斯卡恰蒂画前的人群中间，萨尔瓦多发现一个男人，他不但外表非常特别，而且举止像个疯子。此人年事已高，身体又高又瘦的像个纺锤，面色苍白，鼻子长而尖，下巴也一样长，而且末端还留着一把尖尖的小胡子，灰色的眼睛闪闪放光。他戴着厚厚的淡黄色假发，假发上面佩戴一顶插着硕大羽毛的高帽，身上穿一件暗红色的披风外套，上面有很多亮闪闪的纽扣，一件天蓝色的西班牙款式紧身上衣，戴一副很大的缀有银色流苏的长手套，一把长长的佩剑挂在身侧，浅灰色的长袜一直拉到他瘦骨嶙峋的膝盖上方，用黄丝带绑着，鞋子上也用同样的黄丝带系着蝴蝶结。

这个奇特的人物此刻站在那幅画前，如痴似醉，他踮着脚尖，低低地蹲下身子，然后双腿同时跃起，然后他叹息着，呻吟着，紧紧闭上眼睛，让泪珠滚滚落下，旋即又把眼睛睁得很大，目不转睛地盯着那可爱的抹大拉，再次叹息着，用一种细细的、阉人歌手似的声音轻声絮语着“哦亲爱的……挚爱的……哦玛丽安娜……玛丽安娜……最美丽的”之类的话。萨尔瓦多一向对这类人物特别着迷，他挤到这位老者身旁，想与他聊聊斯卡恰蒂的这幅画，因为后者看起来是那么痴迷于它。但老者似乎没怎么注意到萨尔瓦多，只是一个劲咒骂自己太穷，拿不出一百万来买下这幅画，好把它锁起来，不让别人恶魔般的目光落在它上面。然后他再次跳起又蹲下，还感谢那位少女和所有圣徒让那个可耻的画家死了，因为后者画出的这幅超凡脱俗的画让他陷入了绝望和癫狂。

萨尔瓦多觉得这个男人一定是疯了，要么他就是一位他不认识的圣路加学院院士。

整个罗马全都在谈论斯卡恰蒂的这幅美妙的画，除此之外几乎再没有别的话题，这显然足以证明这件作品的出色了。当画家们再次聚集在圣路加教堂，以决定接受哪些申请者时，萨尔瓦多·罗萨突然问道，创作了《救世主脚边的抹大拉》这幅作品的画家，是不是有资格被纳入学院呢？所有画家，就连一贯吹毛求疵的约瑟芬骑士也不例外，全都一致保证说，这样一位画艺高超的大师，本来一定会是一位给学院增光添彩的人物的，他们用字斟句酌的说话方式对他的去世表示遗憾，尽管心里其实和那个疯老头一样，也在为他的死而感谢上天。在一片狂热中，他们甚至决定，将这位被死神从艺术生活中夺走的、躺在坟墓里的杰出青年任命为院士，并在圣路加教堂里为他宣读弥撒以保佑他的灵魂。为此，他们请求萨尔瓦多说出死者的完整姓名、他的出生年份和出生地等。

于是萨尔瓦多·罗萨站了起来，朗声说道："哎呀，先生们，诸位与其把这项荣誉颁给坟墓中的死者，不如颁给一位活着的人更好一些，他其实就在你们中间。要知道，《救世主脚边的抹大拉》这幅画，这幅受到诸位高度赞赏的，被认为是最近时期以来超越所有其他绘画的作品，并不是哪位已故的那不勒斯画家的作品，我那样说，只是为了让诸位的判断不受束缚罢了。这幅画，这幅让整个罗马为之赞叹的杰作，是出自外科医生安东尼奥·斯卡恰蒂之手！"

像被一道突然的闪电劈中，画家们呆若木鸡地看着萨尔瓦多。后者幸灾乐祸地欣赏了一会儿他们的窘态，然后继续说道："先生们，诸位不愿容忍勇敢的安东尼奥待在你们中间，只因为他是位外科医生，但我认为，一位外科医生恰恰是高贵的圣路加学院最需要的，这样才能把那些从你们某些画家的工作室里生产出来的畸形人物的四肢矫正过来！现在诸位应该不会再犹豫去做你们早该做的事了，那就是把优秀的画家安东尼奥·斯卡恰蒂接受为圣路加学院的一员。"

院士们吞下萨尔瓦多赐给他们的这剂苦药，假装很高兴安东尼奥用这样有力的方式证明了自己的才华，并隆重地任命他为学院中的一员。

随着安东尼奥创作了那幅美妙画作的消息在罗马不胫而走，

四面八方的赞美颂扬，甚至是请求他创作大型作品的委托立刻蜂拥而至。就这样，借助萨尔瓦多的聪明而狡猾的做法，这位年轻人一下子从默默无闻中脱颖而出，在其真正踏上艺术家生涯的第一步就立刻获得了巨大的荣誉。

安东尼奥沉浸在幸福和快乐中。因此，几天以后，当这位年轻人苍白、憔悴，悲伤而绝望地出现在萨尔瓦多面前时，萨尔瓦多就愈发感到诧异。“唉，萨尔瓦多，”安东尼奥说道，“您把我带到了一个我想都未曾想过的高处，我被赞美和荣誉淹没，艺术家生涯的美好前景在我面前展开，但现在这些对我又有什么用呢？我现在身处无尽的悲惨之中，因为那幅画，那幅除了亲爱的大师您以外我最应该感谢的、给我带来成功的画，决定了我无可挽救的不幸！”

“安静，”萨尔瓦多答道，“不要把罪过推到艺术和您的画上！对于您所遭遇的可怕不幸，我一点都不相信。您恋爱了，恋爱中可能不会一切事情都让您称心如意，仅此而已。恋爱中的人就像孩子，别人只要碰一下他们的布娃娃，他们马上就要大哭大叫一番。别再哭哭啼啼了，我请求您，我可真受不了这个。来坐在那儿，安静地给我讲一讲您那迷人的抹大拉和您的爱情故事是怎么回事，我们需要清除的绊脚石又是什么，我之前答应过要给您提供帮助的。我们要做的事情越是冒险，我就越喜欢。事实上，我的血液已经在血管里激烈沸腾了，每天吃着规定饮食的我，正需要搞点疯狂的恶作剧呢。——现在说吧，安东尼奥！像我刚才说的，安静地讲，不要发出任何‘噢’‘啊’和‘唉’！”

萨尔瓦多把一把椅子推到自己正在作画的画架旁，于是安东尼奥在椅子上坐下，开始了如下的讲述：

“里佩塔大街上有一栋很高的房子，房子的阳台向外突出来很大一块，如果是从波波洛城门进城，第一眼就能看到那个阳台；那栋房子里住着一个也许是全罗马最疯疯癫癫的怪人。那是个老单身汉，他身上有他那个社会地位的人的所有毛病，吝啬、虚荣、装年轻、多情、纨绔时髦！他个子很高，瘦得像根树枝，穿着花里胡哨的西班牙式服装，戴着浅黄色假发、尖锥帽子和长手套，身侧还佩一把长剑——”

“等一下，等一下，”萨尔瓦多喊道，打断年轻人，“请等我几秒钟，安东尼奥！”说着他把自己正在画的画翻过来，拿起炭笔，唰唰唰几下子就在画布背面画出了那个曾经在安东尼奥的画前举止疯癫的古怪老头。

“所有圣徒作证，”安东尼奥喊着，从椅子上跳起来，忘记了自己的绝望，放声大笑起来，“所有圣徒作证，就是他，这就是我刚才说的帕斯奎尔 · 卡普齐先生，这简直就是活生生的他本人啊！”

“您瞧，”萨尔瓦多平静地说道，“我已经认识这个极有可能是您死对头的家伙了；不过您还是继续说吧。”

“帕斯奎尔·卡普齐先生非常有钱，”安东尼奥继续说道，“但同时，正如我刚才所说，他是个抠门的吝啬鬼和十足的花花公子。他身上最大的优点是他喜欢艺术，尤其是音乐和绘画；但是由于他的不少愚蠢行为，所以即使是在这方面，他也让人觉得一言难尽。他认为自己是世界上最伟大的作曲家，还是一个在教皇的合唱队里都难觅的好歌手。所以他瞧不起弗雷斯科巴尔迪[24]，而且，当罗马人谈论切卡雷利[25]的声音是何等美妙有魔力时，他却说切卡雷利像个棒槌似的根本不懂唱歌，说什么他卡普齐才最知道怎样让听众着迷。然而，由于那位教皇的首席歌手有一个骄傲的名字叫美拉尼亚的奥多亚多·切卡雷利，所以咱们这位卡普齐又很喜欢听人叫他塞尼加利亚的帕斯奎尔·卡普齐先生。因为他是在塞尼加利亚出生的，而且听人们说是在一条渔船上，当时有一只海豹突然冒出水面，他母亲受到惊吓后生下了他，所以他的性格里天生就带了很多海豹的特点。早些年，他曾经在剧院演唱过一回歌剧，招来一片激烈的嘘声，但这并没有治好他制造难听音乐上瘾的毛病；相反，当他听了弗朗切斯科·卡瓦利[26]的歌剧《泰蒂和贝里奥的婚礼》之后，竟然言之凿凿地说那位乐队指挥是从他的不朽作品中窃取了最精深的思想，为此他差点儿就被胖揍一顿甚至挨上几刀。他现在仍然痴迷于唱咏叹调，唱的时候还使劲儿折磨一把像患了肺痨似的吉他，迫使它用吱吱嘎嘎的哀鸣为他那可怕的号叫伴奏。他的忠诚的皮拉德斯[27]是一个缺乏教养、身材矮小的阉人歌手，罗马人管他叫皮提齐纳丘。现在，跟这两个人交往的——您猜是谁？不是别人，正是那位金字塔医生，那家伙发出的声音就像一头忧伤的驴子，但他却认为自己的低音极为出色，可以与教皇合唱队里的马丁内利相媲美。这三个旗鼓相当的人晚上经常聚在一起，站在那个阳台上演唱卡里西米[28]的众赞歌，惹得街坊四邻家家猫哭狗叫，所有人都恨不得让这个地狱三人组赶紧见鬼去。

“从我的描述中，您对这位疯疯癫癫的帕斯奎尔·卡普齐先生应该有足够的认识了，过去我父亲经常出入他家，因为他负责给他修剪假发和胡子。我父亲去世后，我接手了这个活儿，而卡普齐竟然对我非常满意，有一回他说，那是因为我比别人更懂得如何给他鼻子下面的小胡子修剪出两撇别具一格的上翘形状，但其实更大可能是因为我对他付给我的那点儿可怜的工钱表示满意。即便如此，他竟然还觉得他给我的报酬太多了，因为每回我给他修剪胡子的时候，他都要紧闭双眼，扯着嗓子唱一首他自己创作的咏叹调，那声音简直要把我的耳膜撕裂，不过因为老头儿那疯疯癫癫的表情非常逗乐，所以我每次还是会再去。有一天，我非常安静地走上楼，敲门，推开门—— 一个姑娘迎面向我走来，一个光明的天使！您是知道我的抹大拉的！那就是她！我呆住了，仿佛脚底生根般一动不动。不，萨尔瓦多！您不喜欢'哦'和'啊'！总之，在看见那位最最可爱的少女的瞬间，最强烈最炽热的爱情席卷了我。老卡普齐微笑着告诉我说，那姑娘是他哥哥皮埃特罗的女儿，皮埃特罗在塞尼加利亚死了；姑娘名叫玛丽安娜，没有母亲和兄弟姐妹；因此，作为叔父和监护人，他把她接到了家里。您可以想象，从那以后，卡普齐家那所房子就成了我的天堂。然而我想尽办法，始终都没能和玛丽安娜单独待在一起超过哪怕一分钟。但是她的眼神，她偶尔悄悄的叹息，尤其是有时候的握手，让我无法怀疑自己的幸福。老头儿猜出了我的心思，这对他来说显然不难。他说，他很不喜欢我对他侄女的态度，并问我究竟想要什么？我坦白地向他承认，我全心全意地爱着玛丽安娜，认为世间最大的幸福就是能与她结合。卡普齐从头到脚打量我一番，发出一阵嘲讽的大笑，然后说，他真不敢相信，一个可怜的理发师脑子里竟然会冒出这么高级的想法。我怒不可遏，对他说，他很清楚我并不是什么可怜的理发师，而是一个优秀的外科医生，不仅如此，在美好的绘画艺术方面，我还是伟大的安尼巴尔 · 卡拉奇和无人能及的圭多 · 雷尼的忠实学生。结果无耻的卡普齐笑得更厉害了，他用难听的假声尖叫着说道：‘哎呀，我的可爱的理发师先生，我的杰出的外科医生先生，我的迷人的安尼巴尔 · 卡拉奇，我的最亲爱的圭多 · 雷尼啊，滚去见您的鬼去吧，如果您还想保住健康的双腿，就再也别出现在这里！’说完，这个疯疯癫癫的老瘸子一把抓住我，想把我推出门去，推下楼梯。这简直是忍无可忍！我愤怒地抓住老头儿，把他翻了个个儿，让他两腿朝上大声尖叫，然后我跑下楼，出了大门，从那一刻起，那扇门自然是永远对我关闭了。

“当您来到罗马，当天意让善良的博尼法修神父带我去见您时，情况就是这样。然后，通过您的妙计，我一直徒劳追求的事情成功了，圣路加学院接受了我，全罗马对我赞誉有加，于是我径直去找了老头儿，我突然出现在他房间里，站在他面前，像一个危险的幽灵——当时他眼里的我肯定是这样的，因为他的脸色变得像死了一样苍白，他浑身颤抖着退到一张大桌子后面。我用严肃坚定的声音向他宣布，现在没有什么理发师和外科医生了，只有著名画家和圣路加学院院士安东尼奥 · 斯卡恰蒂，而他不能拒绝将自己侄女的手交给这位斯卡恰蒂。您真应该看看他听了我的话之后陷入了怎样的狂暴之中。他大声吼叫，两条胳膊像中了魔似的胡乱挥舞；他叫喊着，说我是一个无耻的谋杀者，在觊觎他的生命，说我偷走了他的玛丽安娜，因为我把她画进了画里，那让他疯狂，让他绝望，因为现在全世界——全世界都在用贪婪色欲的目光看他的玛丽安娜，那是他的生命，他的希望，他的一切；他让我最好小心点，他要一把火烧了我的房子，这样就能把我和我的画全部烧光。说完他开始声嘶力竭地叫喊：'着火了！杀人犯！小偷！救命啊！'我在万分惊愕中只得匆忙离开了那栋房子。

"卡普齐这个老疯子疯狂地爱上了自己的侄女，他把她锁了起来，一旦他得到教皇的特许，他还会可耻地强迫她与他结合。我一点希望都没有了。"

"为什么没希望，"萨尔瓦多笑着说，"我倒是认为，您的处境再好不过了！玛丽安娜爱您，这一点您很确定，现在的关键是要把她从那个疯疯癫癫的老头儿帕斯奎尔 · 卡普齐先生身边抢走。我还真不知道，两个像你我这样精力充沛身强力壮的人，怎么会做不到这件事！鼓起勇气，安东尼奥！与其悲悲戚戚，与其相思成疾、唉声叹气地陷入无力之中，不如好好想想怎么把玛丽安娜救出来。瞧着吧，安东尼奥，看咱们怎么牵着那个老纨绔的鼻子耍一耍他——干这种事对我来说再疯都不算疯！现在我就得想想办法，怎么才能更多地了解一下那老头儿和他平时的生活方式。不过这事您不能露面，安东尼奥；只管好好回家吧，明天一早来找我，咱们一起琢磨琢磨第一次进攻的计划。"

说完萨尔瓦多甩干了画笔，披上风衣，匆忙向林荫大道走去；而安东尼奥得到安慰，胸中充满了雀跃的希望，按照萨尔瓦多的吩咐回家去了。

* * *

帕斯奎尔·卡普齐出现在萨尔瓦多·罗萨的住所。该住所里发生的事情。罗萨和斯卡恰蒂实施的计划及其结果。

第二天早上，萨尔瓦多给安东尼奥事无巨细地讲述了他打探出来的卡普齐的整个生活方式，安东尼奥十分惊讶。“可怜的玛丽安娜，”萨尔瓦多说，“被那个老疯子折磨惨了。他整天对着她叹息和示爱，最可怕的是，为了打动她的芳心，他还给她唱了自己已经创作和想要创作的全部爱情咏叹调。而且他还嫉妒得发疯，他甚至不允许那可怜的姑娘有普通的女佣，因为他害怕女佣可能会被利用来实施什么爱情的阴谋。取而代之的是，每天早晨和晚上都会出现一个丑陋的矮子幽灵，他眼窝深陷，脸颊苍白松弛，为可爱的玛丽安娜完成女佣该做的工作。这个幽灵不是别人，正是那个侏儒皮提齐纳丘，他被要求必须穿上女装。卡普齐每次离开家，都会小心地关上每扇门并锁好；除此之外还会有一个该死的家伙在那儿把守，那人以前是个雇佣杀手，后来成了巡捕，现在就住在卡普齐家楼下。因此，要想进入他的房子，似乎是不可能的；但我向您保证，安东尼奥，今天晚上您就能出现在卡普齐的房间里，见到您的玛丽安娜，只不过这次是当着卡普齐的面。”

“您说什么，”安东尼奥兴奋地喊道，“您说什么，萨尔瓦多，今晚就可以吗？我还以为这是根本不可能的事！”

“安静，”萨尔瓦多继续说道，“安静，安东尼奥，让我们好好想想，怎样才能稳妥地实施我设想的计划！首先我必须告诉您，在连我自己都不知道的情况下，我其实已经和这位帕斯奎尔·卡普齐先生有关系了。角落里那架斯皮奈琴就是那老头儿的，而我需要为它支付十杜卡的离谱高价。那是在我刚刚康复的时候，当时我非常渴望能有一件音乐带给我安慰，振奋我的精神；我请女房东帮忙替我购置一件斯皮奈琴之类的乐器。卡特琳娜夫人很快打听到，里佩塔大街有一位老先生想出售一架漂亮的斯皮奈琴。乐器就这样搬来了。我既没问过价格也没关心过原主。直到昨天晚上我才非常偶然地得知，拿这架随时可能散架的旧琴骗了我的，原来就是那位诚实的卡普齐先生。卡特琳娜夫人找到一位熟人，与卡普齐住在同一栋房子里，而且还是同一层，现在您明白我为什么消息如此灵通了吧！”

“哈，”安东尼奥喊道，“这不就有办法了，您的女房东——”

“我知道，”萨尔瓦多打断他的话，“安东尼奥，我知道您想说什么；您觉得通过卡特琳娜夫人就可以联络上玛丽安娜。但这根本不行；卡特琳娜夫人太健谈了，她一丁点秘密都守不住，所以这件事我们根本不能用她。现在安静地听我说！每天晚上天一黑，帕斯奎尔先生都会在他那位矮子阉人歌手完成女佣的工作后把他抱回家，尽管这会让有腿疾的他肌肉酸痛。因为胆小的皮提齐纳丘天黑以后是说什么都不肯踏上青石路一步的。所以如果——”

正在这时，萨尔瓦多的房门被敲响了，令他们二人十分惊讶的是，帕斯奎尔·卡普齐先生穿着华丽的盛装走了进来。看见斯卡恰蒂，他仿佛四肢瘫痪了一般无法动弹，眼睛睁得大大的，使劲儿吞咽着空气，好像喘不上气了似的。但萨尔瓦多急忙跳起来奔过去，抓住他的双手叫道：“亲爱的帕斯奎尔先生，您能光临寒舍令我倍感荣幸！一定是对艺术的热爱将您带到了我这里——您想看看我最近的新作品，也许还有工作要委托我吧——亲爱的帕斯奎尔先生，请问有什么我能为您效劳的？”

“我想，”卡普齐艰难地、结结巴巴地说道，“我想和您说几句话，亲爱的萨尔瓦多先生，但是要……单独……等您单独的时候。请允许我现在先告辞，等合适的时候再来。”

“千万别，”萨尔瓦多说着牢牢抓住老头儿，“千万别，我亲爱的先生！您不应该离开这里；您来的时机再合适不过了，既然您是高贵的绘画艺术的热烈崇拜者，是一切优秀画家之友，那您一定很高兴我向您介绍这位安东尼奥·斯卡恰蒂，他是我们时代第一流的画家，他那幅出色的画作，那幅美妙的《救世主脚边的抹大拉》令整个罗马为之狂热，为之赞叹。您一定也对那幅画印象深刻，并且特别想认识这位优秀的画家本人吧！”

老头儿剧烈地颤抖起来，他像发高烧一样打着摆子，同时把烧红的、愤怒的目光投向可怜的安东尼奥。然而安东尼奥向老头走去，彬彬有礼地鞠了个躬，向他保证说，他很高兴能以这种意想不到的方式与帕斯奎尔·卡普齐先生见面，后者在音乐和绘画方面的渊博知识不仅在罗马，甚至在整个意大利都令人赞叹，然后，他还请求得到后者的关照。

安东尼奥表现得像是第一次见到他一样，还用这种奉承的方式对他说话，这让老头儿一下子恢复了平静。他强迫自己露出微笑，并在萨尔瓦多松开他的手以后捋了捋胡子，使其精致地向上翘起来，并嘟哝了几句让人听不清的话，然后他转向萨尔瓦多，要求后者为他卖给他的斯皮奈琴支付十杜卡。

“这种微不足道的小事，”萨尔瓦多说，“咱们回头再解决，亲爱的先生！现在还是请您先看看我画的一幅草图，同时喝上一杯上等的锡拉库萨酒。”说着萨尔瓦多把一幅素描摆放到画架上，给老头儿拉过一把椅子，在他坐下的同时，递给他一只很大的高脚杯，杯子里的上等锡拉库萨酒还泛着泡沫。

老头儿很高兴能喝上一杯不需要他付钱的好酒，更别提他现在还有希望用那架废旧破烂的斯皮奈琴换来十杜卡，同时他还坐在一幅美妙而别具一格的画前面，那幅画有多好多美他再清楚不过，所以他现在的心情真是舒畅极了。事实上他也表达了这种舒畅：他露出迷人的微笑，眼睛半眯着，反复摩挲着下巴和胡子，一声接一声地呢喃着：“好极了，妙极了！”也不知道指的究竟是画还是酒！

看到老头儿真的高兴起来了，萨尔瓦多突然说道：“说说吧，亲爱的先生，听说您有一位极其美丽可爱的侄女，名叫玛丽安娜？我们这里的年轻先生们全都爱她爱得发狂，他们不停地往里佩塔大街跑，使劲儿抬头往您的阳台上瞧，几乎要仰断脖子，只为一睹迷人的玛丽安娜的芳容，捕捉哪怕一瞥她那天使般的目光。”

突然间，那杯好酒勾起的所有迷人微笑和所有兴高采烈都从老头儿的脸上消失了。他板起脸盯着前方，生硬地说道：“由此可见我们那些罪孽的年轻人是何等堕落。他们竟然把邪恶的目光投向了孩子，可恶的引诱者！我跟您说，亲爱的先生，我的侄女玛丽安娜还是个纯粹的孩子，纯粹的孩子，她还几乎离不开保姆呢。”

于是萨尔瓦多开始谈论一些别的事，老头儿平静了下来。然而，等他的脸上重新变得阳光灿烂，等他把斟满酒的高脚杯送到唇边，萨尔瓦多又开始了：“说说吧，亲爱的先生，您那位十六岁的侄女，迷人的玛丽安娜，她真的像安东尼奥的那幅《抹大拉》里画的那样，有一头美丽的栗色长发，眼睛里洋溢着天堂般的欢乐和幸福吗？大家都这么说呢！”

“我不知道，”老头儿的声音比之前更加生硬，“我不知道，不过我们还是不要谈论我的侄女了，我们完全可以交换一些关于高雅艺术的更重要的谈话，您这幅美丽的画本身就要求我这么做！”

由于老头儿每回端起酒杯，准备美美地喝上一口时，萨尔瓦多就会重新开始谈起美丽的玛丽安娜，到最后，老头儿终于怒火中烧地从椅子上站了起来，他把酒杯重重地搁在桌子上，差点儿撞碎，然后用尖厉的声音喊道：“地狱里的黑袍普鲁托[29]作证，复仇三女神作证，毒药，您把我的酒变成了毒药！我看出来了，您和这位规矩正派的安东尼奥先生，你们是想耍我啊！可惜你们不会成功的。快把欠我的十杜卡付给我，然后我就放您和您这位同伴，这位剃头师傅安东尼奥，去见魔鬼！”

萨尔瓦多也喊叫起来，仿佛被最强烈的愤怒所席卷：“什么？您竟敢在我的家里这样对待我？我还要为那个破烂盒子付十杜卡？那盒子里面早已经被蠹虫把所有木髓和所有音调全蛀空了！没有十杜卡，没有五杜卡，没有三杜卡，这架斯皮奈琴您连一杜卡都得不到，因为它一钱不值；带着这破烂玩意儿滚蛋吧！”说完，萨尔瓦多用脚一下一下地踢着那架斯皮奈琴，使里面的琴弦发出难听刺耳的声音。

“哈！”卡普齐尖叫着，“罗马难道没有法律了吗？抓起来，我要让人把您抓起来，扔进最深的地牢里。”说完他像一团蓄满了冰雹的乌云似的冲向房门，想要冲出去。但萨尔瓦多用双臂牢牢地抱住了他，按着他在靠背椅上坐下来，然后用甜美的声音在他耳边轻声说道：“亲爱的帕斯奎尔先生，您难道没看出来我在跟您开玩笑吗？为这架斯皮奈琴您能得到的不是十杜卡，而是亮闪闪的三十杜卡现金！”他重复了好几遍“亮闪闪的三十杜卡现金”，直到卡普齐用虚弱无力的声音说道：“您说什么，亲爱的先生？三十杜卡买这架斯皮奈琴，不用维修？”萨尔瓦多放开老头儿，向他保证说，他以名誉担保，这架斯皮奈琴不出一个小时就能值三十到四十杜卡，而帕斯奎尔应该得到同样多的钱。

老头儿重重地呼出一口气，再深吸一口，喃喃道：“三十到四十杜卡？”然后他再次开口：“但您刚才真的让我很生气，萨尔瓦多先生！”——“三十杜卡。”萨尔瓦多重复。老头儿露出了笑容，但随后又说：“您伤害了我的心，萨尔瓦多先生！”——“三十杜卡。”萨尔瓦多打断他。只要老头儿还别扭地绷着脸，他就不断重复“三十杜卡，三十杜卡”，直到后者终于彻底高兴起来，说道：“如果这架琴我能得到三十到四十杜卡，那就一切都可以原谅，一切都可以忘掉，亲爱的先生！”

“不过，”萨尔瓦多说道，“在履行自己的诺言以前，我要提一个小小的条件，亲爱的塞尼加利亚的帕斯奎尔·卡普齐先生，一个您很容易就能满足的条件。您是整个意大利第一流的作曲家，也是最出色的歌手。我怀着如痴如醉的心情听了歌剧《泰蒂和贝里奥的婚礼》中的那个伟大片段，就是可耻的弗朗切斯科·卡瓦利从您的作品中剽窃去，谎称是他自己作品的那个片段。趁我在这儿弄好这架斯皮奈琴的时候，您愿意给我演唱一下那首咏叹调吗？我真的不知道对我来说还有什么比这更愉快的了。”

老头儿的嘴角扯出了最甜蜜的笑容，他眨了眨灰色的小眼睛，说道：“看得出来，您自己也是一位优秀的音乐家，亲爱的先生；因为您很有品位，而且比那些不知感恩的罗马人更懂得欣赏有价值的人。听听吧！听听所有咏叹调中最好的一首！”

说完老头儿站了起来，他踮起脚尖，张开双臂，闭上双眼，像一只准备打鸣儿的公鸡，立刻开始发出刺耳的尖叫，震得连墙壁都在轰鸣。卡特琳娜夫人很快便带着两个女儿跑了过来，因为她们听到这可怕的痛苦叫声时还以为发生了什么不幸。看到那个正在打鸣儿的老头儿，她们非常惊讶地在门口停下来，也成了这个前所未有的音乐大师的几员听众。

在此期间，萨尔瓦多已经扶起斯皮奈琴，将盖子重新盖回去，拿起调色板，开始用挥洒豪放的笔触在那块琴盖上创作一幅无与伦比的美妙画作。画的主要内容是卡瓦利歌剧《泰蒂和贝里奥的婚礼》中的一幕场景，但又以幻想的方式混入了大量其他人物，其中包括卡普齐、安东尼奥、与安东尼奥画中人一模一样的玛丽安娜、萨尔瓦多、卡特琳娜夫人和她的两个特征明显的女儿，就连金字塔医生都没缺席，而且所有内容的布局都清楚明白、富含深意而又完美巧妙，乃至安东尼奥无论如何都难以掩饰他对这个大师的思想和技巧的赞叹。

老头儿在唱完萨尔瓦多想听的片段之后并没有停下，而是继续唱了下去，或者说，继续号叫下去，他已经彻底陷入音乐的癫狂中，通过一些可怕的宣叙调，他不停地从一首折磨人的咏叹调转向另一首折磨人的咏叹调。整个过程持续了估计有将近两小时，最后他脸色青紫、气若游丝地瘫倒在椅子上。同一时间，萨尔瓦多的草图也画得差不多了，画上的一切都变得栩栩如生，从远处看，整幅画像是一幅已经完成的作品。

“我遵守了关于这架斯皮奈琴的诺言，亲爱的帕斯奎尔先生！”萨尔瓦多在老头儿耳边轻声说道。后者如大梦初醒一般跳了起来。他的目光立刻落在那架被画过的斯皮奈琴上，因为它就摆在他对面。他双目圆睁，仿佛看见了奇迹，然后他把尖锥帽戴到假发上，拐杖夹在胳膊下面，大步跨到斯皮奈琴旁，一把从铰链上扯下琴盖，将其高高地举过头顶，魔怔似的冲出门去，跑下楼梯，离开了这栋房子。卡特琳娜夫人和她的两个女儿在他身后大笑不止。

“这老财迷知道，”萨尔瓦多说道，“只要他拿着这扇画过的琴盖去找科洛纳伯爵，或者去找我的朋友罗西，就能得到四十杜卡，甚至更多。”

接着，萨尔瓦多和安东尼奥两人把当天夜里将要实施的进攻计划又考虑了一遍。我们马上就会看到，这两位冒险家将要干什么，以及他们的袭击是如何取得成功的。

天黑以后，帕斯奎尔先生像往常一样关好住处的房门并上了锁，然后抱着那个矮子怪物阉人歌手回家。一路上，矮子不停地哼哼唧唧唉声叹气，抱怨说自己不仅要唱卡普齐的咏叹调唱到肺痨，还要在煮通心粉的时候烫伤手，而且这还不够，他现在被利用来干的这份差事非但没给他带来任何好处，还给他换来一些狠狠的耳光和结结实实的脚踹，因为只要他稍微靠近一些，玛丽安娜就不吝这样慷慨地对待他。老头儿极尽所能地安慰他，许诺给他弄来比现在更好的甜点，由于矮子仍然哭哭啼啼抱怨个不停，他甚至承诺拿一件旧的黑色长毛绒背心——矮子常常用渴望的眼神看着那件背心——去给他做一件漂亮的小外套。矮子又要了一顶假发和一把佩剑。一边做着这些讨价还价，他们一边已经到了贝格诺雷街，因为皮提齐纳丘也住在这条街，离萨尔瓦多的住处只隔了四栋房子。

老头儿小心地把矮子放下来，打开房门，然后两个人开始沿着像鸡棚梯子一样狭窄的楼梯往上走，矮子在前，老头儿在后。然而楼梯还没走到一半，楼上过道里就传来一阵可怕的轰隆声，中间还夹杂着一个狂怒的醉汉发出的粗野叫喊，他呼叫着地狱里的各种魔鬼，要他们带他走出这座被诅咒的房子。皮提齐纳丘把身体紧紧贴在墙上，请求卡普齐看在所有圣徒的分上走在他前面。然而卡普齐刚走了没两步，上面那个家伙就从楼梯上冲了下来，他像一阵旋风似的抓住卡普齐，和他一起穿过敞开的房门摔了出去，直接摔在了大街上。两人一起躺在街上，卡普齐在下面，醉汉像个沉甸甸的麻袋一样趴在他身上。卡普齐凄惨地叫着救命，这时立即出现两名男子，他们费劲儿地把卡普齐从重压下解救出来；在被他们扶起来之后，醉汉骂骂咧咧、跌跌撞撞地走了。

“上帝啊，您出了什么事，帕斯奎尔先生？大半夜的您怎么会在这里？您是在这栋房子里有什么不好的交易吗？”安东尼奥和萨尔瓦多问道，因为那两名男子不是别人，正是他们俩。

“我要死了，”卡普齐呻吟着，“那条地狱的狗把我全身都压碎了，我动弹不了了。”

“让我看看。”安东尼奥说着，把老头儿的全身都检查了一遍，然后他突然用力地扭了一下他的右腿，致使卡普齐大声叫起来。

“圣徒们啊！”安东尼奥十分吃惊地喊道，“圣徒们！亲爱的帕斯奎尔先生，您右腿最关键的部位骨折了。如果得不到快速的救治，您在很短的时间内就会死去，或者至少要终生瘫痪。”

卡普齐发出一阵可怕的号啕声。“您冷静点，亲爱的先生，”安东尼奥继续说道，“虽然我现在是个画家了，但我还没有把外科医生的技术忘掉。我们把您抬到萨尔瓦多的住处去，我马上就能给您把腿接好。”

“亲爱的安东尼奥先生，”卡普齐哽咽着说，“您对我怀有敌意，这我知道——”“哎呀，”萨尔瓦多打断他的话，“现在就别谈什么敌意了；您的情况很危险，这就足以让诚实的安东尼奥拿出他全部的技能来帮助您了——来吧，安东尼奥兄！”

两个人轻手轻脚、小心翼翼地将老头儿扶起来，后者因为断腿引起的说不出的疼痛而哀叫个不停，然后他们把他抬到了萨尔瓦多的住处。

卡特琳娜夫人言之凿凿地说，她已经预感到会发生什么不幸的事，所以压根儿没去睡觉。她一看到老头儿，听到他发生的事，就立刻开始责备起他的所作所为来。“我就知道，”她说道，“帕斯奎尔先生，我就知道您又把谁带回家了！从一开始，您那位漂亮的侄女玛丽安娜住到您家里，您就一直认为不需要雇女佣人，所以您就卑鄙地、亵渎上帝地乱用可怜的皮提齐纳丘，还让他穿女人的裙子。但是您要知道，一把钥匙开一把锁，每块肉上都有一根自己的骨头！您要想家里住一个姑娘，您家里就得有女人！您得实事求是，盖多大的被子伸多长的腿，对您的玛丽安娜别要求太多也别要求太少，正正合适才刚刚好。别把她像个犯人似的关着，别把您家变成牢房，毛驴儿顺毛了才会往前跑，既上路，则行之；既然您有一位漂亮侄女，您的生活就得根据这个做出调整，也就是说，您只能做您那位漂亮侄女愿意的事。但您是个不太绅士的、铁石心肠的男人，而且这么大岁数了好像还陷入了恋爱，还充满嫉妒，我真不希望这是真的。原谅我跟您直来直去，但是，心里有胆汁的人，嘴里吐不出蜂蜜，心里堵太满，就会从嘴里溢出来！现在，如果您不想因为断腿而死掉，以您的岁数来说这非常可能，那您就应该把这件事当作一次警告，您应该放您的侄女自由，让她去做她愿意的事，去跟那个英俊的年轻人结婚，那年轻人我很了解——”

卡特琳娜夫人就这样唠唠叨叨地说个不停，而萨尔瓦多和安东尼奥已经给老头儿脱掉衣服，把他放在了床上。卡特琳娜夫人的话就像一根根尖刺，深深刺进老头儿的心里；但每次当他试图插嘴说点什么时，安东尼奥就示意他，说话会让他的情况更加危险，因此他只得把所有苦胆汁都吞进肚子里。最后，萨尔瓦多终于把卡特琳娜夫人打发走了，因为安东尼奥下令说需要弄一些冰水来。

萨尔瓦多和安东尼奥已经确认，他们派去皮提齐纳丘住处的那个家伙出色地完成了任务。尽管摔下来的过程看起来惊心动魄，但卡普齐身上除了几处青紫色的瘀伤外毫发无损。安东尼奥给老头儿的右脚捆上夹板并绑紧，使其动弹不得。同时他还给他包上用冰水浸过的毛巾，说是为了预防发炎，这让老头儿像发烧打寒战一样瑟瑟发抖。

“亲爱的安东尼奥先生，”他低声呻吟着说，“告诉我，我是不是快不行了？我会死吗？”

“您冷静点，”安东尼奥答道，“您冷静点，帕斯奎尔先生。您已经坚强地挺过了第一次接骨，没有晕过去，看样子危险已经过去了；但是精心的照料还是必需的，您暂时还不能离开外科医生的视线。”

“啊，安东尼奥，”老头儿哽咽道，“您知道我多么喜欢您！多么欣赏您的天赋！别撇下我不管！把您的手伸过来！就这样！我亲爱的好孩子，您不会撇下我，对吗？”

“虽然，”安东尼奥说，“虽然我已经不是外科医生了，虽然我放弃了这个令人憎恶的职业，但为了您，帕斯奎尔先生，我愿意破一次例，接手您的治疗，为此我没有别的要求，只求重新获得您的友谊和信任——之前您对我太苛刻了——”

“别说了，”老头儿嗫嚅道，“别说那些了，亲爱的安东尼奥！”

“您不回家，”安东尼奥继续说道，“您的侄女会担心死的！您目前的身体状况已经相当好，所以我们想等天亮就送您回家。

到时候我会再检查一遍您的包扎，给您把床铺安排妥当，并告诉您侄女她需要为您做的事项，这样您才能尽快康复。”

老头儿深深叹了口气，闭上眼睛，有几分钟没说话。然后他向安东尼奥伸出手，把他拉到身边，声音极轻地说道：“亲爱的先生，和玛丽安娜的事，您是开玩笑的，只是出于年轻人常有的那种逗乐的念头，是不是？”

“现在就别想这些事了，帕斯奎尔先生！”安东尼奥答道，“不错，您的侄女之前确实引起了我的兴趣；但现在我满脑子想的是别的事情，我必须坦承地告诉您，我很庆幸您当时直截了当地拒绝了我愚蠢的请求。我以为我爱上了您的玛丽安娜，但其实只是把她当成了我的抹大拉的一个漂亮模特。所以很自然地，那幅画完成以后，玛丽安娜对我来说就无关紧要了！”

“安东尼奥，”老头儿大声喊道，“安东尼奥，老天保佑你！你是我的安慰，我的救命稻草，我的灵丹妙药！你不爱玛丽安娜了，我的痛苦就全消失了！”

“实际上，”萨尔瓦多说道，“帕斯奎尔先生，如果不知道您是一位严肃理智的、知道该在什么年龄做什么事的人，我们还以为您荒唐地爱上了自己的十六岁侄女呢。”

老头儿再次闭上眼睛，随着加倍的愤怒而来的巨大疼痛令他不断发出呻吟和哀叹。

天色破晓，红色的曙光透过窗户照进来。安东尼奥对老头儿说，现在是时候把他送回里佩塔大街的住处去了。帕斯奎尔先生回以一声深深的痛苦叹息。萨尔瓦多和安东尼奥把他从床上扶起来，给他裹上一件宽大的斗篷，这是卡特琳娜夫人的丈夫的，她特意拿来给他们用。老头儿请求他们，看在众圣徒的分上，能不能把那条裹在他秃头上的丢人的降温毛巾摘掉，给他戴上假发和翎毛帽子。他还请求安东尼奥帮他把胡子尽量修整一下，免得玛丽安娜看到他会被吓一跳。

两个抬着担架的搬运工已经站在了门口。卡特琳娜夫人还在不停地数落着老头儿，话里夹杂着无数谚语，她把床上的铺盖搬下来，把老头儿舒服地安顿好，就这样，在萨尔瓦多和安东尼奥的陪同下，老头儿被送回了家。

玛丽安娜一看到叔父悲惨的样子就失声惊叫起来，眼泪如泉水般从她眼睛里流出；她没去注意一同前来的恋人，只是握住老头儿的双手，将它们贴在自己唇边，哀叹他所遭遇的这场可怕的不幸。对于这个用荒唐的爱情煎熬和折磨她的老头儿，这个虔诚的孩子竟也怀有如此深深的同情。但与此同时，女人与生俱来的内在天性也在她身上显露出来，因为萨尔瓦多只是意味深长地示意了几眼，她就完全明白整件事是怎么回事了。直到这时，她才偷偷看向幸福的安东尼奥，同时脸唰地红了，一个调皮的微笑成功地从眼泪中间浮现出来，让她显得特别可爱。尽管看过那幅抹大拉，但萨尔瓦多完全没想到，他真正见到的这个女孩竟是如此妩媚，如此俏丽；他简直要嫉妒起安东尼奥的幸福了，与此同时，他也加倍地觉得，无论付出什么代价，都必须把可怜的玛丽安娜从该死的卡普齐手里抢出来。

帕斯奎尔先生受到他的漂亮侄女如此温柔的、他其实根本不配得到的接待，便立刻忘记了自己的不幸。他微笑着噘起嘴唇，小胡子微微颤动，发出呻吟和哀泣，但却不是由于疼痛，而纯粹是由于恋爱。

安东尼奥很专业地铺好了床，等人把卡普齐抬上床以后，又把他的绷带绑紧了一些，并且把左腿也同样绑紧，使得老头儿只能像个木偶似的一动不动地躺着。然后萨尔瓦多便离开了，只留下这对幸福的恋人。

老头儿深陷在枕头里，安东尼奥还额外给他的头上裹了一条厚厚的、浸满水的毛巾，这让他无法听到这对恋人的悄悄话。这是他们第一次彼此敞开心扉，在热泪盈眶和甜蜜的亲吻中宣誓永远的忠诚。老头儿并不知道发生了什么，因为玛丽安娜时不时地会问一问他感觉怎么样，甚至还允许他把她洁白的手贴在自己嘴唇上。

天色大亮之后，安东尼奥急匆匆地走了，据他说是去给老头儿取一些必需的药物，实际上则是为了计划一下，如何才能在至少几个小时里让老头儿陷入更加无助的境地，并同萨尔瓦多商量一下接下来该做些什么。

* * *

萨尔瓦多·罗萨和安东尼奥·斯卡恰蒂对帕斯奎尔·卡普齐先生及其同伙发动新的袭击，以及接下来发生的事情。

第二天早上，安东尼奥郁闷而忧伤地来到萨尔瓦多家。

“这是怎么了，”萨尔瓦多远远地就对他喊道，“您为什么垂头丧气的？您现在可是一个每天都能与您的小可爱见面、亲吻和拥抱的幸运儿啊，这是遇到了什么事？”

“唉，萨尔瓦多，”安东尼奥喊道，“我的幸福结束了，彻底结束了；魔鬼在捉弄我！我们的计谋失败了，现在我们与该死的卡普齐已经成了公开的敌人！”

“那更好，”萨尔瓦多说，“那更好啊！不过安东尼奥，您先告诉我发生了什么事？”

“您想象一下，”安东尼奥开始讲述，“您想象一下，萨尔瓦多，昨天，我离开了最多两个小时，当我带着各种药物返回里佩塔大街时，就看见老头儿衣着整齐地站在他的住处门口。他身后站着金字塔医生和那个该死的巡捕，在他们的几条腿之间还有个花里胡哨的东西在动来动去，我估计那就是那位侏儒怪胎皮提齐纳丘。老头儿一看见我，就挥舞拳头吓唬我，嘴里不停地咒骂我，还发誓说，只要我出现在他家门口，他就要把我的胳膊腿全都打断。‘滚去见鬼吧，卑鄙的剃头匠，’他尖叫着说，‘您竟然想用阴谋诡计欺骗我；您就像可恶的魔鬼一样追逐着我可怜的虔诚的玛丽安娜，想把她引诱到您那恶魔的圈套中去——但是等着吧！——我会动用我所有的钱，在您来不及防备的时候，就把您的生命之光扑灭！而您那位规矩正派的保护人，萨尔瓦多先生，那个逃脱了绞索的杀人犯、强盗，他应该下地狱去见他的老大马萨尼罗，我会把他赶出罗马的，这对我来说易如反掌！’

“老头儿就这样暴跳如雷地发着火，而那个讨厌的巡捕在金字塔医生的唆使下做出一副要向我冲过来的架势，好奇的群众也开始聚拢过来，除了火速逃离现场之外，我还能怎么办呢？在绝望之中，我根本不想去找您，因为我知道我的抱怨诉苦只会惹您嘲笑。您看您现在就忍不住想笑！”

安东尼奥话音刚落，萨尔瓦多果然放声大笑起来。

“现在，”他喊道，“现在事情才开始变得真正有趣了！而且我现在要详细地告诉您，您离开期间卡普齐家里发生了什么，勇敢的安东尼奥。您刚一离开那栋房子，斯宾蒂亚诺·阿科兰博尼先生——天晓得他是如何得知他的亲密朋友夜里摔断右腿一事的——就煞有介事地带着一位外科医生上门了。一定是您做的包扎以及对帕斯奎尔先生的整个处置方式引起了他们的怀疑。外科医生把夹板和绷带拆下来，立刻就发现了你我都知道的那个事实——卡普齐的右脚连一根小骨头都没脱臼，更不用说骨折了！后面的事不用多聪明也能明白了。”

“可是，”安东尼奥一脸惊讶地说，“可是亲爱的大师，请告诉我您是如何知道这些的，您是如何进入卡普齐的住处，知晓那里发生的一切的？”

“我跟您说过，”萨尔瓦多答道，“卡特琳娜夫人有一位熟人与卡普齐住在同一栋房子里，而且还住同一层。这位熟人是一个酒商的寡妇，有一个女儿，我的小玛格丽塔经常去找她。女孩子们总是有一种特殊的本能去寻找和发现自己的同类，所以罗莎——就是那位酒商寡妇的女儿——和玛格丽塔很快就在餐厅里发现了一个小通风口，通风口的另一端是玛丽安娜房间隔壁的一间斗室。玛丽安娜果然注意到了两个女孩子低声传来的话，并且也发现了那个通风口，于是两边传递消息的通道很快就被开辟和利用了起来。每当老头儿午睡的时候，三个女孩就尽情地聊天。您可能已经注意到了，卡特琳娜夫人和我都最喜欢的小玛格丽塔不像她的姐姐安娜那样严肃和拘谨，她是个滑稽、活泼、机灵的小东西。我并没有提起你们的恋情，只是教她去让玛丽安娜把卡普齐家里发生的事情都讲给她听。事实证明她很能干，如果说我嘲笑了您的痛苦和绝望，那也是因为我能安慰您，能向您证明，您的事现在才开始有了一个良好的走向。我有一大把好消息要告诉您——”

“萨尔瓦多，”安东尼奥叫道，眼里闪着喜悦的光芒，“我看到了怎样的希望啊！我要祝福餐厅里的通风口！我要写信给玛丽安娜，让玛格丽塔把信带过去——”

“不不不，”萨尔瓦多驳回了他的话，“不能那样，安东尼奥！玛格丽塔是要对我们有用的，但不是当您的爱情信使。而且机缘时常会玩一些奇怪的游戏，您的绵绵情话没准儿会落到老头儿手里，给可怜的玛丽安娜带去无穷的麻烦，因为眼下她马上就要让那个陷入热恋的老纨绔全心全意地拜倒在她的丝绒鞋边了。您只要听听后来又发生了什么事就明白了。我们把老头儿送回家时，玛丽安娜迎接他的方式，让他彻底改变了看法。他一门心思地认为，玛丽安娜已经不爱您了，已经把一颗心——至少是半颗——献给了他，所以关键是要把另外半颗也俘获过去。而玛丽安娜呢，自从中了您的一吻之毒后，变得聪明、狡猾、老到了不少，仿佛一下子长大了三岁。她让老头儿坚信，她不仅丝毫没有参与我们的恶作剧，而且还对我们的做法深恶痛绝，因此一定会以极大的蔑视拒绝您试图接近她的任何阴谋手段。老头儿一时高兴过头，轻率地发誓说，如果有任何事情能让他爱慕的玛丽安娜感到高兴，他一定会马上去做，她有任何愿望都可以说出来。于是玛丽安娜表示，她的要求不高，只求亲爱的叔叔带她去波波洛城门前的剧院去看福米卡先生。这个要求让老头儿有些不知所措，于是他去找金字塔医生和皮提齐纳丘商量；最后帕斯奎尔先生和斯宾蒂亚诺先生两人决定，他们当真要在第二天白天带玛丽安娜去剧院，而皮提齐纳丘则装扮成女仆陪着她。皮提齐纳丘同意了，条件是帕斯奎尔先生除了那件长毛绒背心之外还要送他一顶假发，而且夜里还要和金字塔医生轮流送他回家。最后他们达成了一致，所以明天，这个奇怪的三人组就要和可爱的玛丽安娜一起出现在波波洛城门前的剧院里看福米卡先生了。”

现在我们就得说说波波洛城门外的剧院以及福米卡先生是怎么一回事了。

世上最令人郁闷之事莫过于，在狂欢节期间，剧院经理们不幸选择了糟糕的作曲家，阿根廷剧院的首席男高音唱到一半失了声，瓦莱剧院的首席演员因伤风感冒卧床不起，简而言之就是，罗马人心目中最大的享受破灭了，油腻星期四[30]彻底斩断了所有本来或许还有可能实现的希望。正是在度过了这样一个郁闷的狂欢节之后，在大斋期还没彻底结束时，有个叫尼科洛·穆索的人在波波洛城门外开了一家剧院，他说剧院别的都不演，只会上演一些滑稽小品。这则广告是用一种机智、诙谐的风格写成的，这让罗马人对穆索所做的事有了一种先入为主的好感，更何况他们在未获满足的戏剧饥渴中对这方面的任何一点微薄食粮都求之若渴。从剧院的设施，或者不如说从它那个小戏台子上，人们看不出这位剧院经理有财大气粗的迹象。这里既没有管弦乐队也没有包厢，只是在后面设置了一排画廊，上面惹人注目地挂着科洛纳家族的徽章，表明科洛纳伯爵已经把穆索和他的剧院置于特别保护之下。一个铺着地毯的高台，周围悬挂几块彩色的布景，根据剧目的需要分别代表森林、客厅和街道，这就是舞台了。再加上观众还只能坐在硬邦邦的、很不舒服的木头长凳上，所以入场观众少不得要大声抱怨穆索先生，说这么一个寒酸的小破戏台他也敢称为剧院。然而，最先登场的两位演员刚刚开口讲几句话，观众就变得聚精会神了；随着演出的进行，聚精会神变成了喝彩，喝彩变成了赞叹，赞叹变成了狂热，这种狂热通过狂风暴雨般经久不息的笑声、掌声和叫好声发泄出来。

事实上，人们的确很难找到比尼科洛·穆索的这些即兴表演更加完美的演出了，它们机智风趣、妙语连珠、才华横溢，而且还犀利地鞭笞时下的种种愚蠢现象。每位演员扮演的角色都具有无与伦比的鲜明特征，但最吸引观众的还是帕斯奎埃罗，他常常做出一些非常独特的表情和手势，在模仿著名人物的声音、步态和姿势方面极具天赋，能达到到以假乱真的程度，他有源源不断的奇思妙想，每个突然的灵感都妙不可言。扮演帕斯奎埃罗这个角色的男人自称福米卡先生，他似乎具有一种十分特殊的、不同寻常的精神特质；他的语调和动作中常常含有某种很奇异的感觉，能让观众在捧腹大笑的同时又感到一阵寒栗。他身边总是站着一位与他相得益彰的格拉齐亚诺医生，后者用丰富的表情和独特的嗓音，或者用一种无与伦比的、能借看似荒诞不经的废话讲出最轻松有趣事情的天赋来与他一唱一和。扮演格拉齐亚诺医生的演员是一位名叫玛利亚·阿格利的博洛尼亚老人。一时间，罗马有教养阶层的人们纷纷涌向尼科洛·穆索在波波洛城门前的小剧院，人人都把福米卡这个名字挂在嘴边，无论是在街上还是在剧院里都满腔热忱地喊:“哦，福米卡！天才福米卡！最棒的福米卡！”人们认为福米卡是一个奇迹般超凡的现象，如果有人胆敢对他的表演做出丝毫的指责，许多在剧院里笑断肠子的老太太就会突然板起脸来，严肃而郑重地说:“玩笑的归玩笑，圣人的归圣人！”之所以这么说，是因为在剧院以外的福米卡先生始终是一个神秘莫测的谜。他从未在任何地方出现过，人们百般努力也寻不到他的一丝踪迹。而尼科洛·穆索也坚决对福米卡的栖身之处守口如瓶。

这就是玛丽安娜渴望前往的那个剧院的情况。

“让我们,”萨尔瓦多说道,“给我们的敌人致命一击吧：从剧院出来到城里的这段路给我们提供了最方便的机会。”

他给安东尼奥分享了他的计划，这个计划看起来十分冒险和大胆，但却让安东尼奥欣喜万分，因为他希望能借此机会把玛丽安娜从无耻的老卡普齐手里夺过来。同时他也觉得萨尔瓦多的目的十分正当，后者主要是想给金字塔医生一个教训。

夜幕降临后，萨尔瓦多和安东尼奥各自带着一把吉他向里佩塔大街走去，为了彻底激怒老卡普齐，他们给可爱的玛丽安娜带去了世间能听到的最美的小夜曲。因为萨尔瓦多的演奏和演唱都极为出色，而安东尼奥在男高音方面几乎可与奥多阿多·切卡雷利媲美。尽管帕斯奎尔先生出现在阳台上，对着下面斥骂，要求两位演唱者闭嘴，但被美妙的歌声吸引到窗前的邻居们却对他喊话说，难道因为他和他的伙伴们要聚在一起鬼哭狼嚎，就不能容忍这条街上响起任何好听的音乐了吗？如果他不想听这美妙的歌声，他可以躲进屋里去并堵上耳朵。于是帕斯奎尔先生只好痛苦地听着萨尔瓦多和安东尼奥唱了几乎一整夜的歌曲，那些歌曲时而诉说着甜蜜的情话，时而嘲讽陷入恋爱的老头儿有多愚蠢。他们清楚地看见玛丽安娜站在窗前，而帕斯奎尔先生徒劳地用甜言蜜语和赌咒发誓哄着她，让她不要直接站在夜晚糟糕的空气中。

第二天晚上，有史以来最奇怪的一伙人穿过里佩塔大街向波波洛城门走去。他们吸引了所有人的目光，人们怀疑狂欢节是不是剩下了一些奇特的面具。帕斯奎尔·卡普齐先生穿着他那套色彩鲜艳的、刷洗得平平整整的西班牙式服装，尖锥帽上引人注目地插了一根新的黄色羽毛，衣冠楚楚，光鲜漂亮，从里到外透着精致和优雅，只是脚上的鞋子太紧，让他走起路来像踩在鸡蛋上似的。挽着他胳膊的是可爱的玛丽安娜，但人们看不到她那苗条的身材，更看不到她的脸，因为她被以异乎寻常的方式用厚厚的纱巾遮了起来。另一边走着斯宾蒂亚诺·阿科兰博尼，他戴着厚重的假发，假发覆盖了他整个后背，从后面看过去，就像是有一个硕大的脑袋支在两条小短腿上移动。紧跟在玛丽安娜身后，几乎贴在她身上的，是吃力地蹒跚着的侏儒怪物皮提齐纳丘，他身穿火红色的女裙，脑袋上令人作呕地插满了五颜六色的花。

这天晚上，福米卡先生超常发挥，而且他还前所未有地插入了很多小曲，有时用这位著名歌手的声音演唱，有时用那位著名歌手的声音演唱。在老卡普齐内心里，年轻时曾经有过的几近疯狂的戏剧瘾此刻全都苏醒了。他在狂喜和陶醉中一遍遍地吻着玛丽安娜的手，发誓说他会一场不落地陪她来尼科洛·穆索的剧院看演出。他把福米卡先生看得比天还高，并且全力以赴地加入到其他观众雷鸣般的鼓掌喝彩声中。斯宾蒂亚诺先生却没那么满意，他不断地提醒卡普齐先生和美丽的玛丽安娜不要笑得太过分。他一口气念叨了二十多种可能由于横膈膜过于剧烈的震动而引起的疾病。但玛丽安娜和卡普齐根本不把他的话放在心上。皮提齐纳丘则是十分不开心。他坐在金字塔医生后面，彻底被后者那一大蓬厚厚的假发挡住了视线。他看不见舞台上的任何东西，看不见正在表演的人，而且还不断受到坐在他旁边的两个坏心肠女人的惊吓和折磨。她们称呼他为乖巧可爱的女士，问他结婚了没，虽然他明明那么年轻，还问他有没有小孩，说他的小孩一定是特别特别可爱的小东西，等等。可怜的皮提齐纳丘额头布满冷汗珠子，他哽咽着，哀泣着，诅咒自己悲惨的生活。

演出结束后，帕斯奎尔先生一直待到所有观众都离开了剧院。斯宾蒂亚诺先生赶在剧院的最后一盏灯熄灭之前点燃了一根蜡油火把，然后卡普齐才和他这几个威风凛凛的朋友以及玛丽安娜缓慢而从容地踏上回城的路。

由于皮提齐纳丘又哭又闹，卡普齐只好痛苦地用左胳膊抱住他，右手则牵着玛丽安娜。斯宾蒂亚诺医生举着那根小火把走在前面，火苗忽明忽暗微弱暗淡，那朦胧的光亮反倒让他们愈发感受到夜色的黑暗是多么浓厚。

在距离波波洛城门还有挺远一段距离的时候，他们突然被几个瘦瘦高高、严严实实地裹在斗篷里的人影包围住了。转瞬间，医生手里的火把被打落在地，熄灭了。卡普齐和医生都一声不吭地站着没动。随后，一道不知从哪里来的淡红色光亮照在那几个裹得严严实实的人身上，四张惨白的死人脸用空洞而可怕的眼睛盯着金字塔医生。“有祸了，有祸了，斯宾蒂亚诺·阿科兰博尼，你有祸了！”几个可怕的幽魂用低哑沉闷的声音哀号着；其中一个呜呜咽咽地说道:“你认识我吗，认识我吗，斯宾蒂亚诺？我是科狄埃，上周被埋掉的法国画家，是你用你的药把我送进了坟墓！”然后第二个说:“你认识我吗，斯宾蒂亚诺？我是库夫纳，是你用可怕的糖药水毒死的德国画家！”接着是第三个:“你认识我吗，斯宾蒂亚诺？我是佛兰芒人里尔斯，你用药丸害死了我，还从我兄弟手中骗去了我的画。”最后是第四个:“你认识我吗，斯宾蒂亚诺？我是吉吉，是你用药粉害死的那不勒斯画家！”然后，四个人齐声说道:“有祸了，有祸了，你有祸了，斯宾蒂亚诺·阿科兰博尼，该死的金字塔医生！你必须下来，必须和我们一起到地底下来，走吧，走吧，一块走吧！嗨呀，嗨呀！”说着，他们冲向可怜的医生，把他高高地抬起来，然后像阵旋风一样带走了他。

帕斯奎尔先生吓得要死，但是，当他发现对方的目标只是他的朋友阿科兰博尼时，便又神奇地恢复了勇气。皮提齐纳丘把自己的脑袋和脑袋上面的整个花圃都藏进卡普齐的斗篷里，同时还紧紧地搂着后者的脖子，令其无论如何都甩不掉他。

“你缓一缓，”当那几个幽魂和金字塔医生都已经消失不见之后，卡普齐对玛丽安娜说道，“缓一缓，到我这儿来，我甜蜜、可爱的小鸽子！我那值得尊敬的朋友斯宾蒂亚诺已经走了；如果那几个被他过于匆忙地弄到金字塔去的画家寻衅报复，要扭断他的脖子，那么圣伯纳德会与他同在的，因为圣伯纳德自己也是一位能干的医生，也曾帮助过很多人获得无上幸福！不过现在谁来给我的歌谣演唱低音部分呢？还有这个捣蛋鬼，这个皮提齐纳丘啊，把我的脖子勒得死死的，再加上斯宾蒂亚诺被掳走所造成的惊吓，也许在接下来的六个星期里我都发不出完美的声音了！别怕，我的玛丽安娜！我的甜心！一切都过去了！”

玛丽安娜回答说，她已经完全从惊吓中恢复过来了，并请卡普齐不必拉着她，让她自己走路，这样他也好摆脱她这个娇生惯养的孩子给他带来的麻烦。然而帕斯奎尔先生却把她抓得更紧了，说是无论如何也不能让她在这样危险的黑暗中离开自己半步。

就在帕斯奎尔先生心情十分放松地想要继续往前走时，像是从地底下冒出来一般，四个可怕的恶魔突然出现在他眼前，他们身穿红得发亮的短斗篷，用泛着幽光的眼睛锐利地盯着他，同时发出难听刺耳的叫声和口哨声。“诶，诶！帕斯奎尔·卡普齐，该死的傻瓜！多情的老鬼！我们是你的好伙伴，我们是爱情恶魔，我们来接你去地狱，去烈焰灼人的地狱，还要带上你的同伙皮提齐纳丘！”恶魔们一边这样尖叫着一边向老头扑来。卡普齐抱着皮提齐纳丘跌倒在地，两人同时发出尖利得穿透耳膜的惨叫，声音犹如一大群驴子在被殴打。

玛丽安娜用力甩开老头的手，跳到了一边。这时，恶魔中的一个温柔地把她拉进怀里，用充满爱意的甜蜜声音说道：“啊，玛丽安娜！我的玛丽安娜！终于成功了！这几位朋友会把老头儿远远地送走，而我们需要找一个安全的避难所！”“我的安东尼奥！”玛丽安娜轻声叫道。

但是突然间，四周被火把照得一片通亮，安东尼奥感到肩胛骨被刺了一剑。他迅速转身，拔出长剑，向那个手握短剑正准备再次刺向他的家伙身上刺去。他看到他的三位朋友正在对付一群人数众多的巡捕。他设法击退了那个袭击他的家伙，加入到朋友们中间。然而，尽管他们英勇无畏，这场战斗还是过于力量悬殊；要不是突然有两个男人大声叫喊着冲进那些年轻人中间，并且其中一个立刻把那名死死纠缠安东尼奥的巡捕打翻在地的话，赢的一方毫无疑问会是巡捕们。

转眼之间，战斗形势变得对巡捕们极为不利了。他们中那些没有重伤倒地的，都大喊大叫地向波波洛城门跑去。

萨尔瓦多·罗萨（急忙赶来帮助安东尼奥打败巡捕的不是别人，正是他）想带着安东尼奥及那几位戴着魔鬼面具的年轻画家紧跟在巡捕们后面进城。

和他一同前来的玛利亚·阿格利刚才不顾自己年事已高也参与了和巡捕的缠斗，此刻他和大家的看法不同，认为这样做并不明智，因为波波洛城门的守卫估计已经知晓了这件事，肯定会把他们都抓起来。于是他们全都去了尼科洛·穆索的住处，后者在他离剧院不远的低矮狭小的房子里很高兴地接待了他们。画家们摘下魔鬼面具，脱掉涂了磷粉的斗篷。安东尼奥除了肩胛骨上那块微不足道的刺伤外一点别的伤都没有，他现在担负起外科医生的职责，给萨尔瓦多、阿格利和几位年轻人进行包扎，他们全都受了伤，但都没什么危险。

这个恶作剧设计得非常绝妙和大胆，要不是萨尔瓦多和安东尼奥忽视了一个人，一个最终破坏了一切的人，那么他们本来是可以成功的。前雇佣杀手、现任巡捕米凯莱住在卡普齐楼下，一定程度上也是他的家仆，他按照卡普齐的吩咐，也跟在后面去了剧院，尽管是隔着一段距离，因为老头儿耻于和这个破衣烂衫的闲汉同行。回程时米凯莱也是陪在老头儿后面的。当那几个幽灵出现时，既不怕死也不怕鬼神的米凯莱立刻察觉不对劲，他急忙跑到波波洛城门报警，然后带回来一帮巡捕。如我们所知，就在恶魔们扑向帕斯奎尔先生，打算像那些亡灵画家掳走金字塔医生一样掳走他的时候，这帮巡捕赶到了现场。

在激烈的战斗过程中，一位年轻画家清清楚楚地看到，有个小伙子把晕倒的玛丽安娜抱在怀里往城门方向跑去，而帕斯奎尔先生以令人难以置信的速度追赶着他，仿佛腿上涂了水银似的[31]。在火把的光亮中，还有个发光的东西挂在他的斗篷上呜咽个不停，那显然就是皮提齐纳丘了。

第二天早晨，有人在塞斯提乌斯金字塔旁发现了斯宾蒂亚诺医生，他缩成一团，裹在假发套里沉沉地睡着，像睡在一个暖和柔软的巢窠里。被人叫醒时，他满口胡言乱语，根本不相信自己还活在阳间，而且还是在罗马。别人把他送回家以后，他对圣母和所有圣徒的救命之恩感激涕零，把自己的各种药水、香精、药膏和药粉全都扔出窗外，还烧毁了药方，发誓从此以后都只用双手涂油和抚摸的方式给人治病，就像从前某位著名的医生（该医生同时还是个圣人，不过他的名字我想不起来了）曾经颇为成功地做过的那样。因为，虽然死在那位医生手上的病人和死在其他医生手上的一样多，但他的病人们临死前却看到天堂敞开了大门，看到了圣徒想要的一切。

“我真不知道，”第二天，安东尼奥对萨尔瓦多说，“自从受伤流血之后，我真不知道我是多么愤怒！卑鄙的卡普齐就该死掉烂掉！您知道吗，萨尔瓦多，我已经决定强行闯进卡普齐家里。如果他反对，我就把他打翻在地，然后把玛丽安娜带走！”

“妙计啊，”萨尔瓦多笑着说道，“妙计！想得太好了！我毫不怀疑你也能找到一个办法，把你的玛丽安娜凭空送到西班牙广场去，让他们在你到达那个避难所之前没办法抓到你并绞死你！不，亲爱的安东尼奥！暴力是没用的，而且您完全可以想象，帕斯奎尔先生现在会避开任何公开的袭击。再说我们的恶作剧已经引起了极大的轰动，人们说起我们抓捕斯宾蒂亚诺和卡普齐的疯狂方式时都笑得不行，这已经把巡捕从昏昏欲睡中唤醒，现在他们会使出全部可怜的手段盯住我们。不，安东尼奥，咱们还是耍点花招保平安吧。卡特琳娜夫人说得好，骗得了半年，就骗得了另外半年。而且，一想到我们的行为像愣头愣脑的年轻人似的，我就忍不住想笑，这事主要对我来说是个压力，毕竟我比您年长了不少。您说说，安东尼奥，如果我们的恶作剧真的成功了，您真的把玛丽安娜从老头儿身边抢走了，您说说，您要带着她往哪儿逃，要把她藏在哪里，怎样在短时间内快速通过神父与她结合，好让老头儿再也不能阻挠她？过不了几天，您就真的能带走您的玛丽安娜了。我已经把尼科洛·穆索和福米卡也拉了进来，并且和他们一起想出了一个几乎不可能失败的计划。您就放心吧，安东尼奥！福米卡先生会帮您的！”

“福米卡先生？”安东尼奥用漫不经心的、近乎轻蔑的语气说道，“福米卡先生？那个小丑对我能有什么用？”

“哎呀，”萨尔瓦多喊道，“我请求您务必尊重福米卡先生！

您难道不知道福米卡是一位魔法师，秘密地掌握着某些最神奇的技艺？我告诉您，福米卡先生能帮到您！还有玛利亚·阿格利老人，那位杰出的博洛尼亚医生格拉齐亚诺，他也加入了我们的计划，而且会扮演一个非常重要的角色。穆索的剧院，安东尼奥，将会是您带走玛丽安娜的地方！”

“萨尔瓦多，”安东尼奥说道，“您在用虚假的希望哄我开心！您自己也说了，现在帕斯奎尔先生会小心避开任何公开的袭击。在发生了那么糟糕的事情之后，他现在怎么可能还会决定再去拜访穆索的剧院呢？”

“引诱老头儿去那里，”萨尔瓦多说道，“并不是您想的那样难。比较难的是要想办法让他在没有同伴的情况下踏进剧院。但是，不管怎样，安东尼奥，您现在要做的是和玛丽安娜做好准备，等最好的时机一到就从罗马逃走。您可以去佛罗伦萨，您的艺术已经让您在那里获得了推荐，您到那儿以后绝不会缺少朋友圈子，也不会缺少有分量的支持和帮助，这些事我会帮您解决！我们必须先休息几天，然后就瞧瞧接下来会发生什么吧。再试一次，安东尼奥！要怀抱希望，福米卡会帮助我们的！”

* * *

帕斯奎尔·卡普齐先生遭遇新事故。安东尼奥·斯卡恰蒂在尼科洛·穆索的剧院成功实施了他的计划，并逃到了佛罗伦萨。

帕斯奎尔先生非常清楚是谁在波波洛城门前给他和可怜的金字塔医生制造了那起灾祸，所以可以想象他对安东尼奥和萨尔瓦多是多么怒不可遏，他有理由认为，萨尔瓦多是挑唆这一切的罪魁祸首。他努力安慰可怜的玛丽安娜，她病得很厉害，据她说是受惊吓导致的；但实际上是由于心情抑郁，因为该死的米凯莱带着巡捕们把她的安东尼奥抓走了。这期间，玛格丽塔不断地给她带来恋人的消息，现在她把希望都寄托在了能干的萨尔瓦多身上。她每天都在焦急地等待着发生点什么新的事情，并且千方百计地用种种折磨方式将这种焦躁发泄到老头儿身上，然而，由于后者对她爱得狂热，这些折磨除了让其变得言听计从、卑微怯懦之外，对于那个在他内心里作祟的爱情魔鬼并没有什么影响。在玛丽安娜像个最任性的姑娘一样大肆发泄了所有坏脾气之后，只要她能忍耐一次老头儿把干枯的双唇贴在她的小手上，后者就会欣喜若狂地发誓说，他会一直一直热烈地亲吻教皇的鞋子，直到他获得能与美丽的侄女——一切美好和善良的化身——结婚的特许。玛丽安娜小心翼翼地不打扰他的这种痴狂迷醉，因为在老头儿这簇希望的火花中也燃烧着她的希望，他越是坚信自己已经牢牢地把她困在了爱的牢笼里，她从他身边逃跑就越容易。

过段时间后的一天中午，米凯莱咚咚咚地跑上楼来敲了半天门，等帕斯奎尔先生给他开门之后，他详细地汇报说，楼下有位先生说他知道帕斯奎尔 · 卡普齐先生住在这里，非要来见他不可。

“哎呀真是添乱，”老头儿气急败坏地喊道，“这捣乱的家伙难道不知道我从来不在家里见陌生人吗！”

但是米凯莱说，那位先生外表优雅，年纪稍大，操一口漂亮的发音，自称名叫尼科洛 · 穆索！

“尼科洛 · 穆索，”卡普齐沉思着喃喃自语道，“是那个在波波洛城门外开剧院的尼科洛 · 穆索啊，他找我能有什么事呢？”他关上每道房门并仔细地上了锁，然后与米凯莱一起下楼，前往屋前的大街上去见尼科洛。

“亲爱的帕斯奎尔先生，”尼科洛走到他面前，彬彬有礼地鞠了个躬，“能认识您我太高兴了！我必须好好地感谢您！自从罗马人民见到您这位在艺术上最有品位、知识最渊博、技巧最娴熟的人出现在我的剧院里，我的声誉和收入都翻了番。正因为如此，那帮坏心眼的无赖夜里趁着您从我的剧院返城之际凶残地袭击了您和您的伙伴这件事，格外令我心痛！看在所有圣徒的分上，帕斯奎尔先生，请不要因为这桩应该受到严厉惩罚的恶作剧而怪罪我和我的剧院！不要因此就不来我的剧院了！”

“亲爱的尼科洛先生，”老头儿微笑着答道，“请您相信，我还从未像在您的剧院里那样愉快过。您的福米卡，您的阿格利，都是千金难觅的好演员。但是，把我的朋友斯宾蒂亚诺 · 阿科兰博尼先生，甚至把我本人也吓得半死的那场惊吓确实是在太过分了；它虽然没有败坏我对您剧院的兴致，但却永远地败坏了我对通往剧院那条路的兴致。您把剧院开到波波洛广场吧，或者开到巴布伊诺大街、里佩塔大街，那样的话我绝对每晚必到，但是夜里去波波洛城门外这种事我是死也不会干了。”

尼科洛叹了口气，仿佛感到深深的痛苦。“这对我的打击太大了，”他说，“大得也许超乎您的想象，帕斯奎尔先生！啊，我是把全部希望都寄托在您身上的！我恳求您的支持！”

“我的支持，”老头儿惊讶地问，“恳求我的支持吗，尼科洛先生？我的支持对您有什么用处呢？”

“亲爱的帕斯奎尔先生啊，”尼科洛一边用手帕遮在眼睛上，好像在擦拭不断涌出的眼泪，一边说道，“您可能已经注意到了，我的演员们会时不时地穿插演唱一些咏叹调。我想神不知鬼不觉地一直这么干下去，直到搞成一个乐团，最后绕过所有禁令，成立一个歌剧院。卡普齐先生，您是全意大利首屈一指的作曲家，只是由于罗马人难以置信的粗心和那些大师的恶意嫉妒，人们在剧院里才听不到您的作曲，只能听些别的东西。帕斯奎尔先生，我想跪求您的不朽作品，想尽我的全部力量，让它们登上我那微不足道的舞台！”

“亲爱的尼科洛先生，”老头儿满面红光地说道，“咱们怎么能在公共大街上商量事情呢！请您赏光登几级陡峭的楼梯！随我到寒舍一叙！”

刚把尼科洛带进屋里，老头儿就立刻取出一大捆落满灰尘的乐谱，打开它们，然后拿起吉他，开始了他称之为歌唱的可怕而刺耳的尖叫。

尼科洛的样子就像是着了迷！他叹息连连，喟然不断，还时不时地喝个彩：“好！太好了！卡普齐是最棒的！”到最后，他仿佛幸福激动得不能自已似的扑倒在老头儿脚边，抱住他的双膝，由于他抱得太紧，老头儿跳了起来，痛得大喊大叫：“圣徒们啊！放开我，尼科洛先生，您要弄死我了！”

“不，”尼科洛喊着，“帕斯奎尔先生，我不会站起来的，除非您答应把刚刚这几首美妙的咏叹调给我，让福米卡后天在我的剧院里演唱它们！”

“您真是一位有品位的人，”帕斯奎尔叹道，“一位见识深刻的人！除了您，还有谁能让我更好地托付我的曲子呢！您把我的咏叹调全拿走吧，您放开我！可是，天哪，我这些美妙的杰作，我却听不到它们！您放开我，尼科洛先生！”

“不，”尼科洛喊道，他仍然跪着，紧紧地抱住老头儿那纺锤似的干枯瘦弱的双腿不放，“帕斯奎尔先生，我不放，除非您答应后天到我的剧院去！不用担心再有人袭击您！您不觉得罗马市民听了您的咏叹调以后，一定会欢天喜地地举着上百支火把送您回家吗？不过我不会让这种事发生的，我自己和我那些忠诚的伙伴会全副武装，陪着您一直回到家！”

“您自己，”帕斯奎尔问，“您自己要和您的伙伴们一块送我回家！那大概有多少人呢？”

“有八到十个人供您差遣，帕斯奎尔先生！下定决心吧，答应我的恳求！”

“福米卡，”帕斯奎尔喃喃自语，“福米卡的声音很美！他来唱我的咏叹调该会怎样啊！”

“下定决心吧！”尼科洛再次喊道，同时更紧地抓住老头儿的腿！“您保证，”老头儿说，“您保证我会安然无恙地回到家？”

“拿荣誉和生命担保！”尼科洛喊，同时给他的双腿施加了更大的压力！

“行行行！”老头儿叫道，“我后天到您的剧院去！”

话音刚落，尼科洛就跳了起来，将老头儿紧紧地拥进怀里，箍得他呼吸困难，直喘粗气。

正在这时，玛丽安娜走了进来。帕斯奎尔先生向她投去凶巴巴的目光，试图把她吓唬回去；可她却根本没有转向他，反而径直走到穆索面前，像是非常生气地说道："尼科洛先生，您想诱惑我亲爱的叔叔到您的剧院去，这是白费力气！您忘了吗，那些无耻地追踪着我的拐骗者最近搞出来的那场可怕的恶作剧，令我亲爱的叔叔和他值得尊敬的朋友斯宾蒂亚诺，甚至也令我自己差点没命！我绝不允许我的叔叔再次身陷险境！放弃您的请求吧尼科洛！亲爱的叔叔，您就好好地待在家里吧，夜晚对谁都不友好，您再也不敢在凶险的夜里到波波洛城门外去了，不是吗？"

帕斯奎尔先生如遭雷击。他瞪大双眼，呆视着自己的侄女。紧接着他便对她说了一大堆好话，不厌其烦地给她解释说，尼科洛先生已经承诺会采取一些措施，以防范回城途中的任何危险。

"不行，"玛丽安娜说，"我还是坚持我的意见，我诚心诚意地请求您，亲爱的叔叔，不要到波波洛城门外的剧院去。请原谅，尼科洛先生，我要当着您的面说出我心中的不祥预感！我知道您和萨尔瓦多·罗萨相识，很可能也和安东尼奥·斯卡恰蒂相识。如果您和我们的敌人是一伙的怎么办，如果您只是在阴险地引诱我的叔叔——我知道我的叔叔只要去您的剧院就绝不会不带我同去——，以便更有把握地实施一次新的无耻袭击怎么办？"

"您怀疑我，"尼科洛十分震惊地喊道，"您对我怀有怎样可怕的怀疑啊，女士？您认识的是我那样糟糕的一面吗？我的名声那么差，以至于您认定我会可耻地出卖他人吗？但是，既然您把我想得如此不堪，既然您并不信任我向您承诺的支援，那好，那就让米凯莱陪着您，我知道就是他把您从那些强盗的手中救出来的，米凯莱还会带上很多巡捕，他们可以在剧院门口等您，您总不会要求让巡捕们坐满我的剧院座位吧？”

玛丽安娜凝视着尼科洛的眼睛，然后，她严肃而郑重地说道：“您说什么？让米凯莱和巡捕们陪着我们？现在我相信了，尼科洛先生，您确实是发自内心地认为我那糟糕的怀疑是不公正的！请原谅我的信口胡言！可是，我还是无法克服对我亲爱的叔叔的担心和忧虑，我还是要请求他不要冒险走这一趟！”

帕斯奎尔先生带着奇怪的眼神听完了整场对话，他的表情清楚地表明了他内心的斗争。现在他再也忍不住了，他跪倒在美丽的侄女面前，抓起她的双手亲吻着，在这双手上洒满从他眼中流出的泪水，他忘情地喊道：“美好而令人爱慕的玛丽安娜啊，有一团火焰在我的心中熊熊燃烧！啊，这种担心，这种忧虑，就是你爱我的最甜蜜的供词！”然后他请求她不要害怕，请求她到剧院里去聆听史上最神圣的作曲家所创作的最美的咏叹调。

而尼科洛也不停地殷殷恳求着，直到玛丽安娜宣布自己被说服了，并承诺会抛弃所有恐惧，跟随温柔的叔叔一起到波波洛城门外的剧院去。帕斯奎尔先生仿佛陶醉在了幸福的极乐天堂里。他确信了玛丽安娜的爱，憧憬着在剧院聆听自己的音乐并摘取他梦寐以求的桂冠；他渴望看到自己最美的梦想成真！他也想当着自己那些忠实朋友的面大放异彩，因此他一心想让斯宾蒂亚诺先生和侏儒皮提齐纳丘也像上次那样和他一起去。

除了那几个绑架他的阴魂外，斯宾蒂亚诺先生每天夜里在塞斯提乌斯金字塔旁枕着自己的假发睡觉时，还会见到各种各样别的可怕恶灵。整个墓地都复活了，上百具尸体向他伸出白骨手臂，呜呜咽咽地向他抱怨，说他开的那些药水和药膏令他们直到进了坟墓还受不了。金字塔医生无法对帕斯奎尔先生否认，那几个卑鄙家伙的放肆捉弄给他造成了多大的打击，他原本并不是一个特别迷信的人，但现在却处处都能看见阴魂，被种种幻觉和噩梦折磨得痛苦不堪。

皮提齐纳丘则根本不相信袭击了帕斯奎尔先生和他的不是来自烈焰地狱的真魔鬼，只要一想起那个灾难般的夜晚，他就会大喊大叫。帕斯奎尔先生信誓旦旦地担保藏在魔鬼面具后面的其实是安东尼奥·斯卡恰蒂和萨尔瓦多·罗萨，但却无论如何都没有用，因为皮提齐纳丘满脸泪水地发誓说，尽管他当时惊恐万分，但他还是从声音和整体感觉中认出来了，那个把他的肚子掐得青一块紫一块的，是魔鬼梵法莱。

可以想象，帕斯奎尔先生一定费了好大一番力气，才终于说服金字塔医生和皮提齐纳丘二人再次和他一同出门。斯宾蒂亚诺是在从一位圣伯纳修士那里得到一个麝香香囊之后才下定决心的，这个香囊的香气无论死人还是魔鬼都无法忍受，所以他可以佩戴它来辟邪；皮提齐纳丘则是没能抗拒一罐许诺给他的糖水葡萄的诱惑，此外帕斯奎尔先生还不得不做出让步，明确同意他可以穿自己的新礼拜服而不用穿女装——据他说女装更容易把魔鬼招来。

看来萨尔瓦多担心的事真的要发生了，因为按照他的承诺，他的整个计划要想取得成功，恰恰需要帕斯奎尔先生单独和玛丽安娜一起去剧院，而不能带这两位忠诚的伙伴。

安东尼奥和萨尔瓦多二人绞尽脑汁，琢磨着怎样才能把斯宾蒂亚诺和皮提齐纳丘同帕斯奎尔先生分开。可是任何一个能实现这一目标的办法，都没有足够的时间来实施了，因为尼科洛剧院里的行动在次日晚上就要实施。不过，老天爷向来喜欢用稀奇古怪的办法惩罚蠢人，他出手帮了这对可怜的恋人一把，他让米凯莱干了蠢事，从而实现了萨尔瓦多和安东尼奥凭自己的本事无法实现的目标。

当天夜里，帕斯奎尔先生家门前的里佩塔大街上忽然响起一道恐怖的哀号，然后是一阵可怕的诅咒、吼叫和谩骂声，把所有邻居都从睡梦中惊醒了，当时有几个巡捕正在追捕一名往西班牙广场方向逃走的凶手，听到声音，他们以为又有新的凶杀，便举着火把匆忙赶来。当他们与闻声而来的另一群人一块抵达他们所以为的凶杀现场时，可怜的侏儒皮提齐纳丘正魂飞魄散地躺在地上，而米凯莱挥舞着一根可怕的棍子正在朝金字塔医生殴打，帕斯奎尔先生吃力地挣扎起来，拔出佩剑，愤怒地刺向米凯莱，与此同时金字塔医生也倒在了地上。周围四处散落着破碎的吉他碎片。有好几个人用胳膊拦住了老头儿，否则他一定会准确无误地把米凯莱刺穿。直到这时，米凯莱才借着火把的光看清自己面前的人是谁，他目瞪口呆地僵在那里，仿佛一尊雕塑，又如曾有什么地方说过的那样，像一位定在画里的怒汉，不知所措，无法动弹。随后他发出一声可怕的号叫，撕扯着头发请求对方的饶恕和慈悲。两个人，无论是金字塔医生还是侏儒，都没有受到太严重的伤害，但他们被打得一动都不能动，只能被抬回家去。

实际上，这场不幸事件完全是帕斯奎尔先生自作自受。

我们知道，萨尔瓦多和安东尼奥此前曾给玛丽安娜送去世人所能听到的最美的夜曲；但是我忘了说，自那以后他们每天夜里都重复做这件事，这让老头儿简直出离愤怒了。碍于邻居，帕斯奎尔先生没办法发作，于是他气急败坏地向当局告状，要求当局禁止那两个画家在里佩塔大街唱歌。但是当局却认为，在罗马，从没听说过有任何人会被禁止在自己喜欢的地方唱歌弹琴，提出这样的要求是在胡闹。因此帕斯奎尔先生决定亲自出手来解决这件事，他给米凯莱许诺了一大笔钱，让他一旦抓住机会就把那两个唱歌的胖揍一番。于是米凯莱立刻给自己配备了一条结结实实的长棍，每天夜里潜伏在房门后头。然而当此之际，萨尔瓦多和安东尼奥觉得，在实施袭击前的这几天夜里，为了让老头儿不要老是想起自己的仇敌，他们最好把在里佩塔大街的夜间音乐活动停掉。而玛丽安娜却十分无辜地表示，尽管她讨厌安东尼奥和萨尔瓦多，但却很喜欢听他们唱歌，因为他们那些在晚风中飘荡的音乐比什么都重要。

帕斯奎尔先生把这话记在了心上，他想好好地献一番殷勤，想与他的忠实伙伴们精心地练习一支由他自己创作的小夜曲来给他的小宝贝一个惊喜。就在他即将在尼科洛·穆索的剧院庆祝自己的伟大胜利的前一天夜里，他悄悄溜出家门，将两位已经做好准备的忠实伙伴接了过来。然而，他们刚在吉他上弹出一两个音符，米凯莱——帕斯奎尔先生一时粗心，忘记把自己的打算告诉他了——就满怀着许诺给他的那笔钱终于即将到手的兴奋，从房门后冲了出来，毫不手软地对着这几位音乐表演者一顿猛抽，接下来发生的事就是我们知道的了。毫无疑问，现在无论是斯宾蒂亚诺先生还是皮提齐纳丘都不可能陪同帕斯奎尔先生到尼科洛的剧院去了——两人全都层层包扎地躺在床上。但帕斯奎尔先生却舍不得不去，尽管他的肩膀和后背也因为挨打而痛得不轻；他的咏叹调的每一个音符都如同一条纽带，不可抗拒地牵引着他。

萨尔瓦多对安东尼奥说：“我们认为无法跨越的障碍已经自动从路上清除，现在，能不能抓住最佳时机，把您的玛丽安娜从尼科洛的剧院里劫出来，全看您够不够机灵了。不过您不会失手的，我现在就祝贺您，新郎官，美丽的卡普齐侄女过不了几天就会成为您的妻子。我祝您幸福，安东尼奥，虽然一想到您的婚姻我的全身就会不寒而栗！”

“您这是什么意思，萨尔瓦多？”安东尼奥一脸吃惊地问。

“就当我脑子抽风，”萨尔瓦多答道，“就当是我胡思乱想吧，或者随便您怎么理解，安东尼奥，我爱过不少女人；但就连那些我爱得如痴如狂，让我甘愿为她去死的女人，只要一想到婚姻将会带来的与她的结合，我的内心深处就会闪过一种怀疑，让我掠过一阵可怕的战栗。女人天性中有一种捉摸不透的东西在嘲讽着男人的所有武器。那个我们以为全心全意地爱着我们、对我们彻底敞开了心扉的女人，其实是最能欺骗我们的，我们在最甜蜜的吻中吞下了最致命的毒药。”

“我的玛丽安娜也是这样？”安东尼奥惊愕地喊道。

“抱歉，安东尼奥，”萨尔瓦多继续说道，“正是您的玛丽安娜，作为迷人和优雅之化身的玛丽安娜，再一次向我证明了，女人的神秘天性对我们来说是多么危险！您回想一下，上次咱们把她叔叔抬回家时，那个天真无邪、涉世未深的孩子是怎样表现的，她只看我一眼，就猜到了全部，然后聪明绝顶地把她的戏份继续演了下去——这件事是您自己说的。但是跟穆索拜访老头儿那次比起来，这还算不了什么！最娴熟的演技，最看不透的狡猾，简言之，我们能想象得出的精于世故的女人的一切技巧，都比不上小玛丽安娜为了妥妥地蒙蔽老头儿而做的那些事情。为了给我们的各种行动铺平道路，她做得真是再聪明不过了。当然，作为对那个疯狂老傻瓜的一种自卫，任何诡计都是正当的，只是……不过！亲爱的安东尼奥！别被我这些奇思怪想搅乱了心思，开开心心地和您的玛丽安娜在一起吧，能多幸福就多幸福！”

当帕斯奎尔先生与他的侄女玛丽安娜从家里出来，向着尼科洛·穆索的剧院出发时，假如他们身边再有一位修士作陪的话，那么所有人都会认为，这对奇怪的人一定是要上刑场了。因为英勇的米凯莱全副武装，满面凶狠地在走在前头，在他身后跟着二十来个巡捕，把帕斯奎尔先生和玛丽安娜团团围在里面。

尼科洛在剧院门口隆重地迎接了老头儿和他身边的女士，并把他们领到专为他们预留的紧挨着舞台的座位上。帕斯奎尔先生被这些风光荣耀极大地取悦了，他带着闪闪发光的骄傲眼神环顾四周，当发现玛丽安娜的身旁和身后就座的全部都是女士时，他的愉快和喜悦更增添了许多。舞台幕布后面，有几把小提琴和一把低音提琴开始调音；老头儿的心因期待而跳动着，当他的咏叹调的间奏突然响起时，仿佛有一道电流传遍了他的四肢百骸。

扮演帕斯奎埃罗的福米卡走出来开始演唱，他用卡普齐的声音，用卡普齐最特有的奇怪姿势演唱了那首有史以来最糟糕的咏叹调！剧场里的观众爆发出震耳欲聋的哄笑声。他们叫嚷着，呼喊着：“啊，帕斯奎尔·卡普齐！最出色的作曲家和音乐家，真棒！棒极了！”老头儿没有意识到那些笑声是令人尴尬的嘲笑，反而高兴得飘飘欲仙。咏叹调结束了，有人喊大家安静下来；因为格拉齐亚诺医生——由尼科洛·穆索本人扮演——登场了，他捂着耳朵，大声喊着让帕斯奎埃罗赶紧停止发出那可怕的刺耳噪音。

然后医生问帕斯奎埃罗，他是从什么时候起养成这种该死的唱歌习惯，又是从哪里搞来这支令人难受的咏叹调的？

帕斯奎埃罗回答说，他不知道医生究竟想要干吗，他觉得他和那些罗马人一样，对真正的音乐毫无品位，对最伟大的才华视而不见。这支咏叹调是由当今在世的最伟大的作曲家和音乐家创作的，而他有幸能够为其效劳，后者甚至亲自教他音乐和演唱！

于是格拉齐亚诺循循善诱，列举了一大堆著名的作曲家和音乐家；但对于他说出的任何一个著名的名字，帕斯奎埃罗都只是轻蔑地摇头。

最后帕斯奎埃罗说，医生真是暴露了严重的无知，因为他竟然不知道当今时代最伟大的作曲家是谁。那不是别人，正是他能有幸效劳的帕斯奎尔·卡普齐先生啊。难道他看不出来，帕斯奎埃罗是帕斯奎尔先生的朋友和仆人吗？

话音刚落，格拉齐亚诺医生就爆发出一阵肆意的大笑：什么？难道帕斯奎埃罗逃掉了在他这位医生这里的任职——这份任职让他除了得到工资和食物之外还能到手几块钱——之后，跑到那位曾经吃通心粉吃到便秘的最恶劣最不可救药的老纨绔那里去了吗？跑到那位五彩斑斓的、像一只雨后吃饱了的大公鸡一样趾高气扬的狂欢节小丑那里去了吗？跑到那个牢骚满腹的吝啬鬼，那个老来还陷入热恋的胆小鬼，那个用他所谓歌唱的恶心山羊叫来污染里佩塔大街空气的人那里去了吗？等等等等。

帕斯奎埃罗十分气愤地反驳道：医生的话不过是嫉妒罢了——说实话，医生根本就不是个有能力评判塞尼加利亚的帕斯奎尔·卡普齐先生的人——说实话，医生对优秀的帕斯奎尔先生处处挑剔，其实他自己才是拥有一切恶臭趣味的人呢——说实话，他本人就有好几次听到过六百个人一齐大声嘲笑格拉齐亚诺医生，等等等等。然后帕斯奎埃罗又发表了一通对他的新主人帕斯奎尔先生的长篇赞美，给后者赋予了世间一切可能的美德，最后还描述了后者的人格，强调说后者简直就是亲切和优雅本身。

“上帝保佑你，福米卡，”卡普齐先生喃喃自语着，“上帝保佑你，我知道你这样做是为了让我取得彻底的胜利，你把罗马人对我抱持的所有嫉妒和忘恩负义都恰如其分地展示了出来，并告诉他们真实的我！”

“看，我的主人本人来了，”这时候帕斯奎埃罗喊道，与此同时，舞台上出现了一位——帕斯奎尔·卡普齐先生，他无论穿着、相貌、姿势、步伐、态度，都与台下的卡普齐先生一模一样，这让后者吓了一跳，赶忙松开那只一直抓着玛丽安娜的手，摸了摸自己的鼻子和假发，想判断自己是不是在做梦，所以才会看见两个自己，还是当真坐在尼科洛·穆索的剧院里，正见证着一个真正的奇迹。

舞台上的卡普齐非常友好地拥抱了一下格拉齐亚诺医生，问他过得怎么样。医生回答说自己胃口很好，睡眠安稳，可以听候其吩咐，就是腰包不太好过，已经完全瘪掉了。昨天，为了爱情的荣誉，他花掉了最后几杜卡，买了一双迷迭香色的长袜，现在他正打算去找某位和某位银行家，看能不能先借三十杜卡！

“您怎么能，”卡普齐说道，“从您最好的朋友这儿擦身而过！呐，亲爱的先生，这是五十杜卡，拿去吧！”

“帕斯奎尔，你在做什么！”台下的卡普齐压着嗓子叫道。

接着，格拉齐亚诺医生说到了借条和利息；但卡普齐先生表示，他是不会向医生这样的朋友要这两样东西的。

“帕斯奎尔你疯了吗？”台下的卡普齐声音更大了。

格拉齐亚诺医生非常感激地再三拥抱卡普齐先生之后离开了。紧接着，帕斯奎埃罗走了过来，他连鞠几躬，把卡普齐先生捧上了天，然后说自己的腰包也害了和格拉齐亚诺的腰包一样的病，请求对方也用那种最棒的良药帮一帮他！台上的卡普齐哈哈大笑，表示很高兴帕斯奎埃罗懂得利用他的好心情，然后也扔给了他一些闪闪发亮的杜卡币！

“帕斯奎尔，你疯了，你魔怔了！”台下的卡普齐喊的声音太大，惹得别人叫他安静。

帕斯奎埃罗对卡普齐的赞美继续攀上新高，最后终于谈到了卡普齐创作的那支咏叹调，帕斯奎埃罗说，他希望全世界都能为之陶醉。舞台上的卡普齐拍了拍帕斯奎埃罗的肩膀，坦率地说，既然帕斯奎埃罗是他忠诚的仆人，那他不妨告诉他，其实他根本不懂音乐艺术，他所说的那支咏叹调，连同他创作过的所有咏叹调，都是从弗雷斯科巴尔迪歌谣集和卡里西米众赞歌集那里偷来的。

“你在睁眼说瞎话，你这个骗子！”台下的卡普齐大声叫喊着从座位上站起来。其他人再次让他安静，坐在他旁边的一位女士把他拉回到凳子上。

现在，舞台上的卡普齐继续说道，是时候谈谈其他更重要的事情了。他准备明天举办一场盛宴，帕斯奎埃罗必须尽心尽力地负责为此置办一切必需品。然后他拿出一份美味珍肴的清单，开始朗读起来；每读一道菜，帕斯奎埃罗就得说明一下这道菜需要花多少钱，然后他当场就会得到这笔钱。

“帕斯奎尔！胡闹！疯子！废物！败家子！”台下的卡普齐不停地喊着，随着这顿荒唐至极的午餐的费用数额越涨越高，他变得越来越生气。

清单终于读完后，帕斯奎埃罗问道，是什么促使帕斯奎尔先生打算举办这样一次耀眼的盛宴呢？

舞台上的卡普齐答道：“明天是我一生中最幸福、最快乐的一天。您知道吗，明天我将为我亲爱的侄女玛丽安娜举办吉祥的婚礼。我要把她的手交给那位勇敢的年轻人，交给所有艺术家中最出色的那一位，安东尼奥·斯卡恰蒂！”

舞台上的卡普齐话音未落，台下的卡普齐已经彻底疯了，他彻底失去了理智，脸被痛苦的怒火烧得通红，他跳起来，两只拳头朝着那个和自己一模一样的人挥舞，嘴里还用刺耳的声音尖叫着：“你敢，你敢，你这个无赖骗子帕斯奎尔！你要欺骗你的玛丽安娜吗，你这狗东西！你想把她推到那个小流氓怀里吗，可爱的玛丽安娜可是你的命，你的希望，你的一切啊！哼，瞧着吧，瞧着吧，犯糊涂的傻子！瞧你能有什么下场！让你自己的拳头把你揍扁，让你忘了什么午餐盛宴和婚礼吧！”

但舞台上的卡普齐也和台下的卡普齐一样攥紧了拳头，他同样怒火中烧，同样用刺耳的声音尖叫道：“让魔鬼夺了你的魂吧，你这该死的、荒唐的帕斯奎尔，你这可耻的吝啬鬼，害相思病的老傻瓜，耳朵上套小丑帽的衣冠楚楚的驴，你可要当心我把你的生命火花给吹熄，好让你再也不能把那些卑鄙下流的把戏推到这个诚实、善良、虔诚的帕斯奎尔·卡普齐身上。”

在台下那个卡普齐可怕的诅咒和谩骂声中，舞台上的卡普齐开始一桩桩一件件地讲述起他干的各种好事。

“你试试看，”舞台上的卡普齐最后喊道，“卡普齐，你这恋爱的老鬼，你试试看敢不敢破坏这两个人姻缘天注定的幸福！”

与此同时，舞台背景中出现了安东尼奥·斯卡恰蒂和玛丽安娜相互纠缠着拥抱在一起的身影。老头儿虽然平时腿脚不太灵活，此刻却因愤怒而变得敏捷矫健。他一个箭步跨上舞台，从剑鞘里拔出长剑，直奔着他看到的那个安东尼奥冲了过去。但下一秒他就感觉自己被人从背后拦住了。是教皇卫队的一名警卫长抓住了他，并用严肃的语气说道：“帕斯奎尔先生，别忘了您现在是在尼科洛·穆索的舞台上！您今天在无意间扮演了一个相当逗乐的角色！您在这里是既找不到安东尼奥也找不到玛丽安娜的。”被卡普齐当作安东尼奥和玛丽安娜的那两个人与其他演员一起走了过来。卡普齐看到的是完全陌生的面孔！剑从他颤抖的手中跌落，他深吸一口气，像是刚从一场沉沉的梦中醒过来似的，双手按住额头，眼睛睁得很大。他预感到发生了什么，于是用声嘶力竭的声音叫了起来，就连墙壁也跟着轰鸣："——玛丽安娜！"

但玛丽安娜已经听不到他的叫声了。因为就在帕斯奎尔忘记周围的一切，浑然忘我地与自己的双重身争吵的时候，安东尼奥很好地抓住了时机，他靠近玛丽安娜，带着她穿过观众席，从一个侧门溜了出去，维图里诺已经驾着马车等在那里。然后他们迅速离开，逃往佛罗伦萨去了。

"玛丽安娜！"老头儿一声接一声地喊着，"玛丽安娜！她走了，她逃跑了，安东尼奥那个小流氓把她从我身边偷走了！快，去追她！你们可怜可怜我，各位，拿起火把，找回我的小鸽子——不，找回那个狡猾的女人！"

说完这些话老头儿就想离开，但那位警卫长拦住了他，说道："如果您说的是之前坐在您身边的那位年轻美丽的姑娘，那我好像很早，早在您刚刚开始同那位戴着与您相似面具的演员开始毫无意义的争吵时，就看见她和一个年轻人——我觉得好像是安东尼奥·斯卡恰蒂——一起溜出去了。不必为此担心，我们会立刻着手一切可能的调查，一旦找到玛丽安娜，就会把她送回您身边。至于您自己，帕斯奎尔先生，由于您的行为，由于您对那位演员的带有谋杀企图的袭击，我必须逮捕您！"

帕斯奎尔先生的脸变得像死了一样苍白，他一句话都说不出来。就是同样这群巡捕，原本是来保护他免受乔装恶魔和鬼魂的袭击，现在却带走了他；就是同样这个夜晚，原本他是想庆祝自己的胜利，现在却带给他无尽的悲哀，带给他所有多情受骗的老傻瓜都会得到的极度绝望。

* * *

萨尔瓦多·罗萨离开罗马前往佛罗伦萨。故事的结局。

尘世间的一切事物都在永恒地变化，但人的想法却比其他一切更当得起善变二字，因为人的想法就像幸运女神的车轮一样，永远都在转个不停。今天被交口称赞的人，明天就遭到强烈谴责，今天被人们踩在脚下的人，明天却被捧上天！

在罗马，有谁不曾肆意嘲笑老帕斯奎尔·卡普齐，嘲笑他卑鄙的吝啬，他愚蠢的多情和疯狂的嫉妒？又有谁不希望可怜的、备受折磨的玛丽安娜能获得自由？然而，当安东尼奥幸福地带走了他的恋人之后，所有的嘲笑和讽刺却突然之间变成了对那位老傻子的同情，人们看见他可怜兮兮地在罗马的大街上徘徊，脑袋几乎耷拉到了地上。而且祸不单行的是，在玛丽安娜被带走后没多久，帕斯奎尔先生又失去了他的两位亲密挚友。侏儒皮提齐纳丘是被一颗扁桃仁噎死的，当时他正沉浸在一段华彩乐章中，因此粗心大意地把扁桃仁吞了下去。著名的金字塔医生斯宾蒂亚诺·阿科兰博尼先生则是由于一个咎由自取的书写错误而突然结束了生命。米凯莱把他揍得太厉害，以至于他发了烧。他决定用一种自创的方法来给自己治病，于是便要来纸笔，给自己开了一份处方，却由于写下了一个不正确的符号而大幅度增加了一种强效药物的剂量。结果他刚把药喝下去，就栽倒在枕头上一命呜呼了，如此一来，他倒也以一种庄严而奇妙的方式，用自己的死亡证明了自己所开出的最后一份处方的效果。

如前所说，那些原本笑得最凶，无数次希望勇敢的安东尼奥能够奇袭成功的人，现在全都同情起老头儿来了，而无论是安东尼奥还是萨尔瓦多·罗萨——那些人当然有理由认为后者是整起恶作剧的主谋——都遭到了强烈的谴责。

萨尔瓦多的敌人很多，他们竭尽所能地煽风点火。“你们瞧，”他们说，“他是马萨尼罗的无耻同伙，他杀人放火，无恶不作，他如果待在罗马，我们很快就会受到严重的威胁！”

事实上，有一小撮嫉妒者密谋勾结在一起，成功地阻止了萨尔瓦多原本名声鹊起的势头。虽然一幅又一幅构思独特、技艺精湛的画作不断地从他的工作室里创作出来，但那些所谓的行家却总是耸耸肩，一会儿说山峦太青，树木太绿，一会儿说人物太瘦太高，一会儿又说人物太胖，总之是对一切都鸡蛋里挑骨头，试图以此削弱萨尔瓦多来之不易的成就。圣路加的院士们——他们因为外科医生的事而对他耿耿于怀——对他的迫害尤为严重，甚至超出职业范围之外，诋毁起萨尔瓦多当时所写的优美诗作来，而且还暗示说萨尔瓦多不在自己的园子里采摘果实，反而去抢占别人的领地。这样一来，萨尔瓦多也根本无心再像从前在罗马时那样追求荣誉了。他放弃了那间常常被罗马显贵们拜访的大工作室，转而待在卡特琳娜夫人家里，待在他的那棵郁郁葱葱的无花果树下，这样的狭小环境恰恰能够不时地带给他一些慰藉和安抚。

仇家们的所作所为让萨尔瓦多的心情受到了不小的影响，他甚至觉得，有某种由于气愤郁结而导致的隐性疾病正在侵蚀他生命中最好的部分。在这种恶劣的情绪中，他构思并创作了两幅大型画作，这两幅画在整个罗马引起了轩然大波。其中一幅表现了所有尘世事物的短暂易逝，画中的主要人物是一位轻浮的女性，身上具有那种最低贱行当的所有特征，人们辨认出她是一位枢机主教的情妇。另一幅画画的是幸运女神，正在分发她丰盛的礼物。但是，一顶顶枢机主教帽、一枚枚金币、一件件荣誉饰品都落在了咩咩叫的绵羊、嘶鸣的驴子和其他鄙俗的动物身上，而被精心打造出来的人类却穿着破衣烂衫，徒劳地仰望着，得不到一丁点礼物。萨尔瓦多放任自己将坏情绪发泄出来，每颗动物脑袋上都带有与某位显贵人物相似的面部特征。可以想象，对他的恨是怎样地大幅升级，对他的迫害是怎样地变得前所未有。

卡特琳娜夫人眼含热泪地提醒他提高警惕。她发现，一到夜里，就有一些可疑的地痞在屋子周围转悠，显然是在监视萨尔瓦多的一举一动。萨尔瓦多明白，是时候离开罗马了。卡特琳娜夫人和她可爱的女儿们是唯一让他感到离别痛苦的人。考虑到托斯卡纳公爵的再三邀请，他动身去了佛罗伦萨。在佛罗伦萨，伤心的萨尔瓦多在罗马遭受的所有不愉快都得到了充分的补偿，他赢得了与自己的成就相匹配的大量荣耀和声誉。公爵的馈赠以及他的画所卖的高昂价格，令他很快就得以搬进一座大房子并做了华丽的装潢。当时最著名的诗人和学者们纷纷来到这里，云集在他身边，只需提到他们中有埃万杰利斯塔·托里拆利[32]、瓦里奥·基门泰利[33]、巴蒂斯塔·里恰尔迪、安德里亚·卡瓦尔坎蒂、彼得罗·萨尔瓦蒂、菲利波·阿波罗尼[34]、佛罗米尼奥·班德利以及弗朗切斯科·罗维就足够了。他们结成了一个出色的艺术和科学协会，而萨尔瓦多·罗萨很善于为他们的聚会赋予一种能以独特方式激发和活跃思想的奇妙色彩。餐厅被装饰得像一片美丽的林苑，花木芬芳、泉眼潺潺，就连菜肴也由一些穿着奇装异服的侍者端上来，看上去就像来自某个遥远的魔法国度一样神奇美妙。当时的人们把萨尔瓦多·罗萨家里举办的这些诗人和学者的聚会称为佩尔科西学院。

就这样，萨尔瓦多把心思全放在了艺术和科学上，只有在和朋友安东尼奥·斯卡恰蒂——他现在与可爱的玛丽安娜过着优雅的、无忧无虑的艺术家生活——在一起时，他内心最深处的情感才会重新复活。他们常会想起被骗的老帕斯奎尔，想起尼科洛·穆索的剧院里所发生的一切。安东尼奥问萨尔瓦多，他是怎么做到不仅让穆索本人，而且还让优秀的福米卡和阿格利也为他安东尼奥做事的。萨尔瓦多说，这很容易，因为福米卡是他在罗马最亲密的朋友，所以会心甘情愿地在舞台上执行萨尔瓦多给他发出的一切指示。安东尼奥信誓旦旦地说，尽管他现在每每想起那场为他带来幸福的演出还是忍俊不禁，尽管老头儿吞没了玛丽安娜的财产并且一毛钱也不肯拿出来，但他仍发自内心地希望与老头儿和解，因为他的艺术已经让他有足够的金钱收入了。至于玛丽安娜呢，每当她想到自己父亲的兄弟直至进坟墓也不会原谅自己对他所搞的恶作剧时，也常常会忍不住落泪，就这样，帕斯奎尔的仇恨给他们明快的生活投上了一道黯淡的阴影。萨尔瓦多安慰安东尼奥和玛丽安娜说，再糟糕的事情也会被时间抹平，比起他们当初留在罗马或者现在返回罗马，也许会有其他偶然事件以不那么危险的方式把他们重新引回老头儿身边。

我们会发现，萨尔瓦多的身体里简直住着一个预言家的灵魂。

过了很长时间，有一天，安东尼奥上气不接下气，脸色死白地闯进了萨尔瓦多的工作室。“萨尔瓦多！”他喊着，“萨尔瓦多，我的朋友！我的保护神！您如果不帮我我就完蛋了！帕斯奎尔·卡普齐来了，他把我当作他侄女的诱拐者，让人给我发出了一份逮捕令！”

“可是，”萨尔瓦多说，“现在帕斯奎尔先生能对您做什么呢？您不是已经通过教会与玛丽安娜缔结了婚姻吗？”

“唉！”安东尼奥绝望地回答说，“即使教会的赐福也不能保护我免遭灭顶之灾了！天知道老头儿从哪里找到门路搭上了教皇的侄子。这就足够了，这位教皇的侄子将老头儿置于保护伞下，还给他以希望，说圣父会宣布我与玛丽安娜的婚姻无效，他甚至还说，圣父会特许老头儿与她的侄女结婚！”

“行了，”萨尔瓦多喊道，“现在我什么都明白了！要毁掉您的，是教皇侄子对我的仇恨，安东尼奥！您知道吗，教皇的这位侄子，这位傲慢粗鲁的、乡巴佬一样的蠢货，就是我画上那些被幸运女神撒满了礼物的动物之一！是我帮助您得到了玛丽安娜，哪怕只是间接的帮助，这一点不只教皇的侄子知道，整个罗马人人都知道，这就足够被他们当成迫害您的理由了，因为他们对我本人束手无策！就算不是因为我喜欢您，把您当作我最亲密的朋友，安东尼奥，单是因为是我给您招来了灾祸，我就必须竭尽全力帮助您！但是，诸位圣徒啊，我不知道可以用什么办法来捣毁您的对手们的把戏！”

说着，已经连续不停地对着一幅画工作了很久的萨尔瓦多把画笔、调色板和支腕杖推到一边，从画架旁站起身来，双手抱臂在房间里来回走动了几圈，而安东尼奥则彻底陷入了沉思，眼睛呆呆地盯着地板。

最后，萨尔瓦多在安东尼奥面前停住，笑着喊道：“听着，安东尼奥，我的确没有办法对抗您那些强大的仇敌，但还有一个人能够而且一定会帮您，那就是——福米卡先生！”

“唉！”安东尼奥说，“不要和一个不幸的人开玩笑，什么都挽救不了这个人了！”

“您又绝望了吗？”萨尔瓦多喊道，他忽然心情大好，放声大笑起来，“我跟您说，安东尼奥！我的朋友福米卡一定会在佛罗伦萨帮助我们的，就和他在罗马帮助我们一样！放心回家去吧，好好安慰一下您的玛丽安娜，然后就安静地等着一切顺利进行。福米卡先生眼下真的正好在这里，我希望您做好准备，对于他要求您的事要全部照做！”安东尼奥诚心实意地答应了，现在他的心里又重新燃起了希望和信心。

当帕斯奎尔先生接到一份来自佩尔科西学院的郑重邀请时，他没有感到丝毫惊讶。“哈，”他喊道，“看来佛罗伦萨这地方的人倒是很懂得欣赏成就呢，他们知道并尊重具备杰出才华的塞尼加利亚的帕斯奎尔 · 卡普齐先生！”于是，对于自己的学识、艺术以及自己因此而获得的荣誉的考虑，盖过了他本来对一场以萨尔瓦多 · 罗萨为首的聚会所持的反感。于是，西班牙款式的礼服被仔细地刷洗干净，尖顶帽上装饰了一根新羽毛，鞋子配上了新蝴蝶结，帕斯奎尔先生像一只闪闪发光的金龟子，容光满面地出现在萨尔瓦多家里。眼前所见的庄丽豪华，以及身着盛装迎接他的萨尔瓦多，都让他不由得心生敬畏。小人的心态常常就是如此，他们先是倨傲自大，稍微感到一点强权的气息却又马上低入尘埃。还是同样那个萨尔瓦多，从前在罗马时帕斯奎尔先生总想粗鲁攻击他，现在面对他时却十分谦卑和恭顺。

在场的各方人士都对帕斯奎尔先生报以极大的关注，人们言必援引他的判断，大量谈论他的艺术成就，这让他觉得自己仿佛获得了新生，甚至有一种特别的精神在他内心苏醒，令他在谈论某些事情时表现出一种出人意料的聪慧。再加上他这辈子从没受到过这么好的款待，从来没喝过如此令人神清气爽的葡萄酒，所以他的兴致难免变得越来越高涨，这让他忘掉了在罗马遭受的所有不公，也忘掉了他来到佛罗伦萨想要办的那件不愉快的事。平时学院成员们经常会在饭后进行一些即兴的小型戏剧表演，所以这一天，著名剧作家菲利波·阿波罗尼也邀请那些通常参与演出的人表演一个节目，来作为宴会的结束。萨尔瓦多立刻起身离开，去做必要的准备工作。

不久之后，餐厅尽头的灌木丛开始晃动，枝繁叶茂的树枝被分开，一个带有几个观众席的小舞台露了出来。

“天呐！”帕斯奎尔·卡普齐吃惊地喊道，“我这是在哪里！这是尼科洛·穆索的剧院啊！”

不理会他的惊呼，埃万杰利斯塔·托里拆利和安德里亚·卡瓦尔坎蒂两个相貌堂堂、令人生畏的严肃男人抓着他的胳膊，将他带到紧靠舞台的一个座位上，并分别在他两侧坐下。

几乎与此同时，扮成帕斯奎埃罗的福米卡出现在了舞台上！

“无耻的福米卡！”帕斯奎尔喊道，同时跳了起来，朝舞台上挥舞着攥紧的拳头表示威胁。但托里拆利和卡瓦尔坎蒂用严肃而惩戒的眼神命令他安静，不要说话。

帕斯奎埃罗抽抽噎噎地哭泣着，咒骂命运带给他的全是悲惨和心痛，说他根本不知道怎样才能再次开怀大笑，最后他说，要不是一看见血就会晕倒，他在极度的绝望中真想割断自己的脖子，要不是一下水就忍不住该死地游起泳来，他真想跳进台伯河里去。

这时格拉齐亚诺医生出现了，他问帕斯奎埃罗是因为什么事而苦恼。

帕斯奎埃罗反问他说，难道他不知道他的主人帕斯奎尔·卡普齐先生家里发生的那些事吗，难道他不知道有一个无耻的流氓把主人的侄女，美丽的玛丽安娜给拐走了吗？

“哼！”卡普齐嘟哝道，“我明白了，福米卡先生，您是要向我道歉呐，您想得到我的原谅！那咱们就瞧瞧吧！”

格拉齐亚诺医生表达了他的同情，并说那个流氓一定十分狡猾，所以才能逃过卡普齐的一切追查。

嘿嘿，帕斯奎埃罗答道，医生怎么会以为安东尼奥·斯卡恰蒂那个流氓能从聪明而且受到强大朋友支持的帕斯奎尔·卡普齐先生手里逃脱呢；安东尼奥已经被逮捕了，他与被拐走的玛丽安娜的婚姻被宣布无效，玛丽安娜重新回到了卡普齐的控制之下！

“他重新得到她了吗？”卡普齐欣喜若狂地喊道，“善良的帕斯奎尔重新得到她了吗？他重新得到她的小鸽子，他的玛丽安娜了吗？安东尼奥那个流氓被逮捕了？啊，愿上帝保佑您，福米卡！”

卡瓦尔坎蒂非常严肃地说：“您入戏太深了，帕斯奎尔先生！不要这样干扰打断演员，让他们说完！”

帕斯奎尔先生羞愧地坐回到刚刚离开的座位上。

格拉齐亚诺医生问：后来又发生了什么呢？

婚礼，帕斯奎埃罗继续说道，后来举办了婚礼。玛丽安娜对自己所做的事情表示后悔，而帕斯奎尔先生从圣父那里得到了梦寐以求的特许令，与他的侄女结了婚！

“对，对，”帕斯奎尔·卡普齐眼里闪着狂喜的光，自言自语地说，“对的，最亲爱的福米卡先生，他和可爱的玛丽安娜结婚了，幸福的帕斯奎尔啊！他就知道，小鸽子一直都是爱他的，只是撒旦诱惑了她。”

既然是这样，格拉齐亚诺医生说，那就一切都很好，没有理由苦恼了啊。

然而他话音刚落，帕斯奎埃罗却抽噎和哭泣得比先前更厉害了，最后竟像被巨大的痛苦攫住一样晕了过去。

格拉齐亚诺医生不安地走来走去，后悔没在身上带一小瓶嗅盐，他翻遍所有口袋，最后找出一颗炒栗子，将其送到昏迷的帕斯奎埃罗鼻子底下。帕斯奎埃罗立刻打了个大喷嚏并醒了过来，他请求医生一直举着那颗栗子，说这对他那虚弱的神经有好处，然后他讲述了玛丽安娜是怎样在婚礼之后立刻陷入深深的悲伤，她不停地念着安东尼奥的名字，对老头儿充满厌恶和蔑视。

但是老头儿被爱情和嫉妒冲昏了头，并没有停止用最可怕的方式疯狂地折磨她。帕斯奎埃罗讲述了好几桩帕斯奎尔的疯狂行径，都是人们在罗马讲过的关于他的真事。卡普齐在座位上不安地动来动去，嘴里嘟哝着："该死的福米卡，你撒谎，你中了什么邪！"只是因为托里拆利和卡瓦尔坎蒂一直用严肃的眼神监视着老头儿，他的愤怒才没有大肆发作出来。

最后，帕斯奎埃罗说道，不幸的玛丽安娜成了无望的爱情、深深的悲伤和该死的老头儿带给她的无尽折磨的牺牲品，最终死在了花季的年龄。

就在这时，人们听到几个低沉沙哑的声音念出一句恐怖的"我从深处"[35]，一些身穿黑色长袍的男子抬着一口敞开的棺材出现在舞台上。人们可以看见棺材里躺着美丽的玛丽安娜的尸体，裹着白色的寿衣。悲痛欲绝的帕斯奎尔·卡普齐先生步履蹒跚地走在后面，号啕大哭、捶胸顿足，绝望地喊着："哦玛丽安娜，玛丽安娜！"

在看见侄女尸体的一瞬间，台下的卡普齐就放声大哭起来，两个卡普齐，一个台上一个台下，同时撕心裂肺地哀号哭喊着："哦玛丽安娜，玛丽安娜！哦，我这不幸的人！哦天哪！哦天哪！"

想象一下，一口敞开的棺材里躺着那个美丽孩子的尸体，周围是送葬的男子们，他们声音嘶哑地念着"我从深处"，还有一些古怪滑稽的面具，还有帕斯奎埃罗和格拉齐亚诺医生在用可笑的表情表达着他们的悲痛，然后再加上两个卡普齐绝望的哀号哭喊！事实上，每个目睹这场奇异闹剧的人，即使会对那位古怪的老头儿爆发出最疯狂的嘲笑，也无法不同时感到一阵阵深深的、可怕的战栗传遍全身。

正在这时，舞台上忽然电闪雷鸣，变得十分昏暗，从舞台深处升上来一个苍白如鬼魅的身影，他的身上有一些极为明显的特征，表明他正是卡普齐在塞尼加利亚故去的兄长彼得罗，即玛丽安娜的父亲。

“无耻的帕斯奎尔！”那身影用空洞而恐怖的声音嘶吼道，“你把我女儿弄到哪儿去了，你把我女儿弄到哪儿去了？等着瞧，你这杀害我孩子的凶手！你会在地狱中得到报应的！”

舞台上的卡普齐仿佛被一道雷电击中似的倒了下去，而在同一时刻，台下的卡普齐也失去意识，从座位上倒了下去。灌木丛一阵沙沙作响之后，舞台消失了，玛丽安娜、卡普齐和彼得罗的那个可怕鬼魂也都不见了。帕斯奎尔·卡普齐昏迷得很严重，想把他弄醒相当费劲。

最后，他终于长吁一声醒了过来，他的两只手向前伸着，仿佛想把那种攫住他的恐惧推开，同时嘴里闷声喊着：“放开我，彼得罗！”然后他又突然泪如雨下，哭泣抽噎着念叨着：“啊，玛丽安娜，我美丽可爱的孩子！我的玛丽安娜！”

“镇静一下，”卡瓦尔坎蒂说道，“您镇静一下，帕斯奎尔先生，您看到的只是您侄女在舞台上的死去。她还活着，而且还来到了这里，她想为她未经深思熟虑的恶作剧乞求您的宽恕，她是因为爱情，或许还因为您的有欠考虑的行为才搞出那个恶作剧的。”

这时候，玛丽安娜从大厅后面走了出来，身后还跟着安东尼奥·斯卡恰蒂，她扑倒在老头儿脚边，后者此时已经被人扶到了软垫椅上。玛丽安娜模样迷人，十分惹人注目，她亲吻他的双手，在上面洒满热泪，并请求老头儿宽恕她和她的安东尼奥，说她已经在教会的赐福下与他缔结了婚姻。

老头儿像死人一样苍白的脸上仿佛忽然升腾起火焰，他的眼中闪着愤怒，用半是哽咽的声音喊道："无耻之徒！恩将仇报的毒蛇！"但就在此时，面容严肃的老托里拆利十分威严地走到卡普齐面前，对他说道：他（卡普齐）已经清清楚楚地看到了，如果他胆敢使出那种卑劣的手段去损害玛丽安娜和安东尼奥的平静与幸福，那么迎接他的将会是怎样无可避免、无法挽回的命运。他极尽夸张地描述了陷入热恋的老人们的种种愚蠢和疯狂，描述了他们是怎样给自己招来上天能够施予人的最可怕的灾祸，因为他们将会失去能够留给他们的最后的爱，只有仇恨和蔑视会从四面八方向他们射去死亡之箭。

在这个过程中，可爱的玛丽安娜用一种打动人心的声音不时地喊着："哦我的叔叔，我愿意像对待自己的父亲一样尊敬您、爱您，如果您把我的安东尼奥从我身边夺走，那您就是要让我痛苦地死去啊！"而围在老头儿身边的诗人们也全都异口同声地说，一个像塞尼加利亚的帕斯奎尔·卡普齐先生这样的人，那么热爱艺术，自己又是极出色的艺术家，怎么可能不原谅她呢；他既然充当着世间最可爱女子的父亲这个角色，怎么可能不高兴地接受安东尼奥·斯卡恰蒂这位在全意大利受到高度评价并享有盛誉的艺术家来当自己的女婿呢！

可以明显地感觉到，这些话在老头儿的内心深处产生了影响。他唉声叹气，他双手掩面；在托里拆利说着那些咄咄逼人的话时，在玛丽安娜殷殷切切地恳求时，在其他人竭尽全力地夸赞安东尼奥·斯卡恰蒂时，他一会儿看看自己的侄女，一会儿瞧瞧安东尼奥，后者光鲜亮丽的衣着和金灿灿的功勋链证实，他们对老头儿所说的他取得的艺术家荣誉都是真的。

卡普齐脸上的愤怒消失得一干二净，他两眼放光地跳起来，把玛丽安娜抱在胸前，喊道："好的我原谅你了，我亲爱的孩子；我原谅您，安东尼奥！我绝不会破坏你们的幸福的。您说得对，尊敬的托里拆利先生。通过舞台上的场景，福米卡先生已经清楚地向我展示了，如果我真的实施那个疯狂的袭击的话，将会带来怎样的灾祸和毁灭。我好了，我的疯病全被治好了！不过福米卡先生在哪儿，我那可敬的医生在哪儿？我要为他治愈了我而千百次地感谢他，这事只有他能办到。他让我感受到的恐惧，彻底地改变了我的整个内心！"

帕斯奎埃罗走了出来。安东尼奥扑上去搂住他的脖子喊道："哦福米卡先生，我要为我的生命，为我的一切感谢您，请扔掉这张丑陋的面具吧，让我看看您的脸，让福米卡对我来说不再神秘。"

帕斯奎埃罗摘掉了自己的帽子和人造面具，那张面具看起来简直跟天然的人脸一样，不会对面部表情有任何影响，于是这位福米卡先生，这位帕斯奎埃罗就变成了——萨尔瓦多·罗萨！

"萨尔瓦多！"玛丽安娜、安东尼奥和卡普齐全都惊呼起来。

"是的，"这位神奇的男子说道，"我就是作为画家、作为诗人不被罗马人承认的萨尔瓦多·罗萨，但在长达一年多的时间里，在他们不知道的情况下，我几乎每晚都作为福米卡在尼科洛·穆索那方小得可怜的舞台上给他们带去兴奋，并赢得狂风暴雨般的掌声，他们不能容忍萨尔瓦多在诗歌和油画里对丑恶之事所做的讽刺和嘲弄，但这些嘲讽一旦放到那个舞台上，他们却心甘情愿地接受！亲爱的安东尼奥，是萨尔瓦多·福米卡帮助了您！”

“萨尔瓦多，”老卡普齐这时说道，“萨尔瓦多·罗萨，虽然我曾经把您视为最可恶的仇敌，却始终非常崇敬您的艺术，不过现在，我喜欢您，把您当作最可敬的朋友，也恳请您能接受我的友谊！”

“请告诉我，”萨尔瓦多答道，“尊敬的帕斯奎尔先生，有什么是我能为您效劳的？事先向您保证，我一定会不遗余力地完成您所要求我的事情。”

这时候，卡普齐重新露出了自玛丽安娜被劫走以来就从他脸上消失了的开心笑容。他握住萨尔瓦多的手，悄声说道：“亲爱的萨尔瓦多先生，您是可以对勇敢的安东尼奥提出任何要求的；所以请您以我的名义请求他，让他允许我在他和我亲爱的女儿玛丽安娜身边度过我余下不多的日子，并请他接受玛丽安娜母亲留给她的遗产，另外再附加一份我给的丰厚嫁妆！但是如果我偶尔亲一亲那甜美可爱的孩子的小白手，他可不许疑神疑鬼的，而且他还得——至少在每个礼拜日我去做弥撒时——帮我修剪一下乱糟糟的胡子，这件事全世界没有人比他做得更好啦！”

萨尔瓦多费了好大的劲儿才忍住没对这位奇异的老人发笑；但是没等他开口回答，安东尼奥和玛丽安娜就已经拥抱住老头儿，对他说，直到此刻他们才相信他是真的彻底与他们和解了，他们很开心他能作为亲爱的父亲住到他们家里，并且再也不会离开。安东尼奥还补充说，不仅是礼拜日，他每天都会帮他把小胡子修剪得漂漂亮亮的，于是老头儿感到开心幸福得不得了。这时候人们已经准备好了美味的晚餐，于是每个人都怀着最愉快的心情坐了下来。

亲爱的读者，在告别之际，我发自内心地祝愿，在你阅读这个关于神奇的福米卡先生的故事时，那种令萨尔瓦多和他的所有朋友们都欢欣鼓舞的喜悦之情，也能明亮地出现在你自己心里。

1 萨尔瓦多·罗萨（Salvator Rosa，1615—1673），17世纪意大利巴洛克风格最狂野的创新派画家。

2 此处原文为意大利语。

3 马萨尼罗（Tommaso Aniello d'Amalfi，1620—1647），17世纪那不勒斯爆发的一场民众起义的首领。

4 阿涅罗·法尔科（Aniello Falcone，1607—1656），意大利画家。

5 可能是指Jean-Joseph Taillasson（1745—1809），法国画家、艺术评论家。

6 原文为意大利语caro puppazetto：亲爱的小娃娃。

7 普钦奈拉（Pulcinella），17世纪那不勒斯木偶戏中的经典丑角形象。

8 阿刻戎河，希腊神话中的冥河之一，意为“痛苦之河”。

9 方尖碑顶端的形状就是金字塔的形状。

10 意大利罗马的一座古代金字塔。

11 即拉斐尔（Raffaello Sanzio，1483—1520）。

12 安尼巴尔·卡拉奇（Annabale Caracci，1560—1609），意大利画家。

13 圭多·雷尼（Guido Reni，1575—1642），意大利画家。

14 马蒂亚·普雷蒂（Mattia Preti，1613—1699），意大利画家，出生于意大利卡拉布里亚的一个小镇。

15 指罗马圣路加艺术学院（Accademia di San Luca），成立于1577年。

16 蒂亚里尼（Alessandro Tiarini，1577—1668），意大利画家，安尼巴尔·卡拉奇的学生。

17 格西（Giovanni Francesco Gessi，1588—1649），意大利画家，圭多的学生。

18 塞门塔（Sementi or Semenza，1580—1638），意大利画家，也是圭多的学生。

19 兰弗朗哥（Giovanni Lanfranco，1581—1647），意大利画家，曾师从卡拉奇学习。

20 即多米尼科·赞皮埃里（Zampieri Domenichino，1581—1641），意大利画家，安尼巴尔·卡拉奇的学生。

21 贝利萨里奥（Belisario Corenzio，1558—1643），希腊人，据说十分善妒好斗，把其他画家都视为敌人。

22 里贝拉（Giuseppe Ribera，1589—1656），意大利画家。

23 委拉斯凯兹（Diego Rodríguez de Silva y Velázquez，1599—1660），西班牙画家。

24 弗雷斯科巴尔迪（Girolamo Frescobaldi，1583—1643），巴洛克早期意大利最著名的作曲家和演奏家，被誉为意大利音乐之父。

25 切卡雷利（Odoardo Ceccarelli, c.1600—1668），意大利西斯廷教堂合唱队著名歌手、作曲家。

26 弗朗切斯科·卡瓦利（Francesco Cavalli，1602—1676），巴洛克早期意大利作曲家，多年在威尼斯的圣马可大教堂担任管风琴师和乐队指挥。

27 皮拉德斯（Pylades）是希腊神话中阿加门农之子俄瑞斯忒斯的最好朋友和伙伴，从小与俄瑞斯忒斯一起长大，以对后者的忠诚友谊而著称。

28 卡里西米（Giacomo Carissimi，1605—1674），意大利作曲家。

29 普鲁托，古罗马神话中的冥神。

30 油腻星期四（Giovedi grasso）是天主教的传统节日，人们通常会在这天大吃和狂欢，以迎接即将来临的为期四十天的不能吃肉也没有娱乐的大斋期。

31 水银（Quecksilber）一词的词源意思是“快的、灵活的银子”。

32 埃万杰利斯塔·托里拆利（Evangelista Torricelli，1608－1647），意大利物理学家、数学家，气压计的发明者。1642年伽利略逝世后，托里拆利接替伽利略任佛罗伦萨科学院的物理学和数学教授，并被任命为宫廷首席数学家。

33 瓦里奥·基门泰利（Valerio Chimentelli，1620—1668），意大利法学家。

34 菲利波·阿波罗尼（Filippo Apolloni，约1620—1688），意大利诗人、歌剧脚本作者。

35 原文为拉丁语，出自《圣经·旧约》诗篇第130章的开头第一句：“主啊，我从深处向你求告。”这句话在天主教中经常被用作死者祈祷词，并在葬礼中念诵。

磁力催眠师

一起家庭事件

梦是泡沫

“梦都是泡沫。”老男爵说着，手伸向摇铃绳，准备叫老卡斯帕拿灯来送他回房间；此时天色已晚，一阵寒冷的秋风吹过四处漏风的消夏客厅，玛丽亚紧裹在披肩里，半闭着眼睛似乎再也扛不住睡意。“但是，”他继续说道，手又收了回来，从扶手椅上向前倾着身体，胳膊撑在膝盖上，“但是我仍然记得我年轻时做过的一些奇怪的梦！”

“哦，亲爱的父亲，”奥特马尔插嘴道，“哪有梦是不奇怪呢，但只有那些预示了惊人现象的梦，用席勒的话说，只有那些推动了伟大命运的灵魂，仿佛强行把我们拖进一个幽暗神秘的王国，一个用我们偏执的目光难以开启的王国，只有那样的梦，才能用一种强大的力量抓住我们，使我们无法抗拒它的影响。”

“梦都是泡沫。”男爵闷声重复道。

“唯物主义者总是把最神奇的事视为十分自然，又把最自然的事视为荒诞和难以置信的，而他们的这句老生常谈，”奥特马尔反驳说，“本身就是一个极好的例子。”

“你又要从这句老掉牙的谚语中发现什么深意了吗？”玛丽亚打着哈欠问。

奥特马尔笑着用普洛斯彼罗[1]的台词回答她道：“抬起你流苏般的眼帘，好好听我说！说真的，亲爱的玛丽亚，要不是你困得厉害，你自己肯定也已经猜到了，既然我们谈论的是人类生活中的一种至为美妙的现象，也就是梦，那么我在使用泡沫这个词的时候，想到的其实是所有泡沫中最美好的那种。而那显然就是香槟酒上发酵翻涌着的、嘶嘶作响的泡沫，就算你平时总是挑剔地嫌弃一切葡萄汁上的泡沫，你也不会拒绝抿上一口这种泡沫。千百个小气泡像珍珠似的在玻璃杯里向上升腾，涌到上面变成泡沫，那是一些急欲挣脱尘世羁绊的灵魂；所以泡沫里跃动着一种更高的属灵原则，它脱离了物质的欲求，鲜活地扇动着翅膀，在一个遥远的、许诺给我们所有人的天界中，快乐地向那些相似的高等属灵事物集结，像对待最熟悉的事物一样接受和知晓一切奇异现象的最深刻的含义。所以那没准儿也是泡沫的梦呢，在那个梦里，每当睡眠禁锢了我们的外在生活，我们的生命精灵就会被制造出来，欢腾雀跃，自由自在地喷涌，开始过一种更高等的内在生活，在那种生活中，我们不仅能隐约感知，而且能真切地认识那个距离我们很遥远的属灵世界里的一切现象，甚至还能超然于空间和时间之上。”

“给我的感觉，”男爵打断他的话，他仿佛突然从一个深陷的回忆中被猛地拉了出来，“我好像是在听你的朋友阿尔班说话似的。你们把我当作你们的顽冥不化的敌人；你刚才所说的一切，听起来很美，某些敏感的或感性的心灵听了可能会很喜欢，但仅就其片面性而言它们就是不真实的。你刚才大谈梦和什么属灵世界的联系，让人以为，梦一定会把人带到一种极乐的状态；但是，所有那些由于巧合——我说的巧合是指某些本身互不相干的事情遭遇际会并结合成为一个总体现象的情况——所有那些由于巧合而对我的生活产生某种影响，因而被我称为奇怪的梦，要我说，都让人不太舒服，甚至让人痛苦，以至于我常常会因此生病，虽然我并没有对它们苦思冥想，因为当时还没有出现这种大自然越是明智地让我们远离什么，我们越是要去追逐什么的时尚。”

“您知道的，亲爱的父亲，”奥特马尔答道，“对于所有这些您称为巧合，称为各种事情的遭遇际会或者其他什么的东西，您知道我和我的朋友阿尔班是怎样的想法。至于苦思冥想，我亲爱的父亲可不要忘了，这种时尚其实扎根在人的天性中，它非常古老。塞斯的学徒——”

“停，停，”男爵惊跳起来，“我们还是不要继续深入了，我今天尤其不想谈论这个话题，因为我完全没有心情去接受你对于神奇事物的那种过分澎湃的热情。我不能否认，恰恰是在今天，九月九日，我被自己年轻时代的一段回忆所困扰，我无法摆脱它。如果我给你们讲讲那段奇遇，奥特马尔就能从中找到证据，证明梦或者像梦一样的状态，因为以某种特有方式与现实相联系，对我产生了最不利的影响。”

“也许，亲爱的父亲，”奥特马尔说，“也许您能给我和我的阿尔班贡献一份宝贵的经验，我们已经有很多这方面的经验，能对这种以睡眠和梦研究为基础的磁力影响理论做出证明。”

“单是磁力这个词就让我发抖，”男爵恼火道，“不过每个人有每个人的方式，随你们吧，既然大自然容忍你们用笨拙的手去撕扯它的面纱，而不以你们的毁灭去惩罚你们的好奇。”

“亲爱的父亲，”奥特马尔回答，“我们还是不要为各自内心深处坚信的东西而争执吧；不过您年轻时的回忆，难道是不能用语言表达的吗？”

男爵坐回扶手椅深处，像以往每次内心受到激荡时那样，他把充满思绪的目光投向空中某处，开始讲述起来：

“你们知道，我是在B城的骑士学院接受军事教育的。在学院雇用的老师中，有一个男人令我终生难忘；即使是现在，每当想起他，我都难免心里发颤，甚至可以说是充满恐惧。我常常感觉他正像个幽灵似的从房门走进来。他的个子本就高得惊人，再加上体形瘦长，全身似乎只有肌肉和神经，因此显得格外醒目；他年轻时应该是个很英俊的男人；就算是那时，他那双黑色的大眼睛投射出的灼灼目光也还是令人难以招架；五十多岁的人，却有着年轻人的力量和敏捷；他的每一个动作都迅速而果断。在击剑格斗中，他能胜过最灵敏的对手，最野的马也会被他驯服，只能在他身下呼哧呼哧地喷气。他过去曾在丹麦军队服役，据说后来在决斗中刺死了自己的长官而不得不逃跑了。也有人说，那不是发生在决斗中，而是因为长官说了一句侮辱性的话，他听了以后，没等长官来得及自卫，就一剑刺穿了长官的身体。总之，他从丹麦逃过来，以少校军衔在骑士学院受雇讲授高级筑防课程。他性格极其暴躁易怒，一句话、一个眼神都可能点燃他的怒火，他想了各种酷刑来惩罚学生，但一切又难以捉摸地取决于他的一念之间。有一次，他对一个学生采取了无视一切规章秩序的处置，惊动了上级，于是对他做出了调查；但恰恰是那个学生却把错都揽到自己身上，他非常积极地替少校说话，导致学院只能免除其一切罪责。

“偶尔有些日子，他会变得不那么像他自己。他低沉的嗓音平时说起话来总是生硬严厉的声调，这时却带有几分难以形容的清亮，他的目光也让人移不开视线。他变得和善仁慈，对各种小失误都不予追究，当他与某个很好地完成了动作要求的学生握手时，那感觉就好像是他用一种无法抗拒的魔力把那个人变成了他的奴隶，因为他仿佛随时可以命令对方在下一刻就痛苦地死去，而他的话也一定会被服从。但紧跟在这样的日子后面的，往往是一场可怕的狂风暴雨，令每个人都不得不躲起来或者逃掉。这时候，他会大清早就穿上红色的丹麦国家制服，不管是夏季还是冬季，在骑士学院宫殿旁边的大花园里来来回回地大步走上一整天。人们听到他用可怕的声音讲着丹麦语，还做着猛烈的动作，他拔出剑，似乎是在跟一个可怕的对手过招，他接招，他挡住刺来的剑，终于，对手被他精心计算的一剑刺中后倒下了，在一阵可怕的叫骂和诅咒声中，他仿佛是在把对手的尸体踩在脚下踱碎。接着，他以令人难以置信的速度穿过林荫大道，爬上最高的大树，然后冲树下发出嘲讽的大笑，那笑声传到我们的房间里，令我们血管里的血液仿佛都冻住了。”

“通常他会这样疯上二十四小时，而且人们发现，在每年的昼夜平分日，他的这种周期病都会发作。发作完的第二天，他似乎完全不知道自己曾经做过什么，只是人会变得比之前更加固执、暴躁和严厉，这样一直持续到他再次进入那种和善的情绪状态。不知道从哪里传出一些关于他的奇怪而离奇的传言，在学院的下人们中间，甚至在城里的普通百姓中间流传甚广。传言说，他能与火交谈，能通过手掌的抚触，甚至仅凭目光来治病。我记得有一次，他曾经挥舞着棍子赶走了那些非要他用这种方式给自己治病的人。有一个被派来服侍我的残疾老人曾经直言不讳地说，谁都知道少校先生的症状来得不自然，说是许多年前，在一场海上风暴中，邪恶的敌人出现在他面前，答应把他从濒死的绝境中拯救出来，还许诺要赋予他超人的能力，能做各种神奇的事情，他接受了，开始听命于那个恶魔；现在他常常得与那个恶魔苦斗一番，后者时而化身为一条黑犬，时而变成别的丑陋动物出没在花园里，但早晚有一天，少校一定会惨败在对方手下的。”

“尽管这些故事在我听来愚蠢而荒谬，但我心里还是忍不住打了个冷战。少校对我表现出比对别人更多的特殊好感，虽然我也用忠诚回报了这种好感，但我对这个古怪男人的感情，却掺杂了一些说不清的东西，一刻不停地困扰着我，我始终搞不清楚那究竟是什么。那感觉就好像是，有某种更高的东西在强迫我对这个男人保持忠诚，仿佛我的爱停止之时便是我的毁灭之际一样。和他待在一起让我既感到某种满足，又感到一丝恐惧，一种无法抗拒的强迫感以一种非自然的方式令我紧张，甚至让我的内心感到一种崇高。当我长时间地待在他身边，或者当他特别亲切地对待我——每当这种时候他总是会用目光牢牢地盯着我，把我的手紧紧地握在他手里——给我讲述各种稀奇古怪的事情时，那种特有的奇妙情绪总是会把我搞得精疲力竭。我觉得自己好像生病了，虚弱得要瘫倒在地。后来，他甚至开始参与我的幼稚游戏，频繁地来帮我建造我在花园里按照最严格的筑防技术建造的一座坚不可摧的防御工事，但那时候我忽略了我的朋友们和领主脸上的奇怪表情——我马上就要说到重点了。

“我清楚地记得，那是在一七年[2]九月八日到九月九日的夜间，我做了一个特别清晰的梦，一切就像是真实发生的一样，我梦到少校轻轻打开我的房门，慢慢地走到我床边，他用一双空洞的黑色眼睛可怕地凝视着我，然后抬起右手放在我的额头上，遮住我的眼睛，但尽管如此我仍然能看见他站在我面前。我发出窒息和恐惧的惊呼。这时他用沉闷的声音说道：‘可怜的人子，认清你的大师和主人！你在你那奴隶壳里挣扎扭动什么呢，一切摆脱它的努力都是徒劳！我是你的上帝，我能看穿你内心深处，无论你过去曾经隐瞒什么，或将来想要隐瞒什么，一切在我面前都洞如烛火。不过，为了让你这可怜虫不至于胆敢怀疑我对你的力量，我会用你自己能看见的方式进入你的思想的秘密工场。’然后我看见他手上突然出现一个尖锐而发光的器具，他用它钻进了我的大脑。我在自己发出的可怕的惊恐叫声中醒了过来，浑身冷汗，差一点就晕了过去。最后我终于缓过神来，但屋子里弥漫着一股潮湿闷热的空气，我觉得自己好像听到了少校的声音，那声音似乎从很远的地方传来，正在一遍遍地叫着我的名字。我以为这是噩梦的副作用；我跳下床，打开窗子，好让室外的空气进入闷热的房间。但是，当我在夜晚明亮的月光下看见少校时，我吓坏了，他穿着国家制服，与我梦里见到的一模一样，正穿过林荫大道朝那扇通往野外的花园大门走去。他拉开那道门，走出去，反手用力关上门，门栓和铰链吱呀作响地闭合，声音在寂静的夜色中回荡。

“‘怎么回事，少校大半夜去野外做什么？’我想着，心里感到一种说不出的害怕和惶恐。像受到某种不可抗拒的力量驱使一般，我迅速穿好衣服，叫醒了善良的检查员，那是一位七十多岁的虔诚老人，少校即使在发病最严重的时候也比较畏惧他，不会去打扰他。我给他讲了我做的梦和后来发生的事。老人听得很专注，并说：‘我也听到了用力关门的声音，还以为是自己听错了。’无论如何，少校可能发生了一些特别的事，所以最好去他的房间看一看。

“室内摇铃叫醒了学生和教师们，我们举着灯烛，像节日游行一样浩浩荡荡地穿过长长的走廊朝少校的房间走去。他的房门关着，用总钥匙无论如何也打不开，这让我们认定门栓一定是从里面插上了。就连楼门也像前一天晚上那样好好关着并插着门栓，但少校要去到花园里，是必须走那扇门的。最后，在百般呼叫依然无人应答之后，我们砸开了那间卧室的房门——身穿红色丹麦国家制服的少校目光呆滞狰狞，嘴角泛着血沫子，痉挛的手紧紧攥着长剑，已经死在了地上！我们想方设法试图救活他，最后全都没用。”

男爵沉默下来。奥特马尔想要说些什么，却被他制止了。他以手覆额，似乎想在心里把自己试图通过这番讲述来表达的意思先整理一下。玛丽亚打破了沉默，喊道：“啊呀，亲爱的父亲！太恐怖了，我甚至能看见可怕的少校穿着他的丹麦制服站在我面前，凝视着我；今晚我睡着以后这事准会发生。”

画家弗兰茨·比科特——他已经是男爵家十五年的真正老友了——像以往某些时候那样，到此刻为止一直没有参与这场谈话，他只是来来回回地踱着步，同时把双手绞在背后，脸上做出各种滑稽的怪样，还时不时逗人发笑地试图跳一下。这会儿他突然出声道：“男爵小姐说得很对，为什么偏偏要在临睡前讲这种恐怖故事，这种离奇事件呢？至少这完全违背了我的睡眠和梦的理论，我的理论是有无数细小经验支持的。如果男爵所做的全都是不幸的梦，那只是因为他不了解我的理论，所以无法按照该理论来实践。奥特马尔讲到磁力影响、行星作用什么的，他说得也许没错，但我的理论能锻造出月光无法穿透的铠甲。”

“那么我真的相当渴望听一听你的出众理论了。”奥特马尔说。“让弗兰茨说说吧，”男爵插嘴说，“无论他想要什么，想要怎样，他都能很快说服我们的。”画家在玛丽亚对面坐了下来，他带着一种逗人发笑的礼貌和极为滑稽的可爱微笑捻了一小撮鼻烟，然后开始说道：

“尊敬的在座各位！梦是泡沫，这是一句古老质朴的、直白的德国谚语，但是奥特马尔把它变得特别细腻，特别精妙，以至于在他描述的时候，我感觉自己脑海里真的出现了无数小气泡，它们在凡尘中形成，向上升腾，去和更高的属灵原则相结合。但是，难道不正是我们的精神先制造了酵母，然后才从酵母中产生出那些更加细腻的部分——虽然它们也是同一种原则的结果——难道不是这样吗？那么，我们的精神是在自身之中已经具备了一切要素，一切配件，然后它才能像这个比喻所说的那样制造出那种酵母，还是有什么外在于它的东西帮助了它呢？——我要这样进一步追问并迅速回答：整个自然连同其所有现象对它的帮助，都比不上它自己在时空中营造的那个作坊，在这个作坊中，它幻想自己是位自由的大师，只为自身的目的而创造和工作。我们与所有外部事物，与整个自然有着如此紧密的心理和物质联系，以至于脱离它们——如果脱离是可能的——也将破坏我们的存在。我们的所谓‘深度生活’是以‘平常生活’为前提的，它只是后者的一种反射，但在这种反射中，人物和图像仿佛进入一面凹镜，经常在改变了的条件下呈现出来，因此常常显得奇怪而异样，尽管这些漫画在生活中都是有原型的。我敢大胆地断言，没有一个人曾经在心里想到过或梦到过某种在自然界完全找不到元素的东西；人无法摆脱自然。除了那些使我们情绪激动并进入一种不自然的紧张状态的无法回避的外来印象，例如突然的惊吓、剧烈的心痛等，我认为，只要我们的精神能满足于待在指定的框架中，就可以轻松地用生活中那些最令人愉快的现象来制造酵母，然后就会有小气泡升腾起来，那就是奥特马尔所说的梦之泡沫了。就我自己而言，大家都知道，我在夜晚的好心情是从来不会败坏的，我会认真地为夜里的梦做准备，会在脑海中翻滚过千百件滑稽可笑的事情，然后我的想象力到了夜里就会用最生动的色彩、最令人愉快的方式来展现它们；不过我最爱的还是我的戏剧演出。”

“那是什么意思？”男爵问。

比科特继续说道：“正如一位充满智慧的作家曾经说过的那样，在梦里，我们都是最出色的剧作家和演员，我们能准确地抓住我们之外的每个人物的全部个人特征，并以最完整的真实将它们呈现出来。我就以此为基础来造梦，有时候想想自己旅途中发生过的各种好笑的奇遇，有时候想想和我一起生活过的滑稽人物，到了夜里，我的想象力就会让这些人物带着各种滑稽特征和各种愚蠢登场，为我上演一出全世界最赏心悦目的戏剧。这就好像我每天晚上只是先提前给了自己一个剧本大纲，然后在梦里，一切就会按照作家的愿望有血有肉地即兴表演出来。我心里装了一整个萨基剧团[3]，能把戈齐[4]的童话表现得生动逼真、栩栩如生，让观众——我本人也代表了观众——对一切信以为真。我刚才说过，这种仿佛可以任意激发的梦，并不包括那些由特殊的、因外部偶然事件而引起的情绪或由外部身体印象制造的梦。因此，所有那些时不时地折磨几乎每个人的梦，比如梦见从塔上跌落，梦见被砍头等等，都是由某种身体上的疼痛引起的，由于精神在睡眠中与动物性的生活相分离，开始独自工作，于是便按照自己的方式来解释这种疼痛，给它赋予了某种幻想的原因，使其正好与自己的一系列想象相符合。我记得有一回我梦见自己加入了一个有趣的潘趣酒会，一位我熟识的爱吹牛的军官一直在不停地戏弄一位大学生，直到后者将一杯酒泼在了他的脸上；于是就发生了一场混乱的斗殴，本想做和事佬的我有一只手受了重伤，火辣辣的疼痛感让我醒了过来，结果怎么着！我的手真的在流血，因为有一根坚硬的针藏在床单里，把我的手划破了。"

"哎，弗兰茨！"男爵喊道，"你给自己炮制的这可不是什么愉快的梦啊。"

"唉，唉！"画家用哀怨的声音说道，"对于命运时常加诸在我们身上的惩罚，谁又有什么办法呢？我当然也会做一些可怕的、痛苦的、惊悚的梦，那种梦总令我冷汗直冒，魂不守舍。"

"说说吧，"奥特马尔嚷着，"哪怕它们可能会推翻你的理论。"

"天哪，"玛丽亚埋怨道，"你们就不能饶了我吗？"

"不，"弗兰茨说，"现在已经没人能够幸免了！——我也梦到过可怕的事情，和每个人一样。我不是曾被阿玛达松吉公主请去喝茶么？我不是曾身穿镶金丝的制服配刺绣背心么？我不是曾说一口纯正的意大利语——仿佛长着罗马人的嘴和托斯卡纳人的舌头么？我不是曾经像个艺术家那样爱上那位美丽的女人？我不是曾经对她谈论着最崇高、最神圣、最诗意的话题，却在她一瞥偶然投来的目光中惊恐地发现，自己虽然身着合乎宫廷礼仪的精致服装，却忘记了穿裤子？”

不等有人对这失礼的内容表示气愤，比科特就激动地继续说道：“上帝！我还有多少梦中的痛苦折磨要说啊！我不是也曾回到二十岁的年纪，想在舞会上与那些仁慈的小姐尽情跳舞么？我不是倾尽囊中所有，让人把一件旧衣服巧妙地改成新装，还买了一双白丝长袜么？当我终于幸福地站在灯火通明、人人衣着光鲜亮丽的大厅门前，递上我的入场券时，不是有一条看门人的恶犬打开了一个狭小的炉子门，彬彬有礼地请我进去，说是只有从那里钻进去才能进入大厅么？但是，与昨天夜里那个令我备受惊吓和折磨的可怕噩梦相比，这些都还是小意思。啊！当时我是一张纸，我就在这张纸正中央的水印上，有人——那其实是诗人创作的一个举世闻名的撒旦，但我们就叫他‘有人’吧——这个‘有人’拿着一支长度惊人、修剪得参差不齐的火鸟羽毛笔，在我的手臂上划来划去，写下魔鬼的磕磕绊绊的诗句。不是还曾经有另外一个爱解剖的魔鬼为了找乐子而把我像个玩偶一样拆卸了四肢，做各种残忍的试验吗？比如试验一下后背上长出一只脚会怎样，或者把右胳膊和左腿搭配在一起会怎样？”

男爵和奥特马尔爆发出一阵响亮的笑声，打断了画家，严肃的气氛消失了，男爵开口说道：“我不是说过嘛，在我们这个家庭小圈子里，老弗兰茨才是真正的快乐大师。一开始他越是态度鲜明地不参与我们的话题讨论，到最后他出人意料地抛出的幽默笑话就越是效果显著，每次都像一场剧烈的爆炸把我们的庄严肃穆炸得粉碎；让我们一下子就从灵魂世界回到真实、生动、快乐的生活中来了。”

“别，”比科特反驳道，“别以为我这是在扮丑角给你们逗乐，好让你们高兴起来。不是的！那些可恶的梦真的很折磨我，虽然它们很可能是我自己无意识地炮制出来的。”

“就他关于梦如何产生的理论来说，”奥特马尔插嘴道，“咱们的弗兰茨有很多自己的经验，不过，就各种假想原理的联系和结论而言，他刚才的发言却不值得称道。还存在着一种比他所说的更高等的做梦方式，只存在于鼓舞人、让人感到幸福的睡眠中，因为那样的睡眠允许人将几缕他所向往的世界精神的光芒吸引到自己身上，而那光芒会用神圣的力量滋养他、使他强大。”

“当心，”男爵说道，“奥特马尔马上又要骑上他的小木马，去一个未知王国里逛一圈了，对于我们这些他所谓的没信仰的人来说，那个王国就像摩西的应许之地一样，只能远远地瞧一瞧罢了。但是我们可不能让他那么容易就离开我们——这是一个相当阴冷的秋夜呢，不如我们一起再多坐个把小时，给壁炉点上火，让玛丽亚按她的做法给咱们准备些美味的潘趣酒，让我们暂时就把这酒当作那种鼓舞和振奋我们心情的精神好了。”

比科特抬头仰望的眼神蒙上一层光彩，他重重地叹了口气，然后迅速做出一个谦卑恳求的姿势向玛丽亚躬了躬身。玛丽亚已经沉默不语、若有所思地坐了很久，此刻她很难得地对这位老画家逗人发笑的姿势报以由衷的笑声，随后她很快起身，开始按照男爵的愿望细致地安排所有事情。比科特忙忙碌碌地跑来跑去，先是帮卡斯帕恩搬来木柴，然后又单膝跪在地上，侧扭着身子把炉火吹旺，同时还不停地叫奥特马尔，要后者做一个孺子可教的学生，赶紧把他当作一幅好习作画下来，要画上他认真观察火苗的样子、火光美丽的反射以及他那被火光照亮的脸。

老男爵的心情越来越好，他甚至让人把他的那支用珍稀琥珀做烟嘴的土耳其长烟斗拿来了，这事只有在他最舒适惬意的时刻才会发生。当土耳其烟草转瞬即逝的细微香气飘遍整个客厅，玛丽亚把银制潘趣酒碗里的糖块捣碎并把柠檬汁挤上去时，所有人都觉得，仿佛有一种亲切的故乡气息在他们心中升起，它所带来的那种内心满足刺激和激活了对当下瞬间的享受，让所有之前和之后的事情都变得黯淡无光、无足轻重。

“多奇怪啊，”男爵开口说道，“玛丽亚做的潘趣酒为什么总是这样恰到好处，让我简直无法再享受别的口味了。无论她多么细致地讲解各种成分的配比以及别的什么都没用。有一次，就在我面前，咱们那位坏脾气的卡廷卡完全按照玛丽亚的做法制作了一次潘趣酒，但是我一杯都喝不下去；玛丽亚像是给酒念了什么魔法咒语，给它赋予了一种特殊的魔力似的。”

“还能是怎么回事？”比科特喊道，“这就是精致和优雅的魔力呀，玛丽亚就是用它来给自己所做的一切赋予了灵气。单是观看她制作潘趣酒的过程就已经让那酒变得美妙和好喝了。”

“真会说话，”奥特马尔插嘴道，“但是却——请允许我这样说，亲爱的妹妹——并不太正确。我还是同意咱们亲爱的父亲的看法，凡是你做的东西和经你手的一切，都会让我在享受和触摸它们的时候激起一种内心的满足。但我认为造成这种魔力的原因在于某些更深层的精神联系，而不是像比科特说的那样存在于美和优雅中，他当然会把凡事都往这方面联系，毕竟他从你八岁起就开始向你献殷勤了嘛。”

“你们今天就拿我说事吧，”玛丽亚声音愉快地说，“我自己还克服不了夜晚的各种幻象和魅影呢，你倒要从我身上寻找神秘了；即使我不去想那位可怕的少校，也不去想随便哪个双重身，我也还是会觉得危险，因为我可能会让我自己变得阴森恐怖，会被镜子里的自己吓到。”

“那可太糟糕了，”男爵大声笑道，“如果一个十六岁的姑娘再也不能照镜子，否则就有可能把自己的影像看成恐怖幽灵的话。但是怎么搞的，咱们今天怎么就摆脱不了这类与幻想有关的胡言乱语了呢？”

“亲爱的父亲，”奥特马尔回道，“是您自己时时刻刻都在无意识地给我提供机会，让我说出对那些事情的看法，您谴责那些东西是无用甚至有害的故弄玄虚，还因此——您就承认吧——不太待见我亲爱的阿尔班。研究的兴趣、对知识的追求是大自然本身置入我们体内的，它不会为此惩罚我们的，而且看起来，这种研究的兴趣在我们体内越是活跃，我们似乎就越有能力沿着一把大自然亲自给我们摆放的梯子向更高处攀登呢。”

“并且等到我们自以为身在高处时，”比科特接话道，“还很容易难堪地摔下来，并在突如其来的眩晕中发现，高空的稀薄空气对我们沉重的头脑来说并不适宜。”

“弗兰茨，”奥特马尔答道，“这段时间以来，是的，我想说自从阿尔班住到家里以来，我真不知道该拿你怎么办。以前你的全部心思都是放在各种神奇事物上的啊，你喜欢琢磨各种彩色的斑点，琢磨蝴蝶翅膀上的奇特花纹，琢磨花卉、石头，你——”

“停，”男爵喊道，“这样下去，过不了多久我们又要绕回原地了。你和你那位神秘的阿尔班从各个犄角旮旯，是的，我想说简直就像从一个幻想的废料间里搜罗出各种东西，打算建造一座完全没有地基的人工建筑，这一切在我看来都属于做梦，照我的原则来看，它们永远都只是泡沫。饮料里浮起的泡沫总是难以持久、没有滋味，简言之，它们算不得什么内心工作的更高成果，就像木工手下飞出的刨花，即使碰巧获得了一点形状，也很难被视为是艺术家的工作所要追求的更高目标。顺便说一句，比科特的理论对我很有启发，我准备按照它来实践操作一下。”

“既然我们暂时摆脱不了梦这个话题，”奥特马尔说，“那么请允许我讲一讲阿尔班最近告诉我的一件事，这件事会让我们所有人都能继续保持现在的愉快心情。”

“你可以讲，”男爵答道，“但条件是你得能够确保后一点，而且要允许比科特自由地发表评论。”

“您说出了我的心中所想，亲爱的父亲，”玛丽亚说，“一般来说，阿尔班讲的故事即使不是恐怖的、让人毛骨悚然的，往往也会以一种奇特的方式令人精神紧张，令人在获得某种舒适印象的同时又感到精疲力尽。”

“我亲爱的玛丽亚会对我满意的，”奥特马尔答道，“但我要禁止比科特发表评论，因为他会认为我讲的这个故事验证了他的梦的理论。不过我亲爱的父亲应该很清楚，他对我亲爱的阿尔班，以及对上帝赋予他权力去施行的那门艺术是多么不公正。”

比科特说：“每一句话到嘴边的评论我都会用潘趣酒浇下去的，但是必须允许我想做什么表情就做什么表情，这项自由我可不放弃。”

“你有这个自由。”男爵高声道，于是奥特马尔废话不再多说，开始了他的讲述：

“我的阿尔班在J城读大学时结识了一位青年，那人出色的外表令所有人都会一见之下就产生好感，因此他处处受到充满信任和友善的对待。两人学的是相同的药物学专业，而且，由于对科学怀有巨大的热情，他们在早课上总是所有人中最早到的两个，总是相互结伴，因此两人很快发展出比较亲近的关系，并且，由于提奥巴尔德（阿尔班这样称呼他的朋友）全心全意、无比忠诚的投入，这种关系到最后变成了最亲密的友情。提奥巴尔德越来越多地表现出一种非常温柔的、近乎女性般柔软的性格，而且总是沉溺于世外桃源式的幻想，在当今这样一个犹如钢盔铁甲的巨人一般、不管铁蹄下踩碎任何东西都会踩踏过去的时代，这样的幻想显得如此狭小，如此甜腻而格格不入，乃至大多数人都会因此嘲笑他。只有阿尔班小心呵护着他朋友的这份温柔的心境，并不拒绝跟随他一起走进他那些幻想的花园，但他也从不放弃在幻想之后带领他重新回到真实生活的狂风暴雨之中，以求把他内心中任何一点微弱闪烁的力量和勇气都点燃成熊熊火苗。阿尔班之所以认为自己有责任对他的朋友这样做，尤其还是因为，他觉得一个男人在这个时代亟需一种力量，那就是当不幸事件如同闷热天气里劈开的一道闪电般出人意料地袭来时，一定要有反抗的勇气，而他不得不认为大学的几年是唯一一段时间，可以在提奥巴尔德心中唤醒和增强这种力量。

“提奥巴尔德的生活规划完全是按照他那单纯的、只关心身边事物的性格量身定制的。他想在读完大学、取得博士学位之后回到家乡，与他的监护人（他没有父母）的女儿结婚，后者从小与他一同长大；这样坐拥一笔不菲的财产，无需寻找实践工作，他想只为自己和科学而生活。重新被唤醒的动物磁力激荡着他的整个灵魂，他在阿尔班的引导下满怀热情地研读这方面的一切文字并致力于研究相关经验，很快他就开始抵制任何物理媒介，认为它们与那些纯粹通过心理起作用的自然力量所包含的深刻思想是相左的，并因此转向了所谓的野蛮磁性论，或者叫旧派唯灵论。”

在奥特马尔说出“磁性论”这个词的时候，比科特的脸上抽动了一下，先是轻微地，接着逐渐增强到全部肌肉，最后像是强音的爆发一样变成一个无比夸张的鬼脸，他直直地瞧向男爵，致使后者在他跳起来准备开始长篇阔论时差一点响亮地笑出声来；就在这一瞬间，奥特马尔把一杯潘趣酒塞到比科特手上，趁着他气哼哼地喝下这杯酒的当儿，奥特马尔继续自己的讲述：

“过去，当动物磁力学说还默默无闻，只在个别地方传播时，阿尔班就已经全身心地沉迷于梅斯梅尔催眠术[5]了，他甚至会为催眠术所引发的一些令提奥巴尔德极度厌恶的暴力现象辩护。两个朋友在这个问题上因持不同观点而展开了各种讨论，结果，由于无法否认提奥巴尔德提供的某些经验，阿尔班不得不被提奥巴尔德对于纯粹心理影响的迷人幻想所吸引，也开始更多地倾向于心理磁力论了，最后他彻底追随了类似皮塞居派[6]那种将两种类型相结合的新流派，但以往极易理解各种奇怪信念的提奥巴尔德，却丝毫不肯偏离他自己的体系，仍是始终不渝地抵制任何物理手段。他想把他的全部闲暇时间乃至他的一生都用来尽可能多地探索心理影响的神秘深度，持续地让自己的心灵越来越坚定地专注于成为大自然的一名合格学生，不受任何勉强之事的干扰。在这方面，他致力于让自己的沉思生活成为某种圣职，使其像级别越来越高的授圣仪式一样把他变成圣人，让他可以踏入伟大的伊西斯神庙的最内部的房间。阿尔班对这位年轻人的虔诚感情寄予了厚望，因此非常支持他的打算，当提奥巴尔德最终实现了自己的目标返回家乡时，阿尔班对他说的最后一句话是，希望他忠于自己的初心。

“没过多久，阿尔班便收到他这位朋友的一封来信，信写得前言不搭后语，显示出这位朋友正受到绝望乃至内心崩溃的侵袭。他在信中说，他一生的幸福已经葬送；他必须走上战场，因为他心爱的姑娘受到某种吸引，就要离开宁静的家乡前往那里了，他已经深陷不幸之中，只有死亡才能将他解救出来。阿尔班片刻都没有停歇，立刻赶往朋友身边，在经过好多次徒劳的尝试之后，才勉强让那个不幸的人稍微平静了一些。据提奥巴尔德所爱那位姑娘的母亲讲述，此前曾有一支外国军队在行军时经过当地，当时，一名意大利军官被安排在姑娘家里歇脚，他见到姑娘第一眼就狂热地爱上了她，并以他那个民族特有的如火热情向她发起了猛攻，他动用了能够捕获女子芳心的一切手段，没过几天便在她心中唤起了一种强烈的感情，致使可怜的提奥巴尔德很快就被忘记，她的全部心思都放在了那个意大利人身上。然而那人必须离开她去上战场，从那以后，一个可怕的画面——她的恋人在可怕的战斗中浑身是血，摔倒在地，垂死中呼喊着她的名字——开始片刻不停地追着可怜的姑娘不放，致使她陷入了一种实实在在的精神混乱，当提奥巴尔德回到家乡，期盼着将自己快乐的未婚妻拥入怀中时，她已经完全不认识这个可怜人了。

“阿尔班帮助提奥巴尔德重获了一丝生气，然后立即告诉他，自己想出了一个可靠的办法，能够让他重新得到自己的恋人，而提奥巴尔德则认为阿尔班的建议乃是源自他内心最深处的信念，因此毫不怀疑他能取得最顺利的成功；凡是他的朋友认为是真实的东西，他全都深信不疑。——我知道，比科特！”奥特马尔中断讲述说道，“我知道你现在想说什么，我感觉到你的难耐了，你现在抓起玛丽亚友好地递给你的潘趣酒时露出的这副滑稽的绝望样子真让我心情愉快呢。但是请别说话，我求你了——你那酸溜溜的微笑就是最好的评论，胜过你能想得出来的任何词语、任何空话，已经足以毁掉我的讲述的一切效果了。但是我要讲给你们的事情，是那样美妙，那样怡人，一定会让你改变看法并心甘情愿地与之共情的。所以认真听吧，还有您，亲爱的父亲，您也将会向我承认，我完全履行了自己的诺言。”

男爵只是“嗯、嗯”了两声，玛丽亚则用清澈的目光盯着奥特马尔，还俏皮地用手撑着小脑瓜，一头金色卷发像瀑布一样垂在手臂上。

“如果说那姑娘的白天过得痛苦而难以忍受，”奥特马尔继续他的讲述，“那么，她的夜晚简直是毁灭性的。白天追着她不放的所有可怕画面，在夜里会以更强大的威力出现。她以令人心碎的音调喊着恋人的名字，在近乎窒息的悲啼中，她似乎正待在他血淋淋的尸体旁，哭得肝肠寸断，心肝俱损。于是，一天夜里，在姑娘遭受最可怕噩梦的惊吓折磨时，她母亲把提奥巴尔德领到了她的床前。提奥巴尔德在床边坐下，动用全部意志力将自己的精神集中在她身上，目光坚定地注视着她。这样重复了几次之后，噩梦的影响似乎减弱了，因为她的声调已经不再像此前疯狂地大喊军官名字时那么撕心裂肺，深深的叹息让被压扁的肺部获得了空气。于是提奥巴尔德把自己的手放在她的手上，声音轻柔地念着自己的名字。效果很快就显现了，她念军官名字的声音变得断断续续，仿佛每一个音节，每一个字母都需要仔细回想，仿佛有什么陌生的东西闯入了她想象的画面中。过了一会儿，她完全不再说话，但嘴唇的翕动表明，她是想要说话的，只是好像被什么外界的干预给阻止了。”

“如此这般过了几个晚上，然后提奥巴尔德便开始紧紧地握着她的手，用轻柔的声音、断断续续的语句跟她说话。他让自己回到过去，回到了很小的时候。一会儿是他和奥古斯特（现在我终于想起那位姑娘的名字了）在舅舅家的大花园里跑来跑去，给她摘最高的树上的最甜的樱桃，因为他总有办法让最好的东西不落入其他孩子的眼睛，然后悄悄塞给她。一会儿是他缠着舅舅恳求了很久，最后终于让后者把那本画着外国服饰的漂亮昂贵的画册拿了出来。于是两个孩子一起跪在扶手椅上，趴在桌子上翻看那本画册。每个国家区域里总是画着一个男人和一个女人，而那两个人总是提奥巴尔德和奥古斯特。他们很想单独待在那些陌生的地方，穿着奇装异服，与那里美丽的花花草草一起玩耍。

“一天夜里，奥古斯特突然开始说话，并且完全进入了提奥巴尔德的想法世界，这让她的母亲惊讶极了。她现在似乎也变回了那个七岁的小姑娘，于是两个人就把他们的童年游戏继续玩了下去。奥古斯特自己也重现了某些童年时期最具特色的事件。她那时总是很暴躁，时常与她的姐姐针锋相对（后者也确实天性顽劣，总是不讲道理地欺负她），这引发了不少悲喜剧。有一次，冬天的晚上，三个孩子坐在一起，姐姐的脾气比哪天都要坏，她任性地欺负小奥古斯特，把后者惹得又气又恼地哭。提奥巴尔德像往常一样画了各式各样的人物形象，还周到地给他们配上有意义的说明；为了看得更清楚，他想把灯擦干净些，却一不小心把灯给熄灭了；奥古斯特立刻抓住这个机会，结结实实地给了姐姐一个耳光，以报复她让自己遭受的不痛快。于是那姑娘哭哭啼啼地跑去找她的爸爸，也就是提奥巴尔德的舅舅，告状说是提奥巴尔德熄灭了灯然后又打了她。舅舅匆忙赶来，责骂提奥巴尔德干的可恶坏事，而提奥巴尔德丝毫没有否认，因为他很清楚罪魁祸首是谁。当奥古斯特听到她的提奥巴尔德承认说，是他为了把一切推到她身上而先熄了灯再打了人的时候，她痛苦极了；然而她越是哭得厉害，舅舅就越是安慰她，说反正肇事者已经找到，恶毒的提奥巴尔德的所有把戏都被戳穿了。然而等到舅舅真正要做出严厉的惩罚时，她的心碎了，她自我交代，承认了所有事，但舅舅却以为这份坦白交代乃是源自女孩对男孩那满溢的爱，而提奥巴尔德的坚定——他为自己能替奥古斯特担罪而感到一种真正英雄主义式的幸福——更是给了他理由，令他把后者当作一个倔脾气的小子揍到出血。奥古斯特心痛得不行，她所有的暴躁和所有的骄横都不见了，现在，温柔的提奥巴尔德成了她的主宰，令她心甘情愿地依偎；他可以随便玩她的玩具和漂亮玩偶，以前他若想跟她待在一起，必须乖乖地找来各种树叶和花朵给她的小厨房用，现在她却心满意足地骑着木马跟随他在灌木丛中穿梭。但就在女孩开始全心全意地眷恋他的同时，为她而承受的不公似乎也点燃了提奥巴尔德的炽热爱情。舅舅把这一切都看在了眼里，但直到多年以后，在惊讶地得知当年那件事的真相以后，他才不再怀疑两个孩子所表现出的这份相互爱恋的深刻和真实，并在他们宣布想要一辈子都亲密地结合在一起时全心全意地表示支持。

“正是那场悲喜剧事件，如今把这对恋人又重新联结在一起了。——奥古斯特从舅舅怒气冲冲地走进来那一刻开始演起，而提奥巴尔德也很好地进入了他的角色。在此之前，奥古斯特白天时总是安静而沉默，但在那晚之后的第二天早晨，她出人意料地对母亲说，她最近总是很真切地梦到提奥巴尔德，还问他为什么不来了，甚至连信都不写。她的思念越来越强烈，于是提奥巴尔德不再犹豫，他假装刚刚旅行归来，出现在奥古斯特面前；因为从奥古斯特认不出他那个可怕的时刻起，他就一直小心翼翼地避免让她看见自己。奥古斯特以最真挚的爱无比激动地迎接了他。然后她很快就泪流满面地向他坦白，自己曾怎样背叛了他，一个陌生人怎样以异乎寻常的方式成功地使她淡忘了他，让她像被一股异样的力量裹挟了一般，完全丧失了自己的本性，但是提奥巴尔德温暖亲切地出现在她真切的梦里，赶走了那些迷惑她心智的恶意妖魔；是的，她不得不承认，她现在甚至回忆不起那个陌生人的外表是什么样子，她的心里只有提奥巴尔德。阿尔班和提奥巴尔德两个人都深信，奥古斯特已经完全摆脱了困扰她的真正的疯病，再没有什么能阻碍她与提奥巴尔德的结合——”

正当奥特马尔准备就这样结束他的讲述时，玛丽亚忽然沉闷地低叫了一声，从椅子上跌下来，晕倒在迅速冲过来的比科特怀里。男爵惊恐地站起身，奥特马尔急忙过去帮比科特，和他一起把玛丽亚抬到沙发上。她面色死白地躺在那儿，痉挛扭曲的脸上已经看不到一丝生命的迹象。

“她要死了，她要死了！”男爵哭喊道。

“不，”奥特马尔高声说，“她应该活着，她必须活着。阿尔班能帮助她。”

“阿尔班！阿尔班！他能把死人叫醒吗？”比科特喊了起来。就在这时，门开了，阿尔班走了进来。他带着他那种特有的使人印象深刻的态度，沉默地走到昏厥者面前。男爵满脸愤怒地盯着他——谁都说不出话来。

阿尔班仿佛只注意到了玛丽亚，他的目光牢牢地盯住她：“玛丽亚，您怎么了？”他用郑重的语调问道，她神经性地抽搐了一下。于是他握住她的手。他的目光没有从她身上移开，同时说道：“为什么这样惊慌，先生们？脉搏虽然很弱，但是很平稳。我看这房间里烟雾缭绕的，打开一扇窗子吧，玛丽亚很快就会从这次微不足道、并无危险的偶然神经事故中恢复过来。”

比科特依言照做了，这时玛丽亚睁开了眼睛，她的目光落在阿尔班身上。“请离开我，可怕的人，我不想死得痛苦。”她几不可闻地低声嗫嚅，说完她不再看阿尔班，转头把脸埋进沙发软垫里，从她沉重的呼吸可以看出，她陷入了沉沉的睡眠。阿尔班的脸上掠过一丝古怪而难看的笑；男爵猛地站起来，似乎激动地想要说些什么。阿尔班目光犀利地看着他，用一种尽管严肃但却略带嘲讽的语气说道："冷静，男爵先生！小姑娘有些不耐烦，但是明天早上六点钟她会准时从舒适的睡眠中醒过来，到时候给她服十二滴这个药水，然后一切都会被忘掉。"他把从兜里掏出的小瓶子递给奥特马尔，迈着不紧不慢的步子离开了客厅。

"这下咱们可是有了一位神医！"在把睡着的玛丽亚抬去她的卧室，奥特马尔也离开客厅之后，比科特喊道。"窥神见鬼者的深邃眼神，郑重其事的态度，先知式的预言，装着灵丹妙药的小瓶子。——我刚才还真挺好奇，他是不是也能像史威登堡[7]一样凭空从我们眼前蒸发掉，或者至少像拜莱斯[8]那样，穿着突然从黑色秒变红色的燕尾服走出客厅呢。"

"比科特！"男爵答道，他呆若木鸡地靠在扶手椅上，一直目送玛丽亚被抬走，"比科特！为什么我们愉快的夜晚会变成这样！我心里有种感觉，觉得我今天可能还会遇到不幸的事，甚至还会因为特殊的原因再次见到阿尔班。刚才，恰好就在奥特马尔提起他的那一瞬间，他像个放大版的保护神一样出现了。告诉我，比科特！他不是从那扇门进来的吧？"

"正是，"比科特答道，"直到现在我才意识到，他像卡廖斯特罗[9]再世一样跟我们玩了个小把戏，只是当时我们在慌乱中没注意到而已。那边那扇通往前厅的唯一的门，我是从里面锁上了的，钥匙在这儿——不过以前我也曾经搞错过一次，并没有把它锁好。”说着比科特把那扇门检查了一番，然后他一边往回走一边大笑着说，“卡廖斯特罗炼成了，门和之前一样锁得好好的。”

“嗯，”男爵说，“神医要变成一个卑鄙的变戏法的了。”

“真让人遗憾，”比科特说，“阿尔班竟作为妙手医生声名远播，不过，上回咱们的身体一向健康的玛丽亚患上了神经疾病，什么药都不管用时，确实是阿尔班用磁力催眠法没几周就治好了她。当时你是在奥特马尔的不断劝说下艰难地做出决定的，还因为你眼见着那朵活泼奔放的向阳开放的花朵正在日益枯萎。”

“你觉得我向奥特马尔屈服这件事做得对吗？”男爵问。

“在那个时候肯定是对的，”比科特回答，“但是阿尔班待在这里迟迟不走，对我来说并不愉快；至于磁力催眠术——”

“那是你彻底反对的。”男爵插嘴道。

“并非如此，”比科特说，“其实我根本不需要亲眼见证它所导致的现象就可以相信这种东西，我甚至太清楚地感觉到，大自然有机生命的所有奇妙关系和联系都蕴含于其中。但我们对此的全部知识都是碎片式的，而且永远都会是碎片式的，假如人类真的彻底掌握了大自然的这一深奥秘密，那在我看来，就好比是母亲不小心把一件她平时用来给孩子们制作奇妙玩意儿以逗他们开心的锋利工具给弄丢了；孩子们捡到了它，怀着盲目的热情想要模仿母亲切割出各种形状和图形，结果却弄伤了自己。”

“你完全说出了我的心里话，”男爵说，“但具体到这个阿尔班，我心里一片迷茫，不知道该如何梳理和解释他在我身边时带给我的那些特别感觉；有时候我觉得我能看清他。渊博的知识使他成了一个耽于梦幻的人，但他的热情、他的幸运又使他赢得了人们的尊重！只不过，只有在我看不见他时，他对我来说才是这样；一旦他靠近我，那幅图像就好像摆脱了透视法则，各种变形的线条显露出一些可怕的特征，每一个又都与整体不契合，令我感到深深的恐惧。几个月前，奥特马尔刚把他作为最亲密的挚友带到我们这里时，我觉得他似曾相识；他的文雅和举止练达很合我心意，但整体上，他的在场令我不适。那之后没多久，而且就是在阿尔班出现以后——这也正是常常令我心情沉重的一点——你知道的，玛丽亚立刻奇怪地生了病。我必须承认，当时阿尔班最终被叫来后，是怀着无与伦比的热情，怀着奉献之心、爱和忠诚投入治疗的，而在幸运地取得成功后，他也理当获得最高程度的、毋庸置疑的爱与尊重。我很乐意给他一大笔金子，但要我说出任何感谢的话，我却觉得十分艰难。甚至可以说，磁力的力量有多大，它在我心中激起的厌恶就有多深，我对阿尔班的憎恶与日俱增。有时候我觉得，就算他把我从性命攸关的危险中拯救出来，我也不会对他有半分好感。他郑重其事的态度、神神秘秘的话语以及那些江湖骗术，比如面朝北方展开双臂，从世界精神中汲取新的力量，来为榆树、椴树以及天知道别的什么树进行磁力催眠——这一切都令我紧张，尽管我心里由衷地瞧不起它们。但是，比科特，注意！我觉得最奇怪的地方在于，自从阿尔班来到这里，我开始比以前更多地想起我刚才所说的那位丹麦少校。——今天，就是今天，当他带着讥讽的、魔鬼般的微笑，用他那双漆黑的大眼睛注视我时，简直就是少校本人站在我面前了——他们之间的相似太明显了。”

“所以，”比科特打断了他的话，“这下子你的特殊感觉，你那种强烈的厌恶就全都可以解释了。不是阿尔班，不是的，让你感到害怕和痛苦的是那位丹麦少校；好心的医生只是因为长着鹰钩鼻子和灼人的黑眼睛而背了黑锅；你彻底冷静一下，把所有不好的东西从脑子里赶出去吧——阿尔班可能是个耽于梦幻的人，但他的意图肯定是好的，而且也做到了，所以别人才会把他那些江湖骗术视为无伤大雅的游戏听之任之，而且还把他当成医术精湛、见识高明的医生来尊重。”

男爵站起身来，握住比科特的双手说道：“弗兰茨，这些话是违背你真实想法的；你这样说只是为了缓解我的恐惧和不安。但是，我的内心深处能感觉到：阿尔班是个与我为敌的恶魔。弗兰茨，我恳求你！如果你看到我的家庭这座脆弱的大厦开始摇晃了，请你一定当心，多出主意，多帮忙，撑住它！你明白我的意思，话不多说了。”

两位朋友相互拥抱了一下，等到他们忧心忡忡地各自带着不安和激动的情绪悄悄返回自己的房间时，午夜已经过去大半。六点钟，玛丽亚像阿尔班预言的那样准时醒了，他们给她服了十二滴小瓶子里的药水；两个小时以后，她容光焕发地走进客厅，男爵、奥特马尔和比科特高兴地迎接了她。阿尔班把自己关在房间里，并让人传话来说，他要处理一封紧急邮件，将会一整天都留在房间里。

玛丽亚写给阿德尔贡德的信

看来你终于从邪恶战争的风暴困苦中解脱出来并找到一个安全的避难所了，是吗？哦！亲爱的知心朋友，时隔这么久，当我终于又见到你娟秀可爱的字迹时，我没办法告诉你我心中是何等感受。我急不可耐，差点把封着口的信撕坏了。起初我读了又读，可还是不知道信里写了些什么，直到我终于平静下来，这才喜出望外地得知，你敬爱的哥哥，我亲爱的希波利特一切安好，而且我很快就可以见到他了。所以说我的信你一封都没有收到是吗？唉，亲爱的阿德尔贡德！你的玛丽亚曾经生了病，病得很厉害，但是现在一切重新好起来了。不过我病得很奇怪，连我自己都搞不清是怎么回事，以至于直到现在，每每想起此事，我仍会感觉十分害怕，而奥特马尔和医生说这种感觉也仍然还是病，需要彻底根治。别让我告诉你我究竟哪里不舒服，我自己也不知道：没有疼痛，没有能说得出来的难受之处，但是所有平静、所有快乐都消失了。一切对于我都不一样了。高声说话和重一点的脚步声会像针一样刺进我的脑袋。有时候所有东西都环绕在我周围，各种无生命的事物、声音和响动，都会吐着怪异的舌头嘲弄我、折磨我；种种奇怪的幻觉几乎要把我从真实的生活中撕扯出去。你能想象吗，阿德尔贡德，以前克拉拉姨妈绘声绘色地给我们的那些稀奇古怪的童话故事，绿色鸟儿啊，特拉比松的法赫雷丁王子啊，还有别的那些我说不上来的东西，现在在我看来都是恐怖的真事，因为我自己就在经历邪恶魔法师施加在我身上的变化——说起来可能挺好笑的，这种愚蠢的事竟会如此充满敌意地发生在我身上，让我日益变得虚弱乏力。我常会为某种荒谬的东西、某件微不足道的事情而悲伤忧郁得无以名状，转头又为同样微不足道的事情高兴得忘乎所以，而我的自我就在这种我并不了解的内心力量的剧烈爆发中耗失殆尽。有些东西我以往根本不会注意，现在却不仅引起我注意，而且还令我极为痛苦。所以我现在特别厌恶百合，每次只要有一朵百合开花，哪怕距离很远，我也会晕倒；因为我看见它的花萼里有光溜溜、亮晶晶、吐着信子的蛇妖向我扑来。但是，亲爱的阿德尔贡德，我要怎样才能让你对我这种状态有个概念呢？如果它没有令我越来越衰弱的话，我其实并不想称之为一种病；可我日渐虚弱，感觉死亡已经近在眼前了。

不过现在我要跟你说件奇特的事，那就是，关于我的康复，我得感谢一个非凡的人，这个人是奥特马尔很早以前带到家里来的，在首都所有医术高明的大医生中，他可能是唯一一个掌握了奥秘，能够快速而可靠地治疗我这种怪病的人。奇特之处在于，在我的梦里和幻象里，总有一个漂亮而严肃的男人在场，此人尽管年轻，却让我感到极其敬畏，他一会儿这样，一会儿那样地现身，但总是身着长袍，头戴钻石王冠，像童话魂灵世界里的浪漫国王一样出现在我面前并解除一切邪恶的魔法。他一定很喜欢我，觉得我与他投缘，因为他特别照顾我，为此我欠他一条命。很快他在我眼里就仿佛像是智慧的所罗门王一般，随后我又无法不荒唐地想到我在首都看过的《魔笛》中的萨拉斯妥。啊，亲爱的阿德尔贡德，当我后来一眼就从阿尔班身上认出我梦里这位浪漫国王的样子时，我是多么震惊啊。阿尔班就是那位罕见的医生，很久以前他曾经被奥特马尔当作知心好友从首都带到这里来过一次；但当时，在他的短暂拜访期间，我一直没太关注过他，以至于那之后我竟记不起他的样貌。直到后来，当他再次回来，应邀来给我看病时，我自己也理不清那种贯穿我内心的感受了。阿尔班的教养、他的全部行为举止中有一种威严，甚至可以说是一种使他凌驾于周围环境之上的支配性，以至于我觉得，似乎每当他用严肃而锐利的目光看我一眼，我就必须无条件地服从他的一切要求，似乎只要他非常强烈地想让我康复，我就能完全好起来似的。

奥特马尔说，我会被所谓的磁力催眠术治疗，阿尔班会用某些方法让我进入一种超常状态，我在这种状态中是睡着的，但同时又是在睡梦中醒着的，我可以清楚地看到自己的病，也可以决定自己的治疗方式。亲爱的阿德尔贡德，你不知道，一想到那种既无知无觉但又在更高层面活着的状态，我就会因为害怕、畏惧，甚至是一种恐惧和惊骇的奇特感觉而浑身发抖；但同时我也十分清楚，对于阿尔班决定的事，我的抗拒只是徒劳。那些方法到底还是用上了，虽然又惊又怕，但我感受到的却全是有益的效果。我的色彩，我的活力又回来了，我不再极度紧张，为一点无足轻重的小事就备感痛苦，而是处于一种相当平静的状态。那些稀奇古怪的梦境消失了，睡眠令我神清气爽，因为即使睡眠过程中常常会出现一些疯狂的事情，也并不令我痛苦，反而使我精神抖擞、心情愉快。你想想，亲爱的阿德尔贡德，我现在经常做梦，只要阿尔班提出要求，我可以闭着眼睛辨认颜色、区分金属、阅读，像被另一个意识附体了似的；他甚至常常命令我透视自己的内心，并把我见到的一切讲给他听，我总是坚决果断地照做；有时候我会在突然间不得不去想阿尔班，他站在我面前，而我逐渐陷入一种梦一样的状态，我的意识在沉没之前的最后一点思想给我带来很多陌生的想法，它们那种特别的，甚至可以说金光闪耀的生机照彻我全身；我知道，是阿尔班在我的头脑里思考着这些美妙超凡的想法，因为在那个时候，他自身就像一道更高的、振奋人心的火花位于我的存在里，一旦他离开——这当然是在精神上发生的，因为身体上的离开无关紧要——一切就都死去了。只有通过这种与他共在、在他之中存在，我才能真正地活着，假使他能够在精神上彻底抽身而去的话，我的自我将会在死寂荒凉中僵化；甚至，在我写下这些话的时候，我也再清楚不过，正是他给了我这些词语，来勾勒我在他之中的存在。

阿德尔贡德，我不知道在你眼里我是不是显得很古怪，或者像个沉湎幻想的痴人，也不知道你是否能真正理解我，我仿佛听见你的唇边此刻正轻声而忧伤地滑过一个名字：希波利特。相信我，我从未像现在这样真挚地爱着希波利特，我常常在虔诚的祷告中念着他的名字为他祈福。愿神圣的天使保护他，让他在野蛮的战场上不要受到敌人的袭击。但是，自从阿尔班成为我的主人和上师以来，我觉得自己只有通过他才能更强大更真挚地爱我的希波利特，我似乎有了一种力量，可以像他的保护神一样飞到他身边，可以让我的祈祷像六翼天使的翅膀一样环抱着他，使狡猾地窥视他的谋杀只能徒劳地绕开他。是阿尔班，这个高贵、非凡的男人，把我作为一个受到更高生命净化的新娘引领到了他的怀抱中；但这个孩子不能没有其上师的陪伴而冒险走进世界的狂风暴雨中。

直到最近几天，我才彻底认识到了阿尔班的真正伟大。但是你相信吗，亲爱的阿德尔贡德，在我还病得很严重，特别容易受刺激的时候，我心里竟常常对我的主人和上师产生卑劣的怀疑。当时我觉得这是对爱情和忠诚所犯的罪过，因为即使是在为我的希波利特祈祷时，阿尔班的形象也会出现在我心里，他怒气冲冲地恐吓我，说我竟想独自从他给我画的那个圈子里跑出去，就像忘记父亲警告的坏孩子非要从宁静的花园跑进森林，殊不知森林那郁郁葱葱的灌木丛后面潜伏着嗜血的恶兽。唉，阿德尔贡德！这种怀疑曾令我痛苦不堪。你尽管笑话我吧，我跟你说，当时我甚至产生了一个想法，以为阿尔班是在巧妙地引诱我，想借着神圣奇迹的外衣在我心里燃起世俗的爱情。哦，希波利特！

前几天晚上，父亲、哥哥、老比科特和我，我们几个亲密地坐在一起闲谈；而阿尔班还是按照老习惯出去做长途散步。我们谈到了梦，父亲和比科特讲了很多这方面的奇事趣事。奥特马尔也发了言，讲他的一个朋友如何按照阿尔班的指点和引导，趁一个姑娘睡着时待在她身边，在她不知情的情况下用磁力催眠方式引导她内心最深处的想法，成功地赢得了她最深挚的爱。后来，父亲和我的忠诚的老比科特极为坚决强硬地表示，他们反对磁力催眠术，一定意义上也反对阿尔班——他们以前从来没有当着我的面这样说过。对上师的怀疑在我心里双倍地苏醒了；如果他用秘密的卑劣手段把我变成奴隶束缚在他身边怎么办？如果他要求我心里眼里只能有他，让我离开希波利特怎么办？一种完全陌生的感觉，一种致命的恐惧攫住了我；我看见阿尔班在他的房间里摆弄各种陌生的仪器、丑陋的植物、动物、石头和闪光的金属，看见他的胳膊和手用不自然的动作画着奇怪的圆圈。他的脸平时是安静严肃的，此时却扭曲成一张狰狞的面具，他通红的眼睛里有光溜滑腻的蛇令人作呕地快速扭曲蠕动，就像我以前恍惚地在百合花的花萼里见到过的那样。于是，仿佛有一道冰冷的电流从脊背划过，我从近似昏迷的状态中醒了过来；阿尔班正站在我面前，但是，神圣的上帝啊！不是他，我的想象所制造的那张可怕面具不是他！第二天早上，我感到羞愧万分！阿尔班知道我对他的怀疑，他只是出于仁慈温柔才没有告诉我他其实很清楚我是如何想象他的，因为他就活在我的内心之中，他知道我最隐秘的想法，而我出于虔诚和谦卑也从未企图对他隐瞒那些想法。但他没有利用我的病态发作大做文章，只是将一切归咎于我父亲那天晚上所吸的土耳其烟草的气味。你真应该看看，那位非凡的上师现在是怎样温柔严肃而又像父亲般关心我的。他不仅善于让身体保持健康，不，他还将精神引向更高的生活！要是我亲爱的忠诚的阿德尔贡德在这里该有多好，我们所过的充满和平宁静的虔诚生活一定会让你感到身心舒畅的。比科特一如既往地还是过去那位快乐的老人，只有我父亲和奥特马尔偶尔有时会奇怪地情绪不佳；对于这些喜欢忙忙碌碌的男人来说，我们的单调日子常常是不能合他们心意的。阿尔班讲了很多美妙的古埃及和古印度神话传说，我经常一边听着那些故事一边不由自主地沉沉入睡，尤其是在公园里的大山毛榉树下，然后每次醒来都仿佛重获新生一般。我几乎觉得自己就像莎士比亚《暴风雨》中的米兰达，无论普洛斯彼罗怎样使劲讲故事以使她不犯困都没用。最近奥特马尔就不无道理地用普洛斯彼罗的话对我说："向你的困意屈服吧——你别无他法。"

好啦，阿德尔贡德！现在你已经了解了我的全部内心，我把一切都告诉你了，这让我心里舒服多了。下面几行字是写给希波利特的——

阿尔班写给提奥巴尔德的信（断片）

……是落后的。虔敬本身就已经包含了虔敬行为，任何虔敬行为都是伪善，就算不是为了欺骗别人，也是为了借着反射假金子的光芒来自我取悦，以此来自我加冕为圣人。我亲爱的婆罗门，你心里难道不会偶尔有那么一些感受，它们与那些你出于习惯（这些习惯是你在陈旧的保姆道德的威吓之下养成的）而循规蹈矩地认可为善和智慧的东西并不相符？一切对鹅妈妈故事中的道德学说持有怀疑的态度，一切想要奔腾着冲出以道德体系来拦堵洪水的人造堤坝的倾向，一切感觉自己肩上生出双翼，想要振翅高飞的难以抗拒的冲动，都是禁欲主义教师爷们告诫我们要警惕的撒旦诱惑。我们应该像深信不疑的孩子一样捂住眼睛，才不会被那位处处阻碍我们天性的神圣基督的光芒闪瞎双眼。任何想要更高尚地使用我们的内心力量的倾向都不会是可鄙的，恰恰相反，它们源自人的天性，植根于人的天性，它们是在努力实现我们的存在之目的。而我们的存在之目的除了最大可能地、完美地培养和运用我们的身体力量和心理力量之外，还能是什么呢？我知道，亲爱的婆罗门（我必须按照你的生活观来这样称呼你，而不是称呼你别的），不消多说，我现在就已经引起了你的反驳冲动，因为你的全部所作所为都与我所粗略勾画的这种真诚想法背道而驰。但请你相信，我很尊重你的沉思生活以及你通过更敏锐的直观来获取自然之秘密的努力，但是，与其在清净无为的观察中为一睹钻石钥匙的光芒而欣喜，还不如大胆地抓起它，打开那些神秘的大门，否则你将永远只能在它们面前驻足。你已经做好了斗争的准备，为什么还要在惰性中停滞不前？一切存在都是斗争，都从斗争中产生。在斗争的不断升级中，胜利只属于强者，而他所征服的臣民，将会使他的力量更加强大。亲爱的提奥巴尔德，你知道我一直以来（也包括在精神生活中）是如何陈述这种斗争的，你知道我曾大胆地断言，大自然的某些宠儿拥有神秘的精神优势，能够蛮横地统治他人，正是这种统治性给了他向着更高处腾飞的养料和力量。我们就拥有力量和优势，它是我们与低等原则展开精神斗争并征服它的武器，我要说，现在这武器显然已经被交到了我们手里。人们怎么会用磁力这种已知的东西来称呼外部精神原则对我们内心的那种侵袭、那种完全进入乃至统治呢？这个名称很不充分，甚至根本无法说明我们对这种东西的理解，因为它根据的只是单独一种物理性的力量。所以必须由一位医生来向世人首次说出我的秘密——它一直被一座无形的教堂像对待最珍贵的宝藏一样静悄悄地保守着——只有这样才能建立起一种非常低等的趋势，而这恰恰是我们追求的唯一效果，因为那道面纱是那些非受选者的愚蠢目光根本无法穿透的。认为大自然赠予我们神奇的护身符，让我们成为精神之王，只是为了让我们替人治疗头疼脑热，这不是很可笑吗？不，对于那护身符的强大力量已经能够运用得越来越纯熟的我们，想要强行获得的，是对生命的精神原则的绝对掌控。在它的魔力之下，他人的被征服的灵性只能待在我们体内，用它们的力量滋养和增强我们！一切精神汇聚的焦点，是上帝！向着火焰金字塔汇聚的光芒越多，离焦点就越近！那些光芒是怎样的无处不在啊，它们包含了大自然的全部有机生命；正是灵性的闪光，让我们可以把植物和动物也视为被同一种力量赋予了生机的同伴。对那种掌控的追求是对神性的追求，力量感的强度对应着幸福感的程度。一切幸福的化身就在那个焦点之中！在我看来，所有那些谈论祝圣者被赋予何种美妙力量的胡言乱语都是那么的狭隘可怜，不难理解，只有更高等的见解（作为一种内心祝圣的表现）才能带来更高的效力。说了这么多，你一定以为，我对物理方法的使用已经生疏了，但事实并非如此。只要精神与身体的隐秘联系对我们来说并非一清二楚，这就是一个我们尚在黑暗中摸索的领域，我想说，物理辅助手段只是作为统治者的标志被交付到我们手里，它让那些陌生人对我们俯首称臣。我的提奥巴尔德，我自己也不知道我怎么会跟你说了这么多，这是一个我并不愿意谈论的话题，因为我感觉得到，只要是从特殊的内心精神组织中萌发出的信念，就一定会为空洞的词语赋予分量。我本是想回答你的指责，因为你说我为了追随一种躁动的倾向而违背了你的所谓道德观，但直到此刻我才发觉，为了不被你误解，最近我在给你讲述我在男爵家的情况时讲得太凌乱跳跃了。那么我就花些时间和精力，再补充一些我进入男爵家时的情形，如果我亲爱的虔诚的婆罗门能在某个欢欣振奋的瞬间稍微跟随我一下，进入到我的领域中来，那我的一切罪名也就洗清了。

奥特马尔就是那种芸芸众生中的一个，他们并非没有思想和才智，甚至还会充满热情地去理解科学领域的一切新鲜事物；但这种理解就是他们的终极目标了，他们对自己的内在力量沾沾自喜，可惜他们不费多少力气便可获得的，只是对于形式的认识而已。有了这种认识，他们的精神便满足了，对于对内心的感知则一无所知；不能否认他们是有情感的，但这种情感缺少深度。

如你所知，奥特马尔一直努力接近我，在我看来他很像如今常能见到的那种人数众多的青年群体中的权威人物，这让我觉得与他周旋还挺有意思。他踏进我的房间时总是诚惶诚恐，仿佛这里是塞斯神庙最内部最神圣的房间，由于他心甘情愿地当我的学生，对我的管教服服帖帖，那么我觉得透露几样不打紧的玩意儿给他，让他去伙伴儿们面前炫耀炫耀，吹嘘一下上师对他的钟爱，倒也无妨。在我答应他的请求，陪他到他父亲的庄园上去以后，我发现男爵，也就是他的父亲，是个固执的老头儿，身边总有一个又怪又逗的老画家晃来晃去，时不时地充当一下哭唧唧的道德小丑。我不记得以前曾怎样向你描述玛丽亚留给我的印象，但此时此刻我感觉，在这件事上要想表达得让你完全理解我，还挺难的。事实上我不得不提及一点，那就是你了解我，并且向来明白我的全部所作所为在更高层面上的意图，而那些意图对普通大众则永远是秘而不宣的。所以你肯定相信，一个苗条的、如一株美好植物般温柔地生长、枝繁叶茂地盛开的身影；一双蓝色的、仿佛在抬眸探询某种被遥远云雾遮挡之物似的眼睛——总而言之，一个天使般美丽的姑娘，并不能让我陷入可笑的爱情那种甜蜜渴慕的状态。唯有在一瞬间认识到玛丽亚与我之间存在一种神秘的精神关联时，才让我感到一阵美妙的战栗传遍全身。最真切的喜悦中掺杂着一股锥心刺骨的怒火，那是被玛丽亚内心里的对抗引发的——有一种陌生的敌对力量在极力抗拒着我的影响，牢牢约束着玛丽亚的精神。我调动自己的全部力量凝神贯注于其中，我发现了敌人，然后我拼尽全力地尝试像一面凹镜似的接收着从玛丽亚内心深处向我涌来的全部光芒。老画家比其他人更关注我，他似乎察觉到了玛丽亚在我内心引发的紧张。也许是我的眼神出卖了我，因为身体紧紧禁锢着精神，精神哪怕有一丝一毫的活动，都会通过神经的振动向外部传递，从而让面部表情，至少是让眼神发生变化。然而让我开心的是，他把这件事当成一般常见那种情况了，他不停地谈论玛丽亚的未婚夫希波利特伯爵，像拿着五颜六色的样品单似的不无得意地在我面前一样一样炫耀希波利特的种种美德，然而这只能让我在内心深处嘲笑人类在从事简单幼稚的活动时彼此之间那些愚蠢可笑的关系，同时为我自己能更深入地认识与自然的联系以及维系这种联系的力量而感到高兴。把玛丽亚完全拖入我的自我之中，将她的整个生命、整个存在都编织并消融于我的存在里，让她只要与我分离就只得毁灭，这就是那个令我充满喜悦的想法，唯有实现它，才是清楚地道出了大自然的愿望。与这个女人之间的这种最紧密的精神联系在极度喜悦的感受中仿佛飞上云霄，超越了一切被鼓吹成最高享受的兽性享受，而这种联系对于伊西斯[10]的祭司来说十分恰当，在这一点上你了解我的体系，我不能再多说了。大自然安排女人在一切方面都是被动的。真正的儿童心性就在于顺从地奉献、热切地理解陌生的和外在的事物、承认并且崇拜更高的法则，这种心性是女人所独有的，而完全掌控它，彻底吸收它，则是一种至高无上的幸福。尽管我（如你所知）又离开了男爵的庄园，但从那一刻起，我一直在精神上与玛丽亚保持着亲近，我还动用了一些手段，偷偷地在身体上也靠近她，以求效果更强劲，具体就不同你讲了，因为其中有些显得有点卑鄙，尽管它们能实现既定目标。没过多久，玛丽亚就进入了一种幻觉状态，奥特马尔当然认为那是某种神经疾病，于是，不出我所料，我作为医生重新回到那座府邸。玛丽亚认出了我就是那个多次在她的梦里，在那道统领万物的力量所发出的圣光里作为她的上师出现的人，以前只是模模糊糊感觉到的东西，现在她用她的精神之眼明明白白清清楚楚地看到了。只有我的目光，我坚定的意志，能让她进入所谓的梦游状态，那种状态其实不是别的，就是完全地游离出自身之外，活在上师的更高层次的精神范围里。是我的精神好心收留了她，给她插上一双翅膀，让她飘然冲出人们笼罩在她身上的牢笼。只有通过这种在我之中的存在，玛丽亚才能继续活下去，她很平静，很幸福。希波利特的模样如今在她心里只剩下模模糊糊的轮廓了，而且就连这点轮廓很快也会灰飞烟灭。男爵和老画家用充满敌意的眼神看我，但是大自然赋予我的力量在这种时候也相当有用，这可真是太妙了。就算极力抗拒，他们也还是得承认我这个上师，那想必是一种很可怕的感觉呢。你很清楚我是用了怎样奇妙的方式搜集起一个秘密知识的宝库的。你从来都不愿意读这本书，其实书里提出的某些自然力量及其效果的美妙组合一定会令你惊讶的，那是在别的任何一本物理教科书里都没有的。我并不排斥做一些精心的准备；如果目瞪口呆的乌合之众对某种他们完全有理由觉得奇妙的东西感到既恐惧又惊奇，难道就可以称其为骗术吗？了解其中最直接的原因并不会毁掉那种奇异本身，只会扼杀了惊讶啊。希波利特是在……服役的上校，目前在战场上；我并不希望他死，他回来好了，那样我会胜得更漂亮，因为我的胜利确凿无疑。假如对手表现得比我想象得强大，那你也要感受我的力量并相信我，相信——

雷雨初霁，落日如同一团红色火焰从乌云中破涌而出，乌云迅速流散没入地平线深处。晚风掀动羽翼，树木花草散发的芬芳如荡漾的波浪，透过暖洋洋的空气阵阵袭来。我一走出树林，邮政车夫就告诉我说很近的那个村庄就直接呈现在眼前了，它坐落在鲜花满地、绿草如茵的山谷里，城堡的哥特式塔尖高高耸立，城堡的窗子被夕阳映得通红，好似有火焰要从里面蹿出一般。钟声和圣歌吟唱声向我传来；我看见远处有一支庄严的送葬队伍，正在从城堡向墓地缓缓移动；等我终于走到跟前时，吟唱已经停止了；人们按照当地的风俗将棺材打开，放在墓穴前，牧师开始念葬礼祷词。在他们准备把棺材盖盖上去时，我上前瞻仰了一下死者遗容。那是一位年事已高的男子，面容生机勃勃丝毫没有变形，他躺在那里，仿佛只是在安详地睡觉。一位老农夫深受感动地说："瞧，咱们的老弗兰茨躺在那儿多漂亮，愿上帝也赐给我一个这样的虔诚结局吧，啊！在主的怀抱中长眠的人有福啊！"我觉得这是给那位虔诚的长眠者最好的葬礼，老农那质朴的话就是最精彩的悼词。他们把棺材放下去，随着土块扑簌簌闷响着落下去，一阵巨大的悲痛向我袭来，仿佛那躺在冰冷土地下的是我的挚友。当我想往城堡所在的山上去时，那位牧师刚好迎面向我走来，于是我跟他打听了一下刚刚下葬的死者。原来他们安葬的是老画家弗兰茨·比科特，他自三年前起独自居住在那座荒废的城堡里，做着看管工作。我提出想进城堡里看看，在现任堡主的代理人抵达此地前，钥匙一直由这位牧师保管着，于是我踏进了荒凉宽敞的大厅，心中不无战栗，过去曾有欢乐的人们一度在这里居住，而现在却只笼罩着一片死寂。比科特如隐居者一般在这座城堡中度过了过去的三年时光，并以一种奇特的方式从事着艺术活动。在没有任何帮助，甚至不使用任何机械设备的情况下，他把整个顶楼（他自己就住在其中一个房间里）绘制成了哥特式风格，种种奇异事物以哥特式特有的装饰方式奇妙地组合在一起，让人一眼看去就会猜测其中隐藏着深刻的寓意。有一个丑陋的魔鬼形象出现得很频繁，他窥视着一位睡梦中的少女。我急步走进比科特的房间。靠背椅从桌子旁拉开着，桌上搁着一幅刚动笔的画，仿佛比科特刚刚才停下工作站起身来似的；一件灰色外套搭在椅背上，一顶小小的灰色便帽放在画旁边。一切都仿佛那位老先生下一秒就会走进来，面容亲切虔诚，连死亡的痛苦也不能改变其分毫，慷慨大方地欢迎陌生的客人来到他的工作间。我向牧师提出想在城堡里住几天，可能的话甚至是几周。他似乎感到意外，并说他很遗憾不能满足我的愿望，因为在代理人抵达前必须给城堡贴上法院封条，不允许外人住在里面。“那么，”我继续道，“如果我本人就是那个代理人呢？”说着我展开现任堡主F男爵的全权委托书给他看。他很惊讶，立马滔滔不绝地对我说了一大堆客气话。他表示愿意提供教区大楼里的房间给我住，因为他觉得住在荒芜的城堡里一定不合我心意。我谢绝了他的好意，留在了城堡里。每天的闲暇时光，最吸引我的就是阅读整理比科特的遗稿。没多久我就发现几页纸，上面有一些以日记形式写下的短小笔记，字迹匆忙潦草地记录了某显赫家族的一支家破人亡的灾难故事。在把一篇相当幽默的文章《梦是泡沫》和两封书信的残章片段（这些东西肯定是以十分奇特的方式流落到画家手中的）联系在一起之后，整件事情就完整而清楚了。

*

尽管有圣安东尼[11]在先，但我难道不是同样大战了三千恶魔，而且表现得同样勇敢吗？只要大胆地盯住他们的眼睛，他们就会自行灰飞烟灭。阿尔班若能读透我的内心，一定会在其中发现一份郑重其事的道歉和恢复他名誉的声明，因为我给他横加了种种撒旦的罪名，其实那只是我过于活跃的想象力夸张刺目地描绘出来的，其结果就是我自己的悔恨和教训！——他就在那里！充满朝气、健康、生机勃勃，阿波罗的发卷、朱庇特的饱满额头，一只眼如玛尔斯、姿态如天神使者——完全就像哈姆雷特所描绘的英雄。——玛丽亚已经不再脚踩实地，她已经飘飘欲仙了！——希波利特和玛丽亚，多好的一对情侣啊！

*

我到底还是不能信任他，他为什么要把自己关在房间里？为什么要在深更半夜蹑手蹑脚、偷偷摸摸地四处转悠，像阴魂不散的死神？我不能信任他！有时候我忍不住想迅速抽出手杖里的剑，干脆利落地一剑刺进他的身体，然后礼貌地说："请原谅！"——我不能信任他！

*

咄咄怪事！之前我同我的朋友推心置腹地聊到了深夜，然后当我沿着走廊送他回房间时，有一个身着白色睡袍、手里提着灯的瘦长身影从我们旁边一闪而过。男爵喊了起来：“是少校！弗兰茨，是那位少校！”然而那毫无疑问是阿尔班，只不过由下至上的灯光让他那张脸变了形，看上去又老又丑罢了。他是从旁边过来的，好像是刚从玛丽亚的房间出来。男爵执意要去她那儿看看。她安静地睡着，像上帝的虔诚天使一般。明天就是盼望已久的一天了！幸福的希波利特！可是刚刚那个魅影令我充满恐惧，尽管我努力让自己相信那就是阿尔班。会不会是多年前曾出现在年轻男爵面前的那个充满敌意的恶魔，如今又像个阴魂不散的邪恶诅咒一般再次现身，蓄意破坏美好的一切？快抛开这些阴暗的猜测吧！你要相信，弗兰茨，这种乱七八糟的想象通常都是胃不好造成的。是不是该吞点迪亚沃利尼[12]，抵御一下噩梦带来的不适感呢？

*

正义的上帝啊！她走了，走了！我得向尊贵的大人汇报可爱迷人的玛丽亚男爵小姐是怎么死的，因为要记入家族档案。我最不擅长这些公文辞令了。多希望上帝没有为了画画的缘故而赐给我这双手！但有一点是肯定的，就在希波利特站在圣坛前想把她拥入怀中的那一刻，她瘫倒下去，死了，死了——其余的一切就交给上帝的公平正义吧。

*

对，就是你！阿尔班，阴险的撒旦！就是你用魔鬼的伎俩杀死了她，而上帝已经向希波利特揭示了这些伎俩！你逃跑了，可是你尽管逃吧，就算躲到地心深处，复仇女神也会找到你，把你撕个粉碎。

*

不，我不能原谅你，奥特马尔！是你听凭了撒旦的诱惑，所以希波利特要向你讨回他心灵的挚爱！——他俩今天激烈地吵了一架，决斗不可避免了。

*

希波利特死在了决斗中！也好！他要与她重逢了。不幸的奥特马尔！不幸的父亲！

*

全员退场[13]！愿死者永远安息！今天，九月九日的午夜，我的朋友在我怀里与世长辞了！但我却感到一种奇异的安慰，因为我知道，我们会在不久的将来重逢。奥特马尔在战场上英勇牺牲了，他用这种高贵的方式给自己赎了罪，这个消息传来，便斩断了男爵的心灵在尘世间的最后一缕牵挂。我要留在这座城堡里，要在他们曾生活并爱我的这些房间里走动。我将会经常听到他们的声音——可爱迷人又虔诚的玛丽亚的亲切话语，忠诚不渝的好朋友令人愉快的说笑，将会像亡灵的呼唤声一样回荡，给我勇气和力量，让我轻松地承受生活的重负。我已经没有什么当下了，只有往昔的快乐时光连接着遥远的彼岸，那彼岸常常闪耀着迷人的光芒，在美妙的梦境中围绕我，而我亲爱的朋友们就在那光芒中微笑着朝我招手。何时！何时我才能奔向你们？

——

现在他去了！

1 莎士比亚戏剧《暴风雨》中的人物。

2 此处指的应该是1817年。

3 18世纪意大利一个演员公司。

4 卡洛·戈齐（Carlo Gozzi，1720—1806），意大利剧作家。

5 梅斯梅尔（Franz A.Mesmer，1734—1815），德国医生，提出“人体磁场学说”，催眠术的奠基人。

6 皮塞居（Marquis de Puységur，1751—1825），法国贵族，梅斯梅尔的学生，梅斯梅尔催眠术的创立者之一。

7 史威登堡（Emanuel Swedenborg，1688—1772），又译作斯威登堡，瑞典科学家、神秘主义者、哲学家和神学家。

8 拜莱斯（Gottfried Christoph Beireis，1730—1809），德国医生、物理学家和化学家。

9 卡廖斯特罗（Alessandro Graf von Cagliostro，1743—1795），真名朱塞佩·巴尔萨摩（Giuseppe Balsamo），意大利神秘学家、炼金术士和冒险家，同时也是个大骗子和江湖医生。卡廖斯特罗是其化名。

10 伊西斯：古埃及宗教信仰中的一位女神，对她的崇拜传遍了整个希腊罗马世界。她被敬奉为理想的母亲和妻子、自然和魔法的守护神。

11 圣安东尼（Antonius der Große，约251—356），又称“安东尼大士”“隐居者安东尼”“隐士安东尼”“修道院长安东尼”和“埃及的圣安东尼”等，是一位埃及的基督教禁欲苦修者、隐居者，被认为是西方“修士之父”。他曾在漫长的沙漠苦修生活中极力抵御魔鬼的各种诱惑。

12 迪亚沃利尼（Diavolinis），18世纪时的一种源自意大利的人工兴奋剂，常用作壮阳药，主要成分是班蝥素，含毒性。“迪亚沃利尼”是意大利语，意为“小恶魔”。

13 原文为拉丁语，多用作戏剧剧本里的舞台指示。

自 动 机 器 人

会说话的土耳其人引起了普遍的关注，甚至让整个城市出现骚动，人们从早到晚蜂拥而至，不分男女老少和高低贵贱，纷纷来倾听这个没有生命但却活生生的神奇假人从僵硬的嘴唇里向好奇的人们低声吐出的神谕。事实上，这个自动装置的构造方式确实与各种展会和年市上展示的那些类似把戏很不一样，这一点人们看得很清楚，因此无法不被它吸引。

在一个不是很大，只配备了最基本用具的房间里，这个和真人一样大小、身材匀称的假人身穿装饰华丽的土耳其服装，坐在一把低矮的、形状很像三腿炉架的椅子上。艺术家有时候会应要求挪动这把椅子，以表明它与地面并不是连在一起的。假人的左手放松地搁在膝盖上，右手放在一张可移动的小桌子上。刚刚说过，这个假人的全身都按照真人比例制作得非常匀称，但头部做得尤其成功。极具东方睿智色彩的面容为其整体赋予了生命，这在蜡像中相当罕见，即使那些蜡像仿制的是最有思想者的最具个性的面孔。

这件艺术品四周围了一道简单的护栏，以阻止在场的人靠近，只有那些想亲自看一看其整体结构的人（他们当然也只能看到艺术家允许他们看的、不会泄露秘密的部分），或者是那些轮到提问的人，才允许进入护栏并靠近这个假人。如果提问者像人们通常所做的那样，对着这位土耳其人的右耳朵悄声说出问题，它就会先转动眼睛，然后再把整个头转向提问者，提问者能感觉到从它嘴里呼出的气息，仿佛那轻声的回答真是从假人的身体内部发出来的一样。

每回答完几个问题，艺术家就会往假人的身体左侧插入一把钥匙，伴随着一阵很大的噪声给发条装置拧上劲。有时候他还会应要求打开这里的一块盖板，于是人们就会看见假人的身体内部有一套由很多齿轮组成的精巧的传动装置，它们虽然可能和自动机器人的说话毫无关系，但却显然占据了很大的空间，使得这个假人身体里的其余部分不可能藏下一个人，哪怕是一个非常矮小的、像酥皮馅饼里爬出来的著名侏儒奥古斯特那样的人。

除了每次回答前都要转动头部以外，土耳其人有时还会抬起右臂，要么威胁地伸出手指，要么用整个手掌做出仿佛拒绝该问题的姿态。在出现这种情况时，如果提问者依然执意逼问，那他往往就只能得到一个模棱两可甚至令他很郁闷的答案。这些头部和手臂的运动估计就与那些齿轮装置有关，不过即便如此，一个智慧生物的作用在此似乎也是必不可少的。

人们绞尽脑汁地猜测这种奇妙交流的媒介是什么，他们检查了墙壁、隔壁房间和所有用具，但一无所获。假人和艺术家被最精明的机械师们团团围住，被他们锐利的目光严密监视，但越是这样被监视，艺术家的举止就越是无拘无束。他远远地待在房间的角落里与观众们说说笑笑，把他的假人单独留在那儿做各种动作，回答各种问题，仿佛那是一个不需要与他有任何联系的、完全独立的人一样。三腿椅子和小桌子被人们朝各个方向转来转去、敲敲打打，假人被拉到尽可能靠近光源的地方，透过眼镜和放大镜仔细查看内部，然后机械师们信誓旦旦地说，就连魔鬼也造不出这样神奇的齿轮装置，每当这种时候，艺术家就更加抑制不住嘴角的一丝嘲讽的微笑。一切都是徒劳的，有人认为从假人嘴里呼出的气息很容易通过一个隐藏的气门阀来做到，是艺术家本人作为一个出色的腹语者在回答问题，但这个假设立刻就被彻底否定了，因为当土耳其人回答某个问题的时候，艺术家正在清晰可闻地与一个观众大声交谈。

尽管这件艺术品装饰华丽，并具备极其令人费解的、神奇的能力，但要不是艺术家以另一种手段反复将观众吸引过来的话，公众可能很快就对它失去兴趣了。这种手段就在于土耳其人给出的回答本身，这些回答每次都能深刻洞悉提问者的个性特点，时而枯燥乏味，时而粗俗逗乐，时而又充满思想和睿见，有时甚至犀利到令人痛苦的程度。而且他还时常会令人惊讶地露出一种投向未来的神秘目光，但这种目光只有从深陷自身情绪之中的提问者本人所处的角度才有可能看到。此外，对于用德语提出的问题，土耳其人有时会用一种外语来回答，但这种外语又恰好是提问者非常熟悉的，然后他们就会发现，除了土耳其人所选用的这种语言之外，该答案用任何别的语言都没办法回答得像这样既言简意赅又全面圆满。简而言之，人们每天都能讲出这位聪明的土耳其人又做出了哪些巧妙、犀利的新回答，而活人艺术家与假人之间的神秘联系、假人对提问者个性的洞悉以及所给答案的罕见智慧这几件事中究竟哪件更不可思议，则成了各种社交晚会热烈谈论的话题，路德维希和费迪南德这两位学院派的朋友就恰好参加了一次这样的晚会。

两人都不得不惭愧地承认，他们还没去拜访过这位土耳其人，尽管时下最流行的事就是去拜访一下它，然后四处谈论自己提出的刁钻问题得到了怎样神奇的回答。“对我来说，”路德维希说，“所有这类不仅复制人类的样子，而且还模仿人类言行的假人，这种虽死犹生、虽生犹死的真实人像，都特别令人反感。小时候，别人带我去过一个蜡像馆，结果我哭着跑掉了，即使是现在踏进那种地方，我仍然会不由自主地产生一种毛骨悚然的感觉。每当我看到统治者们、著名的英雄、杀人犯和江洋大盗们把他们呆滞无神、死气沉沉的玻璃目光对准我，我就想喊出那句麦克白的话：'你用你那没有视力的眼睛盯着我看什么？'而且我坚信，大多数人也和我一样有这种可怕的感觉，虽然程度可能不像我这么强烈，因为你会发现，在蜡像馆里，大多数人说话都是悄声细语的，很少能听见一句大声喧哗；这并不是出于对大人物的敬畏，而是那种恐怖的、可怕的东西带来的压力在迫使观众们压低声音。如果僵死的假人还通过机械来模仿人类的动作，那就更要命了。我完全相信，你们那个眼睛会转、头会扭动、胳膊会抬的神奇而有才智的土耳其人的影子一定会像个死灵怪物一样追着我不放，尤其是在无眠的夜晚。所以我可不想去拜访他，还是听听别人讲讲他对谁谁谁又说了哪些诙谐睿智的话好了。”

“你知道，”费迪南德接过话说，“关于对人性的惊人模仿，关于那些虽死犹生的蜡像，你所讲的一切完全是说出了我的心里话。不过就机械性的自动机器人而言，关键还在于艺术家用什么方式来使用他的作品。我见过的一种最完美的自动机器人是恩斯勒走绳索者，他有力的动作让人印象非常深刻，而且当他突然停在绳子上、友好地点头时，还会给人一种相当滑稽的感觉。但是显然没有人感受到这类假人很容易（尤其是在敏感的人心里）引起的那种恐怖的感觉。至于我们说的这个土耳其人，我认为他的情况完全不同。所有见过他的人都说他外形漂亮、仪表堂堂，但这还是次要的，更重要的是，他之所以要转动眼睛、扭动头，肯定是为了把我们的注意力引到他身上，因为秘密的关键恰恰不在他身上。至于土耳其人的嘴里会吐出气息，则是完全可能甚至非常肯定的，因为这是人们亲身体验到的嘛，但并不能由此就认为那道气息是由说话引起的。毫无疑问，肯定有一个人通过某些不为我们所见和所知的声学及光学装置与提问者维持着某种联系，他能看见提问者，能听见他的话，还能低声回答他。但即使是我们最精明的机械师，也没有一个人对建立这种联系的过程有丝毫的发现，这表明艺术家的办法想得非常巧妙，从这个角度说，他这件艺术作品确实值得极大的关注。但更让我觉得神奇并且真正吸引我的，却是那个幕后者的精神力量，他似乎能直抵提问者的情感深处。他的那些回答常常含有一种敏锐的力量，同时又有一种可怕的不清不楚，这使得它们成了最严格意义上的神谕。我听好几个朋友讲过一些在这方面十分令我惊讶的例子，我已经克制不住冲动，想要亲自去试探一下这个幕后人物的神奇先知了，所以我决定明天上午就去那里，而且我也想在此郑重邀请你，亲爱的路德维希，抛开对活木偶的恐惧，陪我一起去吧。”

尽管路德维希极不情愿，但在好几个人的轮番劝说下，为了不被视为另类，他还是不得不让步，答应他们不缺席这次搞乐子的活动，明天会和他们一起去会一会那位神奇的土耳其人。第二天，路德维希和费迪南德果然和几个约好的活泼年轻人去了那里。那位土耳其人的东方气派不容否认，他的脑袋也确实做得像传言中那般出色，但路德维希在刚走进去的那一瞬间就觉得他的样子滑稽极了，等到艺术家把钥匙插进他的身体一侧，齿轮开始发出嗡嗡的声响时，整件事在他看来已经变得相当乏味，无聊透顶了，以至于他忍不住脱口嚷道："哎哟，先生们，瞧瞧，咱们的肚子里顶多只有烤肉，这位土耳其大人的肚子里可有一整套烤肉工具呐！"

众人哈哈大笑，但那位艺术家显然并不喜欢这个笑话，他立刻停下了给齿轮装置上发条的动作。或许是在场众人的欢快气氛令这位聪明的土耳其人不爽，或许是他这个早晨本来就心情不佳，总之，尽管有些问题提得颇为机智诙谐，但今天的所有回答都乏善可陈、平淡无味。路德维希尤其不太走运，他的问题几乎完全没有被预言者正确地理解，只得到了不着边际的回答。正当他们十分失望地想要离开自动机器人和那位显然已经气急败坏的艺术家时，费迪南德说道："先生们，你们都对这个聪明的土耳其人不太满意，对不对？但原因也许在我们自己，也许这个人不喜欢我们提的问题——瞧，他现在正转过头，抬起手呢。"（假人确实在这样做。）"看来这证实了我的猜测！不知道怎么回事，我忽然有了一个想法：可以再提一个问题，如果他的回答很准确，那就可以挽救自动机器人的声誉。"说完费迪南德走过去，对假人轻声耳语了几句；土耳其人抬起了胳膊，他不想回答；但费迪南德锲而不舍，于是土耳其人把头转向了他。

路德维希注意到，费迪南德的脸色突然变得苍白，但几秒钟之后，他又问了一遍，并且立刻得到了回答。随后费迪南德带着勉强的微笑对众人说道："先生们，我敢保证，至少对我来说，他的声誉已经得到了挽救；但是为了让预言者能够继续保持他的神秘，请允许我不告诉你们，我问了什么，他又答了什么。"

费迪南德虽然极力掩饰自己的感受，但他的强颜欢笑和故作轻松已经清楚地表明了他的内心波动。如果土耳其人给出的仅仅只是非常奇妙非常犀利的回答，众人一定不会产生这种奇怪的、近乎可怕的感受，但费迪南德此刻的紧张显然正是这种感受导致的。先前的欢快气氛瞬间消失，原本滔滔不绝的交谈只剩下零星的只言片语，众人心绪不安地散开了。

等到费迪南德身边只剩下路德维希时，他开口说道：“朋友！我不想对你隐瞒，土耳其人攫住了我的内心，他甚至伤害了我的心，我想我可能克服不了这种伤痛了，直到那可怕神谕的实现将死亡带到我面前。”

路德维希万分惊讶地看着自己的朋友，但费迪南德继续说道：“我现在知道了，以神秘的方式通过土耳其人之口对我们说话的那个看不见的存在，真的支配着某些力量，能够用魔法掌控我们最隐秘的思想，也许那个陌生的力量能清楚地看见未来事物的萌芽，那萌芽在我们自身之中通过神秘的关联被外部世界滋养着，所以他可能知道一切在遥远的将来将会发生在我们身上的事情，正如有人拥有预见未来的不幸能力，可以预言死亡的准确时间一样。”

“你一定是问了很奇怪的问题，”路德维希说，“也许是你自己给预言者的模棱两可答案赋予了重要意味，也许是各种无常的偶然因素罕见地凑在一起，制造出了碰巧符合你问题的贴切答案，而你却将其归因于那个通过土耳其人说话的人所具有的神秘力量，其实那人肯定是毫无成见的。”

“你现在说的话，”费迪南德接话道，“与我们以往对于偶然事件的一致观点是相互矛盾的。你只有知道了一切，才能真正体会到我的内心今天所受到的震动，所以我必须告诉你我以前生活中的一些事，这些事迄今为止我还从来没有对人说过。那是好几年前，我从我父亲在东普鲁士的一处偏远农庄返回B城。在K城，我遇到了几个年轻的库尔兰人[1]，他们也要去B城，于是我们乘坐三辆邮政马车结伴而行。你可以想象，我们当时都是最年少轻狂的年纪，口袋里又不缺钱，就这么闯进世界，自然是要尽情享受生活，简直到了狂放不羁的程度。哪怕是最疯狂的主意，大家也会欢呼着去干。我还记得有一天中午，我们刚一抵达M城，就洗劫了邮政女保管员的仓库，我们不理会她的抗议，用抢来的衣物打扮自己，抽着烟草，在房子前面聚集的人群中大摇大摆地走来走去，直到欢快的发车号声响起，才又乘着马车扬长而去。

“带着这种最美妙欢乐的心情，我们来到了D城。由于该地区风景优美，我们决定在那里停留几天。每天都有有趣的活动。有一次，我们在卡尔斯贝格和邻近地区玩到很晚，等回到客栈时，我们事先预订好的美味潘趣酒已经在等着我们了，于是吹了一整天海风的我们便开怀畅饮起来。虽然并没有喝醉，但我能感觉到自己的脉搏在血管里的每一下搏动，血液犹如岩浆般滚烫地流过神经各处。终于回到自己的房间后，我一头倒在床上。然而，尽管疲惫不堪，我却睡得半梦半醒，能感知到周围发生的一切。我似乎听见隔壁房间有人在低声说话，最后我终于清楚地辨别出一个男人的声音，那声音说：‘好了，睡个好觉，记得按时做好准备。’接着传来开门和关门的声音，然后一切便陷入了寂静，但很快，一架钢琴弹奏出的几个轻轻的和弦打破了这种寂静。路德维希，你很清楚回荡在寂静夜里的音乐声具有怎样的魔力。当时就是这样，仿佛有一个迷人的魂灵的声音藏在那些和弦里在对我说话；我任由自己完全沉浸在舒适的感受中，心里想着，接下来该出现某个连贯的旋律了，一支幻想曲或者一段乐曲什么的，但是出乎我意料，伴随着一段夺人心魄的旋律，一道无比美妙的天籁般女声开始唱道：

我的爱人，请记住，
如果我死去，
这个忠诚的灵魂
曾经多么爱你！
如果冰冷的骨灰
仍然能够爱，
那么在骨灰盒中
我仍将继续爱你！

“我不知道该怎样向你描述那时而激越时而低回的长乐音在我心中激起的前所未有的陌生感受。这支我从没听过的独特旋律（哦，它是一切炽热爱情中的那种深沉而幸福的忧伤！）伴随着简单的花腔演唱，一会儿高扬婉转有如银铃清脆悦耳，一会儿低回深沉好似无望悲鸣和郁郁叹息在渐消渐沉，我感到一种无可名状的痴迷震颤着我的内心深处，一种无限渴求的痛苦让我的心痉挛般揪作一团，我的呼吸凝滞，我的自我没入一种无名的、天国般的狂喜中。我不敢动，我的全部灵魂、全部感情都聚集在了耳朵上。直到音乐声已经停止了很久，汹涌的泪水才夺眶而出，使我几乎不能自已。

“但睡意最终还是战胜了我，当我在一阵刺耳的邮车号角声中惊醒并坐起时，早晨的阳光已经洒满我的房间。我意识到，我刚在梦里体验了一回尘世间能够寻得的最高幸福、最大极乐。一位美丽的妙龄少女曾走进我的房间，她就是那位歌手，她用无比温柔悦耳的声音对我说：‘看来你重新认出我了，最最亲爱的费迪南德！我知道，只有通过歌唱，我才能重新彻底活在你心里；因为每个音符都会停留在你心中，一听到它们，你就一定会看到我。’一种难言的狂喜传遍我全身，因为我发现，她竟是我的灵魂所爱之人，从童年起就被我放在心上，然而敌意的命运将她从我身边夺走了很长时间，但现在，我这个无比幸运的人又重新找到了她。只不过我炽热的爱化成了那曲充满忧伤渴望的旋律，我们的话语、我们的目光都变成了逐渐增强的美妙乐音，汇成一条火河。然而醒来之后，我却不得不承认，我从前的记忆里根本没有梦中那个温柔迷人的形象——那个美丽的女孩我其实是第一次见到。

“这时，屋子外面传来一阵吵吵嚷嚷，我机械地起身，来到窗前；那是一个有些年纪的衣冠楚楚的男人在训斥几个邮差，因为他们弄坏了精致的旅行马车上的不知什么东西。最后一切都重新弄好了，于是那个男人喊道：‘现在一切都好了，我们要走了。’我注意到紧挨着我的隔壁房间有一个女人从窗子探出身往外望了一下，然后迅速地退了回去，由于她戴着一顶帽檐很低的旅行帽，我无法看清她的脸。但是当她从房子大门里走出来时，她转身抬头看了我一眼。天哪，路德维希！她就是那个歌手，是我梦中的身影！她那美好的目光落在我身上，仿佛一道晶莹的光芒，如利剑般刺进我胸膛，让我感到一种物理上的疼痛，让我身体里的每一丝纤维每一根神经都在颤抖，让我因一种无法言喻的幸福而彻底僵住。

“她很快上了马车，车夫仿佛嘲讽般地吹起一支欢快的小调。一转眼，他们就消失在了街角。我像做梦似的站在窗前，那几个库尔兰人走进房间，接我去参加已经约好的游玩。我一言不发，他们以为我病了。可我怎能说出任何一点所发生之事！我没有去找住在我隔壁的陌生人打听情况，因为任何一句有关那个美妙人儿的话语，一旦从别人的嘴里说出，仿佛都会亵渎我内心的温柔秘密。我决定从今以后忠诚地将这个秘密深埋于心，她已经是我永远的爱人，我再也不会同她分开，哪怕我可能再也见不到她了。

“我的知心朋友啊，你肯定非常明白我当时的状态和感受；所以你不会责怪我，为了能获得那位不知名爱人的哪怕一丝丝芳踪，我当时不惜放弃任何人、任何事。我内心里开始非常抵触库尔兰人的快乐陪伴，有一天半夜，趁他们没注意，我动身离开了那里，急匆匆地奔往B城，去追寻我当时的天命。你知道我从很早以前就擅长画画。在B城，我开始在优秀大师的指导下创作袖珍绘画，没过多久，我就已经能够实现我为自己设定的唯一目标，就是为那位不知名女子画一幅配得上她的、惟妙惟肖的画像。我把自己关在房间里偷偷完成了那幅画像。从来没有任何人类的眼睛曾经看见过它，因为我找人把另一幅同样大小的画镶嵌起来，然后我自己动手，把所爱之人的画像仔细地插在那幅画后面，从那以后它就一直被我放在胸口贴身佩戴着。

“今天，是我这辈子第一次谈起我生命中这件最重要的事，而你，路德维希，是我唯一吐露这个秘密的人！但也就是在今天，一道陌生的力量充满敌意地闯进了我的心里！刚才，当我走到那个土耳其人身边时，我一边想着心中的爱人一边问他：‘将来我还能经历一个如同过去那般无比幸福的时刻吗？’如你当时所见，土耳其人根本不想回答我；最后，在我锲而不舍的追问下，他说：‘我的眼睛正看着你的胸前，但那镜子般亮闪闪的金光照得我眼花——把画像转过去！’什么样的语言才能描述我当时那种震惊的感觉啊！我相信你那时一定注意到了我的内心波动。那幅画像确实像土耳其人所说的那样挂在我胸前；我悄悄把它转过去，并再次重复了我的问题，然后那个假人用阴森森的语气说道：‘不幸的人！你再见到她的一刻，就是你失去她之时！’”

路德维希想说些安慰的话来为陷入沉思中的朋友打打气，但此时刚好有几个熟人向他们走来，他只得作罢。

土耳其人做出了新的神秘回答的传言很快就在城里传开了，人们绞尽脑汁地猜测，究竟是什么样的不幸预言才会让并无成见的费迪南德如此不安。他们纷纷向他的朋友们打探，为了把好友从窘境中解救出来，路德维希迫不得已胡扯了一个离奇故事，然而这个离真相相距甚远的故事却大受欢迎。当初鼓动费迪南德去见神奇土耳其人的那伙人，每周都要例行聚会一次，而在随后这周的聚会上，土耳其人自然再次成为话题焦点，因为大家仍试图尽可能多地从费迪南德本人这里听到那个令他心情郁闷的离奇故事，不管他如何想要掩饰都无济于事。

路德维希能清楚地感觉到，他的朋友在发现自己忠诚地深藏于内心的秘密，那个关于他那梦幻般爱情的秘密被一种陌生而可怕的力量看透时，内心受到了多么大的震动，而他自己也像费迪南德一样坚信，那种力量既然能够看透最深的秘密，就必定也能看清当下与未来之间的神秘联系。路德维希无法不相信那则预言，但是，那个隐藏在土耳其人背后说话的幕后者如此充满敌意地、毫不留情地将威胁着他朋友的厄运泄露出来，这令他对其感到愤慨。因此，他坚定地跟这件艺术作品的众多崇拜者作对，当有人说，自动机器人那自然的动作里有一种庄严感，强化了其神谕般的回答给予人的印象时，他就偏要说，恰恰是这位正派的土耳其人那些转眼睛、扭头的动作让他觉得有种说不出的滑稽，所以他才忍不住脱口而出说了句俏皮话，把艺术家搞得气急败坏，或许那位看不见的幕后者也同样如此，因为他给出的大量平庸空洞的回答让这一点昭然若揭。

“我必须承认，”路德维希继续说道，“我一走进去，这个假人就让我生动地记起一个非常精致、很有艺术性的胡桃夹子，那是在我还是个小男孩时，一位堂兄送给我的圣诞礼物。那个小人儿有一张特别滑稽的脸，每次他在嗑坚硬的胡桃时，都会借助一个内部装置转动两只从头部鼓出来的大眼睛，这让他整个人都产生一种又好笑又生动的感觉，因此我能和他玩好几个小时，在我心里，他几乎已经是真的了。从那以后，无论多么完美的木偶，我觉得跟我的最好的胡桃夹子比起来，都显得太僵硬、毫无生气。以前别人跟我说过很多关于但泽军械库里的神奇自动机器人的事，几年前我刚好在但泽，便抓住机会去看了一次。我刚刚走进一个大厅，就有一个旧式德国士兵猛然朝我冲过来并向我开枪，枪声响彻大厅上方巨大的拱形空间。类似这样的噱头还有好几个，时不时地冲过来吓人一跳，不过现在我都不记得了。最后，有人把我领进可怕的战神玛尔斯率领其全部随从所在的大厅。玛尔斯本人穿着十分古怪的衣服，坐在一个装饰着各种武器的宝座上，卫兵和战士们围绕他站着。我们刚走到宝座前，几个鼓手就开始敲鼓，笛子手也吹出可怕的笛声，一片乱糟糟的噪声让人不得不捂住耳朵。我当时评价说，战神的小乐队真是一塌糊涂，根本配不上他的威严，人们都觉得我说得对。等到鼓声和笛子声终于停下来，卫兵们又开始转动头部，端起长戟反复戳刺，最后，战神也转动了几下眼睛，从他的座位上猛地站起，作势要朝我们冲过来。可是过了一会儿他又重新坐回宝座，接着鼓声和笛声又是一通乱响，然后一切重归之前那种呆板生硬的静止状态。参观完所有那些自动机器人之后，我走出展厅，心里暗想：'我还是更喜欢我的胡桃夹子。'回到眼下，先生们，在看了聪明的土耳其人之后，我要再说一回：'我还是更喜欢我的胡桃夹子！'"

众人听了全都哈哈大笑，但同时他们又一致认为，路德维希对这件事的看法虽然有趣，但并不符合事实，因为且不说这个自动机器人的很多回答表现出罕见的才智，而且幕后者与土耳其人之间的那种匪夷所思的联系也极为神奇，他不仅能通过土耳其人说话，而且还能促使后者做出各种因问题而引发的动作，这无论如何都是力学和声学的杰作。

路德维希本人也不得不承认这一点，于是众人纷纷赞美了那位陌生的艺术家一番。这时候，一位平时很少说话，这次也完全没有参与谈话的上了年纪的男人从椅子上站了起来，每回当他终于想要讲几句的时候，他都会这样站起来，而且他的话每次都十分切题。他非常有礼貌地说道："先生们！我恭敬地请求诸位，能否允许我讲几句！诸位赞美这件罕见的艺术作品当然是有道理的，毕竟它这么长时间以来一直如此吸引我们；但把那个展示他的普普通通的男人称为艺术家却并不恰当，因为事实上，这件作品的所有卓越之处都与他毫无关系。它们更大可能乃是出自一位在这类技艺上经验丰富的人之手，后者多年来始终和我们一道住在城里，我们都认识他，而且非常尊敬他。"

众人十分惊讶，纷纷向这位老先生发问，于是他继续说道："我指的不是别人，正是X教授。土耳其人刚到这里的头两天，并没有人特别关注，但X教授很快就去了，因为他对一切叫作自动机的东西都极感兴趣。但刚从土耳其人嘴里听到几句回答，他就把那位艺术家拉到一边，悄悄耳语了几句。艺术家听后脸色发白，在为数不多的几个进来参观的好奇者离开之后，他就关闭了那个房间。随后，街角张贴的海报消失了，人们再也没听到有关聪明的土耳其人的任何消息，直到十四天后出现一张新的告示，人们再次看到土耳其人时，他已经有了一个新的漂亮脑袋，以及现在作为难解之谜存在的那一整套装置。也就是从那时起，土耳其人的回答变得十分睿智且意味深长。而这一切毫无疑问都是X教授的杰作，因为在不展出自动机的那段时间里，那位艺术家每天都去教授家里，而且据确切所知，教授也连续好几天去了那个摆放假人的酒店房间，也就是现在仍然摆放着他的那个房间。此外，先生们，诸位肯定知道，教授本人也拥有一些极好的、尤其擅长音乐的自动机器人，而且很长时间以来，他一直与内廷参事

B保持通信，讨论和比赛各种机械技术，很可能也包括魔法技术，诸位肯定知道，只有他才能震惊世界，对吗？不过他总是秘密地工作和制造东西的，尽管他非常乐意向真正有兴趣有爱好的人展示他那些罕见的艺术作品。”

的确，人们都知道X教授以物理和化学为主要研究对象，其次也很喜欢研究机械产品，但聚会里的人谁都没有料到他竟会对聪明的土耳其人有影响，至于老先生所说的那个搞研究的房间，人们也仅仅只是有所耳闻。听了老先生关于X教授及其对自动机器人所做影响的讲述，费迪南德和路德维希都感到莫名的兴奋。

“我不能对你隐瞒，”费迪南德说，“我现在看到了一线希望，如果我接近X教授，或许就能找到一些线索，去揭开那个如此可怕地困扰着我的秘密。而且，一旦知道土耳其人或者那个用他作为自己的预言传达工具的隐藏者与我的自我之间究竟具有何种神奇的联系，我甚至有可能获得安慰，有可能消除那些可怕的话语对我产生的影响。我已经决定，以想看看他的自动机器人为借口，深入结识一下这个神秘的人，既然都说他的艺术作品擅长音乐，那么我想你一定有兴趣陪我一起去。”

“这话说的，”路德维希答道，“好像我对你的事情支持得还不够全心全意似的！不过我不能否认，恰恰是在今天，当那位老者谈到了X教授与那个机器的关系以后，我脑子里产生了一些很特别的想法，那就是，我有可能是在舍近求远地寻找我们想要的答案。所以我们能不能就近寻找那个谜团的答案呢，比如是否可以设想，那个看不见的人根本就知道你胸前挂着一幅肖像？一个幸运的猜测有没有可能得出一个至少近似正确的答案？也许他是在用那个不幸的预言报复我们，因为我们竟敢嘲笑那个土耳其人的智慧。”

“我上次跟你说过，”费迪南德说，“从来没有任何人看见过这幅肖像，我也从未对任何人说起过那桩影响我一生的事情，所以通常来讲那个土耳其人是不可能知道这一切的！也许你舍近求远的寻找，才更能接近真相！”

“所以，”路德维希说，“尽管我今天好像说了很多相反的话，但我现在认为，这个自动机器人确实算是我们见过的最奇特现象之一了，一切都表明，那个像指挥家一样控制着整件艺术作品的人掌握了一些很深奥的知识，远超那些只会天真地目瞪口呆、啧啧称奇的人们所以为的。那个假人不过是交流的形式而已，但不可否认，这种形式选择得非常巧妙，因为自动机器人的整个外观和动作很适合用来转移人们对于秘密的注意力，尤其是能按照回答者的目的而让提问者产生紧张期待感。假人的身体里无法藏下一个人，这一点已经得到了证明，所以我们之所以会觉得自己是从土耳其人的嘴里听到了回答，只能是一种声学的骗术；这是如何做到的，回答问题的人如何能够既看见、听见提问者，又让提问者听到自己，对我来说当然始终还是个谜；可以肯定的是，这需要艺术家具备良好的声学和机械学知识以及出色的洞察力，或者不如说，需要他从头到尾都很狡猾，他没有放过任何可以骗过我们的手段。不过我得承认，比起解开这个谜团，更令我感兴趣的是土耳其人常常能够洞悉提问者灵魂这个事实，正如你早在亲身体验到之前就已经评价过的那样，他似乎能够直抵人的情感最深处。如果那个回答者能够借助我们不知道的手段对我们施加心理影响，甚至与我们建立起某种精神联系，由此对我们的情绪乃至我们的整个内心状态了然于胸，那么即便他不能确切地说出我们心中的秘密，也至少能借助那种与外来精神原则的联系而使我们进入一种心醉神迷的状态，趁机勾勒出我们心中所有秘密的大致轮廓，让它们洞若烛照一般呈现在那精神之眼面前。是那种精神力量拨动了我们内心里那些平日只是无规律地嗡鸣的琴弦，令它们振动、发出声音，于是我们就清晰地听到了纯净的和弦；但这其实是我们自己给自己做了回答，因为当我们从外部听到我们内心那些被外来精神原则所唤醒的声音时，会更容易理解这种声音，而以往被压抑在思想中的模糊预感，也变成了清晰的预言；这就像我们在做梦时，经常会有一个陌生的声音教我们一些我们根本不知道的或者至少是很怀疑的东西，但其实那个似乎在对我们灌输陌生知识的声音，根本就是来自我们自己内心，说的也是我们能懂的话语。土耳其人（当然我指的是那个藏在后面的精神存在）很少需要与提问者建立精神联系，这一点显而易见。有上百个提问者都是被他很敷衍地打发的，因为这正与那些人的个性般配，这时候往往只需一个机智幽默的想法就够了，回答者天生的洞察力或精神活力就可以为其赋予一种犀利准确，实际上根本谈不上深刻地把握了问题。提问者一旦表现出欣喜若狂的情绪，瞬间就会以一种非常不同的形式给土耳其人发出提示，然后他就会使用他所掌握的手段去建立起精神联系，而这种联系使他能够从提问者自己的内心深处获取回答。至于他拒绝回答一些深刻的提问，也许只是在拖延罢了，目的是给自己赢得时间去使用那种神秘的手段。这是我发自内心的看法，你会发现，我对这件艺术作品并不像我今天想让你相信的那么鄙视——也许是我把这件事看得太重了！但我不想对你隐瞒，虽然我很清楚，如果你接受了我的想法，那么我的话恰恰无法真正安慰到你！”

“你错了，我亲爱的朋友，”费迪南德回答说，“你的想法其实与我心里一个隐隐约约的想法是一致的，而这恰恰奇妙地安慰到了我。其实我是在自己吓自己，我那珍贵的秘密并没有被亵渎，因为我的朋友会忠实地守护好它，像守护一件受托的圣物一样。不过现在我必须提到一个非常特殊的情况，之前我一直没想起来。当时，就在土耳其人说出那些致命的话时，我觉得我似乎听到那段深沉哀怨的旋律在依稀破碎地回荡：‘我的爱人，请记住，如果我死去……’然后我再次觉得，仿佛我在多年前那个夜晚听到的圣洁声音发出了一声长长的叹息，并从我耳边轻轻飘了过去。”

“不瞒你说，”路德维希说道，“就在他低声回答你时，我碰巧把手放在了那件艺术作品外面的护栏上，当时我的手能感觉到护栏在震颤嗡鸣，我也感觉到似乎有一道音乐声（我很难称其为歌唱）飘过房间。当时我并没有太在意，因为你知道，我的脑海里总是充斥着音乐，已经犯过好几回这样美妙的错误了；但是，现在知道那个深沉哀怨的声音与发生在D城的可怕事件——正是它们促使你向土耳其人提问——之间有某种神秘的联系，真是让我太惊讶了。”

费迪南德认为，路德维希也听见了那个声音，恰恰证明他与他亲爱的朋友之间心有灵犀，而随着他们更加深入地探究相似精神原则之间心理关系的秘密，随着越来越多奇妙的结论被得出，他觉得，从他得到回答那一刻起就一直压在他胸口的沉重负担仿佛终于被卸去了似的，他变得精神振奋，觉得自己有勇气面对任何灾祸。“我怎么会失去她呢？”他说，“她永远居于我内心中，并且她的存在感如此之强，只可能随着我的存在一同消失。”

他们满怀希冀地去拜访了X教授，希望能获得关于那些猜测的更多启发，在他们俩看来，那些猜测已经是最大的内心真相了。他们见到的是一位身穿旧式服装的年事已高的老者，看上去很有活力，灰色的小眼睛发出的目光像针刺一样令人不舒服，嘴角也挂着一抹嘲讽挖苦的微笑，很不讨人喜欢。

当他们说明来意，表示想看看他的自动机机器人时，他说：“噢！那么您二位也是机械艺术作品的爱好者啰，或者自己就是业余艺术家？瞧瞧，我这里的东西，你们在全欧洲乃至已知的全世界都找不到第二份。”教授的声音里有一种非常令人反感的东西，那是一种高亢、刺耳、不和谐的男高音，倒是与他宣传自己艺术作品时的那种市场叫卖式的方式刚好搭配。伴随着一阵稀里哗啦的声响，他掏出钥匙，打开了那个放置艺术作品的品位高雅、装饰华丽的房间。屋子中央的平台上摆放着一架大三角钢琴，钢琴右边是一个真人大小的男性假人，手拿一根长笛，左边是一个女性假人，坐在一个与钢琴相似的乐器前，她身后是两个男孩，分别拿着一个低音鼓和一个三角铁。在后面背景处，两位朋友看到了他们已经比较熟悉的自动管弦乐机[2]以及墙上装置着的好几组音乐钟。

教授很随意地在自动管弦乐机和音乐钟旁绕了一下，又几乎难以察觉地碰了碰那些自动机器人；然后他在钢琴前坐下，开始轻声弹奏一段进行曲风格的行板；到了重复部分时，长笛演奏者将长笛放在嘴边，开始吹奏主旋律，与此同时，男孩中的一个踏着准确的节奏轻声敲起了低音鼓，另一个则几不可闻地轻声敲着三角铁。不久之后，女性假人弹奏起一段大和弦加入进来，她按下琴键，发出来的竟是一种手风琴般的音色！现在整个大厅越来越热闹了，音乐钟一个接一个地次第加入，节奏极其精准，男孩越来越用力地敲着鼓，三角铁的锐利声音响彻整个房间，最后管弦乐机也加入进来，小号和定音鼓的声音越来越强，一切都在颤抖震动，直到教授和他的机器在最后的和弦中猛然结束。

两位朋友为教授送上掌声，因为后者那狡黠而满足的微笑目光似乎很渴望它们；然后他走向那些自动机器人，打算为演奏更多的这类音乐产品做些准备，但两位朋友却按照他们之前商量好的计划，一致推托说，有件紧急的事务不允许他们过多停留，然后便离开了这位机械师和他的那些机器。

“这一切还是非常巧妙和精彩的，不是吗？”费迪南德问道，但路德维希却一下子爆发了，仿佛他的愤怒已经压抑了很久：“啊，这个该死的教授——唉，我们怎么会被骗得这么严重！我们苦苦寻找的启发在哪里，这位智慧的教授应该给如同塞斯的学徒般的我们带来的富于教益的谈话呢？”费迪南德说：“但我们确实看到了几件非常值得注意的机械艺术作品；也包括音乐方面！长笛手显然是著名的沃康松机器[3]，从手指的运动来看，那个女性假人也使用了同样的机制，她在乐器上弹出的声音相当好听；各个机器之间的连接也很奇妙。”

“正是你说的这一切，”路德维希打断他道，“快把我搞疯了！我被所有这些机械音乐（也包括教授的钢琴演奏）彻底洗脑了，它们仿佛侵入了我的四肢百骸，甩都甩不掉。任何一种将人与那些无生命的、模仿人类学识和动作的假人放在一起，让他们去做相同事情和活动的尝试，在我看来都带有某种令人压抑、害怕甚至是恐怖的成分。我完全可以想象，如果借助某种隐藏在内部的传动装置，是有可能造出那种可以精巧灵活地跳舞的假人的，如果再让这些假人与真人一起跳舞，让他们做各种各样的旋转动作，结果不就是一个活生生的舞者搂着一个没有生命的僵硬舞伴与她一起旋转吗？这样的场景难道不会让你心生恐惧，连一分钟都忍受不了吗？但总的来说，机器音乐才是我认为最不可救药、最可憎的东西，在我看来，一台好的织袜机的真正价值远超过最完美、最华丽的音乐钟一万倍。正是因为我们的嘴能呼出气息吹响管乐器，我们灵活柔韧的手指能弹奏弦乐器，才让这些乐器发出了能够吸引我们的、具有强大魔力的声音，甚至在我们心中唤起陌生而难以言喻的感受，那种感受与一切尘世感受都不同，它们仿佛是要在我们的当下存在中唤醒一个遥远的灵之王国，一种更高的存在，难道不是这样吗？更进一步说，我们的情感利用身体器官，正是为了给那些在它自己最深处回响的东西赋予鲜活的生命，让那些东西能够被别人听见，也能够在自己内部唤醒共鸣，然后在和谐的回声中为精神打开一个奇妙的王国，而那些如明亮的光一般的声音就是从那个王国奔涌出来的，难道不是这样吗？想要用阀门、弹簧、杠杆、滚轮和其他所有属于机械装置的东西来制造出音乐性的效果，是一种荒谬的尝试，等于是想让手段单独去完成那种唯有用情感的内在力量激活并调节一切细微运动时才能完成的东西。人们对音乐家最大的指责就是他在演奏时毫无感情，因为这样做损害了音乐的本质，或者说是在音乐之中破坏了音乐，但即使是最愚钝最麻木的演奏者，也比最完美的机器所能表达的更多，因为很难设想一个演奏者从头到尾一分钟都不曾把他的内心激动带入到演奏中，但机器却永远不会有这种内心激动。机械师竭力试图全面模仿人类器官来制造音乐的声音，或者用机械手段来替代人类器官，这在我看来是对精神原则的公开宣战，但对立的力量投入得越多，精神原则就越会取得辉煌的胜利。因此在我看来，机械学意义上越完美的这类机器，恰恰也是越可鄙的，哪怕是一台简单的、仅仅是为机械而机械的手摇风琴，也比沃康松吹笛手和那位手风琴女演奏者[4]可爱得多。”

“我完全同意你的看法，”费迪南德说道，“你把我一直以来，尤其是今天在教授家里时内心强烈感受到的东西用语言清晰地表达了出来。虽然我不像你那样生活在音乐之中，因此不能像你一样对演奏中的任何失误都敏锐觉察，但我对机器音乐的僵硬和了无生气同样也感到厌恶。我记得，在我还是个孩子的时候，父亲家里就有一座巨大的竖琴挂钟，它每到整点会演奏一小段乐曲，每次都会引起我极大的不适。真是遗憾，那些技巧精湛的机械师要把他们的技术用在这类令人反感的玩意儿上，而不是用在乐器的改进完善上。”

“没错，”路德维希答道，“尤其是在键盘乐器方面，还有很多工作可以做，因为正是这类乐器为技巧精湛的机械师们开辟了一个广阔的领域，就比如说三角钢琴，它在结构方面所取得的进步对音色和弹奏方式都产生了决定性的影响，当真令人惊叹。”

“聆听大自然最独特的声音，研究各种最异质物体中的音调，然后努力将这些神秘的音乐转化到某种受人类意志支配并在人类的触碰下发出声音的乐器中，难道不是一种更高等的音乐机械学吗？因此，任何尝试从金属圆柱、玻璃圆柱、玻璃线、玻璃甚至大理石条中提取声音，或使琴弦以不同于通常的方式振动和发声的努力，在我看来都是高度值得尊敬的；而对于继续推进这些努力，更深入地探索那些在大自然中处处隐藏着的声学秘密而言，唯一的障碍就是，人们为了炫耀甚至为了挣钱，会把任何一次很不完美的尝试都立刻当作一种已臻完美的新发明来吹捧和展示。这就是为什么会有这么多顶着稀奇古怪或酷炫名字的新乐器在短时间内突然出现，然后又迅速消失、被人遗忘的原因。”

“你说的这种更高等的音乐机械学，”费迪南德说，“虽然非常有趣，但我其实不太能够设想这些努力的最终目标是什么。”

“这个目标，”路德维希说道，“就是发现最完美的乐音；在我看来，一个乐音越是接近那种尚未完全远离大地的、神秘的自然之声，就越是完美。”

费迪南德说：“可能是因为我不像你那般了解这些秘密吧，我承认，我没太懂你的意思。”

“那就让我简单地说一说，”路德维希继续说道，“我对这一切的感受和想法是怎样的。用才华横溢的作家舒伯特在他的《自然科学的暗面》一书中的话来说，原始时代的人类还生活在与自然的最初神圣和谐中，在预言和诗歌方面拥有充沛的神圣本能，不是人类的精神去把握自然，而是自然在把握着人类的精神，大自然母亲仍在从自己的存在深处滋养着她所生养的奇妙生物，她用一种神圣的音乐将他包围，如同给他持续的鼓舞，而那些奇妙的声响正透露着她自己生生不息的奥秘。从这个原始时代的神秘深处传来的回声之一，是关于天体音乐的美妙传说，当我在《西庇阿之梦》中第一次读到它时，我还是个孩子，当时它就令我心中充满了热切的遐想，乃至我常常在安静的月夜侧耳聆听，想知道风的轻吟中是否会响起那奇妙的声音。不过，正如我之前所说，能听得见的自然之声尚未远离大地，因为那位作家提到的风的音乐或锡兰魔鬼的声音其实正是这类自然之声，它们能如此深刻地影响人类的心绪，即使最冷静的观察者，在听到那些可怕地模仿人类悲鸣的自然之声时，也会禁不住感到一种深深的恐怖和撕心的同情。事实上，我自己过去就曾在东普鲁士的库尔斯潟湖附近经历过非常相似的自然现象。那是在深秋，当时我已经在那里的一个农庄待了一段时间，每当微风吹拂的安静夜晚，我就会清晰地听到一些悠长的长音，有时像深沉低回的风琴管，有时像振动的低沉钟声。通常，我可以准确地分辨出低音F调和高它五度的C调，有时甚至能听出再高小三度的降E调，于是贯穿在这些低沉悲鸣声中的那些七和弦便让我的胸膛里弥漫着深深的忧郁，甚至是恐惧。

“在这些自然之声不易察觉地出现、增强和消逝的过程中，有一些东西不可抗拒地抓住了我们的心，而能够发出此类声音的乐器必然也会对我们产生同样的影响；因此在我看来，就声音而言，风琴无疑最接近完美，衡量它的标准就是看它对我们的情感产生多少影响，而且可贵的是，恰恰是这种能够如此幸运地模仿自然之声，并对我们内心深处的诸般事物产生如此奇妙影响的乐器，反倒丝毫也不沉迷于轻率鲁莽和浅薄的炫耀，只在神圣的简单中坚守着自己的独特本性。最近发明的那种所谓和弦琴在这方面无疑也是大有作为的，这种乐器借助一套秘密机制，通过按压琴键和转动圆柱体来使琴弦（而不是钟铃）振动并发出声音。与风琴相比，演奏者对声音的出现、增强和消逝的控制还要更多一些，只不过和弦琴还完全无法演奏出风琴那种仿佛来自另一个世界的音色。”

“我听过那种乐器，”费迪南德说，“必须承认，它的声音还是很打动我心的，尽管我认为演奏者处理得不够出色。另外，我完全懂你的意思，不过对于你所说的那种自然之声与我们用乐器演奏出来的音乐这两者之间的密切关系，我还是有些不太明白。”

“存在于我们内心的音乐，”路德维希回答道，“还能是别的什么东西吗？它就像一个深藏于大自然、只能通过更高等感官来探知的秘密，唯有以乐器为器官，并借助一种强大的魔法，它才能发出声音，而我们就是那魔法的主人，不是吗？但在精神进行纯粹的心理活动时，也就是在梦中，禁令被解除，即使在熟悉乐器的演奏中，我们也能听到那种自然之声，它们在空中神奇地出现，飘落到我们身上，增强，然后渐渐消失。”

“我想到了风弦琴[5]，”费迪南德打断他道，“你怎么看这个巧妙的发明？”

路德维希回答说："这些诱使大自然发出声音的尝试，当然是很精彩、很值得尊重的，但在我看来，到目前为止，我们仅仅只是给了大自然一个小玩具而已，它在心绪不佳时还常常把它弄坏。风弦琴只能充当穿堂风的音乐分流器，现在已经变成一种孩童玩具了，我读到过一种天气竖琴，想法比风弦琴宏大得多。它是由粗线制成的，在旷野中极为广阔地铺展开，当被风吹动时，它们会发出巨大有力的声音。总之，对于有想法、受更高精神启发的物理学家和机械师们来说，这方面仍是一个宽广的领域。我相信，随着自然科学的迅猛发展，我们会对大自然的神圣秘密做出更深入的研究，会让一些以前只是朦胧想法的东西，获得看得见、听得着的鲜活生命。"

就在这时，空气中忽然传来一阵奇异的声音，那声音不断增强，变得很像风琴的音色。两位朋友内心惊惧，仿佛双脚被捆住一般僵立在那里；与此同时，那声音已经变成了一支由女声吟唱的低沉哀婉的旋律。费迪南德赶紧握住朋友的手，用力地贴在自己胸前，而路德维希则用颤抖的声音轻声念道："我的爱人，请记住，如果我死去……"

他们此时正身处城外一个花园的入口处，花园被高大的树篱和树木环绕着；就在他们面前，有一个不知何时出现的可爱的小女孩正坐在草地上玩耍，此刻小女孩飞快地跳起来，说："啊，姐姐又唱得这么好听，我一定要去送花给她，因为我知道，若是她看见了五颜六色的康乃馨，她一定会唱得更好听也更久。"说完，她捧着一大束鲜花，蹦蹦跳跳地进了花园，花园的门仍然敞开着，于是这两位朋友也跟着走了进去。

然而，当他们看到X教授站在花园中央的一棵高大白蜡树下时，他们是多么惊讶，内心深处又是何等恐惧啊。教授的脸上没有了在家里接待这两位朋友时那种冷漠、嘲讽的微笑，而是浮现出一种深沉而忧郁的严肃，他望向天空的目光仿佛在圣光中看到了期待的彼岸世界一般，那个世界藏在云层的背后，而那一道如同风的气息般在空气中振荡的美妙声音所传达的正是它的消息。他在中央小路上来回走动，步伐缓慢而有节制，但他所到之处，周围的一切都变得热闹生动起来，到处都有清脆的声音从黑暗的灌木丛冒出来，流淌着，融合成一支美妙的协奏曲，像火焰穿透空气一般闯进心灵的最深处，点燃它带着天国期待的最高喜悦。夜幕很快降临，教授消失在树篱中，音乐声逐渐消失。

最终，两位朋友在深深的沉默中回到了城里。但就在路德维希要与朋友告别时，费迪南德突然紧紧地抱住了他，说道："请忠诚于我！别离开我！啊，我感觉有一股外来的力量已经侵入了我的内心，抓住隐藏在我心底的所有琴弦，恣意妄为地拨响了它们，我要因此而毁灭了！教授在他家接待我们时，他脸上那种刻薄的嘲讽，不就是敌对原则的表达吗？他用那些自动机打发我们，不就是想在普通生活中摆脱掉与我的一切深入关系吗？"

"你很可能是对的，"路德维希说，"因为我也清楚地感觉到，教授通过某种方式（这种方式至少目前对我们来说还是个难解的谜）干预了你的生活，或者说，干预了你与那位未知女性之间的神秘心理联系。也许当他把敌对原则投入其中去抵制这种关联时，他反倒违背自己意愿地强化了它，因为斗争恰恰增强了它的力量；也许他之所以讨厌你的接近，是因为你的精神原则会唤醒那种心理关联中的所有回声，使其重新活跃起来，而这与他的意愿，或者与某种常规意图背道而驰。”

于是两位朋友决定不遗余力地接近X教授，希望最终可以解开那个深刻影响了费迪南德生活的谜。他们本打算次日早上就去再次拜访教授，以作为后续一切事情的开始，但费迪南德却意外地收到了他父亲的一封信，要求他赶往B城，并且不允许他有片刻耽搁，于是几个小时后，他已经乘坐邮政马车匆匆出发了；但出发前他向他的朋友保证说，没有任何事情能阻止他在最迟两周之内回到J城。让路德维希感到非常奇怪的是，费迪南德离开后不久，他就从最初谈到X教授对土耳其人之影响的那位老先生那里了解到，教授的机械艺术作品原本只是他的一种很次要的爱好，深入研究和钻研自然科学的各个分支才是他一直不懈追求的目标。那位老先生还特别称赞了教授在音乐方面的发明，但这些发明他还从未对任何人透露过。他说教授神秘的实验室是城外的一个美丽的花园，路人经常听到一些奇异的声音和旋律，听起来就好像花园里住着仙女和鬼魂似的。

然而十四天过去了，费迪南德并没有回来。两个月后，路德维希终于收到一封从B城寄来的信，信中写道：

“读到这封信时，你一定会感到惊讶，但只有当你如我所希望的那样接近了教授以后，你才会得知一些你或许已经预感到的东西。马车在P村换马时，我站在那儿漫不经心地四处张望。这时，有一辆马车从我身边驶过，在旁边一座敞着门的教堂前停了下来；一个衣着朴素的女人下了车，然后又有一个年轻漂亮的男人跟在她后面下了车，他身穿俄式狩猎制服，佩戴着勋章；接着从第二辆马车上又下来两个男人。邮政员说：'就是这对陌生人，牧师先生今天要给他们主持婚礼。'我机械地走进教堂，而在我进去的那一刻，牧师刚好念着祝福语结束了仪式。我望过去，新娘就是那位女歌手，她也看见了我，她的脸色变得苍白，她瘫倒下去，站在她身后的男人伸手揽住了她，那是X教授。后来发生了什么，我已经不知道了，而且我也不知道我是怎样来到这里的，也许X教授可以告诉你一切。现在，一种前所未有的平静和喜悦占据了我的心灵。土耳其人那可怕的预言只是个该死的谎言罢了，是用笨拙的触角盲目摸索的结果。我失去她了吗？在炽热的内心生活中，她难道不是永远属于我吗？你会有很长一段时间听不到我的消息，因为我要去K城了，或许还会去很北方的P城。”

路德维希从他朋友的话中清楚地看出了他支离破碎的心

理状态，而当他得知X教授压根儿没有离开过这座城市以后，整件事愈发令他困惑不解。“难道说，”他想，“这一切只是发生在几个人之间的奇妙心理关系冲突的结果，而这些结果不但进入了生活，甚至还把独立于它们的外部事件也卷入它们的范围，让受到欺骗的内心感觉以为它们是从它自身中无条件产生出来的现象并信以为真？不过也许将来我心里怀有的快乐预感也能化为现实，那样就可以安慰我的朋友了！土耳其人的可怕预言应验了，但也许正是通过这一应验，威胁我朋友的毁灭性打击才得以避免。”

1 库尔兰：旧地名，位于现在的拉脱维亚西部。

2 自动管弦乐机：Orchestrion，一种模仿整个管弦乐队的音乐机器，流行于19世纪。

3 雅克 · 德 · 沃康松（Jacques de Vaucanson，1709—1782），法国发明家，有吹笛手、铃鼓手和机器鸭等几项著名的自动机发明作品。

4 此处所说的手风琴女演奏者很可能是指瑞士钟表师皮埃尔 · 雅克-德罗（Pierre Jaquet-Droz，1721—1790）制造的一台能演奏手风琴的自动人偶机器。

5 风弦琴是流行于欧洲18世纪的一种弦乐器，在木制共鸣箱上安装几条琴弦，风吹动琴弦时会自动发出乐声。

沙　人

纳坦尼埃尔致罗塔

我真的很久很久没有写信来了，你们一定都很担心吧。母亲肯定很生气，而克拉拉可能会认为我在这里过着花天酒地的生活，乃至把我那可爱的天使，那深深印在我心上和脑海中的模样给忘得一干二净了。但事实并非如此；我每一天每一刻都在想念着你们所有人，在每个甜蜜的梦里，我可爱的小克拉拉那美好的身影都会向我走来，用她明亮的双眼妩媚地望着我，就像以往我去找你们时那样。唉，可是在心绪破碎的状态下，我该怎么给你们写信啊，我已经心烦意乱，无法思考！我的生活里出现了可怕的事！我隐约感觉到，有一种可怖的命运正向我逼近，犹如团团黑云笼罩在我上方，照不进一丝和煦的阳光。现在我应该告诉你我遇到了什么事。我必须这么做，这我很清楚，但是，仅仅是想一想它，我就忍不住要发出癫狂般的笑。唉，我亲爱的罗塔啊！我要怎么开始讲述，才能让你能多少感受到几分，几天前发生的那件事，真的可能会充满恶意地毁掉我的生活！你要是在这里，就可以亲眼看看;但现在，你肯定觉得我是个荒唐的窥神见鬼者。简单来说，那件发生在我身上的，给我带来无论如何也摆脱不掉的致命影响的可怕事情，其实无非就是，几天前，即十月三十日中午十二点的时候，有一个卖玻璃气压瓶的小贩走进我的房间，向我推销他的货。我什么都没买，还威胁他要把他扔下楼梯，不过我的话说完后他自个儿就离开了。

你可能猜到了，一定有某些曾经深刻影响我生活的特殊原因，才会让我觉得这件事不简单，甚至认定那个倒霉的商贩是故意针对我的。确实如此。我要竭尽全力让自己冷静下来，尽量平心静气地给你多讲一些我年少时的事，好让一切都能在你活跃的头脑中形成清清楚楚、明明白白的画面。在我即将开始的这一刻，我仿佛听到你在哈哈大笑，而克拉拉在说："可真是些幼稚的把戏啊！"笑吧，我请求你们，发自内心地笑话我吧！我恳求你们！但是上帝啊！我却是毛骨悚然的，我央求你们笑话我时，是这样疯狂而绝望，就像弗兰茨·莫尔央求丹尼尔[1]时那样。——现在言归正传吧！

除了午饭时间以外，我们，即我和我的兄弟姐妹们，很少能在白天见到父亲。他总喜欢忙他自己的事。而晚餐过后——按照老规矩，晚饭通常会在七点钟摆上桌——我们所有人，母亲带着我们，会走进父亲的书房，围着一张圆桌坐下来。父亲会点上烟斗抽一会儿，还会喝上一大杯啤酒。他通常会给我们讲很多精彩的故事，而且总是讲得激动不已，以至于他的烟斗会多次熄灭，于是我就要用燃着的纸捻一次次地给他重新点燃，这可是我的一项主要乐趣呢。但也有好几次，他只是把一些图画书塞到我们手里，自己则一言不发地呆呆坐在他的靠背椅里，大口大口地吞云吐雾，搞得我们所有人都像飘浮在烟雾里一样。每逢这样的夜晚，母亲总是非常悲伤，时钟刚一敲响九点，她就会说："好了孩子们！睡觉去！睡觉去！沙人来了，我已经感觉到了。"然后我每次就会真的听到一阵沉重缓慢的脚步声踩着楼梯踢踏而来，那一定就是沙人了。

有一次，那沉闷的踢踏声让我觉得格外恐怖，于是我问正带着我们离开的母亲："天呐，妈妈！这个讨厌的沙人到底是谁啊，他怎么总是把我们从爸爸身边赶走？他究竟长什么样？”“没有什么沙人，亲爱的孩子，”母亲回答说，“我说沙人来了，意思只是想说，你们困了，眼睛都睁不开了，就像有人把沙子撒进你们眼睛里了似的。”

母亲的回答并不让我满意，我孩子气的心里产生了一个明确的想法：母亲否认沙人的存在，只是为了让我们不害怕他而已，我可是每次都听见他上楼梯的声音了啊。我充满好奇，想知道更多关于这个沙人以及他和我们孩子之间关系的事，于是最后我去问那位照顾我小妹妹的老保姆：那个沙人，他究竟是个什么样的人？

“哎呀，小塔奈尔，”老保姆答道，“你还不知道吗？那是个坏蛋呀，要是孩子们不愿意上床睡觉，他就来了，他会把一大把沙子撒进他们眼睛里，让眼珠子血淋淋地从脑袋上脱出来，然后他就把这些眼珠扔进袋子，扛进月牙儿里，去喂养他自己的小孩；那些小孩住在月亮上的窝里，都长着猫头鹰一样弯弯的喙，他们就用这种喙去啄食那些不听话的人类孩子的眼睛。”——这下子，我的心里描绘出那个残忍沙人的可怕样子了；于是每当夜晚传来那道上楼梯的踢踏声，我就会恐惧和害怕得浑身发抖。除了泪流满面、结结巴巴地喊着“沙人！沙人！”以外，母亲无法从我嘴里掏出任何别的话。我一喊完就跑进卧室，但沙人那可怕的样子往往会折磨我一整夜。

那时候我已经挺大了，我心里明白，老保姆给我讲的关于沙人和他的月亮里的小孩窝的事应该不全是真的；但沙人对我来说仍然是一个可怕的妖怪，因此，当我听到他不仅走上楼梯，而且还猛地拉开我父亲房间的门并走进去时，巨大的恐惧就会侵袭我全身。有时候他很长时间都不出现，之后就会一次次来得更频繁。这样子持续了好几年，而我始终无法习惯这个令人毛骨悚然的妖怪，那幅恐怖沙人的图像在我心里始终没有褪色。他与父亲的交往越来越多地占据我的想象。出于一种无法克服的胆怯，我从未开口向父亲问过这件事，但随着年龄增长，自己去探究这个秘密，亲眼去看一看这个传说中的沙人的兴趣在我心中越来越强烈。沙人把我带上了一条有关奇异和离奇事物的道路，这种东西总是很容易在小孩子的心里筑巢。我爱上了听和读各种妖魔、女巫、小矮人的故事，甚于其他一切；但最最吸引我的永远是沙人，我用粉笔和木炭在桌子上、柜子上和墙上把那个最怪异最令人厌恶的形象画得到处都是。

在我十岁那年，母亲让我从儿童寝室搬到了走廊旁的一个小房间里，离我父亲的房间不远。和以前一样，每当九点的钟声敲响，屋子里传来那道陌生的脚步声时，我们还是必须马上离开。我在我的小房间里，听着他走进父亲的房间，随后不久，就会感到似乎有一阵微不可查、味道奇怪的水汽在屋子里弥漫开来。随着好奇心越来越强烈，我的胆子也越来越大，总想着怎么能够认识一下这位沙人。有好几次，等母亲从门前走过去之后，我就迅速地从房间里窜到走廊上。然而每次我都一无所获，因为每次当我到达那个本应能看见沙人的地点时，他都已经进屋了，还关上了门。最后，在无法抗拒的冲动驱使之下，我决定藏在父亲的房间里等着沙人。

一天晚上，从父亲的沉默和母亲的悲伤中，我察觉到，沙人要来了；于是我假装困得不行，九点前就离开了房间，把自己藏在紧挨着房门的一个隐蔽角落里。家里的大门传来“吱嘎”一声响，那脚步声沿着走廊过来了，缓慢，沉重，嗵嗵地向着楼梯而来。母亲带着兄弟姐妹们从我面前匆匆走过去。轻轻地，轻轻地，我推开父亲的房门。他像往常一样沉默而僵硬地坐着，背对着门这边。他没发现我，我迅速溜进去，藏到门旁一个敞开式衣柜的幔帘后面，衣柜里挂着父亲的衣服。

近了，嗵嗵的脚步声越来越近了，外面传来奇怪的咳嗽声、擦蹭声和咕哝声。我的心因恐惧和期待而颤抖。——到门前了，这一步已经清清楚楚地迈到了门前。——门把手被猛地压了一下，咔嗒一声，门开了！——我鼓足勇气悄悄向外看去。沙人就站在房间正中央，在我父亲面前，明亮的灯光照着他的脸。——沙人，那个恐怖的沙人，竟然是老律师科佩琉斯，他有时候会跟我们一起吃午饭！

然而，恰恰是这个科佩琉斯，哪怕是最可怖的形象，在我心里激起的恐惧也不会比他激起得更深。你可以想象一下，一个肩宽体阔的高大男人，长着畸形的肥硕脑袋，土黄色的面孔，浓密的灰眉毛，底下有一双绿色的猫眼莹莹发光，又粗又大的鼻子一直伸过上嘴唇上方。一张歪嘴常常扯出阴险的笑；然后两颊上就会现出两坨深红，紧闭的齿间发出一阵奇怪的嘶嘶声。科佩琉斯每次出现总是穿一件老式裁剪的烟灰色上衣，相同颜色的西装背心和长裤，但却配着黑色长筒袜和有宝石搭扣的鞋子。那顶小小的假发勉强刚到他的后脖颈，假发卷儿高高地立在两只通红的大耳朵上方，一个很宽的扎口发袋在后脖子上直挺挺地翘着，乃至下面的打褶领巾上的银色搭扣都露了出来。他整个人就是那么恶心，那么令人厌恶；但最让我们孩子们讨厌的还是他那对骨节粗大的、毛茸茸的大拳头，乃至凡是他的爪子碰过的东西我们就都不想要了。他也发现了这一点，于是这成了他的一个乐子：他总是借着这样那样的理由去碰触亲爱的妈妈偷偷放在我们盘子里的一小块点心，或一个甜甜的水果，导致我们由于恶心和厌恶而眼泪汪汪地再也无法享用那些本应带给我们快乐的甜食。每次周五，当父亲给我们倒上一小杯甜酒时，他也会故伎重演。他会迅速把爪子伸过来，或者干脆把酒杯凑到青紫色的唇边，还发出恶魔一样的笑，而我们只能用小声啜泣来表达我们的愤怒。他永远只管我们叫小畜生；只要他在场，我们就不允许发出任何声音，我们诅咒这个和我们作对的丑男人，他简直是处心积虑地破坏了我们最微小的快乐。母亲似乎和我们一样讨厌这个令人反感的科佩琉斯；因为只要他一出现，原本兴致勃勃、无忧无虑的母亲就会变得悲伤和闷闷不乐。而父亲对他的态度，就好像他是个高人一等的存在似的，他的坏毛病都得容忍，还必须千方百计讨他开心。只要他稍加暗示，他最喜欢的菜肴就会烧上，珍稀的美酒就会给他敬上。

此刻，当我看到这个科佩琉斯时，我的心里只有一个不寒而栗的念头，那就是，除了他，不可能有别人是沙人，但现在沙人对我来说已经不再是荒诞故事中那个把小孩眼睛带到月牙儿上的猫头鹰窝里去喂自己孩子的妖怪——不！——他是一个丑陋而阴森的恶魔，无论走到哪里，都会带来悲惨、不幸、暂时的或永久的腐坏。

我像中了魔一样呆立在那儿。冒着被发现和被严厉惩罚的危险——我能清楚地想象这种危险——我站在那儿不动，脑袋伸到帘子外面偷听他们的声音。父亲郑重地欢迎科佩琉斯的到来。“来吧！开始干活儿。”后者用一种嘶哑的痰鸣音嚷道，并把外套脱下来扔在一旁。

父亲默默地、脸色阴沉地脱下睡袍，两人都换上了长长的黑大褂。我没看见他们这黑大褂是从哪儿拿出来的。父亲打开一个壁橱的柜门；这时我才发现，原来这么长时间里我一直以为的壁橱其实并不是壁橱，而是一个黑洞洞的空膛，里面有一个小炉子。科佩琉斯走过去，随后炉灶上开始噼噼啪啪地燃起一簇蓝色的火苗。各种奇怪的器皿摆在四周。天哪！我的老父亲倾身看向火苗时的样子多么奇怪，像是完全变了个人。一阵疼痛般的抽搐似乎扭曲了他那温和诚实的面容，把他变成了丑陋的、令人反感的魔鬼样子。他看上去和科佩琉斯好像啊。后者此时正挥舞着烧得通红的钳子，从浓烟中夹出一团团明亮发光的东西，然后用锤子反复锤打。从轮廓上看，我依稀觉得那是一张张人脸，但是没有眼睛，只有两个难看的黑窟窿。

“拿眼睛来，拿眼睛来！”科佩琉斯用沉闷而有力的声音喊道。巨大的恐惧猛烈地攫住了我，我尖叫着从藏身处跌出来，摔倒在地上。科佩琉斯马上抓住了我，“小畜生！——小畜生！”他龇牙咧嘴地狞笑！他把我扯起来，掀到炉子上，火苗开始烧焦我的头发：“这下我们有眼睛，有眼睛了，一对漂亮的小孩眼睛！”他低声念叨着，用爪子从火苗中抓出一些烧得通红的颗粒，想要撒进我的眼睛里。这时我父亲举起双手乞求地喊道：“大师！大师！放过我的纳坦尼埃尔的眼睛吧——给他留着眼睛吧！”

科佩琉斯发出尖声大笑，叫道：“那就让这小子留着他的眼睛去哭他在这个世上该哭的吧，但现在咱们得好好看看手和脚是怎么动的。”说着他粗暴地抓住我，抓得我的关节咔嚓咔嚓地断裂，然后他把我的双手和双脚扭了下来，又把它们重新装回去，一会儿装在这儿，一会儿装在那儿。“哪哪儿都不对劲儿！还是原来的好！——那老头儿最懂！”他嘶嘶拉拉地嘟哝着；但这时我周围变得一片黑暗，一阵剧烈的痉挛穿透我的四肢百骸——我失去了知觉。

一道轻柔温暖的气息拂过我的面颊，我像从一场死亡般的沉睡中醒来，母亲正倾身看着我。“沙人还在这里吗？”我结结巴巴地问。“不在了，我亲爱的孩子，他早就走了，他不会伤害到你！”母亲一边说着，一边亲吻和拥抱她失而复得的宝贝。

我啰里啰嗦地说了些什么呀，我亲爱的罗塔！我还有那么多话要说，为什么要用这些漫无边际的细节来使你厌烦呢？够了！总之我在偷听的时候被发现，并且被科佩琉斯虐待了。恐惧和惊吓让我发了一场高烧，导致我病倒了几个星期。那句“沙人还在这里吗？”是我说出来的第一句正常的话，也是我康复的标志，得救的标志。——现在请允许我再给你讲讲我年少岁月中那个最恐怖的时刻吧；然后你就会相信，我现在看什么都毫无颜色，并不是因为眼睛太迟钝，而是因为有一种阴暗的厄运真的给我的生活蒙上了一层厚厚的阴霾，也许直到我死的那一刻才能撕开。

科佩琉斯后来再没露面，据说他离开了这座城市。

大概一年时间过去了，这天晚上我们还是按照不变的老规矩坐在那张圆桌旁。父亲兴致很高，给我们讲了很多他年轻时在外旅行途中做过的趣事。当时钟敲响九点时，我们突然听到家里大门的合页发出吱嘎的声响，接着便有一阵缓慢的、钢铁般沉重的脚步声沿着走廊嗵嗵地向楼梯这边走来。“是科佩琉斯！”母亲脸色苍白地说。“对！是科佩琉斯。”父亲用虚弱的声音结结巴巴地重复了一遍。母亲的泪水夺眶而出。“可是孩子他爹，孩子他爹！”她喊道，“非这样不可吗？”——“最后一次！”父亲回答道，“他最后一次找我了，我向你保证。走吧，带孩子们走吧！去，去上床睡觉！晚安！”

我觉得自己像被压进了一块沉重冰冷的大石头里——我感到窒息！在我一动不动地僵在那儿的时候，母亲抓住了我的胳膊：“来吧纳坦尼埃尔，来吧！”我被带走了，带回到自己的房间。“平静，平静一下，躺到床上去吧！睡觉吧，睡吧！”母亲在我身后说道；但是，难以形容的内心恐惧和不安折磨着我，使我根本没法闭上眼睛。可憎可恶的科佩琉斯站在我面前，一双眼睛精光闪烁，阴险地对着我笑，我无论如何也摆脱不了他的模样。

大概已经到了午夜时分吧，突然传来一声可怕的巨响，像是开枪的声音。整座房子开始砰砰作响，有声音呼啦啦地从我门前呼啸而过，家里的大门哐当一声被关上。“是科佩琉斯！”我惊恐地叫着跳下床。

一道绝望刺耳的哭声凄厉地响起，我冲向父亲的房间，房门敞开着，呛人的浓烟翻涌过来，女佣喊着：“啊，老爷！老爷！”在气雾蒸腾的炉子前面的地板上躺着我的父亲，已经死去，他的面孔被火烧焦变黑，扭曲得可怕，姐妹们围在他身边号啕着，哀泣着，母亲在旁边已经昏了过去！“科佩琉斯，该死的撒旦，你杀死了我的父亲！”我哭喊着，失去了知觉。

两天之后，当人们把我父亲抬进棺材里时，他的面部线条已经重新恢复了平和温柔，像他在世时那样。一想到他与邪恶的科佩琉斯的结盟并未使他陷入永恒的堕落，我的心中便稍感安慰。

爆炸也惊醒了邻居们，这件事变得人尽皆知，还传到了地方官的耳朵里，地方官想让科佩琉斯承担责任，但后者已经从现场溜掉，消失得无影无踪。

我亲爱的朋友啊！如果我现在跟你说，那个卖玻璃气压瓶的小贩正是邪恶的科佩琉斯，你就不会责怪我把此人充满恶意的露面看成是灾祸临头了。他穿了不一样的衣服，但科佩琉斯的身材和容貌特征已经深深烙印在了我内心里，我不可能搞错。此外，科佩琉斯甚至连名字都没改。我记得他当时说自己是皮埃蒙特[2]来的机械师，名字叫朱塞佩·科佩拉[3]。

现在，无论如何，我已决心跟他较量一番，为我死去的父亲报仇。

别告诉我母亲这个可怕的恶魔重新露面的事，代我问候可爱的克拉拉，我会等到情绪平复些再给她写信。保重。

克拉拉致纳坦尼埃尔

你的确已经很久没有给我写信了，但我仍然相信，你还是始终把我放在心上，记在脑海里的。因为你一定是想我想得太厉害，才会在寄出上一封写给我哥哥罗塔的信时，错把他的地址写成了我的。我高兴地拆开信，直到读到“唉，我亲爱的罗塔啊！”这句话时，才发现搞错了。这时我本不该继续读下去了，我应该把信拿给哥哥。但是，因为你以前有时会用一种幼稚的调侃语气指控我，说我有一种安静的、女人特有的沉稳性子，说我就像那种即使房子马上要塌了，还要在匆忙逃跑之前迅速把窗帘上一个不该有的褶皱抚平的女人，所以我很难让你相信，你的信的开头是多么让我震惊。我几乎难以呼吸，眼前直冒金星。啊，我亲爱的纳坦尼埃尔！怎么会有如此可怕的事情出现在你的生活中！与你分离，再也见不到你的想法像一把烧红的匕首刺穿了我的胸膛。我把信读了又读！你描述的那个可憎的科佩琉斯太恐怖了。直到如今我才知道，你那善良的老父亲竟然死于如此可怕的暴力。

我把本该属于哥哥罗塔的信交给了他，他试图安抚我平静下来，可惜效果不佳。气压瓶贩子朱塞佩·科佩拉如灾难一般如影随形地跟着我，我几乎羞于承认，他甚至能用各种古怪的梦境毁掉我一向健康安宁的睡眠。但没过多久，到了第二天，我的心情就不是那样了。如果罗塔跟你说，在你有了这样奇特的预感，觉得科佩琉斯可能要对你干什么坏事之后，我竟然还是一如既往地欢快和无忧无虑，那么请别生我的气，我最最亲爱的人。

我要直言不讳地向你承认，在我看来，你所说的那一切恐怖和可怕的事情，其实只发生在你自己的内心里，与真实的外部世界没有太大关系。老科佩琉斯可能确实很让人反感，但他讨厌孩子，这才是他在你们孩子们心里唤起对他的憎恶感的真正原因。

年幼的你自然会在心目中把荒诞故事里那个可怕的沙人与老科佩琉斯联系起来，即使你不相信沙人的存在，科佩琉斯对你来说也依然是一个阴森恐怖的尤其会对小孩不利的恶魔。他和你父亲在夜里做的可怕事情，很可能不过是两个人在偷偷地做炼金术的实验，而你母亲对此不满，是因为这样肯定要白白浪费很多钱，而且，像很多这类实验者一样，你父亲的心思可能完全被那种对于更高智慧的虚幻追求占据，因而疏远了家庭。你父亲很可能是由于自己的疏忽大意而导致了自己的死亡，科佩琉斯在这件事上没有责任。你相信吗，昨天我去问了邻居一位有经验的药剂师，化学实验中是否有可能出现这样的瞬间致人死亡的爆炸。他说："啊，那当然！"然后他用他的方式详尽而琐碎地向我描述了这样的事怎么会发生，还说了很多我现在已经记不起来的稀奇古怪的名词。

现在你可能对你的克拉拉很不满意了，你可能会说："这颗冷冰冰的心啊，照不进一点点神秘事物的光，那些神秘事物可是常常用看不见的双臂环抱着人们呢；她只是看见世界的五颜六色的表面，就像幼稚的孩童看见金光闪闪的水果一样兴高采烈了，却不知水果里面藏着致命的毒。"

唉，我亲爱的纳坦尼埃尔啊！你难道不认为，对于某种企图在我们自身之中充满敌意地毁掉我们的神秘力量，性格欢快、无拘无束、无忧无虑的人同样也能在内心深处怀有一种感知吗？但是请原谅我吧，我这样一个头脑简单的姑娘现在竟试图向你描述我内心深处对于这种斗争的真正想法了。到最后我甚至找不到合适的词语，你一定会笑话我的，不是笑我的想法愚蠢，而是笑我的表达太笨拙。

如果说有一种神秘的力量在我们的心灵深处恶意而阴险地放进了一根线，用这根线束缚了我们，牵着我们走上一条我们原本不会踏上的危险重重的毁灭之路——如果有这样一种力量，那它一定是在我们自身中形成的，就像是我们自己塑造的一样，甚至于它会变成我们自己；因为只有这样，我们才会相信它，才会愿意给它一个空间，而它需要这个空间来完成那项秘密工作。但是，如果我们拥有足够坚定的头脑，并能在生机勃勃的生活中强化这种头脑，因而始终能够认出那种陌生而敌意的影响是什么，就可以在我们的好感和使命召唤我们走上的那条路上平静地前行，那么，这种阴森可怕的力量就只能徒劳地挣扎，无法成功地获得形态——它的形态将会是我们自己的镜像。罗塔还补充说，这种我们自愿自发地沉醉于其中的神秘心理力量，肯定也会经常把外部世界抛到我们面前的一些陌生形象拉进我们内心深处，于是我们便会一面亲手激活某个魂灵，一面却在奇怪的错觉中以为是那个形象在说话。那其实是我们自己的幻象啊，它与我们的紧密亲合和它对我们心绪的深刻影响可以把我们拖入地狱，也可以把我们带上天堂。

你看，亲爱的纳坦尼埃尔！我和哥哥罗塔在有关那些神秘力量的问题上一股脑儿地说出了我们的看法，而我在颇感吃力地写下其中的最重要内容之后，现在甚至觉得它们是相当深刻的问题呢。罗塔最后那些话我并不完全理解，只能大概猜测他的意思，但我觉得他说的一切都特别对。我请求你，把丑陋的律师科佩琉斯和气压瓶贩子朱塞佩·科佩拉彻底抛之脑后吧。要相信，这些奇怪的形象对你做不了什么；只有你坚信它们具有害人的威力，它们才会真的害到你。若不是你的来信字里行间都透露着激动的情绪，若不是你的状态让我深深地心疼，说实话，我可能就会拿这个沙人律师和气压瓶贩子科佩拉开起玩笑来了。高兴点，高兴起来！我打算去待在你身边，像你的保护神一样，如果丑陋的科佩拉竟敢跑到你梦里去烦你，我就用放声大笑把他赶跑。我一点儿都不怕他和他那双恶心的爪子，他既不能作为一个律师毁掉我的甜食，也不能作为沙人毁掉我的眼睛。

永远爱你，我挚爱的纳坦尼埃尔。

纳坦尼埃尔致罗塔

我感到很不高兴，克拉拉不久前误把我写给你的信拆开来读了——当然，这个错误是由于我的心烦意乱而导致的。她给我写了一封思想深刻、富于哲理的信，详细地证明了，科佩琉斯和科佩拉只存在于我的内心里，是我的自我幻象，而且只要我认识到这一点，它们就会烟消云散。事实上，我很难相信，那个常常如可爱而甜美的梦一样从那双明亮的、总是带着迷人笑意的童稚双眼中闪现出来的灵魂，会做出如此理智、如此学究气的概念区分。她是以你的想法为根据的。你们谈论我了。你肯定给她读了逻辑课的内容，好让她学会对什么事都条分缕析。别再这样做了！

另外，现在应该可以肯定的是，气压瓶贩子朱塞佩·科佩拉并不是老律师科佩琉斯。我去听了不久前才来到这里的一位物理学教授的课，他和那位著名的自然研究者一样，名字也叫斯巴兰赞尼，也是意大利人。他很多年前就认识科佩拉了，而且从他的口音上也能听出来，他真的是皮埃蒙特人。科佩琉斯是德国人，但我猜不是合法的德国人。我并没有完全平静下来。你和克拉拉尽管继续当我是个悲观的幻想者好了，我却无法摆脱科佩琉斯那张该死的脸给我留下的印象。我很高兴他已经离开了这座城市，这是斯巴兰赞尼告诉我的。这位教授是个怪人。一个矮矮胖胖的男人，脸上有着高高的颧骨，纤巧的鼻子，厚鼓鼓的嘴唇，小而锐利的眼睛。不过，任何描述都比不上你去看一眼乔多维茨基[4]在随便哪本袖珍柏林日历中所画的卡廖斯特罗。斯巴兰赞尼就长那个样子。

前几天，我走上楼梯的时候注意到，玻璃门上一向严严实实紧闭着的帘子向旁边拉开了一条小缝隙。我自己也不知道我为什么会好奇地朝里头张望。一个身材高挑、十分苗条、体形匀称、衣着华丽的女人坐在房间里的一张小桌子旁，她的胳膊搭在桌子上，双手交叠着。她是面朝门坐着的，所以我能清清楚楚地看见她天使般美丽的脸庞。她似乎没有注意到我，事实上她的眼睛有些呆滞，我几乎想说，她的眼睛好像没有视力，我感觉她仿佛是在睁着眼睛睡觉。我觉得非常恐怖，所以就悄悄地溜进了旁边的阶梯教室。后来我得知，我看到的那个人是斯巴兰赞尼的女儿奥林匹亚，他奇怪而恶劣地把她关了起来，不让任何人有机会靠近她。原来她有点问题，好像是痴呆还是什么。

可是我为什么要给你写这些呢？我其实可以当面讲给你听的，那样会更好更详细。知道吗，两周后我就要回到你们身边了。我必须再次见到我那甜美可爱的天使，我的克拉拉。只有这样，在收到那封糟糕的理智回信以后就开始侵袭我的坏情绪（这一点我必须承认）才能被消除。所以我今天也不给她写信。

千万次问候。

亲爱的读者，没有人能编得出比我要讲给你听的，我可怜的朋友、年轻大学生纳坦尼埃尔所遭遇的更稀奇古怪的事情！最亲爱的，你可曾经历过什么事，它完完全全地占据了你的胸膛、你的感觉和思想，赶走了其他一切？它在你体内发酵，在你体内沸腾，把你的血液点燃成熊熊的火，在血管中流动，染上你的双颊。你的目光变得如此奇怪，似乎是要在空旷的空间里抓住某些别人看不见的形象，你的话语破碎成神秘的叹息。你的朋友们问你：“您怎么了，尊敬的先生？——发生了什么事，亲爱的先生？”于是你便想描绘出你心里那个形象的全部灼热色彩和全部的光与影，并且努力寻找开头的字句。你认为，你的第一句话就应该把一切奇异、美妙、恐怖、有趣和可怕之处全都概括出来，要像一道电流般击中所有人。然而任何一个词汇，言语能说出来的任何东西，在你看来都显得无色、冰冷、死气沉沉。你搜肠刮肚，期期艾艾，而朋友们清醒冷静的问题像一阵阵冷风，吹到你心里那团炽热的火上，几乎要把它熄灭。但是，如果你能像个大胆的画家一样，先用冒冒失失的几笔把你心中那幅图画的大致轮廓勾勒出来，那你就能不费力气地把越来越热烈的色彩涂抹上去，于是生动熙攘的各色人物就会牢牢吸引朋友们的注意力，他们会像你一样，在这幅从你的心境里生出的画面中央看到他们自己！

亲爱的读者，我必须向你承认，其实并没有人向我问起过年轻的纳坦尼埃尔的故事；但想来你也知道，我属于作家这个奇怪的人种，这种人啊，一旦心里揣了点如我之前所描述过的那类事情，就会觉得每个接近他们的人，乃至全世界都在问他们：“究竟是怎么回事？讲一讲吧，亲爱的朋友！”所以我简直是迫不得已，必须要给你讲讲纳坦尼埃尔的不幸生活了。它的神奇罕见占据了我的整个心灵，但正因为如此，此外也因为我必须马上就让你，我亲爱的读者，也一样乐意忍受稀奇古怪的事情，而这不是件易事，所以我绞尽脑汁地想给纳坦尼埃尔的故事一个有分量的、新颖的、扣人心弦的开头。“从前……”——这种每个故事都用的漂亮开头过于平淡无奇！“在外省的S城，住着……”——这样听起来好一些了，至少开始为后面的高潮做铺垫了。或者我应该开门见山直奔主题：“‘去死吧’，大学生纳坦尼埃尔吼叫着，狂乱的目光中充满愤怒和惊恐，而气压瓶贩子朱塞佩·科佩拉……”——事实上我真的这么写过，因为当时我认为大学生纳坦尼埃尔的狂乱目光有一丝好笑；但这个故事可一点都不好笑。我想不出任何言语，能描摹出我内心那幅画面的哪怕一丁点的色泽。于是我决定干脆不加什么开头了。亲爱的读者，请你就把善良的朋友罗塔分享给我的这三封信当作我心中那幅图画的大致轮廓吧！然后我会努力通过我的讲述给它添加越来越多的色彩。也许我能像个不错的肖像画家那样很好地描绘其中某些人物，让你即使没见过原型也觉得它们很像，甚至觉得自己好像曾经多次亲眼见过那些人一样。那样的话，我的读者，也许你就会相信，没有什么比真实生活更奇妙、更难以想象的了，而诗人对这种真实生活的把握，充其量也只能像是一面哑光磨砂镜子映照出的模糊影像而已。

为了让所有一开始就需要知道的信息能够更加清楚，还得对那几封信的内容稍作补充：纳坦尼埃尔的父亲去世后不久，克拉拉和罗塔——他们是一位远房亲戚的孩子，这位亲戚同样也已经过世，留下了作为孤儿的他们——被纳坦尼埃尔的母亲接到了自己家里居住。克拉拉和纳坦尼埃尔之间强烈地相互吸引和爱慕着，对此世上也没有任何人反对；因此，当纳坦尼埃尔离开家乡前往G城去继续他的学业时，两人订了婚。正是在这里，如他最后一封信所述，他听了著名物理学教授斯巴兰赞尼的课。

现在我可以放心地继续讲述了；不过此时此刻，克拉拉的模样如此生动地出现在我眼前，使我无法移开视线，就像她每次带着甜美的微笑看着我时那样。克拉拉无论如何不能算漂亮，这是所有按照常规方式来理解漂亮的人的一致看法。但建筑师们赞美她身材的完美比例，画家们认为她的脖子、肩膀和胸部的形状简直太纯洁，不过，他们全都爱上了她那头美妙的抹大拉式金色波浪长发，说它极富巴托尼[5]画作中的神韵。他们中有一位是真正的奇思妙想者，他极为罕见地把克拉拉的眼睛比作雷斯达尔[6]画作中的一片湖水，湖水如明镜般倒映着万里无云的蔚蓝色纯净天空，倒映着花木茂盛的原野，倒映着生机勃勃、丰富多彩的全部生命风景。但诗人和作曲家们走得更远，他们说："什么湖水，什么明镜！——每当我们注视这个姑娘时，我们哪一次不曾聆听到天堂般的美妙仙音从她的目光中流出，一直流淌进我们心底，让我们的心变得活跃而热烈？如果在这样的时刻我们还唱不出真正美妙的歌曲，那就是我们自己太没用了，这一点我们可以从克拉拉唇边那若有若无的微笑中领会到，因为每当我们放肆地对她唱点什么自以为是歌曲的东西，却没发现自己嘴里蹦出的其实只是些毫无章法的零碎音符时，她就会露出这样的微笑。"

就是这样。克拉拉有着欢快而无忧无虑的孩童那种生机勃勃的想象力，又有一种深沉而温柔的女人味，还有敏锐甚至犀利的理解力。那些云山雾罩的幻想者在她那里是讨不到什么好的；因为，根本不需要多说什么（而且克拉拉沉静的天性中压根儿也没有多话的特点），单单是她那敏锐的目光和那淡淡嘲讽的微笑就仿佛在对他们说：

亲爱的朋友！你们怎能指望我把你们构造的那些转瞬即逝的虚幻图像当成有生命有情感的真实形象呢？——克拉拉因为这个原因而受到很多人的责难，说她冷血、没有感情、理智无趣；但另一些人，那些清醒而深刻地理解生活的人，却爱极了这个情绪敏锐、聪明、孩子气的姑娘，不过谁都比不上纳坦尼埃尔更爱她，因为纳坦尼埃尔一直活跃地投身于科学和艺术之中。克拉拉全心依恋着自己的爱人，与他的分离是掠过她生活的第一抹阴影。现在，当他真的像在写给罗塔的最后一封信中预告的那样回到故乡，踏进母亲的房间时，她是怎样欣喜若狂地扑进他的怀里啊。一切正如纳坦尼埃尔所想的那样；因为在重新见到克拉拉的那一瞬间，他就既不再想律师科佩琉斯，也不再去想克拉拉那封理智的信，全部坏情绪都消失了。

不过，纳坦尼埃尔给他的朋友罗塔写信时说得对，那恶心的气压瓶贩子科佩拉的形象的确已经恶意地侵入了他的生活。每个人都感觉到了这一点，因为纳坦尼埃尔在最初几天里就显得似乎整个人都变了。他开始陷入阴郁的幻想，很快就表现出一种前所未有的奇怪状态。所有的一切，整个生活本身，对他来说都变成了梦和恍恍惚惚的感觉；他总是说，人人都以为自己是自由的，但实际上只是在为某些神秘力量的残酷游戏服务罢了；反抗是徒劳的，人只能恭顺地服从命运施予的一切。他甚至说，以为人可以在艺术和科学中随心所欲地自由创造是愚蠢的，因为就连那种让人能够去创造的热情，也并非源自我们自己的内心，而是某种外在于我们的更高原则对我们施加的影响。

理智的克拉拉对这种神神秘秘的玄想极为反感，但反驳似乎没什么用。只有当纳坦尼埃尔试图证明科佩琉斯是恶的原则，说这是他在帘子后面偷听时忽然领悟到的，还说那个讨厌的恶魔会以可怕的方式破坏他的爱的幸福时，克拉拉才会变得非常严肃，并说：“是的纳坦尼埃尔！你说得对，科佩琉斯是一种邪恶的、敌意的原则，他会产生可怕的影响，他就像一种魔鬼般的力量，会明显地侵入生活，但是，只是因为你不把他从你的思想和意识中驱逐出去，他才能如此。只要你还相信他，他就会存在并对你产生影响，他的力量只存在于你的相信中。”

克拉拉认定恶魔只存在于纳坦尼埃尔自己内心里，这令他非常生气，于是他想把所有关于魔鬼和恐怖力量的神秘学说都搬出来，但克拉拉总是不高兴地打断他，随便插进些不相干的话题，这让纳坦尼埃尔颇为恼火。他认为，冷血、没感情的人是感受不到这些深奥的秘密的，却没有清楚地意识到，他这是把克拉拉也归入此类低等的人中间了，因此他锲而不舍地试图向她传递那些秘密。清晨，在克拉拉帮忙摆放早餐时，他会站在她身边，给她读各种神秘书籍，搞得克拉拉只能恳求道：“可是亲爱的纳坦尼埃尔，我现在是不是可以骂你是一种恶的原则，在对我的咖啡施加坏的影响？——因为，如果我像你希望的那样撒手搁下一切，只管认真地看着你的眼睛听你朗读，那我的咖啡就要溢出来扑到火里去啦，那你们大家就没有早餐吃啦！”——纳坦尼埃尔“啪”的一声用力合上书，气恼地跑回了自己的房间。

以往他特别擅长那种优美生动的故事，他把它们写下来，而克拉拉总是听得兴味盎然，但现在他的作品阴郁、难懂、不成形，即使克拉拉体贴地不说出来，他也能感觉到她并不感兴趣。

对克拉拉来说，没有什么比无聊更致命的了；她的神情和语气间都传递出一种抑制不住的精神困倦。纳坦尼埃尔的作品确实非常无聊。他对克拉拉那种冷血的、理智无趣的性格所怀有的懊恼越来越强烈，而克拉拉也克服不了她对纳坦尼埃尔那些神秘、阴郁、无聊的神秘学说的不满，所以在不知不觉间，两个人的内心开始逐渐疏远了。

纳坦尼埃尔自己也不得不承认，科佩琉斯的丑陋形象在他的幻想中变得越来越模糊，虽然他常常作为可怕的命运怪物出现在纳坦尼埃尔的诗歌创作中，但后者常常需要费些力气才能把他描绘得勉强还算生动。后来他终于有了一个灵感，决定把那个阴森的预感，即科佩琉斯将会毁了他的爱情幸福，作为一首诗的主题。他写了他和克拉拉，因忠诚的爱而紧密联系在一起，但时不时地，仿佛有一只黑色的大手插进他们的生活，夺走他们心中产生的全部欢乐。最后，当他们站在婚礼圣坛前时，可怕的科佩琉斯出现了，他碰了碰克拉拉可爱的眼睛；于是那双眼睛跌落进纳坦尼埃尔的怀中，像两团血淋淋的火花，滚烫地灼烧着；科佩琉斯抓住他，把他扔进一圈燃烧的火焰中，火圈飞速地旋转，如风暴一般，呼啸着翻滚着挟裹了他。巨大的咆哮声就像飓风狂怒地拍打着泡沫翻涌的波浪，让波浪宛如长着白色头部的黑色巨人一样在愤怒的战斗中高高耸立。但穿过这狂乱的咆哮声，他听见了克拉拉的声音:“你就不能看一看我吗？科佩琉斯欺骗了你，在你怀里燃烧的，那不是我的眼睛啊，那是从你自己的心流淌出的滚烫的血滴——我的眼睛还在，你看一看我呀！”纳坦尼埃尔心想：那是克拉拉，我永远属于她。刹那间，仿佛这个想法猛地攫住了火圈，火圈静止了，黑色深渊中的咆哮沉沉地平息下来。纳坦尼埃尔看着克拉拉的眼睛；然而，用克拉拉的双眼友好地望着他的，却是死神。

在创作这首诗时，纳坦尼埃尔非常平静镇定，他细细斟酌和改进每一行诗句，为了服从格律的要求而不停修改着，直到所有字句都和谐而悦耳。然而，当他最终完成了这首诗并大声读给自己听时，一阵战栗和极度的恐惧侵袭了他，他惊叫起来：“这恐怖的声音是谁的？”但很快，他又重新觉得这一切只是一次极为成功的创作罢了，他觉得，克拉拉那冷淡的性子必须被点燃，尽管他并未想清楚，克拉拉究竟为什么要被点燃，以及他用这些恐怖的画面——它们预言了某种将会摧毁他们爱情的可怕命运——去吓唬她，究竟是想要追求一个什么结果。

他们两人，纳坦尼埃尔和克拉拉，坐在母亲的小花园里，克拉拉非常愉快，因为自打纳坦尼埃尔三天前开始着手写那首诗，他就没再用他那些梦和预感折磨她了。纳坦尼埃尔也像从前一样语气轻快地谈着一些有趣的事情，于是克拉拉说：“现在我才又重新完整地拥有了你。你发现了吗？我们已经把丑陋的科佩琉斯赶跑了。”

这时候纳坦尼埃尔才想起，他把那首本打算朗读的诗放在口袋里了。于是他立刻抽出那几张纸，开始读了起来，而克拉拉则料定自己又会像往常一样听到一些无聊的内容，她感到无可奈何，便开始安静地织东西。但是，随着阴沉的乌云越聚越黑，她慢慢放下手中的针织长袜，开始直直地盯着纳坦尼埃尔的眼睛。纳坦尼埃尔已经无法阻止地被自己的诗卷裹挟而去，他的双颊被内心的激情烧得通红，泪水从他的双眼中流出。

最后他终于读完了，发出疲惫不堪的呻吟，他握住克拉拉的手，仿佛已经融化在无望的悲哀中似的叹息道：“哦！克拉拉，克拉拉！”克拉拉温柔地把他搂进怀里，声音很轻，但非常缓慢而认真地说道：“纳坦尼埃尔，我亲爱的纳坦尼埃尔！把这疯狂的、愚蠢的、荒唐的胡言乱语扔进火里去。”话音刚落，纳坦尼埃尔便愤怒地跳了起来，他一把推开克拉拉，喊道：“你这没有生命的、该死的机器人！”说完他就跑了。深受伤害的克拉拉流下了苦涩的泪水：“唉，他从来都没有爱过我，因为他不理解我。”她大声啜泣着。

这时罗塔走进了凉亭，克拉拉只好把发生的一切都告诉他。他全心地爱着自己的妹妹，她的每一句控诉都像一团火星落进他心里，于是他内心长久以来积蓄的对耽于幻想的纳坦尼埃尔的不满终于点燃成了熊熊怒火。他跑去找纳坦尼埃尔，用严厉的措辞责备他对自己亲爱的妹妹所做的荒唐行为，而狂躁的纳坦尼埃尔则回以同样的狠话。一个骂对方是“爱幻想的荒唐傻子”，另一个就用“可怜的凡夫俗子”来回敬。决斗已经不可避免。他们决定，次日清晨在花园后面按当地大学生的习惯用锋利的长剑进行格斗。

他们沉默地、面色阴沉地走来走去，克拉拉听到了他们激烈的争执，也看到击剑师傅在黎明时分带来了长剑。她猜到了将要发生什么。一抵达格斗场地，罗塔和纳坦尼埃尔立刻就一言不发地扔掉外套，当克拉拉穿过花园门冲过来时，他们通红的眼睛里燃烧着嗜血的战斗欲望，正要迈前一步刺向对方。克拉拉啜泣着大声喊道:“你们两个野蛮残忍的人！在你们相互攻击之前，先把我击倒吧；如果我的爱人杀死了我的哥哥，或者我的哥哥杀死了我的爱人，我还怎么在这个世界上活下去！”

罗塔的武器垂了下来，他沉默地看着地面；纳坦尼埃尔的心里也掠过一阵揪心的悲痛，他在美好青春时代的那些美丽日子里曾经对可爱的克拉拉感受过的全部的爱又回来了。杀人的武器从他手中掉落，他扑向克拉拉脚边。“你能原谅我吗，我唯一的、我最亲爱的克拉拉！你能原谅我吗，我亲爱的兄弟罗塔！”罗塔被好友那深深的痛苦感动了；三个和解的人泪流满面地拥抱在一起，发誓永远相亲相爱，永远彼此忠诚。

纳坦尼埃尔觉得自己仿佛卸下了一道将他压倒在地的沉重负担，甚至好像完成了对于某种束缚着他的黑暗力量的反抗，拯救了自己岌岌可危的整个生活。他和这两个亲爱的人度过了三天幸福的日子，然后返回了G城，他还要在那里再待一年，然后就打算永久地返回家乡了。

与科佩琉斯有关的一切都瞒着母亲；因为大家知道，她一想到他就会害怕，她和纳坦尼埃尔一样，认为自己的丈夫是因他而死的。

纳坦尼埃尔想回到自己的寓所，却无比惊讶地发现，整座房子已经被烧毁了，只剩下防火墙光秃秃地耸立在瓦砾堆中。火是从住在底楼的药剂师的实验室里烧起来的，因此自下而上地烧毁了整座房子，但尽管如此，几位勇敢而身手敏捷的朋友还是及时进入位于顶楼的纳坦尼埃尔的房间，成功地救出了他的书籍、手稿和乐器。他们把所有东西完好无损地搬进另一座房子，在那里占了一个房间，于是纳坦尼埃尔马上搬了进去。他没有特别在意自己现在就住在斯巴兰赞尼教授对面这件事，同样地，当他发现从自己的窗户正好可以直接看见奥林匹亚经常独自坐着的那个房间时，他也没觉得这有什么特别，现在他可以清楚地认出她的身形，尽管她的面部线条仍然模糊不清。

后来他终于注意到，奥林匹亚经常一连几个小时保持着同一个姿势，正如他曾经透过玻璃门窥见的那样，她坐在一张小桌子旁边，不做任何事情，而且她显然还在目不转睛地望着他这边；他自己也不得不承认，他从未见过比她更美的身材；但他心里有克拉拉了，所以始终对那个僵硬、呆滞的奥林匹亚无动于衷，只是偶尔有时候，他的目光会越过课本瞥一眼那个美丽的雕像，仅此而已。

当房门轻轻敲响时，他正在给克拉拉写信；他高声应了一声，门开了，科佩拉那张恶心的脸朝屋里看来。纳坦尼埃尔感到内心深处在发抖；但想到斯巴兰赞尼告诉他的关于他的同乡科佩拉的事，以及他在沙人科佩琉斯这件事上对所爱的人做的庄严承诺，他自己也为自己幼稚的怕鬼心态感到羞耻，因此他全力克制住自己，尽可能温柔而平静地说道："我不买气压瓶，亲爱的朋友！您走吧！"然而话音未落，科佩拉却整个人都踏进了房间，他声音嘶哑，一张大嘴扯出丑陋的笑容，两只小眼睛在灰色的长睫毛下闪着刺眼的光，他说："诶，不系气压瓶，不系气压瓶！我还有漂酿的眼晶，漂酿的眼晶！[7]"纳坦尼埃尔惊恐地叫道："你这个疯子，你怎么会有眼睛？眼睛，眼睛？！"但这时候科佩拉已经把他的气压瓶搁到一旁，手伸进宽大的外套口袋里，掏出一些长柄眼镜和夹鼻眼镜，放在了桌子上。“瞧，瞧，眼镜，架在鼻子上的眼镜，这就是我的眼晶，漂酿的眼晶！”说着他又掏出越来越多的眼镜，搞得整张桌子上都开始奇异地闪闪发光。

上千只眼睛张望着，痉挛抽搐着，凝视着纳坦尼埃尔，但是他无法把目光从桌上移开，而科佩拉还在把更多的眼镜往桌子上放，于是那些闪烁的目光越来越疯狂地杂陈交错，将它们血红的光芒射向纳坦尼埃尔的胸膛。抑制不住极度的恐惧，他叫了起来：“停！停，你这可怕的人！”他伸手抓住科佩拉的胳膊，后者把手伸进口袋里，还想掏出更多的眼镜，尽管整张桌子已经铺满了。科佩拉发出一声嘶哑的、令人厌恶的笑声，他把手轻轻挣脱开，说道：“噢！您不需要，但这儿还有漂酿的望远镜。”他把所有眼镜收起来，塞进口袋，又从外套侧面的口袋里取出一堆大大小小的望远镜。

一当那些眼镜被收走，纳坦尼埃尔就完全平静下来了；想着克拉拉，他意识到，可怕的鬼魂源于他内心，科佩拉只是一位非常诚实的机械师和眼镜商罢了，绝对不可能是科佩琉斯的该死的分身和阴魂。而且科佩拉现在放在桌子上的那些望远镜也没有丝毫特别，至少不像那些夹鼻眼镜一样阴森森的。于是，为了弥补一切，纳坦尼埃尔决定真从科佩拉手里买点什么。

他拿起一个小巧精致的袖珍望远镜，透过窗户往外看，想试一试。有生以来，他还从没见过哪个望远镜能把事物如此纯粹、如此清晰地拉近到眼前。他不由自主地朝斯巴兰赞尼的房间里看去；奥林匹亚像往常一样坐在小桌子旁，胳膊搭在桌上，双手交叠。直到此刻，纳坦尼埃尔才看清了奥林匹亚那张形状异常美丽的脸。只是她的眼睛似乎有些奇怪的呆滞和没有生气。然而，随着他透过望远镜看得越来越清楚，奥林匹亚的眼睛里似乎开始出现湿润的月光。她的视力好像直到此刻才被激活，她的视线越来越闪着生气勃勃的光。纳坦尼埃尔仿佛被魔法定住了一般立在窗前，没完没了地看着天仙般美丽的奥林匹亚。

一阵清嗓子的咳嗽声唤醒了他，让他如同大梦初醒。科佩拉站在他身后："三个策奇——三个杜卡[8]。"纳坦尼埃尔完全忘记这位眼镜商了，他迅速按他的要求付了钱。"不系吗？漂酿的望远镜，漂酿的望远镜！"科佩拉用他那难听的嘶哑嗓音问道，脸上挂着阴险的微笑。"是，是！"纳坦尼埃尔不悦地答道。"再见，亲爱的朋友！"科佩拉离开了房间，走时还奇怪地瞥了纳坦尼埃尔好几眼。他听见他在楼梯上放声大笑。"好吧，"纳坦尼埃尔想，"他嘲笑我，肯定是因为我这个小望远镜买得太贵了，买得太贵了！"当他轻声说着这些话的时候，房间里好像忽然回荡过一声沉沉的死亡叹息，令人毛骨悚然，纳坦尼埃尔被内心的恐惧吓得呼吸都滞住了。但他很快发现，原来是他自己这样叹了口气。"看来，"他轻声自语道，"克拉拉把我看成不体面的信鬼者是有道理的；但更傻的，甚至比傻还过分的是，我可能为这个望远镜而给科佩拉付了太贵的价钱这个愚蠢的想法直到现在还奇怪地让我感到忧虑不安；我完全不明白为什么会这样。"

然后他坐下来，想把给克拉拉的信写完，但他透过窗子看了一眼，确信奥林匹亚仍然坐在那儿，于是在那一瞬间，仿佛被某种不可抗拒的力量驱使，他跳了起来，抓起科佩拉的望远镜，欲罢不能地凝望起奥林匹亚诱人的容颜来，直到他的朋友和兄弟西格蒙德喊他去听斯巴兰赞尼教授的课。

那个致命的房间拉上了窗帘，他既不能从这儿，在接下来的两天里也未能在奥林匹亚自己的房间里看见她，尽管他几乎从不离开窗前，一直在用科佩拉的望远镜看着对面。第三天，两扇窗子全都被遮住了。他感到十分绝望，在思念和热切渴望的驱使下跑出了大门。奥林匹亚的身影在他眼前的空气中浮动，从灌木丛中走来，她的脸从明亮的溪水中浮现，用明亮的大眼睛望着他。克拉拉的样子已经完全从他心里消失了，他满脑子只有奥林匹亚，他含泪大声抱怨道："哦，你啊，我的高贵美好的爱情之星啊，你在我眼前升起，难道只是为了旋即又消失，为了把我留在无望的漆黑深夜里吗？"

当他想返回自己的住处时，他看到斯巴兰赞尼家里非常热闹。房门都敞开着，有人把各种各样的仪器搬进去，一楼的窗子被卸了下来，忙碌的女佣拿着大扫帚走来走去地洒扫除尘，屋里还传来木匠和装饰工敲敲打打的声音。纳坦尼埃尔无比惊讶地停在街边；这时西格蒙德笑着走了过来，对他说："哎，对于咱们的老斯巴兰赞尼，你是有什么话要说吗？"

纳坦尼埃尔向他保证说，他没什么可说的，因为他对教授一无所知，只是在看到这座安静阴沉的房子里出现一派热闹景象时觉得十分惊讶而已。于是西格蒙德告诉他，斯巴兰赞尼明天要举办一场盛大的庆典，有音乐会也有舞会，半个大学的人都受到了邀请。据普遍的传言，斯巴兰赞尼一直小心翼翼地不让任何人见到他的女儿奥林匹亚，如今要让她首次露面了。

纳坦尼埃尔搞来了一张请柬，到了规定的时间，当教授家门前已经车水马龙，装饰一新的大厅里灯火通明时，他来到教授家，一颗心跳得老高。这场社交来客众多，光彩耀眼。奥林匹亚身着盛装华丽现身。人们无法不赞叹她那线条美丽的面孔和她的身材。她的脊背有些奇怪地微曲，纤纤细腰像是勒得太紧造成的。她的步伐和姿态有一种匀整和僵硬，令有些注意到的人感到不舒服；他们认为这一定是社交活动给她强加的约束所致。

音乐会开始了。奥林匹亚技巧娴熟地演奏着钢琴，并用一种清亮得近乎刺耳的玻璃钟一样的高音演唱了一首精彩的咏叹调。纳坦尼埃尔如痴如醉；他站在最后一排，在炫目的烛光下看不太清奥林匹亚的面容。于是他偷偷拿出科佩拉的望远镜，朝美丽的奥林匹亚望去。啊！——他看到她竟然在充满渴慕地望着他，他看到每个音调都清清楚楚地展现在她那含情的目光中，令他的内心一阵激动。那艺术性的花腔在纳坦尼埃尔看来犹如因爱情而容光焕发的人儿向着天空发出的欢呼，最后，当华彩段落后面那段长长的啭鸣颤音高而尖利地响彻大厅时，他就像被一双火热的手臂突然攫住了一样再也忍不住了，他无比痛苦无比迷醉地大声喊了出来："奥林匹亚！"

所有人都转过头来看他，有人笑出了声。但大教堂的风琴师脸色比先前更加阴沉，他只说了句："好啦！"于是音乐会结束，舞会开始。

"和她一起跳舞！和她一起！"现在这成了纳坦尼埃尔的全部愿望和全部追求目标；可怎么才能鼓起勇气去邀请她，这位盛典女王呢？然而！他自己都不知道是怎么回事，舞会刚一开始，他就已经紧挨着站在奥林匹亚身边了，此时她尚无人邀请，而纳坦尼埃尔已经握住了她的手，嘴里却几乎说不出话来。奥林匹亚的手是冰冷的，他感到一阵可怕的死亡寒战传遍全身；他凝视奥林匹亚的眼睛，她的眼睛也满怀爱意和渴慕地回视他，然后，仿佛就在这一瞬间，她冰冷的手似乎开始有了脉搏的跳动，开始有了生命的血液在火热地流淌。纳坦尼埃尔心里的火焰也燃烧成了爱的喜悦，他拥抱着美丽的奥林匹亚，和她一起在队列中穿梭起舞。

他平时总认为自己跳舞的节奏感不错，但奥林匹亚跳起舞来有一种特有的节奏固定性，常令他手忙脚乱，因此他很快就发现，自己原来这么缺乏节奏感。可是他再也不想跟任何别的女人跳舞了，而且恨不得立刻杀死任何一个接近奥林匹亚，想邀请她的人。不过这种情况只发生过两次，令他惊讶的是，在那之后，奥林匹亚每支舞都坐在座位上，因此他得以一次又一次地拉她起来共舞。

假如纳坦尼埃尔除了美丽的奥林匹亚之外还能注意到别的事情的话，那就势必会出现各种糟糕的口角和争执；因为，那些从各个角落的年轻人中间发出的声音半大不小的、费力压抑着的笑声，显然是针对美丽的奥林匹亚的，他们全都用十分好奇的目光盯着她，完全不知道为什么。

因为跳舞和享用大量美酒，纳坦尼埃尔身上热了起来，这让他彻底抛开了一贯的胆怯。他坐在奥林匹亚身旁，将她的手握在自己手里，用一些无人能懂的话兴奋而热烈地诉说着他的爱，那些话他自己不懂，奥林匹亚也不懂。但也许奥林匹亚是懂的；因为她定定地看着他的眼睛，一声接一声地叹息：“啊，啊，啊！”

于是纳坦尼埃尔便又说着“哦，你这美好的天使般的女人！——你从应许的爱之天国发出光芒——你这深沉的人儿，你映照出我的全部存在”，以及很多诸如此类的话，但奥林匹亚只是反复叹息着：“啊，啊！”

斯巴兰赞尼教授有好几次从这对幸福的人儿身边经过，并对他们露出一种颇为古怪的满意笑容。尽管纳坦尼埃尔完全沉浸在另一个世界里，但突然间他还是察觉到，斯巴兰赞尼教授这边好像明显地暗了下来；他环顾四周，吓了一跳，因为他发现，空荡荡的大厅里，就连最后两盏灯也已经烧到头，马上就要熄灭了。音乐和舞蹈早就停止了。

“别了，别了。”他疯狂而绝望地喊了起来，他吻了吻奥林匹亚的手，又倾身去吻她的嘴，后者冰冷的嘴唇热情地迎向他的嘴唇！就像他在触摸奥林匹亚冰冷的手时曾感觉到被一种发自内心的恐惧攫住一样，此时，死人新娘的传说[9]突然在他脑海中闪过；但奥林匹亚已经紧紧拥抱住了他，她的嘴唇似乎在他的吻中有了生命的温度。

斯巴兰赞尼教授穿过空荡荡的大厅缓慢地走来，他的脚步发出空洞的回声，他的身影被大片摇曳的浓重阴影包围着，有一种可怕的、幽灵般的感觉。“你爱我吗，你爱我吗，奥林匹亚？——就这一个字！——你爱我吗？”纳坦尼埃尔低声问道。然而奥林匹亚只是叹息了一声，同时站起身来：“啊，啊！”——“我可爱的、美好的爱情之星啊，”纳坦尼埃尔说，“你已在我心中升起，你将闪耀，将把我的内心永远照亮！”——“啊，啊！”奥林匹亚边走边回答道。纳坦尼埃尔跟着她走，他们站在了教授面前。“您与我女儿聊得特别愉快，”教授微笑着说，“所以，亲爱的纳坦尼埃尔先生，如果您有兴趣与一位傻姑娘交谈，那我很欢迎您来访。”

纳坦尼埃尔离开了，心中如蓝天般一片明亮。

接下来几天，斯巴兰赞尼家的盛会成了大家谈论的话题。尽管教授做了一切努力来使盛会显得精彩华丽，但那些爱说笑的人还是能找出宴会中出现过的各种不妥当和古怪之处，他们尤其喜欢大肆议论死板呆滞、一言不发的奥林匹亚，虽然她外表美丽，但他们却说她是个彻头彻尾的傻子，并且认为这就是为什么斯巴兰赞尼要把她藏起来这么久的原因。纳坦尼埃尔听到这些话，心中不免恼火，但他还是保持了沉默；因为他在想，要向这些家伙证明他们自己才是傻子，所以认识不到奥林匹亚那深沉而美好的性情，这样做值得吗？

“帮个忙，兄弟，”有一天西格蒙德说，“帮个忙，告诉我，像你这么胆小的家伙，怎么会爱上那张蜡像脸，那个木偶人呢？”纳坦尼埃尔很想发火，但他还是迅速冷静下来，回答道：“西格蒙德，那你先告诉我，你那双平时善于捕捉一切美的眼睛，你那活跃的感觉，怎么就忽略了奥林匹亚那天使般的魅力呢？不过谢天谢地，这样你就不是我的情敌；否则咱们俩肯定要拼个你死我活了。”

西格蒙德大概是察觉到了朋友的状态，因此他巧妙地做出了让步，在表达了爱情不以对象来评判的看法之后，他补充道：“但奇怪的是，我们很多人对奥林匹亚的看法都相当一致。我们觉得她，你别生气啊兄弟，我们觉得她显得奇怪的呆滞和没有灵魂。她的身材很匀称，她的脸也很匀称，这不假！她也可以算是很漂亮，假如她的目光不是那样没有活气，或者说，不是那样没有视力的话。她的步子也格外均匀准确，每个动作都像是被一组上了发条的齿轮规定好的。她的演奏和演唱就像机器演唱一样，有种让人不舒服的、准确但却毫无灵魂的节奏，她的舞步也是如此。我们觉得这个奥林匹亚让人害怕，我们根本不想和她打交道，我们觉得，她只是看起来像个活生生的人的样子，其实她有点不对劲。”

纳坦尼埃尔完全没有屈服于西格蒙德这番话带给他的苦涩感觉，他控制住了自己的恼怒，只是非常严肃地说：“对你们这些冷血的、乏味无趣的人来说，奥林匹亚可能确实是可怕的。组织匀称的事物只会对诗意的心灵展开！她的含情目光只为我流露，只穿透我的感官和思想，只有在奥林匹亚的爱情中，我才能重新找到我自己。她不像其他那些肤浅的人一样爱无聊的闲扯，就让你们觉得不对劲了。她话不多，这不假；但她为数不多的话就像是内心世界的一种真正的象形文字，充满了爱和对精神生活的崇高认识，是一种对永恒天国的直观。但你们对这一切都毫无感觉，我说了也是白说。”

“上帝保佑你，兄弟，”西格蒙德非常温和地，近乎悲伤地说道，“但我觉得，你好像走上了邪路。你可以来找我，如果一切……不，我说不下去了！”纳坦尼埃尔突然觉得，冷血的、乏味无趣的西格蒙德对他是真心实意的，于是他颇为真诚地握了握对方伸过来的手。

纳坦尼埃尔已经完全忘记了这世上还有一个他曾经爱过的

克拉拉；母亲、罗塔，全都从他的记忆里消失了。他只为奥林匹亚而活，每天都要和她一起坐上几个小时，如痴如醉地谈他的爱，谈他炽热得如同生命的倾慕，谈他们的心灵如何投缘，而奥林匹亚总是全神贯注地听着他所说的一切。纳坦尼埃尔从抽屉最底下翻出了以前写过的所有东西。有诗歌、幻想曲、幻象诗、传奇、故事，这些东西每天还在增加，又添了各种信马由缰的十四行诗、八行诗和短歌，他把所有这些东西读给奥林匹亚听，连续读几个小时也不知疲倦。而且他从来没有过这么好的听众。她既不刺绣，也不织东西，既不看窗外，也不喂鸟，既不逗狗，也不玩猫，既不在手里把玩一些小纸片或者别的什么，也不会拿轻声咳嗽来掩饰哈欠——总之！她一连几个小时目不转睛地盯着自己爱人的眼睛，整个人一动不动，而且那目光还越来越炽热，越来越活泼。只有当纳坦尼埃尔终于站起来，亲吻她的手，也许还亲吻她的唇时，她才会说："啊，啊！"然后又说："晚安，亲爱的！"

"啊，你这美好、深沉的人儿，"纳坦尼埃尔在自己的房间里喊道，"只有你，只有你完全懂我。"一想到自己的情感和奥林匹亚的情感在日复一日地显示着怎样美妙的和谐，他就因内心的狂喜而颤抖；因为他觉得，在他的内心深处，奥林匹亚已经谈论了他的作品和他的诗人才能，甚至连她的声音都好像是从他自己的心里发出的。事实也一定是如此；因为除了前面提到的那几句话，奥林匹亚从未说过别的什么话。

不过在某些清醒的时刻，比如早晨刚醒来时，纳坦尼埃尔也会想起奥林匹亚的完全被动和少言寡语，但是他会说："言语是什么，言语！她那天使般的目光所说的内容胜过人世间的一切语

言。一个天国的孩子怎能忍受可怜的凡俗需求的条条框框?” 344

斯巴兰赞尼教授似乎对女儿与纳坦尼埃尔之间的关系感到极为高兴;他向纳坦尼埃尔传递了各种明确无误的表达赞同的信号,当纳坦尼埃尔终于鼓起勇气转弯抹角地提出想与奥林匹亚缔结婚约时,他整张脸都笑起来,并表示:他会给予女儿完全的选择自由。

受到这些话的鼓舞,纳坦尼埃尔心中的渴望更加强烈,他决定第二天马上就去看望奥林匹亚,希望她能用明确的语言直截了当地说出她那妩媚含情的目光早已说出的一切,那就是她想要永远属于他。他寻找离开家时母亲给他的戒指,准备送给奥林匹亚,以象征他的热爱,象征他那随着她一起萌芽、绽放的生命。他看到克拉拉和罗塔的信,毫不在意地把它们扔到了一边;然后他找到了戒指,揣进兜里,就跑去找奥林匹亚了。

他上了楼梯,走进过道里,这时,他听到一阵奇怪的嘈杂声;那声音似乎是从斯巴兰赞尼的书房里传来的。有跺脚声、当啷声、碰撞声、砸门声,中间还夹杂着骂人和诅咒的话。——放手——放手——流氓——恶棍!——为此投入了全部身家性命?——哈哈哈!——我们当初不是这样说的——是我,是我做了眼睛——我做了齿轮——见你的蠢齿轮的鬼去吧——该死的钟表匠傻狗——滚你的吧——魔鬼——住手——吹牛皮的骗子——恶魔般的畜生!——住手——滚开——放手!——那是斯巴兰赞尼和丑陋的科佩琉斯的声音,两人正怒气冲冲地吵成一团。

纳坦尼埃尔怀着难以名状的恐惧冲了进去。教授正抓着一个女性人偶的肩膀，意大利人科佩拉抓着她的脚，他们撕扯着她，将她拽来拽去，满腔怒火地争夺着所有权。当纳坦尼埃尔认出那个人偶是奥林匹亚时，他惊骇得直往后退；然后他心中的怒火熊熊燃烧起来，想把心爱的人从这两个愤怒的人手中夺过来，但就在这时，科佩拉用一股巨大的力气把那人偶翻转过来，使其脱离了教授的手，并将她甩在他身上，给了他重重的一击，致使他跌跌撞撞地后退，跌在放满各种瓶瓶罐罐的桌子上；所有器皿稀里哗啦地摔得粉碎。然后科佩拉把人偶扛到肩上，声音尖利地桀桀怪笑着沿楼梯快速往下跑，乃至人偶那两只丑陋的耷拉着的脚不停拍打着楼梯，发出木头的咔嗒咔嗒声。

纳坦尼埃尔呆立着——他看得清清楚楚，奥林匹亚那张惨白的蜡像脸上没有眼睛，只有两个黑色的窟窿；她是一个没有生命的木偶。斯巴兰赞尼躺在地上扭来扭去，玻璃碎片划破了他的头、胸和胳膊，血像从泉眼中流出一样汩汩涌出。但他还是聚集起全部力气："追他，去追他，你还在犹豫什么？科佩琉斯，科佩琉斯，他抢走了我最好的机器人……我为它工作了二十年……投入了全部身家性命……齿轮装置……语言……行走……我的……从你那儿偷了眼睛。该死的家伙，被诅咒的家伙，追他，把奥林匹亚给我拿回来——喏，眼睛在这儿！"此时纳坦尼埃尔才看见，地板上有一对血淋淋的眼睛一直在盯着他，斯巴兰赞尼用那只未受伤的手抓起它们，向纳坦尼埃尔抛去，于是它们砸在了他的胸口上。就在这一刻，精神错乱如灼烧的爪子般攫住了他，钻进他的内心，撕碎了他的一切感觉和思想。"嘿，嘿，嘿！火圈，火圈！转啊火圈，真有趣，真有趣！小木偶，嘿，漂亮的小木偶，转啊——”说着他朝教授扑过去，扼住了他的喉咙。

他差点就勒死他了，但吵嚷声引来了很多人，他们闯进来，把愤怒的纳坦尼埃尔拉开，救出了教授，并立刻给他包扎了伤口。强壮如西格蒙德也控制不住发了疯的纳坦尼埃尔；他用可怕的声音不停地喊着“小木偶转啊”，还拿紧握的双拳四下乱挥。最后，几个人终于合力制服了他，他们将他推倒在地板上，捆了起来。他叫嚷的话已经变成了动物般的恐怖吼叫。在这种可怕的疯癫和吼叫中，他被送进了疯人院。

亲爱的读者！在我继续讲述不幸的纳坦尼埃尔的后续遭遇之前，如果你对手巧的机械师和机器人制造者斯巴兰赞尼怀有几分兴趣的话，那我可以向你保证，他的伤已经完全治好了。但他不得不离开大学，因为纳坦尼埃尔的事情引起了轰动，人们普遍认为，用木偶代替活生生的人偷偷混进理智的茶会（奥林匹亚幸运地参加了这种聚会）是不能容许的欺骗。法学家们甚至称之为是一种精心策划的、因此更应受到严厉惩罚的欺骗，因为它是针对公众的，并且设计得如此狡猾，乃至没有人（特别机智的大学生除外）能够发现它是欺骗，尽管现在人人都做出一副很聪明的样子，大谈特谈各种在他们看来颇为可疑的事实。但这些事实根本算不上什么聪明的发现。因为，比如说，按照某位外表优雅的茶社成员的说法，奥林匹亚打喷嚏的次数比打哈欠的次数多，而这与一般礼仪不同，那么这会不会在某些人看来比较可疑呢？前者，这位优雅人士说道，是隐藏的驱动装置在上发条，所以很明显地发出了嘎吱嘎吱的声音云云。诗艺与雄辩术教授吸了一口鼻烟，合上瓶盖，清了清嗓子，郑重地说道：“极可尊敬的先生们和女士们！你们难道没发现事情的关键在哪里吗？整件事就是一个寓言啊——一个持续的隐喻！你们懂我的意思！聪明人一点就透！”

然而很多尊贵的先生并没有受到安慰；机器人的事在他们心里深深扎了根，事实上，一股针对人形塑像的可怕的不信任悄悄蔓延着。为了完全确认自己所爱的人并非木偶，好几个恋人提出要求，要自己的爱人唱或跳点没节奏的东西，要她们在听人读书的时候绣绣花、织织东西、逗逗小狗什么的。最最重要的是，她们不能光是听，还要偶尔说些话，说些那种经过了真正思考和感受的话。很多人的爱情盟约因此变得更坚固、更美好了，另一些人则悄悄地分了手。“这可真保不准呐！”时不时就会有人这样说。在茶会上，人们打的哈欠难以置信地多，但却从不打喷嚏，以免引起怀疑。——所以说，斯巴兰赞尼不得不离开，以躲过因为欺骗性地将机器人引入人类社会而受到的刑事调查。科佩拉也消失了。

纳坦尼埃尔像是从一个沉重可怕的噩梦中醒来，他睁开眼睛，感到一种难以形容的幸福感伴随着温柔的天堂般的暖意传遍他全身。他躺在自己房间的床上，在他父亲的房子里，克拉拉靠在他身旁，母亲和罗塔站在不远处。“终于，终于，我亲爱的纳坦尼埃尔，你终于从重病中康复了，现在你又属于我了！”克拉拉发自灵魂深处地说着，将纳坦尼埃尔拥进怀里。而纳坦尼埃尔则因为巨大的悲伤和狂喜而流下了滚烫的热泪，他深深地叹了口气：“我的——我的克拉拉！”在危难之时忠诚坚定地守在朋友身边的西格蒙德走了进来。纳坦尼埃尔向他伸出手："忠实的兄弟，你没有抛弃我。"

精神错乱消失得无影无踪，在母亲、恋人和朋友的悉心照料下，纳坦尼埃尔很快恢复了健康。幸运也重新降临了这个家；因为一位本来没人指望的、不太富裕的舅舅去世了，除了留给母亲一笔不菲的财产外，他还在离城里不远的一个舒适地区留下了一小块田庄。他们想搬到那里去，母亲、纳坦尼埃尔和他的克拉拉——现在他已经考虑与她结婚——以及罗塔。纳坦尼埃尔变得比以往任何时候都更加温和、更加单纯了，他现在才真正认识到了克拉拉那天使般纯净而美好的性情。

大家从不对他提起一丝一毫与过去有关的事。只是，当西格蒙德来向他告别时，纳坦尼埃尔说道："上帝作证，兄弟！我曾经走错了路，但有一位天使及时地引领我走上了光明的道路！啊，那就是克拉拉！"西格蒙德让他不要继续说了，他担心他重新想起那些伤人至深的回忆，它们对他来说也许太过明亮和灼热。

时间到了这四个幸福的人打算搬往田庄的这一天。中午时分，他们走在城里的街道上。他们采购了一些东西，市政厅高高的塔楼在市场上投下了巨大的阴影。"嘿！"克拉拉说，"我们爬上去吧，眺望一下远方的山脉！"说到做到！纳坦尼埃尔和克拉拉爬了上去，母亲带着女佣回家了，罗塔不愿爬那么多级台阶，想在下面等着。于是两个相爱的人手挽着手，站在塔楼最高一层的回廊里，眺望着薄雾笼罩的树林，树林后面的蓝色山脉如同一座巨大的城市般耸立着。

"你看那一小片奇怪的灰色灌木丛，真像是在朝我们走过来啊！”克拉拉说。纳坦尼埃尔机械地把手伸进侧面口袋，他找到了科佩拉的望远镜，转头向旁边望去——克拉拉站在镜头前！下一刻，他的脉搏和血管都痉挛般抽搐起来，他面色惨白地死盯着克拉拉，然而那滴溜溜转动的眼睛里很快开始有火焰流淌和迸溅出来，他猛地发出骇人的大叫，犹如被追捕的野兽；然后他蹦起老高，一边发出恐怖的笑声，一边用尖利的声音叫着：“小木偶转啊——小木偶转啊！”同时用巨大的力气揪住克拉拉，想把她扔下去，但克拉拉在绝望的死亡恐惧中紧紧抓住栏杆不放。

罗塔听到了那个疯子的怒吼，也听到了克拉拉惊恐的尖叫，可怕的预感在他心里闪过，他迅速跑上去，第二层楼的门关着——克拉拉悲惨的哭喊声更大了。在愤怒和焦急中，他疯狂地撞门，门终于开了，此时克拉拉的声音已经变得越来越弱：“救命——救救——救救——”然后这声音便消失在了空气中。“她死了，被那个疯子杀死了！”罗塔喊道。通往回廊的门也关着。但绝望给了他巨人般的力气，他把门从铰链上卸了下来。天哪，克拉拉被发疯的纳坦尼埃尔抓着悬挂在回廊外面的空中，只有一只手还握着铁栏杆。罗塔闪电般迅速抓住妹妹，将她拉进来，在同一瞬间，他握紧的拳头已经挥上那个愤怒疯子的脸，致使后者倒退几步，放开了手中的死亡牺牲品。

罗塔抱着昏迷的妹妹跑了下来。她得救了。这时纳坦尼埃尔还在回廊里转来转去，跳着高，喊着：“火圈转啊，火圈转啊！”人群因为他疯狂的喊叫声而围拢过来；其中就有个子高出别人一截的律师科佩琉斯，他刚一进城便径直来到了市场。有人想爬上去把那个疯子制住，但科佩琉斯却笑着说：“哈哈，稍等，他自己会下来的！”然后便与其他人一起往上看。纳坦尼埃尔忽然僵滞一般停住不动了，他俯身往下看，看到了科佩琉斯，于是发出尖利的叫声：“哈！漂酿的眼晶，漂酿的眼晶！”然后他翻过栏杆跳了下来。

当纳坦尼埃尔的头撞在石子路上摔得稀碎时，科佩琉斯已经消失在了乱纷纷的人群中。

几年后，据说有人在一个偏僻的地方见到过克拉拉，她与一个和善的男人手牵着手坐在一栋漂亮的乡间房子的门前，两个活泼的男孩在她面前玩耍。由此可以推断，克拉拉还是获得了平静的家庭幸福，这种幸福适合她那开朗、热爱生活的性格，是内心撕裂的纳坦尼埃尔永远不可能给予她的。

1 弗兰茨 · 莫尔和丹尼尔是席勒剧本《强盗》中的两个人物，莫尔因为做噩梦和良心折磨而请求他的佣人丹尼尔“狠狠地”笑话他一番。

2 皮埃蒙特，意大利北部地名。

3 科佩拉（Coppola）：科佩琉斯（Coppelius）一词的意大利语形式。

4 乔多维茨基（Daniel Nikolaus Chodowiecki，1726—1801），德国画家、铜版雕刻家。

5 庞培奥 · 巴托尼（Pompeo Batoni，1708—1787），18世纪意大利画家，常为前往罗马旅行的英国游客绘制肖像，是旅行肖像这一绘画类型的首创者。《忏悔的抹大拉》（1742）是其著名作品之一。

6 雅各布 · 凡 · 雷斯达尔（Jacob van Ruisdael，1628—1682），17世纪荷兰风景画家。但实际上他画中的风景通常并不是“万里无云”的，而是浓云密布的。

7 科佩拉说的不是标准德语，而是一种意大利语和德语混杂在一起的磕磕绊绊的德语。

8 杜卡（Dukat）是当时德国使用的一种金币，策奇（Zechine）是当时威尼斯使用的一种金币，与杜卡等值。

9 霍夫曼曾读过奥古斯特 · 阿佩尔和奥古斯特 · 舒尔策于1811年出版的一本《鬼故事集》里讲过的一个死人新娘的故事。具体内容不详。

新编新译
世界文学
经典文库

新编新译
世界文学
经典文库

新编新译世界文学经典文库

作者小传

1776—1822

霍夫曼小传

徐畅

2022年7月 北京

Nach der eigenen Zeichnung Hoffmann's.

霍夫曼自画像，约1800年

1776年1月24日，霍夫曼（Ernst Theodor Amadeus Hoffmann）出生于东普鲁士的柯尼斯堡，即现今俄罗斯的加里宁格勒。这里曾是德国东部的文化中心之一，哲学家伊曼努尔·康德、数学家大卫·希尔伯特和奥托·黑塞均出生于此且都曾在此居住过。霍夫曼出生一周后受洗新教路德宗，取名为恩斯特·提奥多·威廉·霍夫曼。后来，在他二十八岁那年，出于对莫扎特的崇拜和对音乐的热爱，他将自己名字中的“威廉”改成了莫扎特的中间名“阿玛迪乌斯”，此后一直使用这个名字。

童年及求学年代

霍夫曼的父亲是东普鲁士高等法院的一名律师，母亲是父亲的表妹，比父亲小十二岁。霍夫曼上面有过两个哥哥，但其中一个在他出生几年前夭折了。霍夫曼出生后没多久他的父母就离婚了，父亲带着长子搬走，年仅两岁的小霍夫曼被母亲带回娘家。自此以后，他一直与母亲、外祖母、舅舅及两位姨妈生活在一起，再也没有见过自己的父亲和兄长。霍夫曼的母亲有些神经质，精神状况不稳定，无法很好地抚养照料他。身为一家之主的外祖母性格十分强势。他的舅舅是一名因能力不足而提前退休的律师，性格迂腐、心胸狭隘、为人严苛。不过他很早就给小霍夫曼安排了音乐和绘画课，因此霍夫曼在十三岁时就写下了他的第一部音乐作品。

1782年起，霍夫曼就读于柯尼斯堡的城堡学校，并于1786年与他的同学提奥多·希佩尔成为好友。这份始于童年时期的真

“好兄弟”霍夫曼与提奥多·希佩尔，霍夫曼画，1803 年

挚友情一直持续到霍夫曼的生命尽头，并在其危机重重的人生中起到了很重要的作用，因为成年后的希佩尔曾经多次在霍夫曼陷入困境时向他施以援手，帮助他的生活重新走上轨道。

1792年，十六岁的霍夫曼开始在柯尼斯堡大学学习法律，与他的朋友希佩尔同校同专业。当时康德还在大学里教学，霍夫曼虽然没有正式上过康德的课，但听过他的讲座，而且他最重要的老师丹尼尔 · 克里斯托夫 · 雷德尼茨是康德的学生，因此霍夫曼在哲学和法学方面受到过康德的间接影响。不过，比起法律或哲学，他更感兴趣的是艺术。在大学期间，他利用业余时间大量从事写作、音乐和绘画活动，其中他最感兴趣的是音乐，尤其偏爱莫扎特，还曾经师从管风琴家和巴赫追随者克里斯蒂安 · 波德比尔斯基学习作曲和演奏。不过他这一时期的音乐作品和文学作品都没有保存下来。

7 法律官员

1795 年，霍夫曼以优异成绩毕业，并在几个月后通过了第一次国家法律考试，成为柯尼斯堡高等法院的见习律师。霍夫曼聪明、勤奋、多才多艺，在一般人看来无疑前程似锦，然而性格中的某些因素导致他的生活注定无法一帆风顺。他在大学期间狂热地爱上了一位年长他九岁并育有五个子女的已婚女性朵拉·哈特。1796年，他与朵拉的丈夫发生公开争执，结果他被遣往小城格洛高（今波兰格沃古夫）。在格洛高，他在地方法院担任司法助理工作，但业余时间继续致力于音乐创作，完成了他的第一部歌剧，与此同时继续准备公务员考试。在此期间，他住在他的远房舅舅兼教父约翰·路德维希·多尔弗家里，并于1798年与后者的女儿、他的表妹威廉·明娜·多尔弗订婚。

1798年6月20日，霍夫曼以“优秀”成绩通过了第二次国家法律考试。这一成绩使他能够自由选择自己的实习地点，于是他选择了柏林的高等法院，正好他的教父多尔弗由于工作原因要迁往柏林，于是霍夫曼便与其教父及未婚妻一家一道前往柏林。在这一次逗留柏林期间，他结识了当时已经颇有名气的作家让·保尔。

1800年3月，霍夫曼通过了第三次国家法律考试，随后被调往波森（今波兰中部波兹南）担任法庭陪审员。波森自波兰第二次被瓜分以来一直属于普鲁士，是当时普鲁士的一个行政中心。在这里，霍夫曼找到了志同道合的伙伴，继续自己的音乐和绘画创作。1800 年除夕夜，他的音乐作品《庆祝新世纪的康塔塔》在波森首演。1801/02年，他为歌德的《玩笑、诡计和复仇》谱曲的歌唱剧

多次上演。在波森，他还遇到了他后来的妻子米莎莉娜·罗勒。 8

然而，两年的平淡生活之后，霍夫曼的生活再次出现波折。1802年年初的狂欢节期间，有人到处分发一系列夸张讽刺的人物漫画，讽刺对象包括司令将军在内的很多波森上流社会重要人物。当局认为这一事件的幕后策划者是一群年轻的政府官员，其中就包括霍夫曼，因为人们都知道，“全波森只有一个人”能画得出来那些惟妙惟肖的漫画。霍夫曼原本要在当年被提升为政府委员会成员，这一事件使他的晋升受到了影响。由于并无直接的证据表明他就是那些漫画的作者，所以他依然获得了晋升，但与此同时，作为惩罚，他被调职到距俄罗斯边境不远的只有三千人口的东部偏远小镇普洛克。

漫画事件及相应的惩罚发生之后，霍夫曼与在柏林的未婚妻明娜解除了婚约，不久后与米莎莉娜·罗勒结婚。从1802年年底到1804年4月，霍夫曼与他的新婚妻子在荒芜偏僻的小镇过着单调呆板的生活。他把这次调职视为一次“流放”，并从这时起开始写日记，以记载他的无聊和不满情绪。普洛克时期唯一谈得上的好处是，它给了霍夫曼时间来不受干扰地研究他的音乐，让他能够专心致志于作曲尝试，并开始写评论文章。不过霍夫曼的法律工作从未受到副业的影响，他经常受到褒奖。

1804年，霍夫曼的好友提奥多·希佩尔继承了巨额财富，获得了神圣罗马帝国的一个头衔，并通过婚姻获得了政治影响力，这让他有足够的资金和权力来帮助霍夫曼脱离由于其轻率行为而陷入的困境。希佩尔最终设法把霍夫曼从普洛克调到了华沙。华沙在当时是普鲁士的一个活跃的文化中心，在这里，霍夫曼获

霍夫曼的朋友尤里乌斯·爱德华·希茨希夫妇，霍夫曼画，1807 年

得了多才多艺的音乐家的美誉，成为当地音乐界的杰出人物。他成立了一个管弦乐队，并指挥演出了格鲁克、莫扎特和贝多芬等人的作品。在发表自己以浪漫派作家克莱门斯 · 布伦塔诺的歌剧脚本为基础创作的歌唱剧《快乐的音乐家》的曲谱时，他首次用莫扎特名字中的“阿玛迪乌斯”替换了自己名字的第三个词，从此开始以“E.T.A.霍夫曼”自称。

霍夫曼在华沙期间的生活总体而言是顺利而愉快的。在这里，他还结识了另一位人生挚友、法学家和作家爱德华 · 希茨希，后者在霍夫曼去世后曾为他写了第一部传记。然而，拿破仑战争打破了这段平静顺遂的日子。1806年11月28日，法国占领华沙，从普鲁士手中接管了华沙的政府管理工作，他们让在华沙工作的普鲁士官员可以选择要么向拿破仑宣誓效忠，要么在一周内离开这座城市。霍夫曼拒绝宣誓效忠。1807年6月，他在被驱逐之后来到柏林，他的妻子和年幼的女儿则暂时搬到了波森。在柏林，失去工作后的霍夫曼决定不再寻求官方职位，而是成为一名艺术家，但这却让他陷入了迄今为止最严重的经济困境。有一次，贫困交加的他不得不写信向希佩尔求助，全靠希佩尔及时资助，他才免于饿死。雪上加霜的是，在波兰爆发的一场瘟疫中，他年幼的女儿也死了。在妻子来到柏林后，霍夫曼做过音乐创作、舞台布景等各种零工，以维持他和妻子的生计，直到1808年春天，他获得了班贝格剧院乐队指挥的职位，情况才稍有缓解。 10

音乐之路

班贝格是德国南部弗兰肯地区的一座古城，被誉为“德国的罗马”。对于当时的德国浪漫主义作家来说，它和另一座南德城市纽伦堡一样，都是浪漫主义文学的圣地。十五年前，来自北德的两位年轻作家路德维希·蒂克和威廉·瓦肯罗德正是在弗兰肯地区做了一次长途旅行之后，创作出了德国第一部浪漫主义文学作品《一个热爱艺术的僧侣的内心倾诉》。与作为德国启蒙运动大本营的大城市柏林不同，这两座南方小城仿佛丝毫未受到启蒙运动和工业化的影响，还保留着大量中世纪和文艺复兴的遗迹，有着哥特式的教堂、巴洛克式的宫廷、虔诚的宗教气息和丰富多彩的艺术。

1808年9月，霍夫曼与妻子搬到班贝格。不过，由于管弦乐队和他指挥的歌剧中的歌手表现不佳，他担任音乐总监的首场演出并不成功，加上复杂的人事斗争，导致霍夫曼在仅仅两个月

霍夫曼的朋友扎哈里亚斯·维尔纳，霍夫曼画，1804年

后就失去了工作。但尽管如此，班贝格时期对于霍夫曼后来的发展至关重要。一方面，他继续进行自己的音乐创作，写出了他最重要的音乐作品《温蒂娜》（又译《水妖》）——一部根据同时代作家富凯的同名小说改编的歌剧；另一方面，他在这段时间里开始越来越多地转向写作。1809年，他在莱比锡的著名期刊《音乐汇报》（Allgemeine Musikalische Zeitung）上发表了自己的第一篇文学作品《骑士格鲁克》，之后受邀开始为该报撰写大量音乐评论文章。霍夫曼

“手舞足蹈的乐队指挥约翰内斯·克莱斯勒”，霍夫曼画

认为浪漫主义音乐的本质和核心在于“无尽的渴望”，并认为这种本质在贝多芬的音乐中获得了最纯粹的表达。贝多芬本人曾在 1820 年3月写信给霍夫曼，感谢他对自己作品的评论。也正是在班贝格这段时间里，霍夫曼开始创造出乐队指挥约翰内斯 · 克莱斯勒这个虚构人物，他是霍夫曼的另一自我，负责在报刊中替他表达对音乐作品的看法。后来这个人物形象陆续出现在《克

13 莱斯勒的故事》(1810—1814)、《金罐》(1814)和《公猫穆尔的生活观》(1819/1821)等作品中。罗伯特·舒曼1838年创作的钢琴曲《克莱斯勒偶记》也以其为主题。

但班贝格时期也并非是全然愉快的。霍夫曼大部分时间都身体不适，情绪也经常抑郁，有时几近崩溃的边缘。早在波森时期，他就开始沉迷饮酒；在班贝格，他在一家名为“玫瑰”的酒馆度过了很多个夜晚。沉迷酒精的习惯持续了他终生。不过据说他虽然好饮，却并不是毫无节制的酒鬼，很少喝得太醉，喝到人事不省的情况更是从来没有过。1810年，他在班贝格剧院找到了一份新工作，担任导演助理、剧作家和装饰画家。业余时间，在继续作曲、写作和绘画的同时，他还给人教授音乐课，而这给他带来了人生中又一次尴尬的危机：他狂热地爱上了自己的一位学生、年仅十六岁的女孩朱莉娅·马克，后者似乎也很喜欢他。朱莉娅的家人为此忧心忡忡，并设法很快让她嫁了人。1812年，朱莉娅结婚，此后霍夫曼再也没有见过她。在失恋的痛苦中，他开始想方设法离开班贝格。1813年，一个在德累斯顿和莱比锡流动演出的剧团邀请霍夫曼担任该剧团的乐队指挥，他接受了邀请。

1813年，在第六次反法同盟在德国境内与拿破仑的军队展开战争期间，霍夫曼按照剧团的安排和战场情况分别在德累斯顿和莱比锡演出，有时甚至要冒着战火往返两地。与此同时，他的工作重心也在这一时期发生了转变。虽然他还在继续为《音乐汇报》撰写音乐评论，但文学上的创作对他来说已经变得越来越重要。

重返公职及转向文学

1814年，在希佩尔的帮助下，霍夫曼回到柏林，在最高法院获得了一个职务。同年，他出版了他的第一部短篇作品集《卡罗风格的幻想故事》(1814/1815)并获得了成功，尤其是其中的童话故事《金罐》更是广受好评，成为他的代表作品之一。自此以后，霍夫曼逐渐成为一位颇具声望的作家。他迅速在柏林建立了庞大的朋友圈，与蒂克、富凯、沙米索、艾辛多夫等浪漫主义作家交往密切。1816年，他的歌剧《温蒂娜》在柏林国家剧院首演，之后(直到1817年剧院发生火灾之前)重演了十三次。但这基本上是他最后一段时间以音乐家的身份进行活动了，因为文学已经取代音乐成为他业余活动的主要内容。

这一时期，霍夫曼的生活在最高法院和柏林“鲁特和维格纳”酒馆之间往复，他几乎每天晚上都在酒馆里与朋友们聚会。其中最常见面的是一位名叫路德维希·德弗里恩特的演员，此人曾出演过席勒、莎士比亚的戏剧，被认为是浪漫主义时期最伟大的德国演员，他对于霍夫曼后来作品中演员形象的塑造也不无影响。在这样的生活方式下，霍夫曼仍然能找到足够的时间来写作，始终保持着旺盛的创作力。继《卡罗风格的幻想故事》之后，他陆续出版了《魔鬼的灵药》(1815/1816)、《夜间故事集》(1816/1817)、《侏儒查赫斯》(1819)、短篇故事集《谢拉皮翁兄弟》(1819/1821)、长篇小说《公猫穆尔的生活观》(1819/1821)等作品，这些作品大部分都很成功，至此，三十多岁才正式开始写作的他正式成为德国中期浪漫主义最重要的作家之一。

霍夫曼自画像，“骑着公猫穆尔与普鲁士官僚战斗”

最后岁月

尽管霍夫曼将大量业余时间投入到文学创作上或抛掷在酒馆里，但他始终是一名称职尽责的行政人员和法官，精通法律，为人认真公正，因此很快就在1816年晋升为高等法院参事。然而，正如霍夫曼作品集的英文编者布莱勒所言，恰恰是这种良心间接地给他造成了下一次危机。

拿破仑战败后，德国进入梅特涅体系主导的复辟时期。1819年，霍夫曼被任命为“叛国集团及其他危险活动紧急调查委员会”成员，负责调查拿破仑占领期后普鲁士国内的颠覆活动。在调查过程中，他始终坚持实事求是和依法行事，反对普鲁士当局仅凭思想倾向就逮捕协会成员。霍夫曼的做法引起普鲁士警察局的极大不满，导致他于1821年年底被调离原职，派往最高法院的最高上诉参议院工作。霍夫曼当时正在写作童话小说《跳蚤师傅》(1822)，他在书中引用了司法部门的卷宗原文，对普鲁士警方尤其是警察局长坎普茨肆意捏造罪名的做法进行了讽刺。1822年2月，内政部长致信首相冯·哈登贝格，要求以渎职罪起诉霍夫曼。由于霍夫曼的身体自1818年起出现越来越多的健康问题，1822年2月已近全身瘫痪，在他的朋友希佩尔的介入下，对他的首次审讯改为在他家中进行。几个月后的1822年6月25日，霍夫曼去世，由此躲过了审讯事件可能带给他的更严重的后果。

影响及简评

霍夫曼同时代的德国作家们对他褒贬不一。歌德、艾辛多夫对其作品总体持否定态度，让·保尔和威廉·格林是欣赏和拒斥参半，沙米索和后来的海涅则颇为欣赏他。他的去世在当时的德国并没有引起很大的反响，他的作品也逐渐被人们遗忘。但在法国、俄罗斯和美国，他的影响却几乎贯穿整个19世纪。巴尔扎克很欣赏他，雨果、波德莱尔和莫泊桑都受到过他的影响。在俄罗斯，果戈理、陀思妥耶夫斯基都曾受到他的影响，而柴可夫斯基根据其同名故事改编的芭蕾舞剧《胡桃夹子》更为他的成名做出了贡献。美国作家爱伦·坡也很欣赏他的作品。

霍夫曼三十多岁才正式转向文学创作。他虽然与耶拿早期浪漫派的圈子没有直接交往，但弗·施莱格尔和诺瓦利斯的浪漫主义诗学纲领作为当时一种重要的文学思潮对他的创作有很大影

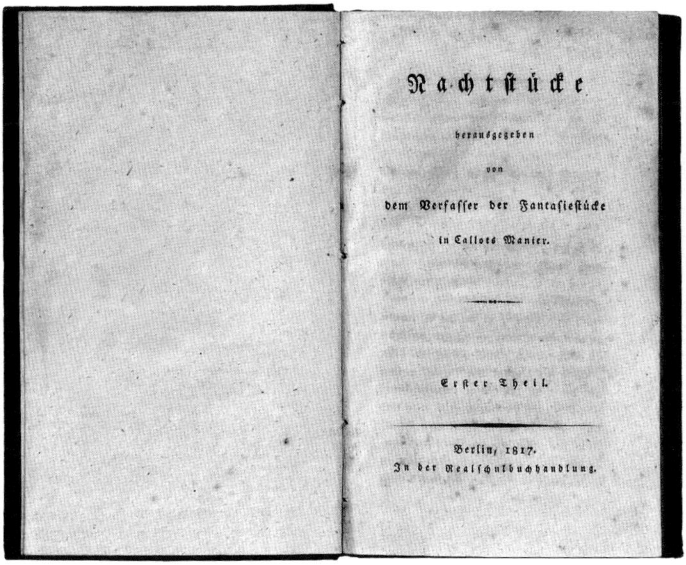

《夜间故事集》首版封面，1816 年

响。此外，德国医生、自然哲学家戈特希尔弗·海因里希·舒伯特的著作《自然科学的阴暗面》及其关于梦的象征意义方面的观点、对同时代一些医学和心理学著作的阅读、18世纪德国各种秘密社团的建立以及英国哥特小说的流行，对霍夫曼作品的主题和风格也都有直接或间接的影响。他是最早用极端的方式在作品中表现人类生活阴暗面的浪漫派作家，同时还在作品中融入很多当时社会上出现的新元素，比如当时的人们对技术创新的恐惧。他将心理学、哥特式恐怖、技术创新（如自动机器人）与神秘主义（如梅斯梅尔的磁力催眠术）等多种元素结合在一起，创造出一种独特的神秘、诡异甚至恐怖的色彩。

音乐和绘画在霍夫曼的文学创作中也扮演了至关重要的角

色。对于他的同时代人以及青年时代的他本人来说，他首先是一位作曲家和音乐评论家。他一生创作了大约十部歌剧、十多部戏剧的配乐、大量声乐作品、几首康塔塔、相当数量的钢琴和室内乐、两首交响乐以及其他许多作品。作为作曲家，他或许算不上出类拔萃，他的作品大部分都没有出版过，多数已经被销毁或遗失。但作为音乐评论家，他对器乐、歌剧和教堂音乐，对贝多芬、莫扎特和巴赫都做出过极富见地的评论，在很大程度上引领着19世纪中叶的音乐话语。罗伯特·舒曼和勃拉姆斯都曾受到过霍夫曼的影响，还曾经创作过以霍夫曼本人或其笔下人物为主题的音乐。相应地，他对音乐的这种热爱也体现在他的文学作品中，他常常把音乐评论融入到作品中，把音乐家作为自己小说的主人公，尤其是乐队指挥克莱斯勒这个形象，更是成为他的标志性角色。同样，绘画也是霍夫曼的生活和创作中的一个重要元素。他曾亲手给自己的文学作品画过很多封面和插图，同时也曾在文学作品中表达他对绘画艺术的观点（如本书所选的《福米卡先生》）。

霍夫曼真正致力于文学创作的时间只有大约十三年，但他创造力旺盛，在十几年时间里创作出了数量众多并且各具特色的作品。形式上，他大量使用幻想和童话手法，喜用离奇荒诞的情节反映现实，而且文笔幽默诙谐，形成一种别具一格的轻快的讽刺文学，本书所选的《福米卡先生》和《国王的未婚妻》都是这一类作品。《福米卡先生》以17世纪意大利画家萨尔瓦多·罗萨这个真实历史人物的生平为基础，非常生动地展现了距他一百多年前

德累斯顿森柏歌剧院 2016 年演出奥芬巴赫的歌剧《霍夫曼的故事》剧照

的巴洛克时期意大利社会生活，被认为是欧洲迄今为止最成功的历史小说之一。《国王的未婚妻》中则包含很多对当时德国社会现象的讽刺。

最近几十年来，霍夫曼的大部分重要作品，如《魔鬼的灵药》《侏儒查赫斯》《斯居戴里小姐》《公猫穆尔的生活观》等都已经有了中文译本。本书包含的六篇作品分别选自《卡罗风格的幻想故事》《夜间故事集》和《谢拉皮翁兄弟》三部中短篇作品集，其中有些过去曾有中译，也有些是首次翻译成中文。这些作品彼此之间既有相似之处又有差异，从中读者可以在一定程度上窥见霍夫曼作品的不同面向。

霍 夫 曼 年 表

1776年 1月24日，霍夫曼出生于东普鲁士的柯尼斯堡（今俄罗斯加里宁格勒），父亲克里斯托弗·路德维希·霍夫曼是东普鲁士高等法院的律师，母亲名为路易泽·阿尔伯蒂娜·霍夫曼，娘家姓多尔弗。
2月2日，霍夫曼在柯尼斯堡新教路德宗教会以恩斯特·提奥多·威廉的名字受洗。

1778年 霍夫曼的父母分居。霍夫曼的哥哥约翰·路德维希和父亲一起生活，霍夫曼随母亲搬到丧偶的外祖母家里居住，与他们共同生活的还有霍夫曼的舅舅和两位姨妈。

1782年 在柯尼斯堡城堡学校入学（直到1792年）。

1786年 与提奥多·戈特利布·冯·希佩尔（生于1775年）成为朋友，后者自1787年起与霍夫曼就读于同一所学校。

1787—1789年 跟随舅舅奥托·威廉·多尔弗及另外两位老师学习钢琴、小提琴等音乐课。

大约1790/91年 跟随管风琴演奏家克里斯蒂安·威廉·波德比尔斯基学习音乐；跟随画家约翰·克里斯蒂安·萨尔曼学习绘画。

1792年 3月27日，在柯尼斯堡大学注册为法律系学生。

1792—1794年 业余时间致力于音乐和绘画。

1793或1794年 开始与跟他上音乐课的比他大九岁的女子朵拉·哈特恋爱。

1795年 3月，开始创作一部三卷本小说《科纳罗》(已失传)，他在1796年向出版商提供了这本小说，但未获出版。

7月22日，参加第一次国家法律考试。

8月27日，成为柯尼斯堡高等法院的见习律师。

10月，创作小说《神秘的人》(已失传)。

1796年 1月，阅读席勒的《唐·卡洛斯》“至少六次”；与朵拉的丈夫公开争执。

2月，被遣往格洛高。

3月13日，母亲去世。

6月，搬到格洛高，住在远房舅舅兼教父约翰·路德维希·多尔弗家里。

1797年 4月，与海关登记员和音乐家约翰内斯·汉佩开始了终生的友谊。

4月27日，父亲在因斯特堡去世。

1798年 与朵拉·哈特关系破裂；与表妹明娜·多尔弗订婚。

6月20日，以“优秀”的成绩通过第二次国家法律考试。

6月25日，被任命为实习律师。

7月29日，申请调到柏林高等法院担任实习律师。

8月4日，前往巨人山、波西米亚、萨克森旅游，在德累斯顿参观画廊。

8月27日，与舅舅路德维希·多尔弗一家一起前往柏林。

秋天，跟随约翰·弗里德里希·莱西哈特学习作曲（直到1800年年初）。

1800年 3月27日，在柏林高等法院参加第三次国家法律考试。

5月被派往波森担任法庭陪审员；6月抵达波森。

5月底，与希佩尔一起经波茨坦、德绍和莱比锡前往德累斯顿。

11月至12月，创作《庆祝新世纪的康塔塔》（由约翰·路德维希·施瓦茨作词），于当年12月31日在波森首演。

结识让·保尔。

1801年

约1—4月，为歌德的歌唱剧《玩笑、诡计和复仇》谱曲。

秋天，《玩笑、诡计和复仇》由剧院经理卡尔·德贝林在波森首演（到1802年春季前多次重演）。

1801或1802年

结识在波森演出的作曲家约瑟夫·埃尔斯纳。

1802年

2月21日，被任命为波森政府参事（未执行）。

2月28日—3月2日，波森瓦索维酒店举行狂欢活动。霍夫曼在刑案参事戈特瓦尔德的煽动下画了波森社会名流的漫画并署上讽刺性签名，随后这些漫画由蒙面画商到处分发。

3月3日，漫画讽刺对象之一威廉·冯·扎斯特罗少将直接向国王投诉，要求惩罚参与者。

3月初，解除与明娜·多尔弗的婚约；爱上玛丽安娜·泰克拉·米莎莉娜·罗勒，后者是市政部书记官米夏埃尔·罗勒的女儿。

3月，升任政府参事，但被调职到普洛克，霍夫曼认为这是一项惩罚性的调职。

5月，抵达普洛克。

7月26日，与米莎莉娜·罗勒结婚。

1803年

8月，开始为自己的钢琴作品寻找出版商，但徒劳无功。

9月9日，文章《一位修道院牧师给他在首都的朋友的信》在《坦率者》杂志上发表。

秋季（至1805年夏季），创作用于独唱、合唱、管弦乐和管风琴的《D小调弥撒曲》。

10月，收养八岁的侄女米莎莉娜·戈特瓦尔德为养女。

1804年

1月24日—2月15日，最后一次在柯尼斯堡逗留，多次听音乐会、看剧，观看剧目包括卡尔·冯·迪特斯多夫的歌唱剧《小红帽》、艾蒂安·尼古拉斯·梅于尔的《越疯越好》、席勒的《强盗》《皮科洛米尼》和《瓦伦斯坦之死》等。

2月13日，“也许是第30次”阅读卢梭的《忏悔录》。

3月10日，收到前往华沙的调令；4月抵达华沙。

12月，为克莱门斯·布伦塔诺的脚本创作歌唱剧《快乐的音乐家》，在曲谱上首次用莫扎特名字中的“阿玛迪乌斯”替换了自己名字的第三个词，从此开始以“E. T.A.霍夫曼”自称。

1805年

年初，与作家弗里德里希·路德维希·扎卡里亚斯·维尔纳交往密切。

约3—6月，为扎卡里亚斯·维尔纳的《海边的十字架》(第一部分“新婚之夜”)谱曲。

4月6日，《快乐的音乐家》在华沙首演。

7月，霍夫曼唯一的女儿塞西莉亚出生；约瑟夫·埃尔斯纳在由他发行的一份波兰音乐期刊上发表了霍夫曼创作的《A大调钢琴奏鸣曲》。

1806年

创作《降E大调交响曲》。

11月28日，法国入侵华沙，解散普鲁士当局。霍夫曼和其他不愿为新政府效忠的同事一起失去了工作。

1807年

1月，送他的妻子带着小女儿塞西莉亚和侄女米莎莉娜去波森的岳母家；霍夫曼患了一场重病。

6月18日，抵达柏林；陷入经济困境，度过了他生命中最艰难的时期，直至1808年夏天。

夏天，结识卡尔·弗里德里希·泽尔特、奥古斯特·费迪南德·伯恩哈迪和弗里德里希·施莱尔马赫等人，后来又结识约翰·费迪南德·考莱夫、卡尔·奥古斯特·瓦恩哈根·冯·恩斯和阿德尔贝特·冯·沙米索等作家。

8月中旬，女儿塞西莉亚在波森夭折；妻子米莎莉娜·罗勒重病。

11月，收到班贝格剧院院长尤里乌斯·冯·索登伯爵担任剧院音乐总监的邀请。

年底，专心研究格奥尔格·弗里德里希·亨德尔和克里斯托夫·维利巴尔德·格鲁克（骑士格鲁克）的音乐。

1808年 4月中旬，被任命为班贝格的音乐总监。

5月，柏林鲁道夫·沃克迈斯特出版社出版了霍夫曼作曲的三首意大利语和德语歌曲，但霍夫曼只得到一点微薄的预付款和三十份免费赠刊。

5月17日和20日，莱比锡《音乐汇报》发表了霍夫曼的文章《所罗门的审判——附关于音乐剧的若干评论》。

9月1日，携妻子抵达班贝格；由于剧院开张日期一再推迟而对剧院情况感到失望。

10月21日，剧院首次演出伯顿的歌剧《戈尔孔达王后阿莉娜》，由霍夫曼指挥，演出很不成功。10月26日重演一次之后，霍夫曼辞去了管弦乐队指挥的职务，虽然保留了音乐总监的头衔，但此后他的活动仅限于舞台音乐和芭蕾舞剧的作曲。

自11月起，由于工资减少，霍夫曼开始给人教授音乐课。

1809年

2月15日，在《音乐汇报》上发表小说《骑士格鲁克》。

3月2日，为奥古斯特·冯·科策布的戏剧《幽灵》作曲。

3月30日，结识对文学感兴趣的葡萄酒商卡尔·弗里德里希·昆茨。

4月5日，重新被剧院聘任为歌剧导演。

8月2—25日，创作《E大调钢琴三重奏》，但依然找不到出版商。

1810年

7月4日和11日，在《音乐汇报》上发表对贝多芬第五交响曲的评论。

8月29日，在《音乐汇报》上发表对克里斯托夫·维利巴尔德·格鲁克音乐作品的评论。

夏秋，开始对朱莉娅·马克产生激烈的感情。

9月26日，在《音乐汇报》上发表《乐队指挥约翰内斯·克莱斯勒的音乐苦难》。

1811年

1月14日，开始创作浪漫主义歌剧《欧若拉》(弗兰茨·冯·霍尔拜因作词)。

3月3日，结识途经班贝格的作曲家卡尔·玛利亚·冯·韦伯。

4月底—5月中旬，根据约瑟夫·冯·塞弗里德的文本创作音乐剧《以色列王扫罗》。

夏天，参与班贝格附近的阿尔滕堡北部守望塔修缮后的内部装饰工作，塔最上层的哥特式厅的墙壁是按照霍夫曼的指示绘制的，霍夫曼本人也画了两面墙，绘制的内容是阿达尔伯特·冯·巴本堡伯爵的传奇故事。

8月1日，弗兰茨·冯·霍尔拜因聘请霍夫曼担任剧院建筑师。

1812年

1月，对朱莉娅的热情愈发强烈，甚至产生自杀的念头。

2月8日，第一次产生创作一部“音乐小说”的想法（后来的书名是《一个疯狂音乐家的明媚时光》）。

3月18日，送给朱莉娅·马克三首专为其创作的意大利语歌曲作为她的十六岁生日礼物。

4月1日，朱莉娅·马克与汉堡商人格哈德·格雷佩尔订婚。

7月29日，在《音乐汇报》上发表《乐队指挥约翰内斯·克莱斯勒论音乐的崇高价值》。

8月5日，在《音乐汇报》上发表对贝多芬的《科里奥兰序曲》的评论。

9月5日，与朱莉娅·马克及其未婚夫、母亲等人发生严重争执，两天后结束给朱莉娅的授课。

1813年

2月27日，约瑟夫·赛孔达向霍夫曼提供了一个莱比锡的音乐总监职位。

3月31日，在《音乐汇报》上发表小说《唐璜》。

4月21日，和妻子从班贝格出发，途经拜罗伊特、普劳恩、茨维考和弗赖贝格等地前往德累斯顿；4月25日抵达德累斯顿。

5月19日，开始写作小说《磁力催眠师》。

5月23日，抵达莱比锡。

5月25日，在莱比锡担任音乐总监，指挥演出尼可拉斯·达莱拉克的歌剧《黑色城堡》。

6月开始，在德累斯顿担任音乐总监。

8月19日，给卡尔·弗里德里希·昆茨寄去《磁力催眠师》的结尾部分，并在信中向其概述了《金罐》的大概构思，另感谢对方寄给他戈特希尔弗·海因里希·舒伯特的《自然科学的阴暗面》一书。

11月26日，开始写作《金罐》。

1814年

年初，在莱比锡担任音乐总监。

1月5日—15日，写作《自动机器人》。

2月9日，《自动机器人》（缩减版）在《音乐汇报》上发表。

2月底，与约瑟夫·赛孔达发生争吵，被解除音乐总监职务。

3月5日，开始写作《魔鬼的灵药》。

4月7日—16日,《自动机器人》(完整版)在《优雅世界报》上发表。

5月初,《卡罗风格的幻想故事》前两卷由卡尔·弗里德里希·昆茨在班贝格出版。

9月中下旬，获得在柏林高等法院工作(没有工资)的机会；与妻子离开莱比锡，抵达柏林。

9月27日，结识了弗里德里希·德·拉莫特·富凯，并与路德维希·蒂克、阿达尔贝特·冯·沙米索和奥古斯特·费迪南德·伯恩哈迪等人见面。

10月1日，成为高等法院工作人员，月底被调到高等法院的刑事参议院(没有工资)。

10—11月,《金罐》作为《卡罗风格的幻想故事》第三卷出版。

1815年

1月1日—6日，写作小说《除夕奇遇》。

1月18日—2月3日，写作小说《延长号》。

2月4日，结识约瑟夫·冯·艾辛多夫。

2月14日—3月初，写作小说《亚瑟王宫》。

3月至7月，结识克莱门斯·布伦塔诺。

6月,《卡罗风格的幻想故事》第四卷也是最后一卷出版。

9月中旬,《魔鬼的灵药》第一部分由柏林敦克和洪布洛特出版社出版。

11月16日，写作《沙人》。

1816年 5月1日，成为高等法院刑事参议院正式成员。

5月，《魔鬼的灵药》第二部分由柏林敦克和洪布洛特出版社出版。

8月3日，霍夫曼根据富凯的同名小说创作的歌剧《温蒂娜》在柏林国家剧院首演。

12月，在由克里斯蒂安·萨利斯·孔蒂萨、富凯和霍夫曼所著，霍夫曼绘制插图的《儿童童话集》中发表《胡桃夹子和老鼠国王》。

1817年 10月，在法兰克福《冬季花园》杂志上发表《三个朋友的生活片段》。

11月，在《儿童童话集》第二卷中发表《陌生的孩子》。

1818年 夏天，霍夫曼养了一只公猫，起名为“穆尔”；开始创作《侏儒查赫斯》。

10月，在不同杂志上分别发表短篇小说《歌手的斗争》《箍桶匠马丁师傅和他的伙计们》和《总督和总督夫人》。

11月14日，谢拉皮翁日，霍夫曼在文学上的几位亲密朋友组成了一个同盟会，其中包括希茨希、孔蒂萨、考莱夫；霍夫曼把自己的短篇和童话故事集改名为《谢拉皮翁兄弟》。

1819年

1月,《侏儒查赫斯》在柏林的费迪南德 · 蒂姆勒出版社出版。

2月,《谢拉皮翁兄弟》第一卷在柏林格奥尔格·莱默出版社出版。

6月底,《虱子海玛托哈》分三部分在《坦率者》杂志上发表。

9月,《谢拉皮翁兄弟》第二卷在柏林格奥尔格 · 莱默出版社出版；小说《福米卡先生》在《1820年年度社交愉悦平装书》上出版；小说《斯居戴里小姐》在《1820年年度爱情与友谊平装书》上出版。

10月1日，国王弗里德里希 · 威廉三世成立了一个临时调查委员会，以调查“叛国集团和其他危险活动”，霍夫曼被任命为委员会成员。

10月，小说《赌运》在《1820年年度乌拉尼亚平装书》上发表。

10月—11月，霍夫曼作为临时调查委员会成员对多位被起诉者做调查鉴定，将其中多人鉴定为无罪并释放了他们。

12月初,《公猫穆尔的生活观》第一卷在柏林费迪南德 · 蒂姆勒出版社出版。

12月19日，就重新被捕的路德维希 · 罗迪格博士写了一份详细的报告，呼吁立即释放他。

1820年

2月15日—3月2日，在《维也纳艺术、戏剧与时尚杂志》上发表小说《事物的联系》。

2月18日，在对被监禁的弗里德里希 · 路德维希·雅恩的调查鉴定书中要求释放他。

3月17日，政府高级秘密参事及警察局长卡尔·阿尔伯特 · 冯 · 坎普茨就霍夫曼给雅恩的调查鉴定书撰写了一份言辞激烈的评论。

8月22日，撰写了一份关于被关押在柏林的路德维希·冯·缪伦菲尔斯博士的情况报告，随后，“临时调查委员会”决定释放缪伦菲尔斯，但部长委员会立即对此提出异议。

10月，《德 · 拉皮瓦迪埃侯爵夫人》在《1821年年度社交愉悦平装书》上出版；《布兰比拉公主》在布雷斯劳的约瑟夫 · 马克斯出版社出版。

11月，《错误》在《1821年柏林日历》上发表。

12月上旬，生病（直到1821年1月）。

1821年

10月底—11月初，病重。

11月6日，将《跳蚤师傅》手稿的开头寄给法兰克福的出版商弗里德里希 · 维尔曼斯。

11月—12月，《秘密》在《1822年柏林日历》上发表；《双重身》在《纪念时刻》杂志上发表。

12月1日，被调任到高等法院的最高上诉参议院。

12月中旬，《公猫穆尔的生活观》第二卷出版。

1822年

1月17日，内政部长弗里德里希·冯·舒克曼派人前往法兰克福，没收了《跳蚤师傅》的手稿和已经印刷的部分以及与之相关的信件。

1月18日，因风湿病发作，只能居家。

1月19日，致信出版商维尔曼斯，称“因有某些情况”，为避免“可能的麻烦”，要求删除《跳蚤师傅》中的两处内容。

2月4日，内政部长冯·舒克曼致信首相冯·哈登贝格，要求以渎职罪起诉霍夫曼。

2月7日，普鲁士国王命令高等法院院长约翰·丹尼尔·沃尔德曼立即审讯霍夫曼；霍夫曼瘫痪在床。

2月8日和2月9日，霍夫曼的医生海因里希·迈耶和他的朋友希佩尔提出书面证明，表示霍夫曼因身体瘫痪的原因而无法接受审讯。

2月22日，高等法院院长沃尔德曼在霍夫曼家里对卧床的他进行审讯。

3月1日，警察局长坎普茨致函内政部长冯·舒克曼要求严厉惩罚霍夫曼。

3—6月，先后共有五位医生对患病的霍夫曼进行治疗。

4月初，弗里德里希·维尔曼斯在法兰克福出版了删减过的《跳蚤师傅》。

4月23日—5月4日，《堂兄的角窗》在《观众》杂志上发表。

5—6月，口授写作《敌人》和《康复》。

6月25日，霍夫曼去世。

徐畅

中国社会科学院外国文学研究所研究员，北京大学德语文学博士。主要研究方向为近现代德语文学。代表成果：专著《现代性视域中的“没有个性的人”》；译著《穆齐尔散文》《文学学导论》《东方-西方：尼采摆脱欧洲世界图景的尝试》等；论文《“魔鬼的发明”？——从〈浮士德〉的纸币主题看人本主义批判》《勿忘坚固物——施莱米尔的影子与德意志民族主义的兴起》《〈米夏埃尔 · 科尔哈斯〉与十九世纪初普鲁士改革》等。

图书在版编目（CIP）数据

霍夫曼中短篇小说选 / (德) E.T.A.霍夫曼著 ; 徐畅译. -- 北京 : 作家出版社，2023. 7

(新编新译世界文学经典文库)

ISBN 978-7-5212-2349-1

I.①霍... II.①E... ②徐... II.①中篇小说-小说集-德国-近代②短篇小说-小说集-德国一近代IV.①I516.44

中国国家版本馆CIP数据核字(2023)第110665号

霍夫曼中短篇小说选

作　　者：［德］E.T.A.霍夫曼
译　　者：徐　畅
责任编辑：袁艺方　王　烨
特约编辑：孙玉琪
装帧设计：潘振宇　774038217@qq.com
封面绘画：潘若霓
出版发行：作家出版社有限公司
社　　址：北京农展馆南里10号　　**邮　　编：**100125
电话传真：86-10-65067186（发行中心及邮购部）
86-10-65004079（总编室）
E-mail: zuojia@zuojia.net.cn
http://www.zuojiachubanshe.com
印　　刷：北京盛通印刷股份有限公司
成品尺寸：138×205
字　　数：221千
印　　张：11.375
版　　次：2023年7月第1版
印　　次：2023年7月第1次印刷
ISBN 978-7-5212-2349-1
定　　价：58.00元